Mein Herz ist ein Idiot

Christiane Hagn

Mein Herz ist ein Idiot

Roman

ANAIS

Für meine Schwester

INHALT

Prolog

Als ich zu meiner Zahnbürste greifen will, halte ich inne. Meine ausgefranste rosa Dr. Best steht wie gehabt in meinem Zahnputzbecher. In demselben Becher sehe ich zum ersten Mal seine Zahnbürste. Sie ist blau. Sie ist wunderschön. Dieser Anblick unserer beiden Zahnbürsten in ein und demselben Becher, wie sie einander ihre Köpfe zuwenden, als stünden sie kurz vor dem ersten Kuss, lässt mein Herz wie verrückt klopfen. In diesem Moment wird mir eine ganz schreckliche Tatsache bewusst: Ich habe mich verliebt. So eine Scheiße.

1. Kapitel

Drei Männer in 24 Stunden

Heute ist die letzte Nacht meines alten Lebens. Die letzte Nacht in der Stadt, in der ich fünf Jahre gelebt, geliebt und gelitten habe. Kurz gesagt, studiert habe. Eigentlich handelt es sich um gar keine Stadt. Eher um eine Ansiedlung zwischen Nirgendwo und Trostlosigkeit.

Wenn man an so einem Ort studiert, muss man sich weit größeren Herausforderungen stellen, als nur Scheine zu machen und Prüfungen zu bestehen. Das Ganze ist viel mehr ein Selbstexperiment. Konfrontiert mit den Tücken der Provinz, lernt man die eigenen Grenzen kennen. Man beginnt, sich sonderbare Fragen zu stellen: Wie lange kann ich mich Nacht für Nacht in der immergleichen Bar betrinken? Was passiert, wenn alle Flaschen leer sind? Wozu braucht man öffentliche Verkehrsmittel? Und wo fahren die hin? (Neue Flaschen holen?) Gibt es hier noch irgendeinen Mann, mit dem ich noch nicht geschlafen habe? Oder zumindest einen, der noch nicht mit mir *und* meinen zwei besten Freundinnen geschlafen hat? Solche Fragen sind es, die die grausame Realität eines Studiums in der Kleinstadt bestimmen.

In einem Nest wie diesem lassen sich Überschneidungen in der Wahl des Beischlafpartners, des *potenziellen Fickobjektes* – wie es im studentischen Fachjargon heißt –, gar nicht vermeiden, gehören quasi zur Tagesordnung, zum guten Ton. Man hat nicht viel, aber was man hat, wird geteilt. Das hat Vorteile. So weiß man schon vor der sexuellen Begegnung mit einem Mann, worauf man sich einlässt, und kann Enttäuschungen über einen viel zu kleinen Penis oder eine mögliche Analfixierung gekonnt umschiffen. Oder gezielt aufsuchen, je nach Vorliebe.

Ja, hier im Süden Deutschlands, in unserer kreis- und tabufreien Stadt halten wir noch zusammen. Es ist die Verzweiflung, die uns verbindet, die Hoffnung auf ein Leben nach der Provinz und natürlich: unser Traum. Unser aller Traum von einem Leben in der Großstadt, von Abenteuern in Metropolen, von einem Spaziergang mit fremden Gesichtern auf der Straße, von einem Supermarkteinkauf nach zwanzig Uhr, von täglichen Fahrten in einer U-Bahn, von einem One-Night-Stand, den man niemals wiedertrifft, weil man sich niemals einfach so über den Weg laufen wird. Niemals. Verrückt.

Heute, hier und jetzt soll es für uns alle endlich losgehen, unsere Sehnsucht nach Anonymität schon bald gestillt werden. Es ist die Nacht unserer Magisterfeier. Unsere letzte gemeinsame Nacht in der verhassten und gleichzeitig geliebten, weil bekannten Welt. Wir treffen uns in hübschen Kleidern und dunklen Sakkos vor der Tür der *Philfuck*, der philosophischen Fakultät. Die Stimmung ist feierlich und wir sind sehr aufgeregt, auch wenn wir nicht wissen warum. Die Noten sind längst bekannt, die Gesichter vertraut. Nur die Zukunft, die ist ungewiss.

Ich trage ein rückenfreies schwarzes Sommerkleid und die Haare offen – zur Feier des Tages sogar gekämmt. Ich bin erholt und braun gebrannt. Man sieht sofort, dass ich mich die letzten Wochen nicht in eine dunkle Kammer eingesperrt habe, um zu lernen. Aber im Schwimmbad – auf einer grünen Wiese neben dem Beckenrand – konnte ich mich schon immer am besten auf Prüfungen vorbereiten. Dachte ich zumindest. Ich habe den drittschlechtesten Abschluss meines Jahrganges.

Mit einer Note von 2,4 kann ich allerdings sehr gut leben. Mit einem Sommer ohne Schwimmbad nicht.

Alle Absolventen versammeln sich artig im Theatersaal unserer Universität, dem Raum der emotionalen Entblößung, vom ersten bis zum letzten Tag. Angefangen beim Pantomimekurs im ersten Semester, über groteske Vorsprechen und Theaterproben, bis hin zur Aufführung unserer selbst inszenierten Stücke und Filme im Abschlussjahr. Ein Ort, an dem schon alle Masken gefallen, Tränen der Niederlage oder des Ruhmes geflossen sind. Ein Ort, an dem es nach Angstschweiß und Bühnenschminke riecht. Ab heute kann uns dieser Ort nichts mehr anhaben. Ich fürchte, ab heute werden wir ihn vermissen.

Nach einer viel zu langen Ansprache einiger Professoren erhalten wir endlich unsere Zeugnisse. Anschließend Smalltalk und Sekt. Ich nehme all meinen Mut zusammen und frage meinen Dozenten, warum er meine Magisterarbeit über »Sinn und Sinnlosigkeit im deutschen Kino« nur mit einer Drei benotet hat. Er sagt, sie sei ihm zu »ontologisch«. Ich sage: »Verstehe« und hole mir noch einen Sekt. Ich habe keine Ahnung, was *ontologisch* bedeutet, und nehme mir vor, das so schnell wie möglich zu wikipedieren, um dann zum intellektuellen Gegenschlag auszuholen. Am besten schriftlich, im Rahmen meiner Promotion. Diesen Gedanken fasse ich bei meinem inzwischen vierten Glas Sekt. Ich trinke es in einem Zug leer, und der Alkohol steigt mir direkt ins Gehirn. Auf dem Weg dorthin hinterlässt er Spuren in Form rot gefärbter Wangen und eines ins Wanken gebrachten Sprachzentrums. »Onto-ologisch! Der spinnt doch voll so was von.«

Nach zwei Stunden der nur mit Kampftrinken zu überstehenden Scheinheiligkeiten verlassen wir endlich die graue

Betonhöhle der Universität und gehen dahin, wo wir immer hingegangen sind. In den einzigen Laden, in dem man in dieser gottverdammten Kleinstadt auch tanzen kann, ins Bergwerk. Alles ist wie immer, nur in Schön. Das liegt am Abschiedsschmerz, der uns ganz melancholisch werden lässt. Nadine tanzt mit geschlossenen Augen ihren berühmten Hüftschwung, und Moni begibt sich mit rudernden Armen mal wieder gekonnt in die Rückenlage, bis ihr Haar am Boden schleift. Ach, ich liebe meine Freundinnen und werde sie sehr vermissen in Berlin.

Berlin: mein neues Zuhause. Aber erst ab morgen. Heute habe ich noch viel vor. Denn ab heute bin ich eine 25-jährige Akademikerin der Theater- und Medienwissenschaften. Bisher fühlt sich nichts wirklich anders an. Aber vielleicht ist es ganz anders, mit akademischem Titel Sex zu haben. Das ist auf jeden Fall einen Versuch wert, denke ich, als ich Tobias neben mir an der Bar betrachte. Tobias ist dunkelhaarig und groß. Er hat diese perfekte Größe, bei der ich – wenn wir uns umarmen würden – meinen Kopf ganz genau an seine Brust ablegen könnte. Das sollten wir wirklich mal tun. Tobias hat scharf geschnittene Wangenknochen, schmale Lippen und trägt so einen Seitenscheitel, wie die Männer aus den H&M-Katalogen. Würde er jetzt noch Röhrenjeans und einen karierten Pullunder tragen, könnte man denken, er sei Model oder Rockstar. Er würde sehr gut nach Berlin passen. Zumindest stelle ich mir die Männer in Berlin so vor. Männer mit karierten Pullundern.

Tobias sieht auch nicht danach aus, als hätte er zuletzt im stillen Kämmerlein gepaukt. Eher, als hätte er die letzten Wochen ausschließlich Gewichte gestemmt. Sehr schwere Gewichte. Geile Sau, denke ich und tadle mich im Stillen für diesen Tourettesyndrom-artig in meinen Kopf gesprungenen Gedanken. Dürfen denn Akademiker so etwas Profanes wie *geile Sau* denken? Bestimmt. »Die Gedanken sind frei«, sagt meine Schwester. Soweit ich weiß, will Tobias noch seinen Doktor machen. Das finde ich – Klischee hin oder her – auch schon wieder ziemlich sexy. Tobias ist das, was man, euphemistisch ausgedrückt, *geheimnisvoll* nennen könnte. Wahrscheinlich ist er nur schweigsam, schüchtern oder hat einfach nichts zu sagen. Zumindest habe ich noch nie wirklich mit ihm gesprochen. Ich nehme an, dass ich ihn gerade deshalb so spannend finde, das Doktorchen in spe.

Wir sitzen also nebeneinander und schweigen. Die Musik ist laut und aggressiv. Es ist mal wieder Indie-Night, wie immer. Alles ist wie immer. Das hat die Provinz so an sich. Das macht die Provinz so liebens- und hassenswert zugleich. Man ist ständig hin und her gerissen zwischen *garantierter Geborgenheit* und *todsicherer Langeweile*. Ich sehne mich so extrem stark nach Abwechslung und denke nicht lange nach, als ich anfange, Tobias über den Rücken zu streicheln. Einfach so. Ich fahre mit meiner Hand unter sein T-Shirt und würdige ihn dabei keines Blickes, starre reglos vor mich hin, Richtung Tanzfläche, ins Leere. Er sieht mich von der Seite an und sagt: »Ich gehe jetzt nach Hause.« Ich sage: »Okay.« Dann stehe ich auf, lege meine Arme um seine Hüfte und meinen Kopf an seine Brust. Das fühlt sich sogar noch schöner an, als ich es mir vorgestellt habe. Er riecht so gut. Nach Waschmittel. Ich atme zweimal tief ein, bevor ich ihn wieder loslasse und zurück auf meinen Barhocker klettere. Dann sehe ich ihm für ein paar Sekunden direkt in die Augen. Trotzdem könnte ich jetzt nicht sagen, welche Farbe seine Augen haben. Ich kann Augenfarben einfach nicht im Kopf behalten. Ich bin augenfarbenblind.

Tobias holt den zerknüllten Garderobenzettel aus seiner Hosentasche und bleibt dabei ganz dicht neben mir stehen. Durch den Stoff seiner Hose spüre ich seinen erigierten Schwanz an meinem Knie. Mir wird klar, dass er jetzt nicht alleine nach Hause gehen wird. Ihm auch. »Bis gleich«, sage ich und wundere mich über meinen eigenen Mut. Tobias nickt und geht. Ich zähle im Stillen bis hundert. Dabei frage ich mich, ob so eine Erektion eigentlich beim Gehen wehtut.

Bei neunzig angekommen, trinke ich meinen letzten Schluck Bier aus, stehe auf und folge ihm. Ohne mich von Nadine oder Moni zu verabschieden, gehe ich nach draußen. Ich kann Tobias nirgends sehen und komme ins Zweifeln, ob die erotische Spannung zwischen uns möglicherweise nur ein Produkt meiner Fantasie war. Ob da wohl der Wunsch Vater des Gedankens war? Warum fallen mir so bescheuerte Redewendungen, die ich allesamt von meiner Schwester habe, immer in den unmöglichsten Momenten ein? Dann entdecke ich Tobias, etwas versteckt hinter den Müllcontainern. Da steht er und wartet – ganz offensichtlich auf mich. Ohne ein Wort zu wechseln, gehen wir zusammen los, als wären wir alte Freunde.

Ich habe mit diesem Mann in fünf Jahren maximal fünf Sätze gewechselt. Tobias war der Typ, der irgendwie immer in einer langjährigen, nach außen hin scheinbar glücklichen Beziehung steckte und daher als potenzielles Fickobjekt von vornherein ausschied. Momentan ist er Single, hat Nadine mir verraten. Unvorsichtigerweise. Denn vermutlich hat sie mir das nur gesagt, weil sie selbst einen Angriff auf ihn plant und ihr niemand dazwischenfunken soll. Zu spät. Sie wird mich umbringen. Aber Nadine ist grundsätzlich wütend, wenn ich Sex habe, egal mit wem. Natürlich gefällt ihr Tobias auch.

Aber er gefällt allen. Kein Wunder, er ist auch wirklich schön anzusehen. Besonders hier im Licht dieser Straßenlaterne. Es ist eine dieser Laternen, die man nur aus alten Schwarz-Weiß-Filmen kennt. Überhaupt sieht diese ganze Stadt aus wie aus Pappmaché. Wie eine Filmkulisse, die jemand vergessen hat abzubauen. Unwirklich. Gerade allerdings unwirklich bezaubernd. (Mein Verhältnis zur Provinz ist nach dem Genuss von Alkohol immer sehr ambivalent.)

Nach nur fünf Minuten Fußweg stehen wir prompt vor seiner Haustür. Man hat gar keine Wahl. Wer hier lebt, kann nichts anderes machen außer vögeln. Die Wege sind einfach zu kurz, um es sich doch noch anders zu überlegen oder um sich zu verabschieden, weil man in unterschiedliche Richtungen müsste. Hier führen alle Wege zum Beischlaf.

Ich folge ihm über morsche Treppen in eine kleine, überschaubare Wohnung, für die das Wort *Holzvertäfelung* erfunden wurde. Wir setzen uns nebeneinander auf eine dunkelbraune Cord-Couch und starren auf den Teppich. Ich sage: »Schöner Teppich«, nur um überhaupt irgendwas zu sagen, und er sagt: »Ist von meiner Oma.« Dann stürzt er sich auf mich.

Tobias packt mich mit der rechten Hand am Nacken und zieht an meinen Haaren meinen Kopf nach hinten. So hält er mich einen Moment fest und starrt mich von oben herab an. Seine Augen sind braun. So wie meine. Dann greift er mit der anderen Hand an meinen Kiefer und öffnet meinen Mund, mit Druck durch Daumen und Mittelfinger. Genauso, wie man einem Hund das Maul öffnet, wenn er was gefressen hat, was er nicht fressen durfte. »Stille Wasser gründen tief«, lausche ich der amüsierten Stimme meiner Schwester in meinem Kopf, als Tobias seine Zunge in meinen geöffneten Mund schiebt.

Ich beiße auf seine Zungenspitze, und Tobias weicht zurück, sieht mich ernst an. Mit einem gekonnten Griff unter meinen Rücken hebt er mich von der Couch und legt mich auf den Boden, auf Omas Teppich. In den Armen dieses Mannes fühle ich mich wie ein Fliegengewicht.

Ich liege auf dem Rücken und strecke mich aus. Tobias fährt unter mein Kleid, schiebt es nach oben und betrachtet meinen Körper. Ich glaube, er gefällt ihm. Und mir gerade auch. Weiße Brüste und braune Haut sind toll. Ich ziehe mir das Kleid über den Kopf, das an meinen riesigen, sehr bunten Ohrringen hängen bleibt. Während sich Tobias an meinem BH zu schaffen macht, befreie ich mich von Kreolen und Kleid. Er kriegt ihn nicht auf. Also schiebt er ihn ungeduldig nach oben und küsst gierig meine harten Brustwarzen, während ich an Alexander den Großen denken muss, der den gordischen Knoten einfach mit dem Schwert durchtrennt hat.

Sein Kopf verschwindet über meinen Bauchnabel nach unten, zwischen meine Schenkel. Tobias zieht mir mein Höschen aus, was zur Abwechslung auch mal klappt. Meinen BH öffne ich selbst. Dann fängt er an, meine Schamlippen zu küssen und mit seinem Finger zwischen meinen Pobacken zu streicheln. Ich spüre seine Zunge erst an meinem Kitzler, dann in mir drin. In diesem Moment frage ich mich, ob Männer zu allen Zeiten so gerne geleckt haben wie heute. Oder ob diese Leidenschaft erst mit dem Trend *Intimrasur* einherging. Dieser Gedanke schwirrt in meinem Kopf umher und lenkt mich ab. Das ist schlecht. Denn beim Gelecktwerden muss ich mich stark konzentrieren. Außerdem stimuliert mich Tobias an zwei Stellen gleichzeitig, da er immer noch zwischen meinen Pobacken rumstreichelt. Mir ist das zu viel. Männer sind doch sonst auch nicht multitasking, aber Lecken und

Fingern geht anscheinend. Um der Reizüberflutung ein Ende zu setzen, flüstere ich ganz leise: »Schlaf mit mir!«

Tobias folgt meiner Aufforderung, kommt zu mir nach oben, küsst meinen Hals, dann meinen Mund. Ich zerre an seinem T-Shirt, ziehe es über seinen Kopf. Seine Brust ist ganz weich. Und hart. Weiche Haut, gebettet auf Muskeln. »Schlaf mit mir!«, wiederhole ich, und Tobias zieht sich endlich die Hose aus. Dann geht alles wieder sehr schnell. Er legt sich auf mich und dringt mit einem festen Ruck in mich ein. Tobias bewegt sich langsam und fest, ganz eng an mir dran. Es ist keine Rein-raus-Bewegung, sondern eher so eine Noch-tiefer-in-mich-rein-Bewegung. Sein Haar riecht nach Pfirsich. Ich suche seine Zunge mit meiner und sauge an ihr. Ich mag es, einen Mann zu küssen, der mich gerade geleckt hat.

Dann hält Tobias für einen Moment ganz still. Er sieht mich an. Ich fasse an seine angespannten Oberarme und möchte, dass er sich weiter bewegt, drücke meine Hüfte fordernd gegen die seine. Er zögert, bevor er mit einem tiefen Stoß antwortet, einmal, noch einmal, dann hält er wieder inne. Ich stöhne auf und drücke mich gegen ihn, greife an seinen Hintern und presse ihn noch fester an mich dran. Ich habe das Gefühl, ab dem Bauchnabel abwärts zu zittern. Tobias lässt mich noch einen Moment warten, bevor er weiter seine Hüften kreist. Dieses Ficken mit Pause macht mich ganz verrückt. Es dauert nicht lange, bis ich komme. Das gefällt ihm und macht ihn an. Denn er stößt schneller zu und krallt seine Finger in meine Haut. Als Tobias kommt, bilde ich mir ein, dass ich seinen Samenerguss in mir spüre.

Tobias liegt erschöpft neben mir. »Du riechst gut«, sage ich. »Du schmeckst gut«, sagt er. Hey, das war ja schon fast ein richtiger Dialog. Wir küssen uns noch mal auf den Mund, bevor ich ganz akademisch mein Kleid wieder anziehe und meine Ohrringe anstecke, die noch auf Omas Teppich liegen. Dann greife ich nach meinem BH, den ich vergessen habe anzuziehen, und verabschiede mich mit einer langen Umarmung, wobei ich meinen Kopf noch einmal kurz an seine Brust lege. Diese Verabschiedung verläuft wortlos. Natürlich.

Mit dem BH in meiner Hand finde ich mich wieder, mitten in der Altstadt, auf einem für solche Städte typischen Marktplatz: Kopfsteinpflaster, in der Mitte ein verschnörkelter Brunnen, umsäumt von nackten Bronzefiguren, die aus goldenen Kelchen Wasser in das Steinbecken gießen. Als ich diesen Brunnen betrachte, spüre ich, wie das Sperma langsam aus mir raus in mein Höschen fließt. Zum ersten Mal habe ich das Gefühl, die Metaphorik dieses Brunnens wirklich verstanden zu haben. Wunderschön. Ach, Akademikerin sein fühlt sich toll an. Man sieht die Welt mit ganz anderen Augen.

Unmöglich kann ich jetzt zu Ralf gehen. Eigentlich sollte ich diese letzte Nacht bei ihm verbringen. Seine Frau ist auf einem Wellness-Weekend und lässt sich hoffentlich ordentlich von ihrem Masseur durchbumsen. Das würde mein schlechtes Gewissen darüber, dass ich kein schlechtes Gewissen habe, etwas mildern. Ralf freut sich sicherlich schon seit Stunden auf meinen Besuch. Ich nehme an, er hat ein ausgiebiges Bad genommen, seine Haare mit drei Spülungen versehen und diesen Duft aufgelegt, den ich nicht leiden kann. Das habe ich ihm nie gesagt. Ich kann Ralf nicht kränken. Deshalb ist es auch undenkbar, jetzt noch zu ihm zu gehen, mit dem Geruch eines fremden Mannes an meinem Körper, in meinem Körper, an Ralfs Lieblingsstellen. Mit fremdem Sperma in meinem Höschen! Ich überlege, am besten jetzt einfach nach Hause zu gehen, bis mir einfällt, dass mein Schlüsselbund in meiner

Jacke ist, die wiederum in Ralfs Auto liegt. Wirklich beschissene Logistik. Unentschlossen, immer noch mit dem BH in der Hand, kehre ich um – zurück ins Bergwerk. Dann muss ich eben weiterfeiern.

Ich treffe Max an der Garderobe. Seine blonden Haare stehen in alle Richtungen ab, sein T-Shirt ist verschwitzt. »Kommst du, oder gehst du?«, frage ich. »Wollte gerade gehen.« – »Kann ich mitkommen? Ich brauche heute Nacht Asyl.« Max sieht mich fragend an. »Lange Geschichte«, winke ich ab. »Klar«, sagt Max. »Ich muss halt morgen früh raus. Diese fucking Magisterarbeit.«

Max und ich waren vor fast zwei Jahren mal ein Paar. Für sage und schreibe einen Monat. Dann hatte *er* ständig Migräne und wollte lieber wieder alleine schlafen. Max machte den Vorschlag, uns besser wieder zu trennen. Ich habe meinen kurzen Kummer mit einem heißblütigen, romantischen Klischee-Italiener vertrieben, der mir allerdings nach einem Monat ebenso auf die Nerven fiel wie ich zuvor Max. Danach konnte ich Max besser verstehen, und wir wurden Freunde. Ich verstaue meinen BH unauffällig in seiner Jackentasche und hake mich bei ihm unter. Wir schlendern zusammen nach Hause und sprechen darüber, wie schnell die Zeit vergeht. Das Verrückte ist, wir meinen es auch so.

In Max' Wohnung kenne ich mich bestens aus. Ich borge mir seine Zahnbürste, eine Shorts und ein T-Shirt. Wir schlafen im selben Bett. Wie Bruder und Schwester. Ich falle in einen tiefen, schweren Schlaf und träume, dass ich meinen Vater mit dem Bürgerlichen Gesetzbuch erschlage. Schuldgefühle?

Als ich morgens aufwache, ist die andere Betthälfte leer. Ich rieche den Duft von frischem Kaffee, gemischt mit Rasierwasser, und freue mich auf mein erstes akademisches Frühstück.

Max sitzt im Wohnzimmer schon am Rechner. Er schenkt mir Kaffee ein, als ich in Shorts und T-Shirt verschlafen das Zimmer betrete. Wie immer gibt es bei Max lauter ungesund ekelhaft geile Sachen. Nutella und Leberwurst, Eiersalat und Karamellpudding, Streichkäse und Fruchtzwerge. Wir setzen uns nebeneinander, halten ein bisschen Händchen, schlürfen Kaffee. Ich schwanke gerade zwischen Eiersalat und Streichkäse, als sich Max ohne Vorankündigung über mich beugt und vorsichtig in die Innenseite meines Oberschenkels beißt. So, als wäre ich sein Leberwurstbrötchen. Ehe ich michs versehe, zieht er mir das T-Shirt aus, mit einer Entschlossenheit, die mich schon wieder beeindruckt. Er packt mich mit seinen Schlagzeuger-Armen an der Hüfte und hebt mich auf seinen Schoß. Fast gleichzeitig schiebt er meine Shorts nach unten und packt seinen Schwanz aus. Mit einer gezielten Bewegung setzt er mich auf sich drauf und steckt schon in mir drin.

Max' Penis ist toll. Er ist genau richtig groß und immer hart, seitdem ich ihn kenne. Ich weiß gar nicht, wie mir geschieht, aber Max' Penis in mir fühlt sich unglaublich gut an. Er stimuliert Stellen, die noch nie stimuliert wurden, von deren Existenz ich keine Ahnung hatte. Zum ersten Mal habe ich das Gefühl, dass ich mich zurückhalten muss, um nicht sofort zu kommen. Ob es diese Momente sind, in denen Männer versuchen, an Fußball oder an ihre nackten Omas zu denken? Max stöhnt sein unverblümt oberbayerisches Stöhnen, authentisch animalisch. Ich bewege mich auf ihm auf und ab, reite ihn, ganz langsam und sanft. Meine rechte Hand greift nach seinem Nacken, und ich sehe ihm in die Augen, so wie Tobias vor ein paar Stunden in meine Augen sah. Max' Augen sind blau. Ich werde besser. »Ja, oh Gott!«, stöhne ich und sinke an seinen Hals. Immer spreche ich von Gott, wenn ich richtig geil bin. Dabei spreche ich sonst kaum zu Gott, nur im Bett. »Max, ich kann nicht mehr«, sage ich, bereits zu spät. So etwas habe ich nie zuvor erlebt. Das muss er sein: der berühmte vaginale Orgasmus!

Mit dem Orgasmus ist das so eine Sache. Man kann ihn nicht beschreiben, aber spürt genau, wenn man ihn hat. Das ist wie mit Verliebtsein, Glücksgefühlen beim Joggen, Liebeskummer oder Regelschmerzen. Man muss es selbst erlebt haben, um es zu verstehen. So auch der vaginale Orgasmus. Anders als der klitorale Orgasmus zieht er sich durch den ganzen Körper, irgendwie allumfassender. Ähnlich dem Gefühl, wenn man in einem Flugzeug sitzt, das gerade startet und mit circa dreihundert Sachen endlich in die Luft abhebt. Nur so, als ob man selbst das Flugzeug sei. Ich sag ja, wirklich schwierig zu beschreiben.

Mein ganzer Körper bebt. Ich stöhne so laut auf, dass spätestens jetzt die ganze Stadt wach geworden ist. Bestimmt auch Ralf. Max' verzerrter Gesichtsausdruck lenkt mich ab. Er sieht aus, als habe er große Schmerzen oder – was wahrscheinlicher ist – als würde er auch gleich kommen. In dieser Sekunde zieht er seinen Schwanz aus mir raus und wichst mir auf den Bauch. Was für eine Verhütungsmethode. So macht man das also in Oberbayern. Da fällt mir ein, ich muss noch die Pille nehmen.

Ich klettere von Max runter, wische mir das Sperma mit einer Serviette vom Bauch und beschmiere uns zwei Brötchenhälften mit Leberwurst. Max und ich müssen lachen. Er sagt: »Danke.« Ich sage: »Da nich für.« (Das habe ich mal in Hamburg aufgeschnappt.)

Mein Handy klingelt, irgendwo. Ich laufe nackt von einem Zimmer zum nächsten, bis ich es endlich finde, in meinem Schuh. Ich schaffe es nicht mehr abzuheben, aber entdecke fünf Sprachnachrichten auf meiner Mailbox. Alle sind von Ralf. Von *er mache sich Sorgen, wo ich bleibe*, bis hin zu: »Du hättest auch einfach sagen können, wenn du mich nicht sehen willst!« Oje.

Jetzt habe ich seit über einem Jahr ein Verhältnis mit Ralf, meinem Italienisch-Dozenten. Da schlafe ich schon mit meinem Dozenten und dann nicht mal mit dem, der mich prüft. Ich bin wirklich keine Karrierefrau. Nicht mal nach oben schlafen kann ich mich. Aber was soll ich sagen, mein Herz hängt nun mal an Ralf. Leider. Er ist verheiratet und sehr viel älter als ich, aber irgendwie können wir beide nicht voneinander lassen. Es begann bei einem Ausflug in den botanischen Garten zu einer nächtlichen Lesung italienischer Gedichte. Ich war die Einzige aus unserem Kurs, die gekommen war. Ralf und ich lauschten unterm Sternenhimmel. Ich verstand kein Wort. Nach einer Flasche Rotwein und zu viel Limoncello wurde in dieser Nacht aus dem Abschiedskuss ein richtiger Kuss. Den Limoncello habe ich ein paar Stunden später wieder ausgekotzt. Im Nachhinein war das die Geburtsstunde meiner Affäre mit meinem verheirateten Italienisch-Dozenten. Der Kuss, nicht das Kotzen.

Ich verabschiede mich von Max, der inzwischen sein viertes Leberwurstbrötchen verdrückt. Wo er das nur hinsteckt, möchte ich mal wissen. Vermutlich in die Oberarme. Wir umarmen uns und versprechen hoch und heilig, auf alle Fälle den Kontakt zu halten. Dabei wissen wir beide, dass wir das nicht tun werden. Ach Max, du bist der Beste.

Ich schreibe Ralf eine Entschuldigungs-SMS, in der ich mich auf einen leeren Akku hinausrede und verspreche, ganz sicher heute Abend zu ihm zu kommen. Muss Berlin eben noch einen Tag warten.

Auf dem Heimweg treffe ich Moni und Nadine. Die beiden haben die Nacht durchgemacht. Sie waren mit Thomas im Take Ten, der einzigen Kneipe, die durchgehend geöffnet ist und rund um die Uhr Schnitzel serviert.

Die nächsten Stunden verbringen wir drei in der Sonne liegend im Park und entwerfen aberwitzige Zukunftsszenarien. Moni, die bald eine PR-Stelle in Paris antritt, sieht sich an der Seite eines französischen Schriftstellers mit Baskenmütze und Baguette durch die Stadt der Liebe schlendern. Immer wenn er eine Schreibblockade haben sollte, würde sie ihm einen blasen – bis ihm die Poesie wieder aus den Fingern fließt. Das würde natürlich nur bei ihr funktionieren, und so wäre sie auf immer und ewig seine Muse. Nadine hatte eh nur studiert, um von zu Hause auszuziehen. Sie will Opernsängerin werden. Wir stellen uns vor, wie Moni und ich Nadine in der Pariser Oper beklatschen, während unsere unglaublich attraktiven französischen Liebhaber unter unseren Röcken fummeln. Nadine meint, so ein Franzose würde mir mit seinem »Oh, là, là« bestimmt bald auf die Nerven gehen. Ihrer Ansicht nach sollte ich mir besser einen sizilianischen Zementmischer suchen, der Paolo heißt, Bierflaschen mit den Zähnen öffnet und auch im Winter oben ohne Holz für mich hackt. (Es ist mir einfach zum Verhängnis geworden, dass ich klischeegetreu auf muskulöse Oberarme stehe.)

Mir fällt auf, dass die beiden zumindest so ungefähr wissen, was sie beruflich machen wollen. Im Gegensatz zu mir – Maja Engel –, die erst mal zu ihrer Freundin Paula nach Berlin zieht, heute oder morgen, um dann weiterzusehen. Klingt nach einem todsicheren Plan, der todsicher in die Hose gehen wird.

Endlich ruft Claudi an, meine Mitbewohnerin. Sie sei jetzt zu Hause und könne mich reinlassen. Ich muss auch wirklich los, um meine letzten Habseligkeiten in einen Rucksack zu packen und mich auf die Nacht mit Ralf vorzubereiten. Das heißt duschen, rasieren und viel vorrauchen. Bei Ralf darf ich nicht rauchen – zumindest keine Zigaretten. Nadine und Moni verstehen nicht, was ich an ihm finde. Darüber bin ich sehr froh. Immerhin mal ein Mann, mit dem Nadine nicht auch schlafen will.

Mit einer akademischen Viertelstunde Verspätung klingle ich bei Ralf und Sonja Reuter. Ich hasse dieses Klingelschild. Ralf öffnet, und der weiße Kater nutzt seine Chance und folgt dem Ruf der Freiheit. Im Wohnzimmer läuft das, was man wohl als Lounge-Musik bezeichnet. So ein nichtssagender Chill-Mix-Scheiß. Das Licht ist gedämpft, und eine Karaffe Rotwein steht auf dem Tisch. Daneben zwei Gläser und ein paar Oliven. Hoffentlich gibt es noch was Richtiges zu essen, denke ich, als ich meine Strickjacke ausziehe und mich mit meinem weißen Kleid auf die rustikale Holzbank setze. Bei Ralf mime ich gerne das unschuldige Mädchen. Ich glaube, das macht Männer in seinem Alter an. Der Lolita-Effekt. Passend dazu habe ich meine braune Mähne zu einem seitlichen Zopf geflochten.

»Hast du wild gefeiert?«, will er wissen. Ich erzähle ihm von meinem leeren Akku, dass ich morgens um drei noch Schnitzel essen war und mich nicht getraut habe, so spät bei ihm zu klingeln. Fast glaube ich es selbst. Eigentlich müsste ich nicht lügen. Ralf schläft schließlich auch mit seiner Frau. Außerdem haben wir nur eine Affäre. Keine Beziehung. Unsere Abmachung heißt Sex, nicht: Ehe kaputt machen. Na gut, ich gebe zu, diese Abmachung stammt von ihm.

Ich sehe Ralf zu, wie er unsere Gläser füllt und eine Kerze anzündet. Er trägt Jeans und ein schwarzes Leinenhemd. Seine braunen Locken umranden sein Gesicht wie ein Gemälde. Er gefällt mir heute ausgenommen gut. Leider. Wir stoßen an und trinken auf meine letzte Nacht in der bösen Kleinstadt. Schon morgen wird mich eine neue Welt empfangen, sagt Ralf, und ich bilde mir ein, dass er gerade ziemlich besorgt aussieht. (Oder vielleicht wünsche ich mir das auch nur.) Ralf setzt sich neben mich und baut uns einen Joint. Wir sitzen und rauchen. Ich spiele mit meinen Fingern in seinen Locken, wickle einzelne Haarsträhnen darum, bis meine Fingerspitzen blutrot anlaufen.

Ralf steht auf, stellt sich hinter mich und fängt an, meinen Nacken zu massieren. Seine großen Hände fahren meinen Rücken entlang, massieren unter meinem Kleid weiter. Er schiebt die dünnen Träger meines Kleides zur Seite, sodass es von selbst nach unten rutscht. Ich kiffe weiter. Er küsst meine Schultern, meinen Nacken und streichelt mein Dekolleté, dann meine Brüste. Ich reiche ihm unseren Joint. Ralf lehnt ab, kommt vor mich und drückt meinen Oberkörper nach hinten. Ich liege mit dem Rücken auf der Bank. Da sich der Raum ohne Unterlass dreht, schließe ich meine Augen.

Ralf deutet das als Zeichen meiner Entspannung. Er liebt es, mich zu lecken. Ich kann mich nicht erinnern, dass wir jemals miteinander geschlafen haben, ohne dass er mich vorher geleckt hätte. Er streift erst mein Kleid, dann meinen Tanga nach unten und küsst mich zwischen meinen Schamlippen. Dabei überlege ich, dass ich mich selbst gerne mal lecken würde, nur um zu sehen, wie das ist. Ralf küsst und küsst, ganz zärtlich, dann wieder ungeduldiger. Ich spüre, wie alles zu pulsieren beginnt, streichle meine Brüste, packe ihn an seinen Haaren und drücke seinen Mund noch fester an meine Muschi. Jetzt fange ich tatsächlich an, mich zu entspannen. Ich will ihn ganz fest spüren. Ralf saugt an meinem Kitzler. Saugen ist noch besser, als lecken. Dann schiebt er zusätzlich einen Finger in mich rein. Ich will seinen Namen stöhnen. Aber plötzlich bin ich mir nicht mehr sicher, welchen Namen. Ich muss an Tobias denken. Und an Max. Das Kiffen ist schuld. Es verwirrt mich. In meinem Kopf dreht sich alles. Ich höre auf, über Namen nachzudenken, stöhne wieder zu Gott und komme.

Das ging schnell. Muss am Training liegen. Ralf zieht seinen Kopf zurück und sieht mich sehr stolz an. Wenn man von einem Mann geleckt wird, gibt es diesen speziellen Blick. Man hat immer ein bisschen das Gefühl, dass der Mann nach erfolgreichem oralen Akt auf eine Belohnung wartet. Ein Leckerli. Vielleicht ein Leberwurstbrötchen, denke ich und versuche, nicht laut zu lachen. Ralf sieht mich immer noch an, als hätte er gerade als erster Mann den Mount Everest bestiegen. Ich streichle ihm anerkennend über den Kopf (fein gemacht!) und strecke meine Hände nach ihm aus. Er kommt zu mir nach oben, und ich lege meine Arme um seinen Hals. Ralf trägt mich ins Schlafzimmer und wirft mich aufs Ehebett. Kurz sehne ich mich nach dem Teppich von Tobias' Oma. Dann zieht er sich aus, wie immer: Alles runter, auf einmal. Ich glaube, ich habe Ralf noch nie in Unterhosen gesehen. Er ist immer sofort splitterfasernackt. Sein Penis steht steil nach oben, und schon wieder sieht Ralf sehr stolz aus. Sogar sein Penis sieht mich stolz an. Männer werden nie erwachsen, denke ich, als er in mich eindringt. Ich muss an einen Exfreund denken, der mir mal präsentiert hat, wie er ohne Hände klatschen kann. Dabei stellte er sich vor mich und ließ seinen Penis von links nach rechts an seine Oberschenkel schlagen. Er freute sich darüber wie ein Kind zu Weihnachten und rief immer: »Schau mal, was ich kann, klatschen ohne Hände!«

Ralf stößt zu und sagt, dass er das vermissen wird. Er sagt *das*, und nicht *dich*. Ich merke, dass ich fast heulen muss, und drehe mich um. Ralf zieht mein Becken nach oben und bumst mich von hinten, fester als zuvor. Von hinten auf allen vieren komme ich nie, aber ich liebe es, wenn Ralf die Kontrolle verliert. In dieser Position hält er es nicht lange aus. Ich sehe nach links in den golden umrahmten Spiegel und sehe uns beim Sex zu. Unsere Blicke treffen sich. Ralf sieht sich auch gerne zu, wie er mich so nimmt, meine Brüste wippen und seine Hoden an meinen Hintern klatschen. Ich spanne meine Beckenbodenmuskulatur an. Ralf richtet seinen Oberkörper nach oben und packt mit beiden Händen seitlich an meinen Po. Ich lasse locker und spanne wieder an. Ralf verkrampft sein Gesicht und kommt.

Mein Magen knurrt. Auf der Anzeige des Digitalweckers sehe ich, dass es noch nicht mal Mitternacht ist. Mir wird klar, dass ich in 24 Stunden mit drei Männern geschlafen habe. Ob es da einen Zusammenhang mit meinem drittschlechtesten Abschluss gibt? Ob man daraus beruflich etwas machen könnte? So ist das also als Akademikerin. Noch mehr Fragen, noch weniger Antworten.

2. Kapitel

Im Zug aus Tränen

Ralf muss immer früh los zur Uni. So auch heute. Er fragt, ob er später noch zum Bahnhof kommen soll, um mich zu verabschieden. Soll? Wie blöd kann man denn fragen. »Musst du nicht«, sage ich. Wenn ich ihm was bedeute, wird er da sein, denke ich. Er küsst mich zum Abschied auf die Stirn. »Pass auf dich auf. Und melde dich bald.« Wie furchtbar väterlich ist das denn? Pass auf dich auf. Kuss auf die Stirn. Schrecklich. »Gute Fahrt!«, hätte noch gefehlt. Das hat er sich bestimmt verkniffen.

Jetzt bin ich alleine in dieser Ehepaar-Wohnung. Dafür ist dieser Scheißkater zurück, der mich herausfordernd anglotzt. Er sieht mich an, als wollte er fragen: »Und jetzt, du Dummerchen? Hast du gedacht, er würde seine Frau verlassen, nur weil du weggehst – weil er womöglich Angst bekommen könnte, dich zu verlieren? Dich, sein Betthäschen? Und so was nennt sich Akademikerin. Schande über unser Bildungssystem!« Ich trete nach dem Kater, der miauend davonhüpft, und hasse mich sofort dafür. »Miezekater«, rufe ich ihm nach, aber er ist weg, ab durchs Fenster. Typisch Mann. Immer abhauen, wenn es unbequem wird.

Bevor ich diesen Ort – diesen Tatort – heute wahrscheinlich zum allerletzten Mal verlasse, will ich noch irgendetwas Verbotenes tun und überlege, mir mit Sonja Reuters Zahnbürste die Zähne zu putzen. Welch revolutionärer Akt des stummen und dennoch oralen Protestes! Das ist sogar mir zu blöd. Mit ihrer Zahnbürste das Klo zu putzen finde ich zu gemein. Ich stelle die Zahnbürste wieder weg und betupfe mich stattdessen nur ein bisschen diebisch mit ihrem Parfum. Chanel riecht irgendwie nach alter Frau.

Ich werfe einen letzten Blick ins Schlafzimmer. Ralf hat tatsächlich noch das Bett gemacht, bevor er ach so eilig los musste. So ein Pedant. Schön die Betten machen, schön den Schein wahren. Das Bett unberührt, der Körper frevelhaft. Seine Hände sind rein, aber sein Herz ist blutig! Na warte, du Lady Macbeth, denke ich, als ich bereits an der Türe stehe, wieder umkehre und das Laken zerwühle. Aber auch das befriedigt mich nicht wirklich. Ich will gerade aufgeben, als ich die Kühlschrank-Magneten entdecke. Viele lustige Worte und Buchstaben, die man beliebig aneinanderlegen kann. Ich stehe sehr lange davor und denke nach. Als Akademikerin muss mir jetzt ein besonders vielsagender Spruch einfallen. Aber ich kann nur an lauter Blödsinn denken, wie: »Am Arsch hängt der Hammer.« Oder: »Wer nicht vögeln kann, muss fliegen.« Ich schreibe: »Bitte entschuldige, Kater« und hoffe, dass Ralf ihm das vorlesen wird. Bestimmt findet er mich jetzt furchtbar kindisch. Selbst schuld, wenn er seine Studentin bumst.

Auf dem Weg nach draußen rufe ich Moni an. Sie sitzt mit Nadine im Garten ihres Wohnheims. Sie seien total verkatert und fragen, ob mich später jemand zum Bahnhof bringen würde. »Ein ganzer Hofstaat«, lüge ich. Wir küssen uns durchs Telefon, und die beiden versprechen, mich sobald wie möglich in Berlin besuchen zu kommen. Vielleicht schon in zwei Wochen, falls mich Hollywood bis dahin noch nicht abgeworben hat. Also kein Grund, jetzt eine große Abschiedsszene hinzulegen. Außerdem hoffe ich noch immer, dass Ralf zum Bahnhof kommen wird. Diese peinliche Verabschiedung von heute Morgen kann ja wohl nicht sein Ernst gewesen sein.

Bestimmt hat er noch eine Überraschung geplant. Ich stelle mir vor, wie Ralf mich ganz knapp am Bahnhof verpassen würde und dann, in seinem weißen Saab dem Zug hinterherfahrend, durch ein Megaphon nach mir ruft: »Maja! Verlass mich nicht! Ich liebe dich!« Oder so ähnlich.

Ach, ich bin eine stupide Romantikerin. Die Erde ist ein Lebkuchenherz, wir sind der Zuckerguss. Ich habe den Realitätssinn einer Fruchtfliege. Wenn überhaupt. Es wird wirklich Zeit, hier wegzukommen. Seit drei Tagen mache ich nichts anderes außer trinken, ficken und kiffen. Dafür haben mich meine Eltern bestimmt nicht großgezogen und zum Studieren geschickt. Mein Vater wollte immer, dass ich Jura studiere. Bestimmt wären meine Plädoyers rhetorische Orgasmen blanker Gerechtigkeit gewesen. Aber für das Jurastudium war ich zu ungeduldig, und ich wollte irgendwas mit Theater machen. Gelandet bin ich bei den Theater- und Medienwissenschaften. Hier bin ich zwar der einzige Zuschauer in meinem Publikum. Aber: Ich habe ein Abo, die Sicht ist ausgezeichnet, keiner hustet mir dazwischen, und von Zeit zu Zeit applaudiere ich mir einfach selbst. Vätern kann man es eh nie recht machen.

In meiner Provinz-WG herrscht außergewöhnliche Stille. Kein Mensch ist da. Björns Müslischale steht wie immer unausgespült auf dem Tisch, Fruchtfliegen frühstücken darin. Diese Tiere wissen ihre Chancen wirklich besser zu nutzen als ich. Unsere Küchenuhr steht seit drei Jahren auf fünf vor fünf. Als ich gerade frisch bei Claudi und Björn eingezogen bin, habe ich in meinem Übereifer die leeren gegen volle Batterien ausgetauscht. Meine Mitbewohner waren entsetzt. Die Uhr stand immer schon auf fünf vor fünf, und das sollte auch so bleiben. Sofort haben wir die Batterien wieder rausgenommen und uns danach ständig gefragt, wie viel Uhr es wohl gerade sein möge. »Fünf vor fünf, wie immer!«, rief Claudi. Das ging *stunden*lang so und wir fanden das *ur*komisch. Achtung: Wortspiel.

Ich mag diese Küchenuhr. Oh nein, jetzt werde ich ganz melancholisch. Den Ort zu verlassen, an dem die Zeit stehen geblieben ist, ist schwerer, als ich dachte. Ich setze mich wie immer aufs Fensterbrett in unserem Esszimmer, das wir *Rittersaal* nennen. Darin stehen ein braun lackierter Biertisch mit zwei Bänken, ein weißes, völlig verstimmtes Klavier und zahlreiche Bodenkerzen. Hier haben wir immer gesessen, gefeiert, geraucht, getrunken, manchmal geküsst, öfter geweint, gejammert und viel gelacht. Vom Fenster aus sieht man auf die trostlose Hauptstraße, die zur trostlosen Fußgängerzone führt. Gleich gegenüber ist der Metzger Meixner, der souverän mit einem Schild aus den Siebzigerjahren wirbt: Ein rosa Schwein mit Kochmütze serviert Wurst auf einem Silbertablett. In der Sprechblase steht: »Wurst von Meixner ist noch feiner!« Das reimt sich nicht mal. Neben dem Metzger befindet sich ein Geschäft für orthopädische Artikel mit Stützstrümpfen, Gehhilfen und Beinprothesen im Schaufenster. Dieser Ausblick ist ekelhaft bedrückend und zugleich äußerst amüsant.

Ich rauche meine letzte Zigarette an diesem Fenster und bin selbst schon genervt von meinen ständigen Letztes-Mal-Gedanken. Ich denke lieber wieder an erste Male. Leider kann ich mich an das erste Mal mit Ralf nicht mehr erinnern. Aber ich weiß noch sehr genau, wie wir das erste Mal *fast* miteinander geschlafen hätten.

Der *Beinahe-Beischlaf* passierte ungefähr eine Woche nach dem Kuss im botanischen Garten. Am Ende seiner Vorlesung über italienische Literaturgeschichte um die Jahrhundertwende blieb ich länger im Hörsaal als notwendig, kramte umständlich in meiner Tasche, als würde ich noch nach etwas suchen. Ich weiß nicht genau, was ich vorhatte, aber ich hatte das dringende Bedürfnis, für einen Moment mit Ralf – damals noch Herr Reuter – alleine zu sein. Ich wollte ihm zeigen, dass ich den Kuss vom letzten Mal nicht bereute. Noch viel mehr, dass ich ihn gerne wiederholen würde. Aber mich verließ der Mut, und plötzlich kam ich mir ziemlich blöd vor, wie ich da wie eine dumme Kuh in meiner Tasche wühlte und künstlich die Zeit in die Länge zog. Ich wollte nun doch möglichst schnell den Raum verlassen. Als ich gerade als Letzte durch die Tür huschte, rief er meinen Namen: »Maja, kannst du noch mal kurz kommen?« Mein Herz konnte sich für einen Moment nicht entscheiden. Stehen bleiben – oder im Galopp davonspringen? Als brave Studentin gehorchte ich artig, kehrte um und blieb an der Wand neben der Tür mit fragendem Blick stehen. Ralf ging eiligen Schrittes zur Tür und nuschelte etwas von der anstehenden Klausur. Dann warf er einen Blick auf den Gang, bevor er die Tür von innen zuzog, zweimal absperrte und abrupt verstummte.

Wir sahen uns an, und es war ganz klar, was gleich passieren würde. Oder zumindest, *das* gleich etwas passieren würde. Ralf machte einen Schritt auf mich zu, drückte seinen Körper gegen meinen, mich damit gegen die Wand. Erst streichelte er über meine Wange, mit dem Handrücken seiner rechten Hand. Die ohne Ehering. Dann griff er mein Kinn, zog meinen Kopf nach oben und zwang mich, ihm direkt in die Augen zu sehen. (Braun? Grün? Keine Ahnung.) Das machte mich nervös. Es erinnerte mich an diese Szene aus *Casablanca:* »Schau mir in die Augen, Kleines!« In dieser Position fühlte ich mich nicht sonderlich wohl, und um mich daraus zu lösen, küsste ich meinen Dozenten. Eine Art Übersprungshandlung. Ralf küsste zurück, hungrig und feucht. Ganz anders als damals im botanischen Garten. Er küsste mich, als wäre das hier und jetzt unsere einzige Chance. Es fühlte sich wie ein Beginn und ein Abschied zugleich an. Er küsste meinen Hals und fuhr mit seinen Händen unter mein Top. Ich trug keinen BH. Das machte ihn noch geiler. Er sah mir kurz tief in die Augen, als würde er um mein Einverständnis bitten, mich hier und jetzt so richtig schön durchficken zu dürfen. Vielleicht hätte ich damals sagen sollen: »Uns bleibt immer noch Paris!« Aber das war kein Film, das war mein Leben und ich, wie immer, ohne Drehbuch.

Statt also genau an dieser Stelle meinen Kopf einzuschalten, schob ich meine Hände unter Ralfs Hemd. Wir befühlten uns gegenseitig die Brustwarzen, küssten uns. Dann kniete er sich vor mich auf den Boden, öffnete den Reißverschluss meines geblümten Rocks und streifte ihn nach unten. Meine Unterhose zog er nur bis knapp unter meinen Hintern. Sofort begann er, an meinem Kitzler zu lecken. Dieses Bild, wie mein Dozent vor mir auf dem Linoleumboden kniete und mich in unserem Hörsaal leckte, kam mir so surreal vor – machte mir Angst und Lust zugleich. Die Lust besiegte die Angst. Ich drückte Ralfs Oberkörper auf den Boden, öffnete seine Hose und holte seinen Schwanz heraus. Er war steinhart. Gerade als ich über ihn lecken wollte, klopfte es an der Tür. Ich sprang sofort auf, in meinen Rock, zog mein Oberteil über und rückte alles zurecht. »Einen Moment bitte«, rief Ralf, der umständlich versuchte, seinen Ständer wieder einzupacken. Dann hörten wir schon einen Schlüsselbund im Schloss, sodass Ralfs Schlüssel auf den Boden fiel. Es war die Putzfrau. »Gut, dass Sie kommen. Uns muss jemand von außen eingesperrt haben.« Ralf log schlechter als Homer Simpson. Unser aller Blick fiel auf den Schlüsselbund vor uns. Die Situation war einfach zu absurd. Ich griff nach dem Schlüssel, als wäre er meiner, bedankte mich bei Herrn Reuter für die Kopien und verabschiedete mich schnell zum nächsten Kurs. Ein Stockwerk tiefer wartete ich auf ihn. Ralf hatte immer noch einen hochroten Kopf. Ich gab ihm *meinen* Schlüssel zurück. Dabei griff er nach meiner Hand und hielt sie fest. »Kann ich dich anrufen?«, fragte er flüsternd. Ich antwortete in normaler Stimmlage: »Danke noch mal für die Kopien. Darf ich Ihnen meine Nummer geben? Falls Sie doch noch einen Nachhilfetermin frei hätten, wäre das wirklich prima. Beim Konjunktiv habe ich noch große Lücken.« Mann kann ich gut lügen. Vielleicht hätte ich doch Anwältin werden sollen? Seit diesem Tag war der Konjunktiv mein geringstes Problem.

Jetzt stehe ich auf diesem dämlichen Provinzbahnhof an Gleis eins. Alleine. Alles hier sieht schon wieder nach einer Filmkulisse aus. Aber niemand ruft: »Danke und aus!«, um dem Spuk endlich ein Ende zu bereiten. Ich stehe alleine am Gleis mit einem riesigen Rucksack, und plötzlich kommen mir die Tränen. Tränen der Wut und der Enttäuschung. Ralf ist tatsächlich nicht mehr gekommen, um mich zu verabschieden. Meine letzte Hoffnung klebt auf Gleis Nummer eins und wird schonungslos vom einfahrenden Zug zermalmt. Bahnhöfe sind solche Scheißarschlöcher.

Alle Plätze sind reserviert, und mein Gepäck passt nicht in die Ablage. Überall gestresste Fahrgäste, die sich im Gang schimpfend an mir vorbeidrängen. Ein Familienvater erbarmt sich meiner, nimmt einen seiner zwei Söhne auf den Schoß und lässt mich sitzen. Ich bin ihm sehr dankbar. So sitze ich nun da, völlig apathisch, lasse die Tränen weiter über meine

Wangen kullern. Auf einmal wird mir bewusst, dass ich ein Jahr gewartet habe. Aber auf was? Auf *Liebe?* So naiv kann nicht mal ich sein, oder?

Ich starre aus dem Fenster und erinnere mich, wie ich das erste Mal bei Ralf zu Hause war. Ich weiß, dass wir an jenem Abend auch zum ersten Mal miteinander geschlafen haben. Aber, wie gesagt, ich kann mich nicht mehr daran erinnern. Ein paar Tage nach dem *Vorfall* im Hörsaal rief Ralf mich an. »Wegen des Konjunktivs«, wie er am Telefon betonte. Er lud mich zur Italienisch-Nachhilfe zu sich nach Hause ein. Er könne nicht weg. Seine Frau sei verreist, und er müsse auf den Kater aufpassen. Ich fragte mich, ob während des Telefonates wieder die Putzfrau hinter ihm stand oder ob er einfach Gefallen daran gefunden hatte, in unserer Geheimsprache mit mir zu kommunizieren. Ich spielte mit (»Oh, prima! Schön, dass Sie sich Zeit nehmen.«) und kam an jenem Abend mit meinem Alibi-Italienischbuch in der Hand bei ihm an. Man weiß ja nie, wen man unterwegs in der Provinz so trifft. Vielleicht die Putzfrau? Dann hätte ich ein wasserdichtes Alibi gehabt. Ich hätte ihr gesagt, dass ich zu Herrn Reuter nach Hause gehe, weil er auf den Kater aufpassen müsse und mein Konjunktiv noch große Lücken aufweise. Der Beweis dafür – mein Italienischbuch – hier in meiner Hand. Kein Verdacht auf möglichen Beischlaf.

Trotz meiner perfekten Tarnung war ich an diesem Abend ziemlich aufgeregt und ein paar Stunden später schon sehr betrunken. Wir haben zu zweit drei Flaschen Rotwein gekippt und dabei italienische Schnulzen gehört. Dann weiß ich nichts mehr, bis zum nächsten Morgen. Das Aufwachen war der Horror. Die Wände rot, die Laken weiß, in meinem Kopf ein schwarzes Loch. Ich lag nackt im Ehebett meines Dozenten, der wiederum nackt neben mir lag, und ich konnte mich an nichts erinnern. Klassische Mischung aus Filmriss und Verdrängung. Ich schloss die Augen, und als ich sie wieder öffnete, blickte ich direkt in zwei grüne Augen. Ja, ich erinnere mich an die Augenfarbe des Katers. Und das Fell dieses Katers war schneeweiß. Schneeweiß, als stamme er aus einer der Tragödien von Lorca. Weiß symbolisiert bei Lorca immer den Tod. Er saß auf meiner Brust und glotzte.

»Haben wir miteinander geschlafen?«, habe ich Ralf gefragt. Er sah mich ungläubig an. Ob ich Witze mache, wollte er wissen. »Klar, war nur ein Scherz«, log ich. Das merkte Ralf, und ehe ich michs versah, trieben wir es noch einmal. Zur Erinnerung. Den Konjunktiv beherrsche ich übrigens bis heute nicht.

Die Kinder hier im Zug plärren, was das Zeug hält, piesacken den Vater und singen Wikingerlieder. Wäre ich in einem zurechnungsfähigen Zustand, würde ich es auf diesem Platz keine Minute aushalten. Aber ich befinde mich im lethargischen Zustand des Abschiedsschmerzes. Eine Frau beschwert sich bei dem zuvorkommenden Familienvater: »Können Sie Ihren Kindern mal was von Rücksichtnahme erzählen? Sie sind ja nicht alleine im Zug!« Der Vater: »Ich schick sie Ihnen gleich mal rüber.« Andere Frau: »Das könnte Ihnen so passen.« Kinder: »Außerdem ist das ein ICE, kein Zug, du Kakawurst!« Genau, du Kakawurst! Scheiß doch auf Rücksichtnahme.

Seit jener Nacht ging es dann so weiter. Immer dann, wenn Ralfs Frau nicht da war. Und viele Male dazwischen, wenn ich ihn in meine Wohnung schmuggelte und er seiner Frau etwas von *Kartenspielen* oder *Abendseminaren* erzählte. Bei mir wurde »Ich muss zur Italienisch-Nachhilfe« zur diskreten

Umschreibung für *es mit seinem Dozenten treiben*. Irgendwann verlor ich die Kontrolle. Ich wurde eifersüchtig. Auf seine Frau. Vielleicht habe ich mich verliebt. Ganz sicher aber habe ich mich *emotional abhängig* gemacht, von einem verheirateten Mann. Daher ist es höchste Zeit, diese Stadt zu verlassen.

Paula, meine Freundin aus Kindheitstagen, hat mich überredet, nach dem Studium zu ihr nach Berlin zu kommen. Dort könne ich mir eine Arbeit suchen und mit ihr zusammen den Ungerechtigkeiten des Lebens trotzen. So kam es, dass ich, Little Miss Drama Queen, jetzt hier im Zug aus Tränen sitze. Der kleine Junge hört endlich auf, Wikingerlieder zu singen, und reicht mir ein Taschentuch für mein *Aua*. Der Schaffner fragt, ob jemand zugestiegen sei, und interpretiert mein Schluchzen als ein Nein. Ich habe kein Ticket (vor lauter Aufregung ganz vergessen), und er fragt auch nicht danach. Ich mache ihn verlegen. Liebeskummer macht Zugfahren sehr günstig.

Ich steige Berlin-Hauptbahnhof aus. »Maja!«, höre ich eine bekannte Stimme über den Bahnsteig schreien. »Maja, du blinde Kuh. Dreh dich um!« Paula steht zehn Meter entfernt, winkt wie eine Verrückte und läuft mit ausgestreckten Armen auf mich zu. Eigentlich hopst sie vielmehr. Sie hopst und gluckst und fällt mir um den Hals. Meine Paula, meine gute alte Paula. Wir umarmen uns fest. Ich kann nicht glauben, dass sie tatsächlich zum Bahnhof gekommen ist, um mich abzuholen. Paula ist nämlich chronisch pleite, und »U-Bahn-Fahren ist sehr teuer!«, wie sie mich in ihrer letzten E-Mail wissen ließ.

Ich bin selbst überrascht, wie sehr ich mich freue, Paula endlich wiederzusehen. »Hast wohl nicht mit mir gerechnet?«

Ich schüttle den Kopf und drücke sie noch mal ganz fest. Paula nimmt mein Gesicht zwischen ihre Hände und sieht mich an. »Oh mein Gott. Du siehst echt beschissen aus. Hast du geheult – oder gekifft? Oder beides?« Ich antworte mit einem erneuten Tränenausbruch, gefolgt von einem Lachen. Irgendwie kann ich mich nicht so recht entscheiden, ob ich nun traurig oder glücklich bin. Ich bin nur so erleichtert, dass sie da ist.

»Danke, dass du gekommen bist!«, schluchze ich, als wir langsam losgehen und Paula mit ihrem Ärmel über meine Rotznase wischt. »Na, hör mal! Du Landpomeranze wärst doch schon am ersten Tag in Berlin hopsgegangen. Außerdem habe ich meinen Fahrschein vor dem Abstempeln mit Labello beschmiert. Den kann ich noch mal benutzen. Hab es einfach wieder abgewischt. Das haben mir die Punks am Kotti gezeigt. Gut, oder?« Ich habe keine Ahnung, wovon Paula redet, und sage: »Ja, echt gut.« Paula plappert einfach weiter: »Wir fahren jetzt nach Kreuzberg. Ich zeig dir dein neues Zuhause. Ich habe dir am Wochenende dein Zimmer goldgelb gestrichen. Damit für dich immer die Sonne scheint. Wie du siehst, scheint die Sonne jetzt auch für immer aus meinem Arsch.« Paula dreht sich um und reckt mir ihren Po entgegen. Ihre Jeans ist mit gelber Farbe verschmiert. »Hab vergessen, dass ich gestrichen habe, nach nur zwei Minuten. Beim Telefonieren an die Wand gelehnt und zack, Sonne aus dem Arsch. Auch gut, oder?«

Paula nimmt meine Hand und fängt wieder an, zu hopsen und dabei zu singen: »Uns scheint die Sonne aus dem Arsch, yeah, yeah, wir sind in Berlin, und uns scheint die Sonne aus dem Arsch, yeah, yeah, yeah!« Was solls. Erst Regen, dann Sonne. Ich stimme mit ein in die nicht vorhandene Melodie, und zusammen hopsen wir Richtung Zukunft zu Ausgang B!

3. Kapitel

Paula

Ein paar Tage später sind meine Tränen längst getrocknet. Paula nimmt mich voll und ganz in Anspruch. Ich finde keine Zeit auszupacken, keine Zeit nachzudenken, keine Zeit, wegen Ralf zu heulen. Paula ist damit beschäftigt, mich durch die Stadt zu zerren und dabei aus ihrem Leben zu erzählen. Ob es mich interessiert oder nicht, sie redet immer, auch während ich dusche, auf der Toilette sitze, gerade telefoniere oder Paula selbst duscht, auf der Toilette sitzt oder Zähne putzt, meistens mit meiner Zahnbürste. »Die ist noch so schön neu!«, wie sie findet. Paula ist anstrengend, aber ich bin froh über diese Abwechslung, nach der ich mich doch so lange gesehnt habe. Froh darüber, dass sich in meinem Kopf nicht mehr alles um mein persönliches, lächerliches Ralf-Drama dreht. Welcher Ralf eigentlich? Ah, »Meld dich mal«-Ralf. »Leck mich am Arsch«-Ralf, so sieht das aus.

In Bezug auf Geldverdienen und ein Akademisches-erwachsenes-Leben-Führen habe ich mir selbst eine kurze Verschnaufpause verordnet. Ich will mich erst ein bisschen eingewöhnen, erst mal »ankommen«, wie Paula mit einem Augenzwinkern sagt. Außerdem habe ich überhaupt keine Ahnung, nach was für einer Stelle ich suche.

Mein Vater findet, ich solle bloß keine Zeit verlieren. Ich würde auch nicht jünger, und Lücken im Lebenslauf fielen sofort auf. Diese Telefonate mit meinem Vater am Samstagmorgen muss ich dringend einstellen. Aber in seinem neuen Handyvertrag kann er am Wochenende umsonst ins deutsche

Festnetz telefonieren. Ab zehn Uhr morgens. Und schon klingelt unser Telefon, Punkt zehn Uhr morgens. Paula geht ran und meint nur: »Wer stört?« Das ist ihr dann doch ein bisschen peinlich. »Oh, guten Morgen Herr Engel. Sie rufen aber früh an. Maja, dein Vater!« Mein Vater nennt Paula immer Pauline. (Er kann oder will sich grundsätzlich keine Namen merken.) Ich nenne sie auch Pauline, wenn ich sie ärgern will. Das hasst sie. »Danke, Pauline«, nehme ich den Hörer entgegen und fange mir sofort einen Arschtritt ein.

Immer wenn ich mit meinem Vater telefoniere, sagt er: »Hallo Maja. Ich bins. Papa.« Das weiß ich natürlich längst. Wer sollte es sonst sein, am Samstagmorgen um zehn Uhr? Unsere Elterngeneration ist einfach nicht mit dem Telefon – geschweige denn mit dem Handy – groß geworden. Meine Mutter schreit immer ganz laut in den Hörer und beginnt jedes Gespräch mit dem Wetter. Mein Vater hört zwar ein Handy klingeln, aber denkt, es wäre nicht seines. Die Anleitung für die Tastensperre hat er sich übrigens auf einen separaten Zettel notiert.

Ich übe mich also mal wieder in Toleranz und lasse mir erklären, dass das Telefonat gerade kostenlos sei. Dem Thema Stellensuche widmet sich mein Vater daher besonders ausführlich mit Eröffnung, Anklage und Schlussplädoyer. Ich hoffe auf Freispruch oder zumindest Bewährung und finde, dass solche Handyverträge für Väter verboten gehören. Ich sage ihm, dass ich zwei Wochen Auszeit nicht ernsthaft für eine Lücke im Lebenslauf halte. Unter 1. bis 15. Juni 2009 werde ich einfach »Umzug nach Berlin, Burn-Out-Syndrom, sexuelle Neuorientierung und Partyleben mit Paula« in meine Vita schreiben. Mein Vater findet das nicht witzig und sagt, dass ich unsachlich würde. Ich entgegne ihm, dass man am

Samstagmorgen um zehn Uhr auch unsachlich sein dürfe. Außerdem müsse ich jetzt auflegen, weil es anklopfe. »Nein Papa, nicht an der Tür, in der Leitung. Das könnte Hollywood sein. Tschüss!«

Hollywood ist nicht dran. Erst ruft Moni an, dann Nadine. Beide erzählen mir die gleiche Geschichte aus ihrer jeweiligen Perspektive. So höre ich zwei völlig unterschiedliche Versionen. Bringt man diese auf einen gemeinsamen Nenner, ist die Sache ganz klar: Die beiden haben sich mal wieder zerstritten. Wegen Thomas. Der Mann, mit dem sie Schnitzel essen waren, während ich mich in das *Guinnessbuch der Rekorde* gebumst habe. Thomas hatte scheinbar mit meinen beiden besten Freundinnen gleichzeitig was am Laufen. Der Mann hat Geschmack. Allerdings ist er wohl auch ein bisschen dumm. War doch klar, dass er auffliegen würde. Ich schlage Moni und Nadine vor, sich Thomas einfach zu teilen, nach Wochentagen, angepasst an ihren Menstruationszyklus. Das finden sie nicht lustig. Außerdem menstruieren sie zeitgleich. Das ist Pech. Dann bitte ich Moni, ihn Nadine zu überlassen. Immerhin würde sie eh bald nach Paris gehen. Aber Moni denkt gar nicht daran. Sie will Thomas mit nach Paris nehmen. Mein Argument, dass er aber kein französischer Schriftsteller sei, daher bestimmt nie eine Schreibblockade haben würde und sie ihm somit nicht als blasende Muse dienen könnte, lässt sie zumindest kurz nachdenken. Jetzt soll sich Thomas für eine von ihnen entscheiden. Ich finde es mehr als verantwortungslos, dem Mann die Entscheidung zu überlassen. Bis es so weit ist, reden Moni und Nadine nicht mehr miteinander und wollen daher jetzt auf keinen Fall zusammen nach Berlin kommen. Ich will mich nicht zwischen ihnen entscheiden müssen. Daher haben wir ihren Besuch erst mal auf unbestimmte Zeit vertagt. Ich bin zwar enttäuscht über die mangelnde Frauenloyalität, aber bewundere andererseits auch den Kampfgeist meiner Freundinnen. »Im Krieg und in der Liebe ist alles erlaubt«, sagt meine Schwester. Paula findet, ich solle Thomas nach Berlin einladen. Wir beide würden ihn uns dann ganz gerecht teilen, gleichzeitig. Ich muss über die Vorstellung, mit Paula einen Dreier zu haben, hysterisch lachen. Ich glaube, ich hätte Angst mit Paula im Bett.

Nach diesem Telefonmarathon am Samstagmorgen sind wir beide hellwach. Paula und ich können nicht wieder einschlafen, wenn wir einmal geweckt wurden. Eine unserer wenigen Gemeinsamkeiten. Also ziehen wir los und bummeln durch die Schuhläden von Kreuzberg. Ich entdecke ein Paar rote Lackstiefel mit einem Absatz, der gefühlte fünfzig Zentimeter hoch ist. »Schau mal, Paula, wer kann denn in diesen Schuhen laufen?« – »Meine Güte, Süße, weißt du, wie viele Schuhe ich habe, die ich nur zum Ficken anziehe?« Ich sagte ja schon, ich hätte Angst mit Paula im Bett. Scheinbar zu Recht.

Paula und ich kennen uns schon seit unserem zwölften Lebensjahr. Sie lungerte in dem Park rum, in dem ich mit unserem Hund Gassi gehen musste. Paula konnte super Stöckchen werfen. Wir mochten uns sofort und beschlossen, Freundinnen zu werden. Von da an zogen wir immer zusammen los, um irgendetwas Verbotenes zu tun. Wir logen unsere Eltern an, oder vielleicht log auch nur ich meine Eltern an. Denn Paulas Mutter war es egal, was ihre Tochter machte, solange sie ihr beim Fernsehen nicht im Bild saß. Und ihr Vater war eh längst über alle Berge. Paula vermutete, dass er schwul sei.

So verbrachten wir unsere Zeit mit Cola-Weizen-Trinken im Sternwirt, Heimlich-im-Park-Rauchen oder Billardspielen um Geld. Lauter Dinge, die man eben so macht zwischen dem zwölften und dem 15. Lebensjahr. Wir waren unzertrennlich. Als wir 16 waren, sind Paula und ich in unsere Kleinstadtdisco, ins U2 am Baggersee, gegangen. Paula hat dann einem Typen hinter einem Bootshaus einen geblasen. Er sah gemein aus. Ein Jahr später heiratete Paula diesen Kerl und brach den Kontakt zu mir ab, weil ich ihn nicht mochte. Mit 18 bekam sie ihr erstes Kind, zwei Jahre später das zweite. Nach fünf Jahren Ehealltag krachte ihr die Decke einer Doppelhaushälfte metaphorisch, aber ordentlich auf den Kopf, und sie büchste mit den Kindern aus, nach Berlin. Von dort bekam ich einen langen Brief von ihr, in dem sie mich weder um Verzeihung bat noch irgendetwas erklärte. Paula wollte einfach wieder Kontakt zu mir haben und schrieb mir, was passiert war.

Ich bin kein nachtragender Mensch. So interpretierte ich diesen Brief, der kein einziges Wort der Entschuldigung enthielt, ganz klar als Entschuldigungsschreiben. Die Tatsache, dass sie den gemeinen Mann, den ich eh nie mochte, verlassen hatte, reichte mir als Entschuldigung aus. Ich freute mich einfach so, sie wiederzusehen – die blöde Kuh. Paula kam für ein Wochenende in meine studentische Exilstadt, schlief in meinem Bett und plapperte 48 Stunden ohne Unterlass. Danach wusste ich alles über ihre letzten Jahre, und mein eigenes Leben kam mir erbärmlich belanglos vor. Paula meinte dazu nur, dass ich eben ein *Oberschichtenkind* sei, mich dafür aber erstaunlich gut entwickelt habe. Immerhin hätte ich schon die halbe Welt gesehen, wäre nicht verheiratet, nicht schwanger und hätte keinen Bausparvertrag. Den hatte ich schon, aber das behielt ich für mich.

Paula ließ sich mit 23 Jahren wieder scheiden und beschloss, in Berlin zu bleiben, um ihr Abitur nachzuholen. Am

Ende einer schwierigen Scheidung wurde zum Wohle der Kinder entschieden. Sie sollten in ihrer Heimat bleiben und somit bei dem Vater, fünfhundert Kilometer von Berlin entfernt, leben und aufwachsen. Das ist jetzt zwei Jahre her. Heute sagt Paula, sie wäre eine schlechtere Mutter als Britney Spears, und weint oft, wenn sie Kinder im Alter ihrer Kinder sieht.

Nun bin ich also hier bei Paula, in ihrer Wohnung mitten in Kreuzberg, am Kottbusser Tor. Sie hat mir das Zimmer gegeben, das sie ursprünglich als Kinderzimmer geplant hatte. Die Kinder kommen aber so gut wie nie zu Besuch. Der gemeine Vater hat ihnen die Mutter schlechtgeredet, und Paula will die Kinder nicht zwingen, sie zu besuchen. Sie sagt, sie möchte, dass sie von sich aus zu ihr kommen, freiwillig. Ich finde, Paula ist sehr mutig. Sie selbst hat erst vor Kurzem ihren eigenen Vater aufgesucht. Ihr einziger Kommentar zu dieser Begegnung war: »Wusste ich es doch: schwul.«

Paula will einfach nur leben. Endlich leben. Vor ein paar Wochen hat sie sich neu verliebt. Das sieht man ihr an. Sie sieht glücklich aus. Paula hat nie Geld. Sie geht wieder zur Schule und arbeitet nebenher in einem Sexshop. Diese Arbeit liebt sie. Paula erzählt mir oft von ihrem Lieblingskunden. Ein geistig behinderter Mann, der zweimal die Woche zur Peepshow vorbeikommt. Er möchte dann jedes Mal doch lieber Paula nackt sehen, aber sie erklärt ihm, dass sie sich nicht ausziehen dürfe. Einmal hatte er so traurig ausgesehen, dass Paula nur kurz ihr T-Shirt nach oben zog und ihn ihre nackten Brüste ansehen ließ. Er freute sich so sehr darüber, dass er vor Begeisterung in die Hände klatschte. Paula möchte gerne einen eigenen Sexshop eröffnen, der ausschließlich auf weibliche Bedürfnisse ausgerichtet ist. Das sei eine echte Marktlücke, meint sie. Und wenn ich endlich mit meinem Oberschichten-Studium auch mal Geld verdienen würde, könnte ich ihr diesen Laden ja finanzieren, oder?

Paula spricht immer frei von der Leber weg. Mal fragt sie die Leute am Nebentisch, ob sie die Pizza denn nicht mehr aufessen wollen, um sie dann selbst zu essen. Mal ihren Freund, ob er sie gestern Nacht furzen gehört habe. Dann erzählt sie mir in der U-Bahn lautstark von ihrem aktuellsten Scheidenpilz, den sie mit einem in Naturjoghurt getauchten Tampon, ein altes Hausmittel, selbst behandelt. Oder von ihrer geschwollenen Lippe, die vom Blasen kommt. Paula verwechselt auch immer diagonal und vaginal. Das hat schon zu so einigen Missverständnissen geführt.

Wir stehen noch immer im Schuhladen. Jetzt bin ich neugierig geworden. »Und was trägst du dann so für Schuhe, also im Bett?«, frage ich mit gesenkter Stimme. »Na, kommt darauf an: die Pumps mit dem Zehn-Zentimeter-Absatz, die Lackstiefel oder meine Cowboyboots. Weißt schon, die mit der Eisenschnalle. Mach ich aber auch nur, wenn ich so richtig gefickt werden will. Also die devote Nummer.« Paula senkt ihre Stimme grundsätzlich nie. Ich bekomme einen hochroten Kopf und ziehe Paula aus dem Laden. Wir gehen zu ihrem – und jetzt auch meinem – Lieblingsfrühstückscafé und setzen uns draußen nebeneinander auf die schmale Holzbank in die Sonne, mit Blick auf die Oranienstraße.

»Hast du den Typ da eben gesehen?«, fragt sie mich kichernd. »Den Kleinen mit Glatze?« Paula muss grinsen. Sie hatte auf seine Kontaktanzeige geantwortet: »Suche devote Frau zum tabulosen Sex.« – »Ja, um Gottes willen! Paula, weißt du, was da hätte alles passieren können. Du hättest …« Paula fällt mir ins Wort. Paula fällt mir immer ins Wort. Sie lässt mich schon aus Prinzip nicht ausreden. »Süße, ich hab mich zum Essen einladen lassen, ein bisschen Wein getrunken und mich dann verabschiedet. Hab ihm gesagt: ›Sorry, aber du bist nicht mein Typ.‹ Der war einfach zu hässlich.«

Dann hat Paula halt mit Ecki geschlafen. Paula und Ecki gehen in eine Klasse. Ecki schien Paula gern zu haben, aber: »Beziehung is nich«, hat sie ihm gesagt. Da hat Ecki schriftlich geantwortet, per SMS: »Alles klar. Hab ich noch nicht erlebt. Was denkst du, wer du bist? Ich wollte nett sein. Keine Beziehung. Egal. Geh kacken.« Was haben wir gelacht! »Geh kacken« ist der Hit!

Wie gesagt, ist Paula seit ein paar Wochen frisch verliebt, in Marius. »Marius kann lesen!«, erzählt mir Paula stolz. Und er hat einen Hund, Jerry. Ein deutscher Pinscher, der Marius zugelaufen ist. Ich glaube, dass Marius nicht der Typ ist, der einen Unterschied zwischen *Aus-dem-Tierheim-Klauen* und *zugelaufen* machen würde. Jerry hinterlässt immer ihr Menstruationsblut auf Paulas Bettlaken, was Paula nicht stört. »Ist doch auch nur Blut«, sagt sie dann.

Ich erzähle Paula von Ralf, und sie sagt, ich solle froh sein, dass ich den los bin. »Verheiratete Männer trennen sich nie von ihren Frauen. Das weiß man doch! Was lernt ihr denn da, an eurer Uni?« Ich spüre, dass Paula in den letzten Jahren in meinem Leben sehr gefehlt hat.

Wir nutzen meine *berufliche Auszeit*, um die Stadt zu erkunden. Paula zeigt mir ihr Berlin: Wo man die beste Falafel essen kann (auch was eine Falafel ist), in welchem Park man günstig Gras kauft (auch wenn ich mich das nie im Leben trauen würde) und auf welcher Brücke sich die Berliner einmal im Jahr mit Obst bewerfen. Den Grund dafür habe ich nicht verstanden. Aber das klingt eindeutig nach einer Veranstaltung, die ohne mich stattfinden muss. Sie zeigt mir die ganze Stadt, von Neukölln über Mitte bis zum Prenzlauer Berg. Friedrichshain lässt sie aus. »Da gibt es nur Studenten und Hundescheiße. Da will kein Mensch hin!«, sagt Paula.

Berlin ist aufregend und anstrengend. Die Wege sind weit. Statt nach gegenüber ins Bergwerk zu gehen, wie ich es die letzten fünf Jahre getan habe, muss man fast überall mit öffentlichen Verkehrsmitteln hinfahren, ständig umsteigen und dann immer noch ewig weit laufen. Einmal hat mich Paula ins Berghain geschleppt. In diesem Club kam ich mir vor wie das letzte Landei. Die meisten hatten sich irgendwas eingeschmissen, und niemand sprach mit dem anderen. Als sich die Tanzfläche langsam füllte, dachte ich schon eher wieder ans Nachhausefahren. Vielleicht sollte ich es auch mal mit Drogen versuchen. Aber bei dem Gedanken, was passieren würde, wenn ich mal koksen sollte, sehe ich immer so ein Duracell-Häschen vor mir, das tagelang auf seine Trommel schlägt. Paula nimmt auch keine solchen Drogen. Meistens. Ihre Drogen sind zumindest gerade die Liebe und das Leben. Manchmal könnte ich ihr auch wirklich eine reinhauen für ihre lebensbejahenden Aussagen.

Ich muss mich wohl erst noch an das Berliner Nachtleben gewöhnen. Aber ich liebe unsere Wohnung. Mein Zimmer gefällt mir. Es hat Dielenboden, hohe Wände und Stuck. Meine Balkontür lässt sich kaum öffnen oder schließen, aber in diesem Zimmer fühle ich mich wie eine richtige Großstädterin. Statt den Metzger Meixner sehe ich vom Fenster aus eine Kneipe, den Trinkteufel. Dieser Laden ist immer voll, Tag und Nacht. Meistens mit betrunkenen Punks, die sich gegenseitig die Köpfe einschlagen. Aber Paula sagt, die seien harmlos. Ich schlafe auf einer Matratze am Boden und habe mir aus zwei Böcken und einer Holzplatte einen Schreibtisch gebaut.

Paula und ich waren dafür im Baumarkt, dem Ort, wo man nach Paulas Auffassung die schönsten Männer zu Gesicht bekommt. Sie hatte recht. Es war das reinste Schaulaufen. Männer mit schmutzigen Jeans, weißem Feinrippunterhemd und Dreitagebart, die Bohrmaschinen testen und Holz zuschneiden. Das sind die Besten, nämlich die frisch Getrennten, die sich gerade ihre Junggesellenwohnung einrichten. Sie sind entschlossen, ganz neu anzufangen, und dennoch ein bisschen verletzt, einsam und bedürftig. Das ist die Sorte *leichte Beute*. Die anderen, die *Pärchen-Männer*, erkennt man ganz einfach an der keifenden Freundin, die in der Sanitärabteilung steht und über drei Gänge hinweg »Schatzi, kommst du mal« ruft. Das ist die Ausschussware. Diese Paare dienen mir gerade als Abschreckung. Sie sind das lebendige Horrorszenario dessen, was passieren wird, wenn man sich auf das Hirngespinst Paarbeziehung einlässt. Paula findet, ich klänge frustriert. Ein Mann im Unterhemd mit Leatherman am Gürtel lenkt uns ab. Er schleppt eine Palette Farbtöpfe an uns vorbei. Er schwitzt. Wir glotzen ihm hinterher wie die Bauarbeiter und beschließen, ab jetzt regelmäßiger in den Baumarkt zu gehen.

Nach inzwischen über zwei Wochen Berlin entschließe ich mich an diesem Montagmorgen, endlich ernsthaft mein neues Leben anzugehen und die Lücke in meiner Vita nicht noch größer werden zu lassen. Ich brauche jetzt keinen Mann, sondern einen Job, eine Stelle mit Brutto- und Netto-Spalten auf der Gehaltsabrechnung. Oder doch lieber einen Mann, der so eine Gehaltsabrechnung schon hat? Könnte meine Mutter diesen Gedanken hören, würde sie aufgebracht im Kreis springen. Schließlich sei ich doch eine emanzipierte Akademikerin und könne sehr gut selbst für meinen Lebensunterhalt sorgen. Meine Mutter, die Akademikerin, die seit zwanzig

Jahren nicht mehr arbeitet. »Scheiß-Emanzipation!«, denke ich. Gedanken sind schließlich frei.

Ich fahre meinen Rechner hoch und gebe auf Google ein: »Stellenanzeigen + Berlin + viel Geld + Spaß«. Aber alle Ergebnisse auf diese Suche fangen an mit: »Du bist mindestens 18 Jahre alt und hast Spaß an ...« Das läuft eindeutig in die falsche Richtung. Außerdem kann ich mich nicht wirklich konzentrieren. Paula und Marius bumsen unüberhörbar im Zimmer nebenan. Ich stelle mir vor, wie Marius sie so richtig fickt und Paula immer »fester, fick mich fester« stöhnt. Ich frage mich, welche Stiefel sie wohl gerade trägt und ob ich ihr mal die »Ü-18-Stellenanzeigen« unter der Türe durchschieben sollte.

Wenn ich ganz ehrlich bin, merke ich gerade, dass ich einfach nur eifersüchtig bin. Ich will auch wieder ficken. Fuck Berlin! In der Kleinstadt wusste man eben, wo man bekommt, was man will. Meistens nur wenige Laufmeter entfernt. Jetzt vermisse ich sogar schon die Scheißprovinz. Und Ralf. Ja, ich vermisse »Und meld dich mal«-Ralf. So ein Mist. Selbst wenn ich hier einen Beischlafpartner hätte, müsste ich wahrscheinlich erst die U-Bahn nehmen, dann in die Straßenbahn umsteigen und vermutlich noch auf den Schienenersatzverkehr wechseln. Bis dahin wäre mir die Lust schon wieder vergangen. Merken: Liebhaber in der Nachbarschaft oder mit Auto suchen!

Frustriert klicke ich mich ein bisschen weiter durchs Internet und lande – mehr oder weniger versehentlich – auf YouPorn. Ich klicke mich von *homo* zu *hetero*, von *anal* zu *oral* und bleibe bei einem Amateurvideo hängen, das peinlicherweise meine Aufmerksamkeit erregt. Eine vollbusige blonde Frau fährt auf Rollerblades in roten Hotpants die Straße entlang.

Sie übersieht dabei einen trichterförmig gebauten Bauarbeiter, der wirklich nicht zu übersehen war, und fährt in ihn rein. »Ups!« Die Kamera zeigt in Großaufnahme ihre Pobacken, die links und rechts aus ihrem Höschen quellen. Welch großartige Kameraführung. Im nächsten Bild kniet sie in einem Bett über diesem Bauarbeiter. Ihr Po steckt immer noch in den Hotpants oder eher die Hotpants im Po, der sich knapp über seinem Gesicht hin und her bewegt. Auf allen vieren und inzwischen oben ohne macht sie sich gerade an seinem Bauarbeiterschwanz zu schaffen. Unter lautem Stöhnen holt sie ihn gierig aus der Jeans und fängt an, genüsslich daran zu saugen und zu lecken. Dabei verdreht sie ihre Augen, bis fast nur noch das Weiße ihrer Augäpfel zu sehen ist. Dieser Typ hat einen riesigen Schwanz (der hatte bestimmt keine Probleme bei der Berufswahl) und sagt immer nur: »Oh ja, ja, Baby, oh Baby, du bläst so geil, ja Baby!« Sie darauf: »Mmh, mmh, du schmeckst so geil!« Welch raffinierte Dialogstruktur. Sie streichelt seine Hoden und stöhnt selbst so laut, als würde sie gleich kommen. Es macht sie derart an, diesen riesigen Schwanz zu blasen, dass es ihn und irgendwie peinlicherweise auch schon wieder mich anmacht. Die Identifikation mit der Protagonistin funktioniert. Ich schiebe meine Hand in meine Hose und fange an, es mir auf meinem Schreibtischstuhl selbst zu machen. Im Hintergrund höre ich immer noch Paula und Marius ficken. Den Bauarbeiter und die geile Schlampe auch. Fast habe ich das Gefühl, wir kommen alle gleichzeitig, denn nach meinem Orgasmus ist es überraschend still geworden, und die Blondine leckt sich Sperma von der Lippe.

Ich habe ganz rote Wangen bekommen und warte darauf, dass ich mich gleich ein bisschen schämen werde. Aber nichts passiert. Also überlege ich, doch noch eine Universitätslaufbahn einzuschlagen. Vielleicht sollte ich doch noch meinen Doktor machen und ein Hauptseminar über »Dramaturgie und Dialogstruktur im pornografischen Amateurfilm« anbieten. Dann wäre das Audimax endlich mal bis zum letzten Platz gefüllt, da bin ich sicher.

Als Marius endlich geht – wahrscheinlich, um wieder an irgendeiner Demo gegen eine eigentlich sinnvolle Sache teilzunehmen –, will Paula mit mir was kochen. Das riecht verdächtig. Paula will eigentlich nie kochen. Sie sagt, das lohne sich nicht in Berlin, wo man für zwei Euro essen gehen könne. Aber heute kochen wir. Es gibt Kartoffelbrei und Fischstäbchen, das Lieblingsessen ihrer Kinder. Wir trinken Bier und erzählen uns Geschichten von früher. Diese Geschichten sind eben doch das, was uns am meisten verbindet. Bei der Nachspeise, Vanillepudding, wird Paula plötzlich sehr ernst, geradezu feierlich. Sie müsse mir etwas erzählen, wisse aber nicht, wie ich reagieren würde. Ich rate und frage sie, ob sie wieder schwanger sei oder schon wieder heiraten wolle. Paula lacht. »Quatsch, Maja, halb so wild. Marius hat mich heute nur gefragt, ob ich bei ihm einziehen will.« – »Und was hast du gesagt?«, frage ich mit vollem Mund. »Ich habe Ja gesagt.«

Ohne ein Wort zu sagen, stehe ich auf und gehe in mein Zimmer. Ich bin sauer. Nein, ich bin stinksauer, gehe wieder zurück in die Küche und schreie sie an. Ich werfe ihr vor, dass sie mich reingelegt hat. Dann fange ich an zu heulen. Paula nimmt mich in den Arm. »Du brauchst mich nicht, Maja. Das weißt du. Aber ich brauche Marius. Und ich bin nicht aus der Welt, ich bin nebenan, in Neukölln, ein paar Straßen weiter.« Mir läuft die Nase, und ich wische sie diesmal mit meinem eigenen Ärmel ab. Wir müssen beide lachen. Dann fängt auch Paula an zu heulen, und wir müssen wieder lachen. »Scheißleben!«, sagt Paula. »Ich habe immer schon die Menschen verlassen, die ich am meisten liebe. Irgendwie scheint sich das nicht zu ändern.« In dieser Nacht schlafen Paula und ich in einem Bett.

4. Kapitel

Das Casting

Eine Woche später ist es so weit: Paula zieht aus. Ich bin gerade mal drei Wochen in Berlin, und schon werde ich verlassen. Das fängt ja gut an. Von wegen »zusammen den Ungerechtigkeiten des Lebens trotzen«! Paula, die elendige Verräterin, packt ihr Sachen in Mülltüten und Bananenkisten ein und ist äußerst schlecht darin, ihre Freude zu verbergen. Warum sollte sie das auch tun? Um Rücksicht auf mich zu nehmen? Pah! Das Wort *Rücksichtnahme* kennt Paula gar nicht. Während sie so vor sich hin packt, erzählt sie mir, dass der Berliner im Schnitt viermal pro Jahr umzieht. Diese Umzugstechnik, alles in Mülltüten zu transportieren, habe sie auch erst in Berlin gelernt. Das sei so praktisch. Paula geht mir mit ihrem Berlin-Gequassel echt auf die Nerven. Ich würde sie gerne fragen, wie oft die Berlinerin ihre Freundin im Schnitt pro Jahr so hängen lässt. Und vielleicht hat Paula noch eine Mülltüte übrig. Da kann ich dann ihre Versprechen reinpacken und gleich entsorgen.

Ich bin inzwischen eigentlich schon viel weniger wütend, dafür umso enttäuschter. Aber *ich* kenne den Begriff Rücksichtnahme und versuche wenigstens, mir meine Enttäuschung nicht anmerken zu lassen, um Paula ihre gute Laune nicht zu verderben. Schön artig packe ich also stoisch all ihre Schuhe in eine Mülltüte. Ich frage sie, ob ich die Laufschuhe von den Fickschuhen getrennt verpacken soll. Das sollte eigentlich ein Witz sein. Aber Paula denkt kurz nach und winkt dann ab. Ich kenne ihr System ja nicht. Das würde ich nicht verstehen. »Vermutlich nicht. Ich verstehe nämlich gerade gar nichts mehr!«, sage ich beleidigter, als ich es vorhatte, und stelle die blöde Mülltüte erst mal in die Ecke. Scheiß doch auf Rücksichtnahme, du Kakawurst!

Paula bemerkt, dass die Stimmung gerade nicht gut ist, und reagiert so, wie sie in Konfliktsituationen immer reagiert: gar nicht. Ich gehe zum Fenster und zünde mir eine Zigarette an. Vom Fenster aus beobachte ich, wie ein Mann in Lederjacke und Schirmmütze an die Hauswand vom Trinkteufel pinkelt. Daneben steht eine rundliche Frau im Minirock und Leopardenoberteil. Als er fertig ist, stützt sie ihn, und die beiden ziehen in Schlangenlinien von dannen. Es ist mitten am Tag. Zusammensein heißt nicht automatisch, dass alles gut sein muss, denke ich.

Ich glaube, ich bin gar nicht wirklich traurig, dass Paula geht. Ich habe vor allem Angst. Angst davor, alleine zu sein. Alles was mit *alleine* zu tun hat, macht mir Angst. Große Angst. Schon immer. *Alleine* ist ein böses Wort. Vor allem, *alleine wohnen*. Ganz böse. Ich habe immer in Wohngemeinschaften gelebt. Bis auf einmal. In meinem ersten Semester war ich derart übermotiviert, dass ich mich in meinem zwölf Quadratmeter großen Studentenappartement einsperrte und auf meine Bücher stürzte. Ich las Faust I, Faust II und den Urfaust und zum wiederholten Male Effi Briest oder die Buddenbrooks – zwei Werke, die mich jedes Mal zu Tränen rührten. Zwischendurch ging ich im Wald joggen oder schwamm meine täglichen zwei Kilometer. Abends schnitt ich mir einen halben Apfel auf, und ehe ich michs versah, steckte ich mittendrin, in einer Sport- und Magersucht. Ich war ein verhungerter Strich in der Landschaft.

Meine Mutter riet mir, eine Therapie zu machen. Aber dafür hatte ich keine Geduld. Also zog ich in eine Wohngemeinschaft, um mich selbst zu überlisten. Ich begab mich in die Obhut von Mitbewohnern, von Claudi und Björn, die natürlich von alldem nichts wussten. Wer will schon eine Hungerkünstlerin bei sich einziehen lassen? Der Plan ging auf. Im familiären Kreis meiner Wohngemeinschaft begann ich, wieder normal zu essen. Seit jener Zeit weiß ich, dass es für mich schon aus rein gesundheitlichen Gründen sicherer ist, in Gesellschaft zu leben.

Paula scheint meine Gedanken lesen zu können. Sie sagt, ich solle mir das Leben nicht unnötig schwer machen. »Du kannst nun mal nicht alleine sein, Maja. Aber du musst ja auch nicht alles können. Such dir für mein Zimmer eine nette Mitbewohnerin oder einen heißen Mitbewohner. Die Wohnung ist für eine Person eh viel zu groß. Und zu teuer. Sogar für eine arbeitslose Akademikerin.« Paula gesteht, längst eine Annonce im Internet geschaltet zu haben. »Oder glaubst du, ich lasse dich hier ganz alleine zurück, bis du wieder unbeobachtet vor dich hin hungern kannst?« Ich bin tatsächlich ein bisschen gerührt. Es überrascht mich, dass sich Paula an meine Magersuchtsgeschichte erinnern kann. Ich möchte wissen, was Paula in der Wohnungsanzeige geschrieben hat. »Essgestörtes Oberschichtenkind sucht Mitbewohner/in gegen Hungersnot und für gelegentlichen Beischlaf!« Jetzt werfe ich einen Schuh nach ihr. Den mit der Eisenschnalle.

Ein paar Stunden später wird Paula von Marius und Jerry abgeholt. Marius hat ein Auto gemietet, und Paula sieht ihn stolz an. Er kann also lesen *und* Auto fahren! Dieser Mann steckt voller Talente. Wir laden ein paar Mülltüten ein. Den Rest ihrer Sachen will Paula im Laufe der nächsten Tage holen. »So macht man das …« – »In Berlin, ich weiß«, falle endlich mal ich ihr ins Wort. Paula fragt, ob ich zum Abendessen vorbeikommen wolle. Wir könnten auf ihrem Balkon grillen. Ich lehne ab. »Verbringt die erste Nacht ruhig mal zu zweit. Genießt es, bumst schön. Ich werde noch oft genug bei euch abhängen, wenn mir meine neue Mitbewohnerin auf die Nerven geht!« Paula umarmt mich fest und steigt zu Marius ins Auto. Wir winken einander zu. Sie sieht verdammt glücklich aus.

Ich gehe zurück in die Wohnung und schließe die Tür. Die Stille ist unerträglich. Schnell mache ich in der Küche das Radio und in meinem Zimmer den Fernseher an. Schon besser. Dann setze ich mich an meinen Rechner und öffne den Link, den Paula mir notiert hat. In Wahrheit ist die Wohnungsanzeige ziemlich seriös, also für Paulas Verhältnisse. Sie hat geschrieben: »Rettet Maja! Ich musste meine liebe Mitbewohnerin verlassen, wegen eines Mannes. Wer kann sich um sie kümmern? Sie ist stubenrein, pflegeleicht und sehr verspielt. Sie wohnt in einer sonnendurchfluteten Wohnung, mitten im Herzen von Kreuzberg. Für 300 Euro warm könntest du stolze(r) Bewohner(in) eines 20 Quadratmeter großen Zimmers in einer 80 Quadratmeter großen Altbauwohnung werden! Melde dich!« Paula hat zusätzlich drei Fotos hochgeladen, die unsere Wohnung im schönsten Licht zeigen. Ich habe schon über zehn Antworten in meiner Inbox. Wie aufregend. Ich klicke mich durch die Mails und beschließe, auf jeden Fall eine Frau auszuwählen – wegen Tampons ausleihen, nackt rumlaufen, bei offener Tür pinkeln und zusammen in den Baumarkt fahren, Männer gucken. Es wird alles gut werden. Ich hab die Provinz überlebt, da werde ich mit Berlin mit links fertig.

Drei Tage später habe ich bereits über dreißig Antworten auf die Wohnungsanzeige. Das sollte reichen. Ich nehme die

Anzeige erst mal aus dem Netz. Die Kandidatinnen, die mit Kind, Haustier oder Mann einziehen wollen, sortiere ich von vornherein aus.

Paula kommt seit ihrem Auszug jeden Tag vorbei. Angeblich, um mich »schrittweise zu entwöhnen«, wie sie es nennt. In Wahrheit ist sie nur viel zu faul, alles auf einmal umzuziehen. So fährt sie täglich ein paar Tüten mit ihrem Fahrrad von Kreuzberg nach Neukölln. Noch dazu kann sie in Marius' Wohnung nicht kacken. »Seit ich bei meinem Freund wohne, habe ich Verstopfung.« Sie sagt, das müsse sie noch üben. Paula schickt ihn morgens immer Brötchen holen und sprintet dann sofort ins Badezimmer. Aber der Bäcker ist gleich ums Eck und Marius zu schnell zurück. Und wenn sie unter Zeitdruck steht, kann sie gar nicht mehr. So kommt Paula meistens gleich nach dem Frühstück zu mir. Zum Kacken. Immerhin. Abgesehen davon ist sie natürlich neugierig, wer nun ihren Platz einnehmen wird. Ich habe mir inzwischen einige Frauen ausgesucht und Besichtigungstermine vereinbart. Paula durfte auch eine Person auswählen. Aber sie hat mir nicht verraten, wen. Eine Art Überraschungs-Kandidatin, vor der ich mich ehrlich gesagt schon ein bisschen fürchte.

Das erste Mädchen meines Castings heißt Lilly. Als ich ihr die Türe aufmache, umarmt sie mich. Lilly sieht aus, als käme sie gerade aus dem Indienurlaub. Sie ist barfuß, trägt lange blonde Dreads, ihr Körper ist in bunte Tücher gewickelt, und sie riecht nach Räucherstäbchen. Passend dazu findet Lilly die Wohnung »dufte«, fragt mich nach Bioläden in der Umgebung und ob es okay wäre, wenn wir das Modem über Nacht abstellen könnten, wegen der Strahlung. Ich sage ihr, dass ich mich melden würde, und streiche sie von der Liste. Ich hasse es, wenn jemand »dufte« sagt.

Die nächste Kandidatin machte zumindest am Telefon einen vernünftigen Eindruck. Tessa ist Logopädin und sucht schon lange nach der perfekten Wohnung. »Das muss einfach passen, Wohnung und Mitbewohnerin! Verstehst du?« Verstehe. Tessa durchschreitet die Wohnung, überprüft Fenster und Türen, Wasserhähne und Heizkörper. Die Routine ist ihr anzumerken. Allerdings macht es ihr Sorgen, ob ihr Schminktisch in das Zimmer passe. Sie fragt mich nach einem Maßstab. Ich überreiche ihn sprachlos und muss an den Ausdruck *gebärfreudiges Becken* denken, als ich mir Tessa etwas genauer ansehe. »Der Schrank passt – knapp, aber passt!«, freut sie sich. Ich fürchte, dass sie mich jetzt auch gleich ausmessen wird und ich dann aus Platzgründen meiner eigenen Wohnung verwiesen werde. Tatsächlich hat Paula recht: Ich habe ein Problem mit dominanten Frauen. Auch Tessa muss wieder gehen.

Mein dritter Versuch heißt Leonie. Sie lehnt von sich aus ab. Leonie arbeitet mit schwererziehbaren Jugendlichen. Mit solchen wie denen, die den ganzen Tag zwischen unserer Haustüre und dem Trinkteufel rumlungern. Zu Hause möchte sich Leonie nicht auch noch mit denen auseinandersetzen müssen. Ich empfehle ihr, in Charlottenburg eine WG zu suchen, und schließe erschöpft die Türe.

Danach kommt Steffi mit ihrem Freund Tom, der bestimmt auch ab und zu mal vorbeikommen würde – »Wenn das okay geht?«. Die beiden knutschen die ganze Zeit, während wir uns über Miete und Kaution unterhalten. Nein, das geht nicht okay. Nie im Leben werde ich mit einem Pärchen wohnen. Dann mache ich noch eher eine Therapie.

Am nächsten Tag kommt die dicke Olga. Sie ist Russin und spricht so gut wie kein Wort Deutsch. Ich frage mich, wie sie in perfektem Deutsch auf meine Wohnungsanzeige antworten konnte. Olga grinst mich immer nur an und sagt: »Schön«, wobei das ö wie ein ä klingt. Mir reicht es.

Danach kommen Maria und ihr Vater, der vorschlägt, die Wände neu zu verputzen und die Dielen abzuziehen. »Ist ja ziemlich runtergekommen hier«, findet er. »Dass ihr dafür auch noch Miete zahlen sollt, grenzt an Körperverletzung.« Maria sagt immer nur: »Ach Papa, jetzt lass doch mal.« Ich schäme mich fremd, bedaure Maria, aber mein Mitleid reicht nicht aus. Raus! Beide!

Ein ernüchternder Blick auf meine Casting-Liste lässt mich entsetzt feststellen, dass nur noch die Überraschungskandidatin übrig ist. Als es klingelt, werfe ich noch einen prüfenden Blick in den Spiegel. Ich sehe erschöpft aus. Dann höre ich schnelle Schritte die Treppe nach oben kommen und ahne es schon. Entweder eine Punkerin mit Doc Martens, Netzhemd, Nadeln in Hemd und Haut oder aber ... »Hallo, ich bin Ben!«

Ich werde Paula einfach umbringen, denke ich. Meine einzige Bedingung für ihre Wahl war: weiblich. Aber ich hätte es wissen müssen. Sie macht immer genau das Gegenteil von dem, was ich ihr sage. Ich sage: »Triff den Typen nicht mehr«, und sie heiratet ihn. Ich sage: »Lass dich bloß nicht tätowieren«, und schon ist der ganze rechte Oberarm dicht. Ich sage: »Alles, aber kein Mann«, und da steht er nun – in Fleisch und Blut.

Dieser Ben reicht mir die Hand. Ich bin zu perplex, um ihn sofort wieder wegzuschicken. Er hat einen festen Händedruck und sieht mich dabei mit wachen Augen an. Als er die Wohnung eiligen Schrittes betritt, muss ich sofort an ein Hundebaby denken. Er flitzt durch die Wohnung, beschnuppert alles und freut sich. Ihm gefällt die Wohnung. Sehr. Er will weder was ausmessen noch Wände einreißen oder Jugendliche erziehen. Wir setzen uns an den Küchentisch, und ich biete ihm ein Bier an. Wir trinken und stellen uns einander ein bisschen vor. Ich erzähle von mir und versuche, erwachsen zu wirken. Dabei komme ich mir ziemlich blöd vor. Ich rede und rede und komme einfach nicht auf den Punkt. Außerdem sage ich ständig »eigentlich«. Ich klinge, als wollte ich mich für meine gesamte Existenz rechtfertigen.

Ben fragt mich, warum ich Maja heiße. Auf diese Frage erzähle ich gerne meine selbst erfundene Geschichte. Nämlich die, dass mich meine Eltern in Goa gezeugt hätten und mir daher den Namen Maja gaben, was auf Hindi *die universelle Kraft* bedeutet. Aber ich bin zu erschöpft, um Ben anzuschwindeln. Also bleibe ich bei der peinlichen Wahrheit und erzähle ihm, dass meine Schwester unbedingt wollte, dass ich wie die bekloppte Biene hieße, die sie so gern im Fernsehen sah. Oder wie unsere Putzfrau: Frieda. »So gesehen, habe ich noch mal Glück gehabt.« Ben muss lachen.

Um von mir abzulenken, stelle ich Ben ein paar Fragen zu seiner Person. Er erzählt, dass er gerne koche, esse und Fahrrad fahre. Während er so spricht, überlege ich, ob ich ihn attraktiv finde. Er hat goldblonde, kurze Haare, leicht gelockt, ist sehr schlank und trägt eine Lederkette um den Hals, mit einer leeren Patronenhülse als Anhänger. Auf der linken Wange hat er ein Muttermal. Im Gesamtbild ist Ben eine Mischung aus sexy und doch nicht. Er sieht appetitlich aus. Appetitlich im Sinne von *sauber*, *reinlich*, als potenzieller Mitbewohner, mit dem ich Toilette und Badewanne teilen würde – geeignet. Aber ich habe nicht das Gefühl, dass ich dringend mit ihm schlafen möchte. Das ist gut, denke ich und bin mir nicht sicher, ob ich das gerade laut gesagt habe. Ich sage: »Tschuldigung.« – »Wieso Tschuldigung?«, fragt Ben, und wir müssen beide lachen. Er hat wohl gemerkt, dass ich mit meinen Gedanken woanders war. Er hat ein schönes Lächeln, sympathisch, aber auch ein bisschen spitzbübisch – kindlich. Er gefällt mir als Mensch, aber nicht zwingend als Mann. Er entspricht eindeutig nicht meinem Beuteschema. Sehr gut.

Ben stellt keine Bedingungen. Ihm gefällt die Wohnung, und er wäre auch mit allem einverstanden. Allerdings sei er erst seit gestern in der Stadt, und es gäbe da noch eine weitere Wohnung, die er sich gerne noch ansehen würde. Ich sage, dass ich mich eh nicht vor übermorgen entscheiden würde. »Immerhin haben sich sehr viele Leute beworben.« (Lächerlich!) Ich spüre, wie ich rot werde, und trinke schnell noch einen Schluck Bier. Wir vereinbaren, übermorgen zu telefonieren, und verabschieden uns wieder mit einem Händedruck. Ben wedelt hinaus. Schnupper, schnupper!

Ich bleibe mit einem guten Gefühl zurück und möchte es gerne mit jemandem teilen. In meinem jugendlichen Leichtsinn rufe ich meine Eltern an und erzähle von meinen Castings, von Lilly bis zu Ben. Mein Vater reagiert entsetzt. Er sagt, wenn ich jetzt einen fremden Mann bei mir einziehen lassen würde, käme ich *in Verruf*. Er benutzt tatsächlich dieses Wort. Natürlich lache ich meinen Vater aus, weise ihn darauf hin, dass wir im 21. Jahrhundert leben und ich – im Gegensatz zu ihm – auch in einer Großstadt. Hier seien gegengeschlechtliche Wohngemeinschaften längst gesellschaftlich akzeptiert, und niemand komme mehr in Verruf oder auf den Scheiterhaufen. Ich will lieber mit meiner Mutter sprechen. Sie erzählt mir von ihrem Italienischkurs an der Volkshochschule und vom Wetter – schon wieder. Ich muss natürlich auch sagen, wie das Wetter bei *uns* in Berlin sei. Ich sage: »Bewölkt«, und sie sagt: »Ach, bei uns war es heute sehr sonnig. Eine Affenhitze!« Sie freut sich wie eine Schneekönigin, wenn das Wetter da, wo sie ist, schöner ist als da, wo andere Leute sind. Plötzlich habe ich überhaupt keine Lust mehr, meine Erlebnisse zu teilen, und beende das Telefonat etwas zu abrupt. Ich sage: »*Tatort* fängt gleich an.« Das verstehen meine Eltern. Den schauen sie nämlich auch, jeden Sonntag, immer.

Jetzt habe ich schlechte Laune. Wenn ich mir einen Tag aus der Woche aussuchen dürfte, der aus dem Kalender gestrichen werden sollte, dann wäre das der Sonntag. Ich hasse Sonntage. Die Geschäfte sind zu, meistens hat man einen Kater vom Samstagabend, und sollte man sich doch aufraffen, vor die Tür zu gehen (was sonntags immer ein fataler Fehler ist), sieht man nur glückliche Familien oder verliebte Pärchen, die endlich einmal Zeit füreinander haben. Bestimmt sitzen Paula und Marius kiffend auf ihrem Balkon in Neukölln, trinken Rotwein und überlegen fieberhaft, in welcher Ecke ihrer Wohnung sie es noch nicht getrieben haben. Dann machen sie es diagonal vaginal unter dem Grill, und Jerry schaut schwanzwedelnd zu. Mann, ich brauche dringend Aufmerksamkeit.

Ich weiß, dass ich es nicht tun sollte, aber Paula ist schuld. Sie hat mich verlassen und kann jetzt nicht mehr aufpassen, dass ich nicht tue, was ich gleich tue: Ich rufe Ralf an. Er hebt ab, lacht verlegen ins Telefon und sagt, dass er sich morgen dazu gerne melden würde. Ich verstehe und lege einfach wieder auf. Seine Frau ist da. Na toll. Er hat doch gesagt: »Und melde dich bald!« Und jetzt? Jetzt wurde ich zu einem »Dazu«. Dieses Arschloch. Schon fange ich an zu heulen, ich blöde Kuh. Plötzlich wünsche ich mir nichts sehnlicher, als bei meinen Eltern zu Hause zu sein und *Tatort* zu schauen. Meine Mama würde mir Spaghetti kochen und mich hinter meinem

Ohr kraulen. Ich würde meinem Vater versprechen, Jura zu studieren und einen Arzt zu heiraten. Alles! Alles ist besser, als mich weiterhin von einem verheirateten, alten, eitlen Vollidioten demütigen zu lassen.

Stattdessen hocke ich hier, alleine und mit leerem Kühlschrank. Ich trete mir selbst in den Hintern und zwinge mich trotz der gefährlichen Sonntagsfalle vor die Tür. Mit kleinen Schritten bewege ich mich durch Kreuzberg, setze mich in den türkischen Nussladen in der Oranienstraße und esse gebrannte Mandeln. In diesem Laden hat man einfach eine super Aussicht. Es macht Spaß, die vorbeiströmenden Menschen zu beobachten. Man möchte gar nicht meinen, dass tatsächlich Sonntag ist. Neben Familien, Freundesgruppen und Lesben-Pärchen gibt es auch eine Menge Leute, die alleine unterwegs sind. Ach, Berlin ist toll, denke ich und fasse neuen Mut.

Plötzlich steht Ben vor mir am Fenster. Er schaut in den Laden, aber sieht mich nicht. Entweder die Scheibe spiegelt, oder er ist von der unglaublichen Nussauswahl zu überwältigt. Er steht da wie ein Kind vor dem Weihnachtsbaum und staunt. Ich warte, ob er gleich seine Nase gegen die Scheibe drücken wird, bis sie beschlägt, und bin unsicher, ob ich mich bemerkbar machen soll oder nicht. Ich will ihm zuwinken, aber plötzlich ist er schon wieder verschwunden – so schnell, dass ich kurz denke, ich hätte ihn mir nur eingebildet. Ben mag also Nüsse, denke ich und lächle. Dann sehe ich eine ziemlich debil lächelnde Frau vor mir. Es ist mein Spiegelbild, und sofort stelle ich mein Grinsen wieder ein. Es ist Sonntag, Maja, da gibt es nichts zu lachen, denke ich und grinse wieder, als ich mir meine letzte Mandel in den Mund schiebe.

Gleich am nächsten Morgen stehe ich zur Abwechslung mal in Paulas Wohnung. Nein, ich muss nicht aufs Klo. Eigentlich will ich sie schimpfen, dass sie unautorisiert einen Mann ausgewählt hat. Aber erstens würde Paula bei einem Satz, der *autorisiert* enthält, sofort wieder die Türe schließen, und zweitens bin ich viel zu gut gelaunt, um sie zu schimpfen. Ich erzähle ihr also von meinem Casting, von der Katastrophe an Frauen, und Paula amüsiert sich köstlich. Meine Imitation der dicken Olga gefällt Paula so gut, dass sie vor lauter Lachen pupsen muss. »Du weißt ja, meine Verstopfung!« Jetzt müssen wir beide lachen. »Die haben doch alle einen an der Klatsche«, seufzt Paula. Ich komme auf ihren Überraschungskandidaten zu sprechen, mache nach, wie er wie ein Hundewelpe durch die Wohnung gewedelt ist.

»Und? Wie sieht er aus? Habe ich deinen Geschmack getroffen?«, will Paula wissen, als sie sich ihren morgendlichen Joint anzündet. (Ein bisschen Droge braucht sie dann doch, trotz Leben und Liebe!) »Regt die Verdauung an«, erklärt Paula. Ich sage ihr ganz ernsthaft, dass Ben sehr sympathisch, aber überhaupt nicht mein Typ sei. Und dass ich darüber auch sehr froh sei. Falls – also nur falls ich mich tatsächlich für ihn als Mitbewohner entscheiden sollte, ginge das auch nur deshalb, weil er eben nicht mein Typ sei. »Es gibt nichts Anstrengenderes, als mit einem Mann zu wohnen, der dir gefällt. Stell dir das mal vor! Du müsstest Tag und Nacht, 24 Stunden lang, immer gut aussehen: morgens, wenn du aufstehst, abends, wenn du nach einem Scheißtag nach Hause kommst – auch wenn du krank bist – und sogar sonntags.« Paula grinst nur doof vor sich hin: »So, also nicht dein Typ? Ich glaub dir kein Wort.«

Ich glaube mir schon, auch wenn meine Entscheidung für Ben ehrlich gesagt längst gefallen ist. Nicht nur, weil alle anderen Bewerberinnen überhaupt nicht in Frage kommen. Und auch nicht nur, weil er eben gerade nicht mein Typ ist, sondern mehr aus so einem Gefühl heraus. Irgendwie fühle ich mich mit ihm sicher. Sicher, dass ich mich nicht verlieben würde. Sicher, dass wir keine komplizierte Sex-WG haben würden, und sicher, dass er für mich da sein würde. Egal, ob zum Lampen-Anbringen, Getränke-Schleppen oder Kopf-an die-Schulter-Legen. Ein Mann im Haus kann nicht schaden. Aber das größte Argument, das für Ben spricht, ist, dass ich in Verruf kommen würde. Das klingt aufregend. Sehr aufregend.

Am Dienstag rufe ich wie vereinbart Ben an. Es ist noch ziemlich früh. Ehrlich gesagt, ist es gerade erst zehn Uhr morgens. (Der Apfel fällt nicht weit vom Stamm!) Aber ich bin so ungeduldig und kann es nicht mehr erwarten. Als Ben abhebt und ich ihm freudig verkünde, dass ich mich für ihn entschieden habe, sagt Ben: »Oh. Danke. Das ist schön, aber ich wollte mir heute doch noch die andere Wohnung ansehen. Ist es in Ordnung, wenn ich dich danach anrufe?« – »Klar, kein Problem. Meld dich einfach.« Ich versuche, beiläufig zu klingen, und will dabei sterben. Wie peinlich ist das denn? Da ruf ich schon morgens um zehn Uhr an, um mir dann noch eine Abfuhr einzuholen. Ich schäme und ärgere mich. Das mache ich für die nächsten fünf Stunden, immer abwechselnd, schämen, ärgern, schämen, ärgern, schämen, ärgern, bis endlich das Telefon klingelt. Es ist Ben: »Ich würde gerne bei dir einziehen. Wenn ich noch darf?« Ich stehe gerade in einem chinesischen Ramschladen. »Du bist herzlich willkommen!«, sage ich, und mein Blick fällt auf einen Hundekorb. Ob ich ihm den zur Begrüßung schenken soll?

5. Kapitel

Der Coca-Cola-light-Mann

Zwei Tage später hat Ben die Kaution und die Julimiete bereits überwiesen. Einziehen will er allerdings erst in ein paar Tagen. Er habe vorher noch einen wichtigen Termin, meinte er am Telefon. Aha. Wichtig also. Da fällt mir auf, dass ich Ben gar nicht gefragt habe, was er beruflich macht. Das ist immer die erste Frage meines Vaters, wenn ich einen neuen Mann kennenlerne. »Was macht er beruflich?« Als ich noch zur Schule ging, verliebte ich mich jede Woche neu. Ein Jungengymnasium. Kein Wunder. Da meine Bekanntschaften noch keinen eigenen Beruf hatten, fragte mein Vater immer: »Was macht sein Vater beruflich?« Nicht etwa: »Wie heißt er? Was ist das Besondere an ihm?« Oder: »Was wurde aus dem von letzter Woche?« Damit mein Vater sein vernichtendes Urteil »Du kommst in Verruf!« revidiert, müsste Ben mindestens Diplomatensohn sein. Vielleicht habe ich ja Glück?

Ich nutze diese Tage, um meine ersten vorsichtigen und eigenen Schritte in Berlin zu machen, ohne Paula. Nach dem Aufstehen gehe ich joggen, um meinen Kiez ein bisschen kennenzulernen. Außerdem suche ich nach Stellenausschreibungen und schicke Bewerbungen los.

Um ehrlich zu sein, bin ich bei der Jobsuche nicht wirklich weiter gekommen. Es gibt keine Stellenausschreibungen, die auf mein Berufsbild passen. Ich habe nämlich kein Berufsbild. Der Magister für Theater- und Medienwissenschaften ist – ganz ehrlich – voll für den Arsch. Da wäre ein Jodeldiplom sinnvoller gewesen. Dann könnte ich wenigstens jodeln. So habe ich fünf Jahre lang Filme geschaut und ein bisschen im *Schnellkurs Film* geblättert. Wer sollte mich dafür jetzt bezahlen wollen und warum? Mein erlerntes theoretisches Wissen habe ich mit dem Ende der letzten Prüfung sofort vergessen. In der Gehirnregion, in der ich zuvor noch zentrale massenpsychologische Thesen von Gustave Le Bon abrufen konnte, befindet sich jetzt nur noch ein schwarzes Loch. Grundsätzlich speichert mein Gehirn Informationen nur so lange, wie maximal notwendig. Das macht es natürlich nur mit dem Wissen, das ich noch länger gebrauchen könnte, wie Allgemeinwissen. Solche Dinge, an die ich mich lieber nicht mehr erinnern würde, brennen sich dagegen geradezu für die Unendlichkeit ein. Ich erinnere mich unfreiwillig noch immer an die ersten Zeilen von Ovids Metamorphosen: »Aurea prima sata est aetas, quae vindice nullo …« Keine Ahnung, wie man das übersetzt. Ich bin das personifizierte Halbwissen. Ich erinnere mich auch noch wortwörtlich an den ersten Liebesbrief, den ich bekam. Der ging so: »Hallo Maja, ich liebe dich so sehr wie zehn verbrannte Kerzen. Wollen wir mal bumsen?« Ich war elf, fragte meine Mutter, was »bumsen« bedeute, und schon war ich ihn wieder los, meinen ersten Liebesbrief. Sie zerriss ihn. Ich war sehr wütend und konnte es nicht erwarten, endlich erwachsen zu werden. Denn ich hatte die dumpfe Vermutung, dass mir niemand mehr einfach etwas wegnehmen könne, wenn ich erst mal erwachsen sei. Ein fataler Irrtum, wie ich heute weiß.

Erwachsensein bedeutete für mich als Kind, älter als zwanzig Jahre zu sein und immer gekämmte Haare zu haben. Ich stellte mir vor, dann selbst eine richtige Frau zu sein, mit Strümpfen, Faltenrock und Blazer. Mit schwarzen Absatzschuhen, die beim Gehen klick-klack machen. An meiner

Seite ein Mann im Anzug. Mein Ehemann. *Erwachsensein* bedeutete Freiheit. Keine Hausaufgaben mehr, kein Mit-dem-Hund-Gassi-Gehen, kein Sonntags-in-der-Kirche-Frieren, kein Tante-Roswita-auf-den-Mund-Küssen, kein Im-Wirtshaus-Blaukraut-Essen, kein kein kein. Das hieß für mich, erwachsen zu sein.

Als Kind wusste ich sehr genau Bescheid. Jetzt, mit 25 Jahren, habe ich keinen blassen Schimmer. Trotz vieler Klickklack-Schuhe habe ich nicht im Ansatz das Gefühl, erwachsen zu sein. Bedeutet Erwachsensein, beim Geschlechtsverkehr zu verhüten? Oder beim Geschlechtsverkehr gerade nicht zu verhüten, um selbst Kinder zu bekommen und in Folge davon automatisch die Erwachsene zu sein? Oder hat Erwachsensein möglicherweise gar nichts mit Geschlechtsverkehr zu tun? Ist man einfach dann erwachsen, wenn man nicht mehr bei H&M einkauft oder keinen Pony mehr trägt? Wo ist eigentlich mein Ehemann im Anzug?

Ich vertage meine Sinnfragen, setze mich vor meinen Rechner und öffne pflichtbewusst meinen E-Mail-Account, den ich mir ausschließlich für berufliche Korrespondenzen eingerichtet habe. Ganz schön erwachsen, was? Bisher gähnende Leere. Aber heute habe ich Post. Eine neue Nachricht. Ich überfliege die Mail und weiß nicht, ob ich mich freuen soll. Ich habe eine Zusage, »Skript/Continuity« bei einem Kurzfilmdreh zu machen. Der Dreh geht in drei Tagen los. Zum Thema Gage steht da: »Auf Rückstellung«. Das klingt nach »kein Geld«. Allerdings werden Nebenkosten übernommen und »Teamgeist« sowie »neue Erfahrungen« versprochen. Das mit den Erfahrungen glaube ich gerne, denn obwohl ich mich darauf beworben habe, habe ich keine Ahnung von Skript/Continuity. Ich sage zu. Lieber unbezahlt als untätig.

Drei Tage später habe ich alles gelesen, was es über das Berufsbild Skript/Continuity zu finden gibt. Es geht darum, alles schön mitzuschreiben und auf Anschlüsse zu achten. Wenn zum Beispiel eine Person einen grünen Hut trägt, sollte sie im direkt daran anschließenden Bild keinen roten Hut tragen. Ich glaube, das kriege ich hin. Trotzdem bin ich nervös und stehe unschlüssig vor meinem Kleiderschrank. In einer Stunde muss ich los, und ich habe keine Ahnung, was man am Set so trägt. In der Mail stand, wetterfeste Kleidung sei von Vorteil. In meinem Schrank kann ich nichts finden, was auf diese Beschreibung passt. Außerdem ist es Sommer. Was heißt denn im Sommer wetterfest? In welchem Buch steht das? Ganz sicher nicht im *Schnellkurs Film*. Diese Uni-Professoren lassen uns hier draußen, in der echten Welt, eiskalt ins offene Messer laufen. Ich habe keine Outdoor-Klamotten, keine Bauchtasche zum Umschnallen oder wasserdichten Schuhe. Schließlich entscheide ich mich für Jeans, meine Chucks und den roten Kapuzenpulli. Die Haare binde ich mir zu zwei Knoten. Ich sehe aus wie Prinzessin Lea aus *Krieg der Sterne,* nur mit Pony. Metaebene Film in meiner Frisur. Immerhin.

Als ich gerade dabei bin, nach einer wetterfesten Handtasche zu suchen, klingelt es an der Tür. Es ist schon kurz nach 13 Uhr. Vielleicht ist Paulas Verdauung etwas aus der Bahn geraten. Ich mache die Tür auf, lasse sie angelehnt und gehe zurück in mein Zimmer. Ich hatte mal so eine wirklich scheußliche gelbe Plastikhandtasche. Wo mag die nur sein? »Gut, dass du da bist«, höre ich eine Stimme, die ganz eindeutig nicht zu Paula gehört.

Ben steht im Türrahmen, bepackt bis obenhin. »Ich wollte vorher anrufen, aber dann war ich schon in der Nähe und dachte, ich versuche es mal auf gut Glück. Passt es dir jetzt? Kann ich einziehen?« Ich versuche, ihn nicht allzu dämlich anzusehen, aber ich fürchte, es gelingt mir nicht. Da steht er also im Türrahmen mit einem riesigen Rucksack, einer bis obenhin vollgepackten IKEA-Tasche, einem Werkzeugkasten in der einen Hand, einer Computertasche in der anderen und einem Karton zwischen den Beinen. »Du, ist gerade echt schlecht. Heute Abend wäre besser«, sage ich mit ernster Miene. Jetzt sieht Ben ein bisschen dämlich aus. »Das war ein Scherz. Denkst du, ich schicke dich wieder weg, so wie du da stehst? Komm rein!« Ben schiebt sich und seine Sachen in den Flur. Ich will ihm den Werkzeugkasten abnehmen, aber er lehnt ab. Alles kein Problem, das gehe schon, sei nicht schwer. Ich sage Ben, dass ich gleich los müsse, weil ich heute meinen ersten Tag in meinem neuen Job haben würde. »Also, kein richtiger Job, aber gut für die Erfahrung und mit Teamgeist und so.« Ben nickt verwirrt. Ich frage ihn, wo er das Auto geparkt hat. »Welches Auto?« – »Na, den Umzugswagen.« Er lacht und sagt, dass er keinen Umzugswagen brauche. Er könne ja alles tragen, wie man sehe. Ich bin wieder an der Reihe mit Doof-Gucken und frage ihn, ob er denn keine Möbel habe, kein Bett, keinen Schrank, kein Geschirr? »Doch, Geschirr habe ich«, sagt Ben und wühlt umständlich in dem Umzugskarton. Dann holt er zwei Teller raus, die er mir stolz präsentiert. Auf dem einen ist Batman, auf dem anderen Donald Duck mit einer Torte in der Hand.

»Und wo schläfst du?«, frage ich immer noch ungläubig. »Na, auf einer Matratze, die ich mir gleich besorgen werde. Am Oranienplatz gibt es einen Matratzen-Discounter. Brauchst du auch was?« Ich lehne dankend ab. Und ich wollte ihm einen Hundekorb kaufen. Hätte irgendwie gut gepasst.

Jetzt habe ich also einen Mitbewohner, der mit einer Handvoll Sachen einzieht. Irgendwie süß. Ich greife nach einer ganz und gar nicht wetterfesten Handtasche – Wildleder – und rufe zu Ben ins Zimmer: »Bis später!« Es fühlt sich schön an, »bis später« zu rufen.

Fünfzehn Minuten danach klingle ich bei »D. Hauptmann« in der Schlesischen Straße 28. Nichts passiert. Das fängt ja gut an. Ich stelle mein Fahrrad ab und warte. Das Fahrrad hat mir Paula vertrauensvoll überlassen. Marius hat es *gefunden* und hergerichtet. Bestimmt werde ich irgendwann vom Fahrrad gezogen und verprügelt, weil der ursprüngliche Besitzer sein gestohlenes Rad wiedererkennt.

Es ist kurz nach 14 Uhr, als eine Gruppe junger Männer die Straße entlangkommt und vor Hausnummer 28 stehen bleibt. »Bist du Maja?«, fragt mich der Älteste von ihnen. Ich nicke zögerlich. »Sehr gut. Schön, dass du da bist.« Er reicht mir die Hand und stellt sich als Dave vor. Ich schätze ihn auf Mitte vierzig. Dann deutet er auf die Männer neben sich: »Das ist Ariel, er macht die Kamera. Rolf, mein Regieassistent, Hannes für das Licht und Jan, unser Meister für den Ton.« – »Hallo«, sage ich in die Runde und reiche allen die Hand. Das sind ausschließlich Männer, nichts als Männer. Wo sind denn die Frauen in Berlin? Paula hat mal gesagt, die Berliner Frauen seien »Suppe kochende Yuppi-Muschis, die entweder einen Kinderbuchladen eröffnen wollen oder schon einen haben«.

Ich folge den Herren zur Teambesprechung ins Büro – was eigentlich die Zweizimmerwohnung von Dave ist – und nehme auf einer Lautsprecherbox im Wohnzimmer Platz. Es gibt hier keine Möbel. Nur Musikinstrumente und Technikkram. In der Küche, also dem Raum mit den Wasseranschlüssen, steht ein Kühlschrank auf dem Boden. Immerhin. »Auch ein Bier, Maja?«, fragt Dave. »Nein danke«, lehne ich pflichtbewusst ab. Das war bestimmt ein Test. Ich kann ja wohl schlecht an meinem ersten Arbeitstag schon um kurz nach 14 Uhr ein Bierchen zischen, oder? Alle anderen sehen das wohl nicht so streng.

Dave erklärt mir, um was es in seinem Film geht und warum er ihm so sehr am Herzen liegt. Es geht um einen Junkie, der sich eigentlich umbringen will. Er besorgt sich eine Knarre und beschließt, einen letzten *saugeilen* Tag zu verbringen. Er betrinkt sich, geht ins Casino, verzockt sein gesamtes Geld, fährt mit hundert Kilometer pro Stunde durch die Stadt und geht schließlich nackt schwimmen, in der Spree. Für sein letztes Bier setzt er sich noch einmal in den Park, um den letzten Sonnenuntergang seines Lebens zu genießen, bis sich eine junge Frau neben ihn setzt. Ihr Lächeln ist schöner als die untergehende Sonne, und er – der ja nichts mehr zu verlieren hat – spricht sie an. Die beiden unterhalten sich, bis es längst dunkel geworden ist, und verbringen eine wunderschöne Nacht zusammen. Ende. Der Film heißt *Sterben kann ich auch noch morgen.*

Dave sieht mich erwartungsvoll an. Ich kann es mir nicht verkneifen und frage Dave, ob der Titel *Sterben kann ich auch noch morgen* möglicherweise nicht schon zu viel verrät. Dave sieht mich ernst an, streicht mit einer Hand immer wieder über sein Kinn. Vielleicht hätte ich besser nichts gesagt. »Krass, Maja. Scheiße ey. Dass mir das nicht aufgefallen ist. Echt gut, dass du da bist. Das muss ich ändern. Wie wäre *Stirb an einem anderen Tag*?« Ich schüttle den Kopf: »Gleiches Problem. Außerdem gibts den schon. James Bond 2002 *Die another day.*« Das sieht Dave ein: »Wir drehen das Baby jetzt erst mal und überlegen uns dann einen Titel. So habe ich es auch mit meinem Sohn gemacht. Erst habe ich ihn mir angesehen, wie er da so frisch geboren und völlig zerknautscht in meinen Armen lag. Dann wusste ich, wie er heißen soll.« Ich traue mich nicht nachzufragen. Hannes schon: »Und? Wie hast du ihn genannt? Kalle?« Alle lachen, außer Dave. »Nein, mein Sohn heißt Moses.« – »Amen«, sagt Ariel. »Können wir jetzt anfangen?«

Dave erklärt mir, dass wir nicht besonders streng auf Anschluss arbeiten würden und daher eine Continuity nicht zwingend notwendig sei. Aber jede helfende Hand wäre eine Erleichterung. »Sorry, dass es keine Kohle gibt, aber lass uns einfach eine gute Zeit haben. Einverstanden?« Ich sage: »Einverstanden« und denke: Wieso habe ich nicht Jura studiert? Ich werde nicht nur nicht bezahlt, sondern noch dazu nicht mal gebraucht. Aber es wäre auch komisch, mich zu bezahlen, wenn ich doch gar nicht gebraucht würde. Ich konzentriere mich auf den Teamgeist und hole mir auch ein Bier. Was solls. Kann das jemand mit den Zähnen öffnen?

Es klingelt an der Tür, und alle freuen sich, Alex zu sehen. Alle, außer mir. Dieser Typ ist sternhagelvoll. Er lallt und wankt, aber Dave flüstert mir irgendwas von »Einfühlung in die Rolle« zu. Er spielt den Junkie. Ich bin in einer leibhaftig gewordenen Berliner Klischee-Filmcrew gelandet und zu meinem eigenen Entsetzen auch noch stolz darauf.

Am ersten Drehort angekommen fragt mich Ariel – ich vermute ein Israeli –, ob ich ihm auch ein bisschen zur Hand gehen könne. Sein Kameraassistent sei krank geworden. »Liebeskrank«, wie er abfällig ergänzt. Ich sage: »Kein Problem« und denke: »Auch schon egal.« Ariel sieht sehr ernst aus. Er ist dünn, dunkelhaarig und trägt eine unauffällige Brille. An seinen Oberarmen prangen Tattoos: Ornamente und eine Sonne. Ich mag keine Tattoos, aber Ariel stehen sie wirklich gut. Er sieht aus, als sei er mit ihnen schon zur Welt gekommen.

Wir sind in einer dieser für Berlin typischen Eckkneipen, und Hannes baut das Licht auf. Ich bekomme von Dave endlich das Drehbuch und setze mich damit an die Bar. Erst auf Seite drei angekommen, fragt mich Hannes, ob ich mal eben als Lichtdouble einspringen könne. Die Jungens seien nämlich gerade alle am Billardspielen. Ich mache, was der Mann im Unterhemd verlangt, und stelle mich an den angezeigten Platz. Da ich mit meinen 1,60 Meter als Lichtdouble im Vergleich zu unserem Schauspieler deutlich zu klein bin, stellt mich Hannes zur Erhöhung kurzerhand auf eine kleine Holzkiste. Ich muss an ein Theaterstück denken, in dem ich vor zwei Jahren an der Uni mitgespielt habe. Ich glaube, ich wurde vor allem auf Grund meiner Größe besetzt. Ich spielte darin eine kleine Frau, die von ihrem Mann zum Geburtstag einen Sockel geschenkt bekommt. Erst weiß sie nichts damit anzufangen, aber als sie sich auf den Sockel stellt, sieht sie die Welt plötzlich mit ganz anderen Augen.

So wie damals stehe ich jetzt auf dieser Kiste, von Scheinwerfern geblendet. Ich halte schützend meine Hand vor die Augen und denke an den Song von Van Morrison: *Turn on your love light – and let it shine on me.* Hannes Stimme dirigiert mich und meine Kiste von einer Ecke in die nächste. Dabei klingt er sehr konzentriert, angestrengt. Das ist irgendwie sexy. Ich finde es also sexy, von einem Mann im Unterhemd rumkommandiert zu werden. Ob ich mir deshalb Sorgen machen sollte?

Wir drehen in dieser Kneipe bis 22 Uhr. Alex betrinkt sich – im Film und in echt –, spielt Billard und verkloppt den *Kneipenwirt*, gespielt von Rolf, dem Regieassistenten, der tatsächlich ein Veilchen davonträgt. Das hier ist noch echter Einsatz. Dogma-Film vom Feinsten. Keiner macht oder sagt, was im Drehbuch steht. Und das ist gut so, denn das Buch ist wirklich schlecht.

Als ich völlig erschöpft kurz vor Mitternacht nach Hause komme, herrscht absolute Stille in meiner Wohnung. Ich überlege, ob ich noch bei Ben klopfen soll, traue mich aber nicht. Ich falle todmüde ins Bett. Arbeiten, ohne Geld zu verdienen, ist so anstrengend.

Am nächsten Morgen treffen wir uns um acht Uhr an der S-Bahn-Haltestelle Treptower Park. Heute drehen wir die Szene, in der Alex in der Spree nackt schwimmen geht. Ich bin sehr gespannt. Gestern habe ich vor allem Tapes gewechselt, die Nebelmaschine bedient und Alex abgepudert. Irgendwann fiel Dave nämlich auf, dass wir gar keine Maske haben, und schon wurde ich befördert. Meine Hauptaufgabe bestand allerdings darin, nach jedem Billardstoß dafür zu sorgen, dass die Kugeln wieder auf Anschluss lagen. Das war Präzisionsarbeit vom Feinsten. Inwiefern Continuity bei Nacktschwimmen in der Spree gebraucht wird, kann ich mir noch nicht so recht vorstellen. Aber ich sehe mich schon im Park stehen und rufen: »Vorher waren die Haare trocken und der Penis noch ein bisschen größer!« Ach, herrlich beim Film, wirklich herrlich.

Die anderen sehen auch nicht aus, als hätten sie viel geschlafen. Irgendwie ist mir diese Gruppe an Chaoten sympathisch. Sie machen einen Film, der total bescheuert ist und den die Welt nicht braucht, aber sie sind mit Herz und Seele bei der Sache. Das gefällt mir und steckt mich an. Ich helfe Ariel, trage Stativ und Monitor. Hannes läuft neben mir, mit seinem Rollwagen, der mit Lichtkoffern beladen ist. Er möchte mir etwas abnehmen. »Danke, geht schon. Ist nicht schwer«, sage ich, wie ich es von Ben gelernt habe. Aber Hannes besteht darauf, mir zu helfen. Als ich mich bis zuletzt weigere, etwas aus der Hand zu geben, fordert er mich auf, mich samt Material auf den Rollwagen zu setzen. Ich kann nicht widerstehen und nehme auf dem obersten Kasten Platz. So schiebt mich Hannes durch den Park. Die erwachende Sonne scheint mir vorsichtig ins Gesicht, und ich fühle mich wie eine Prinzessin auf einer Sänfte. Hannes lächelt mich an und sagt: »Schönes Licht!«

Wir drehen ab neun Uhr am Ufer der Spree. Alex macht einen noch erstaunlich nüchternen Eindruck. Er hat nur ein Handtuch um seine Hüften gewickelt und fragt Dave, in welcher Stimmung er sich in dieser Szene befände. Dave sagt: »So wie du dich fühlst«, und ich beschließe in diesem Moment, auch Regisseurin zu werden. Das ist ja einfach. Alex lässt sein Handtuch fallen und hüpft splitterfasernackt auf und ab, anscheinend, um sich warm zu machen – oder einzufühlen. Ich blicke verlegen zu Boden, um Alex' schwingenden Penis diskret aus meinem Blickfeld zu halten. Hannes sieht mich an und lacht. Dann muss auch ich lachen, und wir fangen an zu hüpfen. Teamgeist eben.

Wir steigen alle in ein Tretboot und fahren neben dem nackt schwimmenden Alex her. Ariel filmt, und Dave gibt Anweisungen. Rolf telefoniert und Jan beschwert sich, weil er ihm den Ton versaut. Hannes und ich treten. Ab und zu sehen wir uns an und lächeln. Hannes erinnert mich gerade total an diesen Mann aus der Coca-Cola-light-Werbung. Das weiße Unterhemd, die Schweißperlen auf seiner Haut, auch der Dreitagebart und die Frisur sind ähnlich. Er sieht echt gut aus. Das ist mir vor lauter Arbeiten noch gar nicht richtig aufgefallen. Hannes strengt sich beim Treten besonders an, damit ich nicht so viel tun muss. Ich habe heute auf wasserfeste Kleidung verzichtet, trage sehr kurze Jeans mit einem Tanktop und einer Schirmmütze.

Der Dreh verläuft nach Plan. Zumindest ertrinkt niemand, und bis auf zwei Drohungen, uns wegen Erregung öffentlichen Ärgernisses anzuzeigen, gibt es keine weiteren Vorkommnisse. Als wir gerade zusammenpacken, ruft mein Vater an, der sich nach meinem »Job« erkundigt. »Läuft super«, versichere ich ihm. Die Bemerkung »Und ich schlafe nicht mit dem Schauspieler« verkneife ich mir gerade noch. Mein Vater fragt nach dem Team, und ich erkläre ihm, dass Dave die Regie, Ariel die Kamera, Jan den Ton und Hannes das Licht macht. »Ach ja, und Alex spielt!« – »Und du?«, fragt mein Vater. »Ich? Ich mache den Rest.« Schweigen am anderen Ende der Leitung. »Maja, das sind ja nur Männer.« Mein Vater ist so ein Fuchs. Er weist mich an, »ja nicht intim zu werden«. Das hätte im Berufsleben immer fatale Folgen. Mein Vater ist unglaublich. *Nicht intim werden!* Ich frage ihn, ob ich sonst *in Verruf* kommen würde. Manchmal hat mein Vater wirklich gute Ideen. Intim werden! Dass ich da vorher noch nicht draufgekommen bin.

Dave bietet mir an, mich nach Hause zu fahren. Hannes und Alex fahren auch mit. Sie wohnen alle in Kreuzberg. Ich sitze mit Alex hinten, der schon wieder eine ziemliche Fahne hat und mir in den Ausschnitt glotzt. Dave lässt mich am Kottbusser Tor raus, und Hannes meint, er würde auch hier aussteigen. Er habe noch was zu erledigen. Da stehen wir beide, am Kotti. »Also, tschüss dann«, sage ich. Aber Hannes besteht darauf, mich noch ein Stück zu begleiten. »Aber du hast doch noch was zu erledigen«, gebe ich ihm zu Bedenken. »Ja, dich nach Hause bringen.« Ich muss grinsen und hänge Hannes meine Tasche um. »Wenn du mich schon begleitest, musst du auch was tragen.«

Wir schlendern zusammen zu meiner Wohnung, und unsere Oberarme berühren sich beim Gehen. Ab und an, ganz zufällig. Vor meiner Haustüre angekommen, interessiert sich Hannes eingehend für meine Wohnung. Er will wissen, mit wem ich hier wohne und was ich zahle. Ich erzähle ihm von Ben, der vorgestern mit ein paar Taschen und zwei Tellern eingezogen ist. Hannes besteht darauf, mir meine Handtasche auch noch nach oben zu tragen.

In meiner Wohnung sieht er sich ausgiebig um. Dann fragt er, ob wir noch was essen gehen wollen. In diesem Moment kommt Ben zur Tür rein, und ich stelle beide einander vor. Ben sagt, er müsse gleich wieder los. Er habe noch was zu erledigen, und schon ist er wieder weg. »Das war Ben«, sage ich zu Hannes. »Ach so, der Mann mit den zwei Tellern.« – »Ja, der immer noch was zu erledigen hat.«

Bei dem Gedanken, jetzt womöglich wieder alleine vor dem Fernseher zu enden, entscheide ich mich, sehr gerne mit Hannes was essen zu gehen. Wir gehen Hähnchen essen und Bier trinken. Ich erfahre ein bisschen mehr über den Mann im Unterhemd, der nach der neunten Klasse von der Schule geflogen ist und seitdem beim Film jobbt. Inzwischen seit zwölf Jahren. »Schule wird überbewertet«, findet Hannes. Und: »Das Leben ist die einzig wahre Schule.« Jetzt fehlt nur noch *Das Lied vom Tod* als Hintergrundmelodie. Hannes ist also erst 28 Jahre. Ehrlich gesagt, er sieht älter aus, ein bisschen verbraucht. Sexy, aber verbraucht. Er scheint auch nicht gerade das hellste Licht im Lampenladen zu sein, aber wer so aussieht, muss das auch gar nicht. »Dumm fickt gut«, sagt meine Schwester. (Wenn das unser Vater wüsste!)

Langsam bekomme ich das Gefühl, gerade ein Date zu haben. Hannes ist sehr aufmerksam und schaut mir immer länger als notwendig in die Augen. Nach dem Essen schlägt er vor, einen *Absacker* trinken zu gehen, und ich habe auch Lust, noch ein bisschen Zeit mit dem Coca-Cola-light-Mann zu verbringen. Wir gehen in die Fischbar und bestellen Bier und Schnaps. Hannes will wissen, ob ich solo sei. Ich sage: »Ja, seit Kurzem.« Ich erzähle ihm, dass ich einen Freund hatte, aber als ich mich entschieden habe, nach Berlin zu gehen, hätten wir uns getrennt. Ich werde rot.

Um schnell vom Thema abzulenken, schlage ich vor, ein bisschen Billard zu spielen. Hannes ist sichtlich bemüht, meine Fähigkeiten auf diesem Gebiet zu verbessern. Wie ein Tennislehrer beim Aufschlag stellt er sich ganz eng hinter mich, drückt seinen Oberkörper gegen meinen und führt meinen Arm samt Queue an die richtige Stoßposition. Er spricht ganz nah in mein Ohr, sodass ich auf dieser gesamten Körperhälfte Gänsehaut bekomme. Das passiert immer, wenn jemand in mein Ohr flüstert. Ich muss lachen und versenke versehentlich die schwarze Kugel. Plötzlich wird Hannes ganz still und sieht mich ernst an. »Was ist?«, frage ich immer noch lachend. »Du siehst schön aus, wenn du lachst«, sagt Hannes. »Du bist einfallslos«, sage ich. Hannes stutzt. »Aber nett einfallslos.« Hannes grinst. »Darf ich dich küssen?« Ich muss mich doch sehr wundern. »Schiebst du mir gleich einen Zettel rüber, auf dem ich ankreuzen muss, ob ich mit dir gehen will? Die Ja/Nein/Vielleicht-Variante?« Hannes antwortet nicht, sondern küsst mich. »Nicht intim werden!«, hallt es in meinem Kopf. Weiche, Dämon, denke ich und küsse mit. Ich habe schon sehr lange nicht mehr in einer Kneipe auf dem Billardtisch geknutscht. Ich fühle mich gleich um zehn Jahre jünger.

In diesem verrauchten Lokal, das mit dem unglaublichen Slogan »Bier, Schnaps und diverse alkoholische Getränke«

wirbt, beachtet uns kein Mensch. Ich sitze auf dem Billardtisch, und Hannes steht zwischen meinen Beinen. Wir knutschen einfach nur, wobei ich schon total feucht werde. Hannes' Ständer zwischen meinen Beinen zieht mich wie ein Magnet an. Ich lege meine Beine um seine Hüften und drücke Hannes noch fester gegen mich, sodass ich seinen Schwanz zwischen meinen Beinen spüren kann. Hannes streichelt unter meinem T-Shirt über meinen Rücken, fährt in meine Hose, berührt meine Pobacken. Dann wendet er sich meiner Vorderseite zu, streichelt meine Oberschenkel entlang und fährt mit seiner Hand in meine Hotpants, bis zu meiner Unterhose. An der Stelle, an der es schon ganz feucht ist, legt Hannes seinen Finger einfach nur ab und sieht mich mit nach oben gezogenen Augenbrauen überrascht an. Vielleicht wundert er sich, wie ich nur vom Knutschen schon so feucht werden kann. Mir ist das gerade egal. Ich fasse mit beiden Händen an seine Oberarme. Ich weiß, ich bin ein lebendiges Klischee, und ich lasse mich von primitiven Instinkten leiten. Aber ich kann nichts dagegen tun: Bei Oberarmen brennen mir alle Sicherungen durch. Ich bin so scharf, dass ich nicht weiß, wie ich es noch nach Hause schaffen soll. Das merkt Hannes wohl und grinst.

»Ist der Tisch jetzt frei?«, werden wir unterbrochen. Ich kriege sofort rote Wangen. »Na klar.« Hannes zieht ganz gelassen seine Hand aus meiner Hose, packt mich an meinem Po, hebt mich hoch und stellt mich neben der Tür wieder ab. Dann geht er an die Bar und zahlt. Ich suche meinen Pulli, meine Tasche und gehe schon mal nach draußen. Ich brauche frische Luft. »Alles okay?«, fragt Hannes, als er in seinem Unterhemd vor die Tür tritt. »Ja, alles okay.« Mein Kopf ist heiß, und zwischen meinen Beinen glüht es. Es geht mir bestens. »Kann ich dich noch mal nach Hause bringen?«, fragt er. »Nur, wenn du noch mal mit reinkommst.«

Wir schleichen in meine Wohnung und schließen ganz leise meine Zimmertür. Ich überlege kurz, ob es Ben vielleicht komisch finden könnte, dass seine Mitbewohnerin bereits in der zweiten Nacht nicht alleine nach Hause kommt. Aber da zieht Hannes schon sein Hemd aus, und dieser Anblick lässt mich alle meine Bedenken sofort vergessen. Was ich sehe, erfüllt meinen Körper mit einem Gefühl, für das der Ausdruck »wohlige Wärme« erfunden worden sein muss. Ein Gefühl, das mir sagt, dass es einen Gott gibt, dass die Welt gut und gerecht und wunderschön ist. Anders ausgedrückt: Der Coca-Cola-light-Mann ist ein Scheiß dagegen. Ich liebe Berlin.

Ich versuche, mir meine Freude nicht allzu sehr anmerken zu lassen, gehe gemächlich auf ihn zu, küsse ihn auf den Mund, den Hals, die Oberarme (jetzt nur nicht hysterisch werden!), die Brust. Er schmeckt gut, ein bisschen nach Schweiß und nach Sonne auf warmer Haut. Ich dirigiere ihn auf meine Matratze und setze mich rittlings auf ihn drauf. Schritt auf Schritt. Wir sind immer noch ganz leise, so, als würden unsere Eltern im Zimmer nebenan schlafen. Mit beiden Händen streichle ich über seinen Oberkörper und drücke mein Becken noch fester an ihn ran. Meinen ersten Orgasmus mit einem Jungen habe ich genau so bekommen. Ich saß mit Hose auf ihm und bin so lange hin und her gerutscht, bis ich gekommen bin.

Ich ziehe mein T-Shirt aus, beuge mich nach vorne und lasse meine Brustwarzen die seinen berühren. Ich gehe höher, bis mein rechter Nippel Hannes' Mund berührt. Er saugt daran und greift mit beiden Händen an meinen Po. Ich trage nur noch meine Jeans-Hotpants. (Die Schuhe hätte ich eigentlich anlassen können. Paula wäre bestimmt stolz auf mich gewesen.) Als ich Hannes' Hände unter meinen Hotpants spüre, muss ich an das YouPorn-Video denken, an die geile Schlampe und den muskulösen Bauarbeiter. Ich drehe mich um und platziere meinen Po über Hannes' Gesicht. Mit meiner rechten Hand fasse ich Hannes zwischen die Beine. Irgendwas fühlt sich seltsam an. Ich öffne die Knöpfe seiner Jeans, schiebe die Shorts nach unten und greife nach seinem Schwanz. »Wow!« Ich habe tatsächlich »wow« gesagt. Unter normalen Umständen würde ich niemals »wow« zu einem Penis sagen, aber jetzt weiß ich, was sich eben komisch angefühlt hat. An Hannes' Penis prangt ein silberner Ring, mitten durch seine beschnittene Eichel. »Ist ein Prinz-Albert-Piercing«, erklärt Hannes, als er meinen erstaunten Schulterblick sieht. »Gefällt es dir?« – »Ich weiß nicht. So was hab ich noch nie gesehen. Tut das nicht weh?« Hannes lacht. »Nein. Ganz und gar nicht. Kannst auch gerne mal anfassen.« Ich widme mich dem silbernen Ring und stecke vorsichtig meine kleine Fingerspitze durch. »Das ist kein Ehering, Maja!« – »Tschuldigung!«

Eigentlich blase ich nicht besonders gerne, aber seit dem YouPorn-Video habe ich Lust darauf bekommen. Ich lecke vorsichtig über Hannes' Penis, nehme ihn in meinen Mund. Der kalte Ring fühlt sich ungewöhnlich an meinen Lippen an. Ich umspiele ihn mit meiner Zunge, sauge an seiner Eichel und kreise mit meinem Po über Hannes' Gesicht. Zum ersten Mal macht es mir sogar richtig Spaß zu blasen. Ich will gar nicht mehr aufhören und genieße es, anhand seines Stöhnens ausfindig zu machen, was ihm gefällt. Er greift an meinen Po, schiebt seine Hände am Stoff vorbei bis unter mein Höschen. Als ich Hannes' Mittelfinger in mir spüre, stöhne auch ich auf. (Falls Ben schon schläft, ist er spätestens jetzt wach.) Während

Hannes seinen Finger rein und raus schiebt und zwischendurch meinen Kitzler mit seinem Daumen massiert, konzentriere ich mich auf meine neue Leidenschaft *blasen*. Ich denke an all die Regeln, die Moni aus dem FF beherrschte und mir immer vorgebetet hat. »Durch die Nase atmen, auf die Zähne aufpassen und saugen nicht vergessen!« Es funktioniert, und Hannes kommt. Ich ziehe meinen Kopf gerade noch rechtzeitig zurück, als Hannes auf seinen Oberschenkel wichst. Das war knapp. Ich schlucke nicht so gerne. Auch aus gesundheitlichen Gründen. Aber irgendwer hat mir mal erzählt, dass so eine Portion Ejakulat ziemlich kalorienhaltig wäre. Das fällt dann wohl unter die Kategorie »versteckte Kalorien«.

Ich lasse mich erschöpft neben Hannes fallen. Komisch, genau in diesem Moment muss ich an Ralf denken. Aber nur kurz. Sehr kurz. Genau so lange, bis Hannes mir endlich meine Jeans samt Unterhose auszieht, mich zwischen meinen Beinen streichelt und mit ein bisschen Fingern virtuos zum Höhepunkt bringt. Das ging so schnell, dass es mir schon fast ein wenig peinlich ist.

Hannes sieht aus, als würde er jetzt in meinem Bett einschlafen oder noch einen gemütlichen Fernsehabend veranstalten wollen. Das geht auf gar keinen Fall. Bevor er womöglich noch fragt, auf welcher Seite des Bettes ich bevorzugt schlafe, sage ich ihm, dass es mir lieber wäre, wenn er jetzt nach Hause gehen würde. Hannes sieht mich verwundert und etwas gekränkt an. »So schlimm?« – »Nein. Das war sehr schön. Wirklich. Aber schau mal, Dave holt mich morgen ab. Muss ja nicht jeder mitbekommen. Ich finde, wir sollten Berufliches und Privates trennen.« Oje, ich klinge wie mein Vater!

6. Kapitel

Auf Amt

Hannes ist zwar einsichtig nach Hause gegangen, aber er hält nicht viel davon, Berufliches und Privates zu trennen. Das merke ich schon am nächsten Tag bei der Arbeit. Er legt ständig den Arm um mich oder streicht mir aufdringlich Haarsträhnen aus dem Gesicht. Natürlich so, dass es alle anderen mitbekommen. Dieses Revier-Markieren nervt mich. Als Hannes mich in der Mittagspause auf seinen Schoß ziehen will, wehre ich mich vehement. Rolf sieht das und fragt mitten in die Runde: »Läuft da eigentlich was zwischen euch?« Hannes und ich antworten gleichzeitig. Er sagt: »Ja!«, ich sage: »Nein!« Für einen kurzen Moment herrscht Stille, bis Alex, der schon wieder völlig blau ist, in einen Lachanfall ausbricht. Hannes wirft mir einen vernichtenden Blick zu, und ich schäme mich ein bisschen.

Eigentlich finde ich es ziemlich anständig, dass er *zu mir stehen* will, aber ich habe keine Lust als *das Setluder* in die Geschichte der Berliner Filmschaffenden einzugehen. Zumindest nicht schon am zweiten Tag. Außerdem sind wir doch jetzt noch lange kein Paar, nur weil ich meinen Po über sein Gesicht gehalten habe.

Heute drehen wir die Szene im Casino, und Hannes ignoriert mich für den Rest des Tages. Ich glaube, er ist wirklich sauer auf mich. Ich versuche, mich auf meine Arbeit zu konzentrieren, und sortiere die Spielkarten auf Anschluss. Continuity ist echt der undankbarste Job am Set. Alex macht es mir auch nicht gerade leicht, indem er die Karten ständig neu mischt. Er sagt, er müsse sich schon mal in die Rolle einfühlen, und findet sich mal wieder unglaublich witzig. Jan sitzt immer nur in der Ecke und starrt auf seinen Tonkasten. Er spricht nur dann, wenn er auch wirklich was zu sagen hat. So wie am Ende dieses Tages, als er alle lautstark darum bittet, »einen Moment die Schnauze zu halten«, um eine »Atmo« aufzunehmen. Jan ruft: »Atmo, Casino!«, und wir halten alle für eine Minute die Luft an. Ich sehe zu Hannes hinüber, der am Black-Jack-Tisch sitzt, und lächle ihn an. Er bemüht sich zurückzulächeln, aber es will ihm nicht so recht gelingen.

Nachdem wir alles zusammengepackt haben, fragt Dave, wen er nach Hause fahren soll. Hannes sagt, er würde heute lieber zu Fuß gehen, und verabschiedet sich mit einem kurzen Gruß. Alle sehen mich fragend an. Ich sage: »Äh, ich geh auch zu Fuß«, und eile Hannes hinterher. Er sagt kein Wort, als ich mich bei ihm unterhake. »Entschuldige«, sage ich kleinlaut. »Ich wollte nur nicht ..., du weißt schon. Als einzige Frau in einem Männerteam hat man eben schnell einen schlechten Ruf weg.« – »Ich glaube nicht, dass du einen schlechten Ruf bekommen könntest, weil du was mit mir angefangen hast. Ganz im Gegenteil«, findet Hannes. »Angeber!«, sage ich und gebe ihm einen Klaps auf den Po.

Auf dem Heimweg kann ich Hannes davon überzeugen, dass wir unsere private Bekanntschaft erst nach dem Dreh vertiefen. Das wäre ja auch schon übermorgen. »Wenn du so vögelst, wie du bläst, kann ich nicht so lange warten«, sagt Hannes. Ich fühle mich geschmeichelt, auch wenn das aus feministischer Sicht schon wieder eine Todsünde ist. Aber schließlich dachte ich immer, ich könne gar nicht blasen. Schon wieder ein neues Talent entdeckt, mit dem sich kein Geld verdienen lässt. Außer ich biete einen Workshop an: »Blasen für

Anfänger«. Hannes würde sich bestimmt als Versuchsobjekt zur Verfügung stellen. Ob ich mit dieser Idee bei der Gründerinnenzentrale vorstellig werden sollte?

Nach einer wilden Knutscherei lasse ich Hannes seufzend vor meiner Haustüre zurück. Dabei bekomme ich das ungute Gefühl, mir gerade ins eigene Fleisch zu schneiden. Ich hätte jetzt schon große Lust gehabt, ihn mitzunehmen. Allerdings hat es noch nie geschadet, einen Mann zappeln zu lassen. Zumindest habe ich das mal gehört. Ich selbst hatte noch nie die Geduld, jemanden zappeln zu lassen. Deshalb haben meine Männerbekanntschaften vermutlich auch nie lange gehalten. Meine eigene Lust kam mir immer dazwischen. Aber heute Abend bin ich tapfer. Außerdem wird es höchste Zeit, dass ich mir mal meinen mysteriösen Mitbewohner etwas genauer ansehe – sobald er aus seinem Sarg gestiegen kommt.

Als ich an Bens Zimmertür klopfe, kommt keine Reaktion. Ich überlege, die Tür zu öffnen, fürchte aber, dass es ein Trick sein könnte. Vielleicht ist er da und will nur sehen, ob ich – in der Annahme, er sei nicht da – unerlaubterweise sein Zimmer betrete? Ich lasse es also bleiben und verbringe den restlichen Abend mit E-Mails-Schreiben und Post-Öffnen. Ich habe ein Schreiben vom Amt für Arbeit bekommen. Meine Termineinladung ist auf den 18. Juli datiert. In drei Tagen also. Ich hatte mich nur an das Arbeitsamt gewandt, weil Moni mir erzählt hatte, dass man für jede Bewerbung, die man losschickt, fünf Euro bekommt. Jetzt habe ich einen Termin bei einem Jobvermittler, der »sich sehr darauf freut, mich beraten zu dürfen«. Im Anschluss daran wird mir gleich angekündigt, welche Maßnahmen eingeleitet werden, falls ich diesen Termin versäumen sollte. Hilfe! Bitte nicht steinigen. Da werde ich wohl hinmüssen. Aber wer weiß, womöglich vermitteln die mir versehentlich noch einen Job? Einen, wo man nicht intim wird, sondern Geld verdient. Klingt nicht gerade aufregend, aber sehr akademisch.

Die nächsten zwei Tage am Set verlaufen wie vereinbart. Hannes ist höflich, aber hält sich zurück. Nur anschauen, nicht anfassen. Allerdings macht das die Spannung zwischen uns nur noch größer. Ich bin kaum noch bei der Sache und konzentriere mich mehr auf Hannes' Boxershorts, die beim Lampen-Aufstellen so hübsch aus seiner Jeans blitzen. Ich vergesse, die Akkus zu laden und rechtzeitig das Tape zu wechseln. Ariel wirft mir einen vielsagenden Blick zu. Er fragt mich, ob ich jetzt auch *liebeskrank* sei, so, wie sein letzter Assistent. Ich schüttle eifrig den Kopf: »Bin nur ein bisschen müde, entschuldige.« Von *liebeskrank* kann auch nicht wirklich die Rede sein. Ich habe nur solche Lust, Hannes anzufassen. Meine Zappeln-lassen-Strategie geht mir ziemlich auf die Nerven.

Zu Hause finde ich wieder keinen Ben vor, dafür einen Zettel: »Hallo Maja. Im Kühlschrank ist Lasagne. Guten Appetit!« Daneben hat er Donald Duck gezeichnet, der freudestrahlend eine Gabel in der Hand hält. Süß. Es gibt ihn also doch, meinen Mitbewohner.

Auch am letzten Tag am Set bin ich nicht wirklich entspannter. Ich versuche ja, mich zu konzentrieren, aber je mehr Hannes mich ignoriert, umso schärfer macht er mich. Als ich bei der Abendszene im Park vergesse, Alex die Sonnenbrille abzunehmen, gibt es richtig Ärger. Mein Argument, dass Alex ja auch einmal selbst mitdenken könne – »Du musst doch merken, dass du damit nachts gar nichts siehst!« –, lässt Alex natürlich nicht gelten. »Wofür haben wir denn dann eine Continuity? Für den Beleuchter?« Jetzt wird Hannes sauer und droht Alex, ihm gleich eine zu verpassen. Habe ich schon erwähnt, dass ich mir immer mal gewünscht habe, dass sich zwei Männer wegen mir prügeln würden? (Eigentlich *um* mich, aber *wegen* mir ist auch okay.) Leider klappt das nicht, weil Rolf dazwischengeht. Er versucht zu schlichten, wenn auch recht hilflos. Auf: »Jetzt hört doch mal auf, bitte« will keiner hören. Irgendwann brüllt Jan einfach: »Ruhe für die Atmo«, und alle halten ihre Klappe.

Als wir die letzte Szene abgedreht haben, fallen wir uns alle in die Arme. Hannes drückt mich ein bisschen länger als notwendig und fasst dabei an meinen Po. »Könnt ihr zwei bitte nach Hause gehen und vögeln?«, fragt uns Ariel mit ernster Miene. Ich sehe ihn erschrocken an. Dann grinst er. Hannes findet, das sei eine großartige Idee, und wirft mich über seine Schulter. »Aber erst nach dem Abbau«, ergänzt Ariel. Hannes lässt mich seufzend wieder runter und fängt an, Lampen abzuschrauben. Dabei könnte ich ihm ewig zusehen.

Danach begleitet er mich wieder nach Hause. Ich erzähle Hannes von meinem morgigen Termin auf Amt und bitte ihn um einen weiteren Aufschub. »Nur noch ein bisschen fummeln?«, schlägt Hannes vor. Wer könnte da widerstehen? Maja, die neuerdings Unnahbare, die sich vorgenommen hat, Hannes noch ein bisschen länger zappeln zu lassen. Ihn wie einen guten Wein reifen zu lassen, bis er kurz davor ist zu kippen. Dann wird jeder Tropfen zum Genuss. Außerdem bin ich todmüde, habe scheußliche Unterwäsche an und bin nicht rasiert. Letzteres belastet mich am meisten. Der Gedanke, gleich von Adonis ausgezogen zu werden und mehr Stoppeln aufzuweisen als sein Gesicht, geht gar nicht. Ich frage Hannes, ob er ich mich morgen nach dem Amt abholen komme und wir dann was Schönes zusammen machen wollten. »Wenn was Schönes was mit Ausziehen zu tun hat, gerne!«

Der Wecker klingelt um Punkt neun Uhr. Mein Termin ist um zehn Uhr dreißig. Und schon wieder stehe ich vor dem Problem: Was anziehen? Momentan trage ich Jogginghose und ein Unterhemd. Vielleicht wäre das ja genau das richtige Outfit für das Amt für Arbeit? Mit diesem Gedanken tapse ich ins Bad und laufe Ben fast in die Arme, der gerade in T-Shirt und sehr kurzen Hosen das Bad verlässt. »Ups, guten Morgen. Ich dachte schon, du bist längst wieder ausgezogen!« Ben sieht mich fragend an. »Na, weil ich dich nie sehe.« – »Ach so. Na, du bist ja auch nicht viel zu Hause.« Da hat er auch wieder recht. »Danke für die Lasagne«, hätte ich fast vergessen. »Welche Lasagne?«, fragt Ben. »Na, die von Donald Duck!« – »Hä? Ach so.« Also, dieser Typ lebt wirklich in einer anderen Welt. Doch ein Vampir?

Ich entscheide mich dafür, meine Jogginghose gegen den einzig seriösen Zweiteiler in meinem Kleiderschrank zu tauschen. Es ist eine Art Notfall-Kostüm von H&M. Eigentlich gedacht für Vorstellungsgespräche, also kann ich es genauso gut für einen Termin beim Arbeitsamt anziehen. Ich quetsche mich in den schwarzen Rock, schlüpfe in die weiße Bluse mit den kleinen schwarzen Punkten und ziehe den Blazer darüber. Ich sehe aus wie ein zwölfjähriges Kind, das mit den Sachen aus Mamas Kleiderschrank Verkleiden gespielt hat. Also wieder weg mit dem Blazer. Stattdessen binde ich mir eine Krawatte um. Das ist gut. Völlig drüber, aber gut.

An der Wohnungstüre werfe ich einen Blick in mein Schuhregal und entscheide mich für die roten Pumps, damit nicht der Eindruck entsteht, ich wolle auf eine Beerdigung gehen. Jetzt sehe ich zwar auch verkleidet aus, aber nicht mehr wie mit zwölf. Ich rufe noch: »Bis später!« in Richtung Bens Zimmer und stürze los. Dabei stolpere ich über die Türschwelle und fliege äußerst unschön auf die Fresse. Als ich da so auf dem Boden liege, mit pochendem Schmerz an meinem Knie, muss ich daran denken, wie Paula und ich uns früher immer die Plateauschuhe ihrer großen Schwester ausgeliehen haben. Da diese mindestens drei Nummern zu groß waren, haben wir sie mit Taschentüchern ausgestopft. Das haben wir bis zu dem Tag getrieben, an dem wir beide im McDonald's mit unseren High Heels die Treppen runtergeflogen sind.

Ben kommt aus seinem Zimmer gerannt, um nachzusehen, was da eben so gekracht hat. Er sieht mich – verkleidet auf dem Boden liegend – erstaunt an. »Mir ist mein Absatz abgebrochen«, erkläre ich sachlich. Ben kehrt wortlos in sein Zimmer zurück. Nein danke, geht schon, denke ich, als ich mich alleine wieder aufrapple. Da kommt Ben auch schon wieder, mit seinem Werkzeugkasten in der Hand. »Gib mir zwei Minuten«, sagt er und greift nach meinem Schuh. »Hast du dir wehgetan?«, fragt Ben. »Nur ein blauer Fleck«, antworte ich tapfer. »Ich muss zum Arbeitsamt«, stammele ich, auch wenn niemand danach gefragt hat. Ich kann gar nicht so schnell schauen, schon trage ich den kleinen roten Schuh wieder am Fuß – samt Absatz. »Vielen Dank fürs Reparieren.« – »Gern geschehen. Viel Glück und nicht wieder hinfallen.« Es ist wirklich gut, einen Mann im Haus zu haben.

Zimmer N5016. N wie Neubau, 5 wie fünfter Stock. Bis hierher habe ich es schon mal geschafft. Ich bin zu früh. Trotz Unfall bin ich zu früh. Das muss man sich mal vorstellen. Ich bin immer zu früh. Am Bahnhof, am Flughafen, bei Verabredungen, im Kino, auf Arbeit, auf Amt. Ich schaffe es nicht, einfach mal zu spät zu kommen oder zumindest irgendwie pünktlich zu sein. Dabei müssen schöne Frauen doch zu spät kommen. Das ist die oberste Regel, die Königsdisziplin der

Dating-Kunst. Ein Mann wartet nämlich gerne auf eine schöne Frau. Kommt sie pünktlich, wird er skeptisch. Und ist sie gar zu früh und somit vor ihm da, verliert er völlig das Interesse. Die muss ja verzweifelt sein, wenn sie sogar zu früh zu einer Verabredung kommt! Und wer will schon eine verzweifelte Frau kennenlernen?

Ich bin ja richtig nervös! Ich muss mich beruhigen. Es ist ja keine wirkliche Verabredung. Mein Jobvermittler vom Amt für Arbeit wird das hoffentlich genauso sehen. Trotzdem bin ich froh, die Jogginghose gegen den Rock getauscht zu haben, und klopfe an die Tür mit der Nummer 016. Ich kann ja mal Bescheid geben, dass ich schon da bin – ich, die emanzipierte Akademikerin mit Krawatte und seit gerade eben Gehbehinderung. Ein bisschen zu früh, aber ich bin ja auch verzweifelt, und das ist normal auf Amt, oder?

Mich begrüßt der Anblick eines riesigen Hinterns. Wie ich dem Schild auf dem Tisch trotz Kurzsichtigkeit entnehmen kann, gehört er zu Frau Maier. Sie selbst würdigt mich keines Blickes. »Wie war der Name?« Ich sage: »Engel, wie der Teufel«, immer noch auf der Türschwelle stehend. Frau Hintern verändert ihre Mimik und winkt mich herein. »Ach so. Ick dachte, sie sind der Termin von neune und viel zu spät.« Aber nein, Frau Hintermaier, ick bin doch erst um halb elfe dran, aber viel zu früh. Eins zu null für mich, her mit dem Job!

Das Gespräch verläuft anders als gedacht. Es gibt nämlich keines. Die Dame vom Amt legt mir gleichbleibend unmotiviert vorgefertigte Bögen auf den Tisch, die ich mit Kreuzchen bestücken soll. Auf einer Skala von eins bis drei soll ich Kompetenzen bewerten, über die ich von »gar nicht« bis »in hohem Maße« verfüge. Allerdings kann ich mit Fähigkeiten wie »Dokumentation«, »Fertigung« oder »Textilverarbeitung« rein gar nichts anfangen. Entwicklung von was? Und Dokumentation? Frau Maier erklärt sachkundig: »Halt wat mit Dokumenten, nehm ick jetzte mal an.« Ach so.

Mein Blick bleibt an der Wand auf einem Zeitungsartikel mit einer dicken Schlagzeile hängen: »Arbeitsämter arbeiten schlecht, sind faul und unfähig!« Das passt ja wenigstens mal. Wo ist überhaupt mein sexy Jobvermittler, der auf verzweifelte Frauen spezialisiert ist?

»Und was habe ich mit Textilverarbeitung zu tun?«, frage ich interessiert nach. »Na, Sie haben doch angegeben, dass sie gerne im Bereich – wie heißt det – Stoffjentwicklung arbeiten würden!« Ach du Scheiße, jetzt verstehe ich. Auf Amt kann man mit meinen Berufswünschen nichts anfangen. Ich habe Produktion, Stoffentwicklung, Organisation angegeben. »Also, ich denke, da liegt ein Missverständnis vor«, lege ich vorsichtig los. »Ich dachte eher an Produktion im Sinne von Filmproduktion«, nicht an Bandarbeit bei Audi, du blöde Kuh. »Und Stoffentwicklung im Bezug auf Filmstoffe«, versuche ich Frau »ick bin faul und arbeite schlecht« gut gelaunt zu erklären. »Es geht um Ideen, Geschichten«, kein materieller Stoff, um dicke Hintern einzupacken. Die wollen mich hier tatsächlich an den Webstuhl vermitteln. Ich fasse es nicht! Wieso nicht gleich an den Bahnhof Zoo, da jibt es auch jede Menge Stoff!

Ich will ihr zur Veranschaulichung meine Bewerbungsmappe zeigen, die ich auf den Tisch lege. Dabei muss ich zuerst einen Stapel Frauenzeitschriften zur Seite schieben – gekrönt von einem angebissenen, pink glasierten Donut. Aber Frau Maier überfliegt nur kurz meine Zeugnisse, Auszeichnungen und Lobeshymnen, blättert gleichgültig darin herum und meint dann, in meiner Bransche »anjewandtes Dingsda«

jibt es eh nischt. Det is alles so ein Geklüngel für sich, da kann mir det Amt och nich helfen. Und wegen der Kohle müsste ich eh in die Leistungsabteilung. Soll ick halt 'n bisschen einen auf dramatisch machen.

Das hat sich ja gelohnt. Mein Vater sagt immer: »Maja, Gott sei Dank leben wir in einem Rechtsstaat!« Ich frage mich, wo hier die staatliche Gerechtigkeit bleibt, wenn ich als Akademikerin mit meinem Magister der Theater- und Medienwissenschaften (Dingsda!) als unvermittelbar in die Arbeitslosigkeit entlassen werde. Trotz Krawatte und Hochsteckfrisur!

Niedergeschlagen verlasse ich das Amt der zerstörten Hoffnungen. Vor der Türe werde ich umgehend von einem windigen Typen mit schlecht sitzendem Anzug angequatscht, der mich fragt, ob ich mit wenig Arbeit viel Geld verdienen wolle. Ich komme zwar aus der Provinz, aber dass es sich hier um ein eindeutig unseriöses Angebot handeln muss, ahne auch ich. Ich sage: »Ich arbeite lieber viel für ohne Geld« und spüre einen Hauch Erleichterung, als ich Hannes gegenüber an der Mauer lehnen sehe. Immerhin bin ich nicht alleine.

Hannes trägt ein Käppi und raucht, neben ihm steht sein gelbes Rennrad. Alles in allem sieht er aus wie ein neuzeitlicher Cowboy neben seinem Pferd. »Schön, dass du da bist!« Ich umarme Hannes, der sofort die Gelegenheit nutzt, um sich einen Kuss abzuholen. »Und? Kriegst du Arbeitslosenkohle?« Ich sage ihm, dass ich heute wegen der Jobvermittlung hier gewesen bin, mir aber das Amt da »och nich helfen kann«. Wegen *Arbeitslosenkohle* müsse ich noch mal kommen und einen auf dramatisch machen. »Also kein Job und keine Kohle?«, fragt Hannes. Genial kombiniert, Sherlock! Ich nicke. »Nichts. Jetzt hab ich mich ganz umsonst in diesen albernen Rock gequetscht«, stelle ich frustriert fest. »Ich finde, du siehst scharf aus in dem Fummel«, sagt Hannes. Na gut, nicht ganz umsonst.

Auf dem Weg zu mir erklärt mir Hannes, dass man in Berlin keinen richtigen Job brauchen würde. Also keinen so mit fünfmal die Woche von neun bis 18 Uhr arbeiten. »In Berlin kommt man auch mit Gelegenheitsjobs gut über die Runden. Mach ich ja auch nicht anders, seit zwölf Jahren«, erklärt mir Hannes stolz. Jetzt fehlt nur noch: »Die Straße war mein Lehrer, mein Maschinengewehr mein einziger Freund.« Ich sage Hannes, dass er schließlich auch nicht fünf Jahre lang studiert habe. Hannes meint darauf: »Bringt ja auch nichts, wie du siehst. Außerdem habe ich andere Qualitäten«, grinst er mich an. »So? Na, da bin ich aber schon gespannt.« Ob er dabei an Klatschen ohne Hände denkt?

Mit einem lauten »Hallo« betrete ich die Wohnung. Aber Ben scheint sich schon wieder in seinen Sarg zurückgezogen zu haben. Hannes kommt mit seinem Rennrad auf der Schulter hinter mir in die Wohnung. Nicht zu fassen, dass mich dieser Anblick anmacht. Ein Mann trägt ein Fahrrad, und ich werde geil. »Niemand da«, sage ich zu Hannes, der sich sichtlich über eine sturmfreie Bude freut. »Darf ich dich jetzt endlich ausziehen?« – »Nichts lieber als das.« Nur zu gerne will ich aus diesem Kostüm raus. Ich schmeiße mich auf meine Matratze und überlasse den aktiven Part diesmal ihm. »Na, dann zeig mal, was du kannst«, stichele ich ihn ein bisschen. Mit einer schnellen Bewegung dreht mich Hannes auf den Bauch und schiebt meine Bluse hoch. Dann beugt er sich zu mir nach unten und öffnet meinen BH, mit seinen Zähnen! »Na, was sagst du jetzt?«, will Hannes wissen. »Genial!«, lobe ich ihn und überlege, ob wir uns gemeinsam einem Zirkus anschließen sollten. Hannes würde mir, während wir auf einem durch

Feuerreifen galoppierenden Hengst sitzen, mit den Zähnen den BH öffnen. Das wäre die Zirkus-Attraktion: »Hannes und Maja – orales BH-Öffnen unter Hochspannung!« Mal sehen, ob er noch mehr Kunststücke kann.

Ich will mich wieder auf den Rücken drehen, aber Hannes lässt mich nicht. Er ist zu stark. Ich habe nicht die geringste Chance. Hannes bindet meine Krawatte los und fesselt damit meine Hände auf meinem Rücken. Eigentlich bin ich aus dem Alter, in dem man sich im Bett fesselt, längst raus, aber ich lasse ihn weitermachen. Vielleicht steckt auch ein Fesselkünstler in ihm, und gleich landen Messer ganz dicht neben meinem Kopf. Dann würde ich keinem Zirkus beitreten, sondern einen eröffnen. Gründerinnenzentrale, schon wieder.

Ich liege also bäuchlings auf meinem Bett, mit nach oben geschobener Bluse, geöffnetem BH, gefesselten Händen und einem geschätzten 85-Kilo-Mann auf mir drauf. Hannes drückt mich am Rücken mit einer Hand fest aufs Bett und greift mit der anderen Hand unter meinen Rock. Er schiebt meine Unterhose mit dem Finger zur Seite und seinen Finger in mich rein. »Na, gefällt dir das?«, fragt er, obwohl es nicht wirklich nach einer Frage klingt, sondern eher nach einem: »Ich weiß doch, dass dir das gefällt!«

»Ist das alles, was du kannst?«, frage ich mit gefesselten Händen, nicht gerade in der Position, um die Klappe so aufzureißen, aber jetzt bin ich gespannt, was als Nächstes kommt. Ich höre etwas rascheln, denke an Kaugummipapier. Aber als ich plötzlich kein Höschen mehr anhabe und Hannes mir seinen Schwanz reinsteckt, weiß ich, dass es sich um ein Kondom gehandelt hat. Faszinierend. In der Provinz haben wir nie verhütet. Wahrscheinlich ging man davon aus, dass man es wüsste, wenn jemand was hätte. Schön blöd.

Hannes bumst mich konsequent langsam. Von hinten komme ich eigentlich so gut wie nie, aber heute ist irgendwas anders. Er bewegt sich so, dass sich jeder Stoß durch meinen Körper zieht und erst dann in meinem Kopf ankommt. Das heißt, ich spüre und registriere zeitverzögert. Wie bei einem elektrischen Schlag. Zumindest stelle ich es mir so vor, wenn man vom Blitz getroffen wird. Nur in *Schmerzhaft* – statt in *Geil*.

Hannes kniet hinter mir, zwischen meinen gespreizten Beinen, die ich links und rechts neben seiner Hüfte ausgestreckt habe. Er drückt mich noch immer mit einer Hand auf meinem Rücken fest in die Matratze. Mein Gesicht hat schon Abdrücke vom Kissen, und meine Handgelenke schmerzen ganz leicht von den Fesseln. Trotzdem oder vielleicht gerade deswegen gefällt mir, was Hannes da macht: langsames, festes Ficken, wobei er so lange wie möglich ganz eng an mir dranbleibt. Die Pausen werden von Stoß zu Stoß länger, bis Hannes ganz innehält, sich nicht mehr bewegt.

»Hör nicht auf!«, sage ich zu ihm. »Sag, dass ich dich ficken soll!«, antwortet Hannes. »Sag es!« Ich sage: »Fick mich!«, was etwas undeutlich klingt, weil ich es mehr ins Kissen spreche. »Was?«, fragt Hannes. »Was willst du?« – »Fick mich!«, sage ich diesmal lauter und bestimmter. Hannes beginnt sich wieder zu bewegen, fester, aber immer noch sehr langsam. »Ich will, dass du mich fickst! Los, fick mich.« Langsam finde ich Gefallen an unserem Spiel. »Fester! Fick mich fester!«, befehle ich ihm, und Hannes stößt heftiger zu. Ich fange an zu stöhnen. »Bitte, hör nicht auf. Fick mich weiter.« Ich werde von hinten mit auf den Rücken gefesselten Händen gebumst und spüre, dass ich tatsächlich gleich kommen werde. Das ist unglaublich. »Ja, Baby, das magst du, was?« Hannes stößt in sehr großen Abständen fest zu. Tatsächlich. Das mag ich. Ich kann es gar nicht fassen, aber ich komme. Ich kann mich nicht erinnern, jemals von hinten gekommen zu sein.

Hannes bumst mich noch ein bisschen weiter, bis auch er kommt. Das merke ich daran, dass er für einen kurzen Moment keinen Laut mehr von sich gibt und dann ganz plötzlich anfängt zu knurren. Ja, er knurrt. Als er nach einer Weile verstummt, zieht er erschöpft seinen Schwanz aus mir raus, nimmt das Gummi ab und verknotet das Ende. Er legt sich neben mich und gibt mir einen Kuss auf die Wange. Ficken macht Spaß.

7. Kapitel

Wohnst du noch, oder trennst du dich schon?

Hannes löst mir die Fesseln – das ist nett –, und ich lege mich noch ein bisschen an seine Brust. Wir teilen uns im Bett ein Bier, wobei Hannes mindestens zweimal rülpst. Dann bricht er auf, weil er seinen nächsten Job hat: einen Werbedreh. »Ist zwar von der Arbeit her ein echter Seelenfick, aber wenigstens mal wieder bezahlt.« Was wohl ein »Seelenfick« sein mag? Das muss ich unbedingt mal ausprobieren. Ich lasse ihn gleichmütig gehen und sage zum Abschied kokett: »Bis bald.« Immer schön unkonkret bleiben. Das hält die Männer bei der Stange und gefährdet nicht meine gerade wiedergewonnene emotionale Unabhängigkeit. Das Motto dieser Tage lautet: »Bloß nicht verlieben!« Mir wird so schnell keiner mehr wehtun. Egal, ob verheiratet oder arbeitslos, sexy oder alt, ich bin gewappnet. *Sex ohne Herz*, *Bumsen ohne Gefühle*, *Liebe ohne Risiko* – das ist jetzt angesagt. Hannes tut mir gut, aber nicht weh. Dazu mag ich ihn nicht gern genug. Und das soll auch so bleiben. Vorsichtshalber.

Als Hannes weg ist, rufe ich Paula an. Sie hebt mit den Worten ab: »Ach, gibts dich auch noch?« Oh, oh, Paula ist beleidigt. Da melde ich mich mal ein paar Tage nicht, versuche, mein Leben erfolgreich ohne sie zu meistern, und schon Vorwürfe. Ich versuche, mich an »Scheiß auf Rücksichtnahme, du Kakawurst!« zu halten und berichte ihr fröhlich von meinen Erlebnissen der letzten Tage. Ich erzähle ihr von dem

Kurzfilm, meiner Männercrew und dem Regelverstoß gegen die väterliche Anweisung, nicht intim zu werden. Paula ist sehr stolz auf mich. Auch ohne Schuhe im Bett.

Dann setze ich mich an meinen Computer und entwerfe bis spät in die Nacht ein Konzept zu einem neuen Kurzfilmfestival, genannt: »Filme, die die Welt nicht braucht.« Berlin inspiriert mich.

Am nächsten Morgen wache ich mit knurrendem Magen sehr früh und völlig unverkatert auf. Natürlich ruft an solchen Tagen mein Vater nie an. Unter der Woche vergisst er einfach, dass er Töchter hat. Das fällt ihm erst wieder am Wochenende ein, wenn er die Post öffnet und bemerkt, dass er noch immer die Jahresgebühr für unsere Haftpflichtversicherungen bezahlt.

Mein Besuch beim Arbeitsamt zeigt auf jeden Fall schon seine Wirkung. Denn heute habe ich fest vor, mich wieder ausgiebig um Stellen zu bewerben, die ich nicht verstehe. Das ist am spannendsten. So wie *Chef vom Dienst*. Ich finde, das klingt vielversprechend.

Als ich in der Küche Kaffee koche, wedelt gerade Ben aus seinem Zimmer. »Morgen!«, rufe ich ihm in meiner heiteren »Ich habe gestern gebumst«-Laune zu. »Was machst du denn hier?«, fragt Ben, ein bisschen neben der Spur wie eh und je. »Oh, entschuldige, dass ich mich nicht vorgestellt habe. Mein Name ist Maja, und ich bin deine Mitbewohnerin. Wir teilen uns den Kühlschrank, Bad und Küche. Ich schlafe in dem Zimmer nebenan.« Ben muss lachen und sagt: »Ah, richtig. Ich erinnere mich dunkel.« Ich frage ihn, ob er mit mir frühstücken will, und stelle einen zweiten Teller auf den Esstisch. Es gibt Laugenbrezen, Eier und Butter. Ben sieht etwas enttäuscht auf den Tisch. Er sagt: »Gerne« und fängt an, den halben Kühlschrank auszuräumen. Er stapelt Wurst, Nutella, Joghurt und Fertigkuchen auf den Tisch. Ich glaube, er hat Hunger.

Da sitzen wir also, essen und plaudern ein bisschen über Berlin und unsere schöne Wohnung. Allerdings findet Ben, dass hier ja schon so einiges fehlen würde. So hätten wir zum Beispiel keine Auflaufform, keine anständigen Weingläser, der Wasserkocher sei total verkalkt, und es gäbe nur Messer, die nicht schneiden würden. Ich bin hier auch nicht mit zwei Tellern eingezogen, denke ich mir. Ben ist noch lange nicht fertig mit Aufzählen: Die Lichter im Gang seien hässlich und der Teppich im Bad eklig. »Eklig?« – »Ja, irgendwie stinkt der.« Aha. »Du sollst ja auch nicht daran riechen«, kontere ich mehr beleidigt als schlagfertig. Ben entschuldigt sich sofort, dass das ja so gar nicht gemeint gewesen wäre. Er fühle sich sehr wohl hier. »Alles super. Echt.«

Natürlich kann ich einen stinkenden Badteppich nicht auf mir sitzen lassen. »Hast du heute was vor? Wir könnten ja zusammen zu IKEA fahren. Ein paar Sachen besorgen.« Ben meint, er wollte mich nicht beleidigen und die Wohnung sei toll, so wie sie sei. Aber jetzt habe ich schon Lust auf einen Ausflug zu IKEA bekommen. »Ach, komm schon. Dann habe ich eine super Ausrede, mein eh perspektivloses Berufsleben heute nicht herauszufordern.« Ben muss lachen und ist überredet. »Na gut. Aber vorher muss ich noch ein paar Dinge erledigen.« Dinge erledigen. Sehr geheimnisvoll, schon wieder.

Wir brechen am frühen Nachmittag auf. In der U-Bahn beschließe ich, dass es höchste Zeit ist, mein Kindheitstrauma zu überwinden und Ben mal nach seiner Arbeit zu fragen: »Ben, was machst du eigentlich, also, so beruflich?« (War gar nicht schwer.) Ben antwortet etwas kurz angebunden: »Zeichnen.«

Oh toll, ein Architekt. Bestimmt entwirft er Sozialprojekte wie Mehrgenerationen-Häuser, oder er verdient richtig viel Kohle mit Entwürfen für die Neubebauung der Mediaspree. Ein junger, angehender Stararchitekt unter meinem Dach. »Also bist du Architekt«, stelle ich siegessicher fest. »Nein«, sagt Ben. »Grafiker?« – »Auch nicht.« Wir steigen gerade aus der S-Bahn aus, und Ben hüpft schon wieder so komisch neben mir her. Ich muss mich richtig beeilen, um mit ihm Schritt halten zu können. »Spielen wir jetzt *Dingsda*, oder verrätst du mir einfach, was du zeichnest? Nein warte, ich weiß es: Du bist Aktzeichner.« Ben schüttelt den Kopf. »Ich bin Comiczeichner.« – »Und wieso sagst du das nicht einfach?«, will ich wissen. »Na, weil du nicht gefragt hast.« Ach so. Jetzt muss ich an das Bild mit Donald Duck und der Lasagne denken und überlege, ob das schon ein dezenter Hinweis sein sollte.

Als wir schließlich das gelb-blaue IKEA-Imperium betreten, holen wir uns erst mal einen Hotdog. »Und wasch zeischnest du scho?«, frage ich mit vollem Mund. »Einfach alles eben«, antwortet Ben. Aha. Ich frage genauer nach, aber erfahre auch nicht wirklich mehr. Ben scheint verschiedene Auftraggeber zu haben, allerdings keinen festen. Er zeichne Comics für Tageszeitungen, Illustrierte und Comicbücher. Einige Sachen habe er schon veröffentlicht, aber das würde ich bestimmt nicht kennen. Wäre ein spezielles Genre der Comic-Kunst. »Porno?«, frage ich, schon wieder am Raten. »Nein«, lacht Ben. »Horror.« Auch gut. Architekten sind eh überschätzt und außerdem alle arbeitslos, zumindest in Berlin. Da sind eh alle arbeitslos. Ich ja auch.

Wir brechen auf Richtung Möbelausstellung. Ich kann es nicht lassen, Ben von meiner »Wohnst du noch oder trennst du dich schon«-IKEA-Theorie« zu erzählen. Anders als im

Baumarkt trifft man bei IKEA fast ausschließlich Paare. Streitende Paare. Das nervt. Vor allem, wenn man als unschuldiger Single-IKEA-Besucher gezwungenermaßen den Streitigkeiten ehemals Liebender ausgesetzt und ungewollt in deren Intimsphäre hineingezogen wird, obwohl man doch nur schnell ein Billy-Regal holen wollte.

IKEA ist und bleibt der absolute Härtetest für Paare. Ich bin verwundert, dass das schwedische Möbelhaus gegen diese Beziehungsgefechte noch keine Lösung gefunden hat. Mein Vorschlag gegen den Pärchenstress wäre eine Art Punktesystem: Um die Scheidungs- und Trennungsrate weltweit zu reduzieren, sollte IKEA gleich am Eingang einen Paartest ausfüllen lassen. Nur die Paare, die durch Übereinstimmungen in Bezug auf gemeinsame Wohn- und Lebensvorstellungen eine bestimmte Punktzahl erreichen, werden zum gemeinsamen Einkauf zugelassen. Dann wäre allen geholfen. Die Menschen würden sich nach IKEA nicht mehr trennen, viele Kinder kriegen, und unser demografisches Problem in Deutschland würde der Vergangenheit angehören. Überalterung der Bevölkerung? Nicht bei uns. Nicht in den Ländern, in denen es IKEA gibt. Ich finde, meine Theorie ist nobelpreisverdächtig.

Atemlos sehe ich Ben an. Er sagt, ich sollte mir diese Idee schützen lassen, sofort ein Patent für den »IKEA-Paartest« beantragen und ein Konzept an die schwedische Marketingabteilung schicken. Inzwischen sind wir in der Küchenabteilung angekommen. »Quatsch ich zu viel?«, frage ich etwas betroffen nach meinem ausschweifenden Monolog. »Nein. Das ist nett, wenn du plapperst. Und mir tausendmal lieber, als wenn ich reden muss.« – »Oh, wir wären ein tolles Paar«, plappere ich weiter. »Ich würde die ganze Zeit quatschen, und du müsstest zuhören!« Jetzt sagt Ben nichts mehr, und plötzlich habe ich das Gefühl, in ein Fettnäpfchen getreten zu sein. »Ben?« – »Hm?« – »Hast du eine Freundin?« – »Nein«, antwortet er knapp. Ich hoffe inständig, dass er nicht eine hatte, die ihn nach einem gemeinsamen IKEA-Besuch verlassen hat. Um schnell abzulenken, frage ich Ben nach seiner Familie, ob er Geschwister habe. Er habe eine Schwester, aber wenig Kontakt. Sie sei verheiratet und wohne mit ihrem Mann in Düsseldorf, ganz in der Nähe seiner Eltern, die er nur an Ostern und Weihnachten zu Gesicht bekomme. Für diesen Hauch an Information habe ich bis zur Kinderabteilung gebraucht.

Ein Pärchen erregt unsere Aufmerksamkeit. Eine junge Frau und ihr Freund stehen streitend unter einem Hochbett – das »Gutvik« heißt. Sie sagt: »Aber wenn wir ein zweites Kind bekommen, würde das Sinn machen!« Er darauf: »Wenn wir Schinken hätten, könnten wir Schinkennudeln machen, wenn wir Nudeln hätten!« Ben und ich müssen lachen. Die Frau findet das gar nicht witzig.

Als wir weitergehen, erzähle ich Ben gerade, dass ich als Kind auf Skihütten regelmäßig von Hochbetten geflogen bin und dabei im hohen Bogen gekotzt habe, bis ich auf einmal bemerke, dass er gar nicht mehr neben mir geht. Ich entdecke ihn hinter mir an einem Regal mit Plüschtieren. Ben, der mal wieder auf der Hüfte hängende Jeans trägt und ein T-Shirt, das meines Erachtens ein paar Nummern zu kurz ist, steht mit einem riesigen Stofftierhund im Arm vor dem Regal. Als ich näher komme, sehe ich, dass er Tränen in den Augen hat. »Als Kind habe ich mir immer einen Hund gewünscht. Aber keinen bekommen«, sagt Ben, ohne mich dabei anzusehen. Das war das erste Mal, dass Ben ungefragt etwas von sich erzählt hat. Und dann auch noch etwas Persönliches. »Wir kaufen ihn«, entscheide ich spontan. »Quatsch«, sagt Ben. »Der ist viel zu teuer.« Ich sage: »Okay, wenn du es fertigbringst, ihn zurückzulassen, zwischen all diesen Stofftierhunden, die auch alle Stofftiere sind. Überlass ihn ruhig seinem Schicksal. Dann muss er halt für den Rest seines Lebens bei irgendeinem Scheißarschlochkind zubringen, das ihn malträtiert und vollpinkelt.« Ben sieht mich entsetzt an. Ich schnappe mir das Hündchen und gehe weiter. »Gib ihn mir!«, sagt Ben und greift danach. »Wie heißt er denn?«, will ich wissen. Ben lauscht, was ihm das Stofftier ins Ohr flüstert, und antwortet stolz: »Pfote!« In diesem Moment sieht er wieder aus wie der Junge, der mit großen Augen vor dem Nussladen stand. Mir wird ganz warm ums Herz.

In der unteren Etage angekommen, fangen wir endlich an, auch wirklich einzukaufen. Wir holen eine Auflaufform, kaufen Weingläser, und ich lade zu Bens Entsetzen den Wagen mit Kerzen voll, während er mit Pfote scharfe Messer ausprobiert. Dann machen wir den ultimativen Riechtest und packen noch zwei Badteppiche ein. Einen in Blau und einen in Rosa. Wie schön. Heute macht IKEA richtig Spaß. Es geht weiter mit einer Zimmerpflanze für unser Esszimmer, neue Lampen für den Gang, einem Schneidebrett aus Glas (Ben ist sehr geruchsempfindlich) und einer knallroten Salatschleuder. Ich wollte schon immer eine Salatschleuder haben. Ben findet Salatschleudern »völlig überbewertet«. Die nehmen nur Platz weg. Da hat er wohl recht. Ich stelle sie zurück und folge Ben, der gerade dabei ist, Kopfkissen auszuprobieren. Er liegt auf einem Bett zwischen lauter Kissen und sagt, es gäbe nichts Schwierigeres, als ein wirklich gutes Kopfkissen zu finden. Ich werfe mich neben Ben, um am Warentest »perfektes Kissen« teilzunehmen. Dabei berühren sich unsere Ellbogen. In diesem Moment springt Ben, wie von der Tarantel gestochen, auf. »Alles klar?«, frage ich etwas erschrocken. »Ich brauche noch ein Bettlaken«, sagt Ben und wedelt wieder davon. Ich habe so das Gefühl, mein scheuer Welpe hat Probleme mit Körperkontakt.

An der Kasse sind Ben und ich die Einzigen, die noch miteinander sprechen. Die Leute um uns rum schweigen sich an oder starren Löcher in die Luft. In die dicke Luft, wohlgemerkt. Als wir die Sachen auf das Warenband legen, entdecke ich die rote Salatschleuder unter einem der Badteppiche. Mein Blick fällt auf Ben, der mich verschmitzt anlächelt. Er sagt: »Ist zwar überbewertet, aber ich finde, du solltest eine knallrote Salatschleuder haben. Sie passt zu dir.« Oh. Er hat doch ein Herz. Toll. »Ich habe eine Salatschleuder!«, lasse ich alle Leute um mich herum wissen. Leider bekomme ich keinen Applaus, aber der Kassierer freut sich, mal wieder eine fröhliche Kundin vor sich zu haben. Er fragt, ob wir die IKEA-Family-Card hätten. Ich frage: »Schatz, hast du unsere Family-Card dabei?« – »Mist, vergessen«, sagt Ben. »Das nächste Mal.« Ich übernehme die Rechnung. Ist ja schließlich vor allem meine Wohnung. Irgendwie.

»Das können wir nie schleppen«, stelle ich fest. »Müssen wir auch nicht«, sagt Ben. »Steig ein! Ich fahr dich.« Das lasse ich mir nicht zweimal sagen und hüpfe zu den Tüten in den Einkaufswagen. Ben fährt mich über den Parkplatz und denkt gar nicht daran, den Wagen irgendwo abzustellen. Wir überqueren damit die Hauptstraßen und fahren durch die Unterführung bis zum Eingang der S-Bahn. Wir sind völlig außer Atem. Ben vom Schieben und Laufen, ich vor lauter Lachen. Vielleicht ist mein Mitbewohner etwas verschroben und scheu, aber er ist sehr lustig.

Wieder zurück kaufen wir Rotwein für unsere Gläser, Salat zum Schleudern und Gemüse, das wir auf unserem neuen

Brett mit dem scharfen Messer klein schneiden können. Während Ben in der Küche hantiert, als ginge es um Leben und Tod, decke ich den Tisch und stochere wieder ein bisschen in seinem Privatleben rum. »Hast du viele Bekannte in Berlin?« – »Ein paar. Gibst du mir mal das Öl?« Ich reiche ihm die Flasche. Ben wendet mit einem gekonnten Schwenk das Gemüse. Er will nicht so recht mit der Sprache rausrücken. »Und wieso bist du nach Berlin gegangen?« – »Wieso nicht?«, fragt Ben. »Nach Berlin geht man immer aus zwei Gründen«, antworte ich und mache eine kurze dramaturgische Pause, um die Spannung zu steigern. Ben konzentriert sich weiter auf seine Gemüsepfanne, ohne gespannt nachzufragen. »Na gut. Ich verrate es dir: Der erste Grund ist die Liebe und der zweite, die Liebe.« – »Aha«, sagt Ben. »Das sind doch zwei gute Gründe«, findet er. »Stimmt.« Ich dränge ihm ungefragt meine Erklärung dazu auf: »Entweder kommt man hierher, um zu seiner Liebe zu ziehen, oder um woanders seine Liebe zu verlassen.« Ben sieht mich für einen kurzen Moment nachdenklich an. »Also? Was war dein Grund?«, frage ich hartnäckig nach. »Dann Zweiteres«, antwortet er knapp. »Stimmt. Blöde Frage, schließlich bist du zu mir gezogen …«, verlegenes Schweigen. Oh, das war jetzt irgendwie peinlich. »Und wir kennen uns ja gar nicht.« (Das macht es nicht besser, Maja!) »Ich auch«, sage ich schnell. »Also, wegen Zweiterem.« Ben fragt nicht nach. Ich glaube, er will nicht so recht über unser Liebesleben sprechen.

Nach dem Essen ruft Hannes an. Er sei heute Abend in der Nähe auf einer Privatparty und fragt, ob ich Lust habe mitzukommen? Klar hab ich Lust. Ich frage Ben, ob er auch mitkommt. Aber er lehnt sofort ab. Er habe noch eine Menge Arbeit, die auf ihn warte. Bis ich michs versehe, hat er sich auch schon in sein Zimmer verzogen, allerdings nicht, ohne Pfote unauffällig mitzunehmen.

Als Hannes klingelt, bin ich wie immer ungekämmt, aber bereits umgezogen und geschminkt. Ich habe mich für meine Doc Martens, Jeans und ein sehr tief ausgeschnittenes, schwarz glänzendes Oberteil entschieden. Hannes sieht wie immer ziemlich gut aus. Er trägt heute ein richtiges Hemd, mit Knöpfen, und Jeans mit Gürtel. Hallo, hallöchen, hallo! Dieser Mann holt mich ab! Schade, dass Ben ihn nicht sehen kann, denke ich und wundere mich über diesen seltsamen Wunsch. »Toll siehst du aus«, sagt Hannes, als er mir zur Begrüßung erst mal an die Brüste fasst. Als wir gehen, rufe ich: »Tschüss, Ben! Und vergiss nicht, mit Pfote noch mal rauszugehen!« Hannes sieht mich verwundert an. »Pfote?« – »Ja, unser neuer WG-Hund, der so tut, als sei er ein Stofftier.« Hannes fragt nicht weiter nach, fummelt ein bisschen an meinem Po und kriegt vor der Türe jetzt auch einen schönen Kuss von mir.

Die Party ist mäßig lustig. Es ist genau wie in der Provinz. Alle stehen eng gequetscht in der Küche, dem eindeutig unattraktivsten Raum, rauchen, trinken und essen Nudelsalat. Im Wohnzimmer dreht sich unbeirrt eine Discokugel über einer leeren Tanzfläche. Nur in einer Ecke kauert ein einsames Paar, das aussieht, als hätte es gerade einen IKEA-Besuch hinter sich. Ich langweile mich. Und dann passiert das, was immer passiert, wenn ich mich auf Partys langweile. Ich betrinke mich. Ich trinke schnell und viel und alles durcheinander. Wein, Bier, White Russian, wieder Wein (»Oh lecker! Eierlikör!«). Außerdem rauche ich Kette und versuche, Small Talk zu entgehen, indem ich auf Fragen wie: »Wie gehts?« möglichst ausführlich mit Geschichten aus meiner Kindheit antworte. Das geht so lange, bis mein Gegenüber sich mit einem: »Entschuldige mich kurz, ja?« verzieht und nie mehr wiederkommt. Ich sehe mich nach Hannes um. Er steht schon seit einer Stunde mit irgendeinem billigen Flittchen (ich sage nur: Glitzersteinchen auf den Fingernägeln!) in der Ecke und streichelt sich die ganze Zeit so am Bauch, dass er sein Hemd dabei nach oben schiebt und somit freien Blick auf sein Sixpack gewährt. Vollprolet, denke ich mir und beschließe, einfach wieder nach Hause zu gehen.

Auf dem Weg nach unten denke ich darüber nach, ob ich wohl gerade eifersüchtig bin. Ich komme zu dem Entschluss, dass ich einfach sehr betrunken bin und heute eindeutig nicht genug Aufmerksamkeit von Hannes bekommen habe. Ich brauche ja keine Rundumbetreuung. Aber mich nur mitzunehmen, damit ich sein Flirtverhalten mit Flittchen beobachten kann, finde ich ziemlich unerhört. Okay, ich bin eifersüchtig.

Als ich bereits ein paar Meter auf der Skalitzer Straße gelaufen bin, höre ich Hannes nach mir rufen, aber ich gehe einfach weiter. Hannes holt mich ein. »Maja! Was ist denn los? Wieso haust du einfach ab?« Er klingt ziemlich wütend. Ich bleibe stehen und sage ihm, dass ich keine Lust habe, ihm dabei zuzusehen, wie er kleine Flittchen anbaggere. Hannes fängt an zu lachen. »Du bist ja eifersüchtig!« – »Bin ich überhaupt nicht, aber das verletzt meinen Stolz.« Gleich muss ich ihn zum Duell herausfordern, wenn ich weiter so dramatisiere. »Maja, wenn du mit *Flittchen* Jessy meinst, kann ich dir sagen, dass sie die Freundin von meinem besten Kumpel ist. Die beiden sind seit fünf Jahren zusammen, und ich wollte dich gerade vorstellen.« Nein, peinlich, peinlich, peinlich. Ich bin peinlich. »Das hättest du ja auch mal früher sagen können«, kämpfe ich weiter. Hannes sieht mich einfach nur an.

Sein Blick bedeutet so viel wie: Jetzt gib endlich zu, dass du eine dumme Kuh bist! Ich sage kleinlaut: »Entschuldigung« und gebe ihm schnell einen Kuss. »War blöd von mir. Willst du noch mit zu mir kommen?« Ja, super Taktik, schnell ablenken und das männliche Gehirn mit sexuellen Assoziationen füttern. »Maja, wir können jetzt nicht so tun, als wäre nichts gewesen, und unseren Streit einfach wegvögeln.« Wieso eigentlich nicht? »Du hast recht. Es tut mir leid. Das nächste Mal sage ich dir, wenn etwas nicht in Ordnung ist. Und du stellst mich gleich deinen Flittchen, äh Freundinnen, vor. Okay? Jetzt vögeln?«

Hannes lässt sich dann doch ganz schnell überreden. Wir schleichen auf Samtfüßchen in die Wohnung, um weder Ben noch Pfote zu wecken, der komischerweise auch gar nicht anschlägt. Das müssen wir ihm unbedingt noch beibringen. Hannes und ich sind beide ziemlich voll, und es gelingt uns nicht wirklich, leise zu sein. Ich lasse eine Wasserflasche fallen, und Hannes fängt an zu lachen. Ich sage die ganze Zeit »Psssst, psssst!«, so laut, dass spätestens jetzt alle wach sind. Hannes zieht sich aus, ich mich. Genau. Scheiß auf romantisches Sich-gegenseitig-Ausziehen. Das ist genauso unpraktisch und überbewertet wie gemeinsames Duschen. Wenn ich dusche, will ich alleine sein. Nicht Duschgel in der Poritze meines Gegenübers verteilen und beim Ficken im Stehen einen Genickbruch riskieren.

Hannes, der sich schon wieder völlig unbemerkt einen Gummi übergezogen hat (wo er die nur immer her hat?), legt sich auf mich und dringt in mich ein. Das ging schnell. Ich liege unten. So mag ich das eh am liebsten. Schön Blümchensex in der Missionarsstellung. Einfach nichts machen, Beine ausstrecken und genießen. Hannes bumst mich so schön, dass ich es nicht schaffe, leise zu sein. Heute ist auch Hannes ziemlich laut, obwohl ich immer noch »psssst« zwischen sein und mein Stöhnen schiebe. Als ich lautstark komme, fängt Hannes auch schon an zu knurren. Vielleicht war es aber auch Pfote, der Frauchen in Gefahr vermutet? Es ist schön, einen Hund zu haben. Mit diesem Gedanken und Hannes noch in mir drin, falle ich in einen tiefen, traumlosen Schlaf.

8. Kapitel

Liebe zu dritt?

Als ich morgens aufwache, brauche ich einen Moment, um mich zu orientieren. Ich heiße Maja, und ich bin nackt. Auch der schlafende Mann neben mir ist nackt. Er heißt Hannes, ist Beleuchter und arbeitet inkognito als Cowboy. Ich drehe mich auf die Seite und sehe ihn mir an. Er dünstet Alkohol aus und schnarcht. Dabei zieht er seine Oberlippe leicht nach oben – wie ein Hund seine Lefzen kurz vor dem Angriff. Ich lasse meinen Blick durch das Zimmer schweifen. Neben dem Bett liegt eine ausgelaufene Wasserflasche. Daneben ein überquellender Aschenbecher und ein benutztes Gummi, das fein säuberlich zugeknotet wurde. Die Luft ist schlecht, und ich spüre einen leichten Schmerz zwischen meinen Beinen. Ich fühle mich total überbumst. Hoffentlich kriege ich keinen Pilz.

Ich kann mich an gestern Nacht nicht mal richtig erinnern. Ich weiß nur noch, dass Hannes und ich es ziemlich laut getrieben haben und ich irgendwann eingepennt bin. Vielleicht sogar noch währenddessen?

Ich ziehe mir mein Guns-N'-Roses-T-Shirt über und greife über Hannes hinweg nach meiner Unterhose. Er schläft wie ein Stein. Ich stehe auf, und mir wird sofort schwindelig. Ich torkle tapfer Richtung Fenster, schiebe die Vorhänge zur Seite und öffne mit viel Gewalt meine Balkontür. Draußen vor dem Trinkteufel hocken blasse Alkoholleichen in Ledermänteln beisammen. Sie sitzen in der prallen Morgensonne, und ich frage mich, warum die eigentlich nicht zu Staub zerfallen.

Als das Telefon klingelt, ahne ich Schreckliches. Während ich noch überlege, ob es schon nach zehn Uhr sein kann, hat Ben bereits abgehoben. Fünf Sekunden später klopft er vorsichtig an meine Tür: »Maja, dein Vater ist am Telefon.« Der reine Wahnsinn. »Komme gleich.«

»Guten Morgen«, begrüße ich Ben möglichst verschlafen. Ich frage mich, ob Ben mich ficken gehört hat, und schäme mich ein bisschen. »Morgen«, sagt er und gibt mir den Hörer, ohne die Miene zu verziehen. Bens Pokerface ist nicht im Geringsten abzulesen, ob er von meinem Männerbesuch weiß. Ich setze mich mit dem Telefon im Gang auf den Boden. Muss ja nicht sein, dass mein Vater Hannes im Hintergrund schnarchen hört. Dann will er bloß wieder wissen, was er beruflich macht. Ich würde sagen: »Er ist Beleuchter. Die Straße war sein Lehrer, ein Maschinengewehr sein einziger Freund.« Und mein Vater würde antworten: »Und wie soll er dich und deine Kinder ernähren?« Ich wiederum: »Welche Kinder?« Er: »Na, meine Enkelkinder!« Und so weiter. Daher besser nicht erwähnen, dass ein nackter Beleuchter in deinem Bett liegt. »Hatte ich nicht vor«, antwortet mein Es meinem Über-Ich. Dass die beiden aber auch immer diskutieren müssen. Oh Gott, jetzt werde ich auch noch schizophren.

Ich wende mich dem leibhaftigen Über-Ich am Telefon zu. »Hallo Papa.« – »Hallo Maja, ich bins. Papa.« Oh Mann. »Ja Papa, ich weiß. Sag mal, musst du immer so früh anrufen, gerade am Wochenende, wo ich auch mal ausschlafen könnte?« Mein Vater erklärt mir, dass es schon fast halb zwölf sei und damit gar nicht mehr früh, sondern mitten am Tag. Er wäre in meinem Alter um diese Uhrzeit bereits in der Kirche gewesen und hätte schon die Weißwürste beim Metzger abgeholt, Holz gehackt und drei Schriftsätze diktiert. Außerdem könne ich ja wohl immer ausschlafen, weil ich gar keine Arbeit habe. »Oder hat sich da was geändert?« – »Nein. Können wir es trotzdem kurz machen? Ich muss nämlich gleich noch beichten gehen. Und das kann dauern.« Ich finde, solange ich um diese Uhrzeit nicht vor dem Trinkteufel sitze, muss ich mir nichts vorwerfen.

Mein Vater erzählt mir mit ernster Stimmlage, dass er und meine Mutter in ein paar Wochen nach Berlin kommen wollen. Auch, um mich zu besuchen, aber in erster Linie geht es um die Besichtigung einer Immobilie. »Eine Immobilie?« – »Ja, eine Eigentumswohnung. Die Mutti und ich, wir haben da Pläne.« Ich spüre Panik in mir aufkommen. »Wollt ihr etwa nach Berlin ziehen?« Ich ringe nach Luft. »Nein, wir wollen nur kaufen und dann vermieten.« Mein Blutdruck normalisiert sich wieder. »Ja, macht nur, Papa«, sage ich resigniert. Wahrscheinlich war meinen Eltern mal wieder langweilig, und dann machen sie immer so Sachen wie teure Gemälde ersteigern oder Immobilien kaufen. »Gebt halt vorher noch mal Bescheid.« Ich lege auf und beschließe, ab sofort Freitagabend den Telefonstecker zu ziehen.

Ben kommt aus seinem Zimmer und sieht mich auf dem Gang sitzen. »Alles klar? Bist du wieder hingefallen?« – »Nein, also ja, alles klar. Mein Vater, der hat so eine Handy-Flatrate. Na ja, ist ja auch egal. Tut mir leid, wenn er dich geweckt hat.« Ben sagt, er sei schon lange wach und habe schon Brötchen geholt. Das würde meinem Vater jetzt aber gefallen. »Warst du auch schon in der Kirche?«, frage ich Ben mit einem Augenzwinkern. In diesem Moment kommt Hannes, den ich beinahe vergessen hatte, aus meinem Zimmer. Er trägt seine Calvin-Klein-Shorts. Sonst nichts.

»Morgen allerseits!« Ben grüßt zurück, und Hannes beugt sich zu mir nach unten, um mir einen Kuss zu geben.

Hannes riecht heute wirklich gar nicht gut. »Hannes – Ben, Ben – Hannes«, versuche ich mich aus seiner Umarmung zu lösen, die mir irgendwie unangenehm ist. »Wir kennen uns doch schon«, sagt Hannes. Ich dachte, vielleicht würde Ben sich schwertun, Hannes in nichts als Unterhosen wiederzuerkennen, aber ich behalte diese Erklärung für mich. »Habe ich eben was von Brötchen gehört?«, fragt Hannes und kratzt sich am Sack.

Zwanzig Minuten später sitze ich auf unserer Esstischbank, zwischen Hannes und Ben, beim Frühstück. Die beiden haben einen gesunden Appetit. Mir ist nicht so wirklich nach Essen zumute. Irgendwie ist mir die Situation unangenehm. Ben tut so, als wäre es die normalste Sache der Welt, dass morgens ein Cowboy in Unterhosen aus meinem Zimmer kommt. Er hätte wenigstens ein bisschen überrascht tun können. »Huch! Ein Mann, hinter dir! Achtung!«, oder so ähnlich. Ob Ben mich für ein Flittchen hält? Ist das wichtig, ob Ben mich für ein Flittchen hält? Ob ich ein Flittchen bin? Ob es was Schlechtes ist, ein Flittchen zu sein?

Ben und Hannes reden gerade über Friteusen und was man alles mit denen anstellen könne. Hannes hat sich überlegt, sich eine zuzulegen, weil die bei Lidl gerade im Angebot seien. Der Coca-Cola-light-Mann liest Supermarkt-Werbeanzeigen? Das glaubt mir kein Mensch. Ben ist ganz begeistert und findet, wir sollten uns auch eine Friteuse anschaffen. »Was sollen wir denn mit einer Friteuse? Damit kann man eh nur fettiges Zeug machen.« So weit meine Meinung. »Ja. Ist doch geil«, findet Hannes. Ich schweife gedanklich ab und stelle mir vor, wie wir zu dritt in der Küche stehen, an der Friteuse hantieren und alles mit Öl bespritzen. Wir müssten uns dann alle ausziehen, damit unsere Kleidung nicht fettig würde.

Während ich mir ein Marmeladenbrötchen streiche, Ben und Hannes Kochrezepte austauschen, lasse ich meiner Fantasie weiter freien Lauf:

Wir sind also zu dritt in der Küche, und überall spritzt heißes Fett. Ben und Hannes tragen bereits nur noch Shorts. Ich sehe mich in nichts als Unterwäsche und einer weißen Kochschürze an der Friteuse stehen. Hannes steht hinter mir und öffnet meine Schürze mit seinen Zähnen. Ben kommt vor mich und schneidet meinen BH mit einem scharfen Messer auf, das er auf wunderliche Weise aus seiner Unterhose zaubert. Dann reibt Hannes mit seinen großen Beleuchter-Händen meine Brüste mit Olivenöl ein und drückt dabei seinen Schwanz fest gegen meinen Po. Ben geht vor mir auf die Knie und schüttet sich Olivenöl in die Hände. Er schneidet auch mein Höschen entzwei und reibt mich ab dem Bauchnabel abwärts mit Öl ein, massiert mich zwischen den Beinen und fährt mit seiner Zunge meine Schamlippen entlang. Ich greife in seine blonden Locken und drücke seinen ölverschmierten Kopf noch fester zwischen meine Beine. Dann nehme ich die Flasche Olivenöl und gieße sie über Ben aus. Das Öl fließt über seinen Nacken seinen Rücken hinunter, verschwindet in seiner Hose. Ben stöhnt auf. Hannes massiert währenddessen meine Brüste immer fester. Ich lege meinen Kopf an Hannes' Schulter, lasse mich am Hals küssen und genieße Bens Zunge zwischen meinen Beinen. Dann steht Ben auf, packt mich an den Haaren und zieht meinen Kopf wieder nach vorne, weg von Hannes. Er küsst mich auf den Mund und schiebt dabei seinen Finger in meine Muschi. Er schmeckt nach Olive, und nach mir. Hannes dreht mich um, entzieht mich Ben und drückt mich auf die Knie. Meine öligen Hände fischen nach seinem Schwanz, und ich spiele mit meinem Mund an seinem Piercing, lecke über seine Eichel. Dann wende ich mich wieder Ben zu und ziehe ihn zu mir nach unten. Ben drückt mich auf den fettverschmierten Küchenboden und legt sich auf mich drauf. Unsere Körper gleiten aneinander ab wie zwei Ölsardinen. Ben zieht seine Shorts unter seinen Hintern und dringt in mich ein. Er stößt fest zu, und noch mal, und noch mal, und … ja, ja …

»Maja?«, werde ich aus meiner Fantasie gerissen. »Ja?«, frage ich mit rotem Kopf. »Bist du einverstanden?«, will Hannes wissen. »Friteuse finde ich gut«, stottere ich los. »Nein. Ob wir zwei gleich an den See fahren wollen?« Oh, da habe ich wohl den Anschluss verpasst. Und das als Continuity! Ich sehe erstaunt von Hannes zu Ben und bekomme das Bild nicht mehr aus dem Kopf, wie sich der goldblonde Jüngling ölverschmiert mit mir auf dem Küchenboden suhlt. Wir sollten dazu ein YouPorn-Video drehen. Titel: »Heiß und fettig!«

»Wir zwei? An den See? Keine Zeit!«, antworte ich Hannes. »Ich muss heute echt mal ein paar Sachen auf die Reihe bekommen, wie Wäsche waschen, das Bad putzen und Arbeit finden.« – »Ach komm schon, mein kleines Bienchen. Ich kann dich auch am See arbeiten lassen, wenn du fleißig sein möchtest.« Hannes zwinkert mir zu. Ben steht auf und räumt den Tisch ab, um sich unauffällig aus dieser peinlichen Unterhaltung zu stehlen. »Echt witzig, Hannes.« Nicht gerade genial gekontert, Frau Engel. »Komm schon«, triezt mich Hannes weiter. »Jetzt sei keine Spielverderberin. Die Sonne scheint, es ist Samstag, und du bist arbeitslos. Genieß es!« Hannes findet es jetzt besonders lustig, mich überall anzugrapschen. Wahrscheinlich will er schon wieder sein Revier markieren. Gerade in dem Moment, als Ben wieder zurückkommt, greift mir Hannes ziemlich grob an die Brüste.

»Hannes, jetzt reicht es! Du nervst!«, schreie ich ihn an, lauter, als ich es vorhatte. Dann stehe ich auf und gehe in mein Zimmer, wobei ich die Türe mit einem lauten Knall hinter mir zuschlage. Einen kurzen Moment später höre ich Teller klappern und Hannes die Wohnungstüre öffnen. »Maja, ich geh jetzt. Melde dich, wenn du wieder normal bist. Tschüss Ben, tschüss Pfote«, ruft Hannes und lässt mit einem ebenso lauten Knall die Tür zufallen. Ich bin erleichtert, dass Hannes weg ist, auch wenn ich mir ein bisschen blöd vorkomme.

Mit gesenktem Kopf betrete ich betroffen die Küche. »Dein Freund ist gerade gegangen«, sagt Ben. »Das ist nicht mein Freund«, antworte ich trotzig. Ben sagt: »Verstehe.« Ich möchte das gerne erklären, aber weiß nicht wie. Was soll ich sagen? Vielleicht: »Das ist nicht mein Freund, wir bumsen nur.« Nicht gut. Oder: »Ich kenne den Mann gar nicht. Ich fand ihn gestern betrunken auf der Straße und habe ihm ein Bett für die Nacht angeboten. Er ist obdachlos, und ich bin Katholikin!« Mäßig glaubwürdig. Schließlich entscheide ich mich für etwas, was ich ganz selten mache. Ich schweige. Ich schweige und trockne ab. Ben spült. »Kennst du eine gute Änderungsschneiderei?«, fragt er mich, als er mir den Batman-Teller rüberreicht. »Willst du deine viel zu kurzen T-Shirts verlängern lassen?« Ben findet seine T-Shirts nicht zu kurz und zeigt kein Interesse daran, sich von mir über die Spätfolgen einer Nierenverkühlung aufklären zu lassen. »Ich kenne eine billige Änderungsschneiderei«, nehme ich den Faden wieder auf. »Wenn du willst, zeige ich sie dir. Ich wollte eh noch ein bisschen rausgehen.« – »Aber du musst doch Wäsche waschen, das Bad putzen und Arbeit finden!« Wir lächeln uns verstohlen an. »Die Wäsche kann warten.«

Eine halbe Stunde später stehe ich mit Ben in der Sonne auf der Adalbertstraße. Wir schlendern Richtung Dresdener Straße und geben Bens Lederjacke in der Änderungsschneiderei ab. Der Reißverschluss ist kaputt. Die türkische Mutti hinter dem Ladentisch schimpft mit Ben, weil er »große Loch, nix gut« in seiner Jeans habe, und sagt, sie könne das machen, »schnell, schnell«. »Jetzt?«, fragt Ben und sieht erst sie – dann mich – fragend an. »Schnell, schnell!«, antworten wir ihm gleichzeitig und lachen. Ben zögert kurz und zieht dann tapfer seine Jeans aus. Er trägt auch Calvin-Klein-Shorts. Gabs die gerade irgendwo im Sonderangebot? Bei Lidl, neben den Friteusen? Kennst du einen, kennst du alle, denke ich und schmunzle. Ben hat einen tollen Knackarsch. Ein Po wie der einer dieser Skulpturen aus dem Bode-Museum. Gott sei Dank ist er nicht mein Typ.

Nach der Schneiderei bummeln wir durch Kreuzberg. Ben erzählt, dass er außer Kreuzberg noch so gut wie nichts von Berlin kennen würde. Ich schlage ihm vor, dass wir die Fahrräder holen und Ben eine private Maja-Berlin-Sightseeingtour bekommt. Mit Curry rot-weiß, Romantik- und Drogentipps, Falafel-Essen und Obst-Werfen. »Obst werfen?« Jetzt ist Ben neugierig geworden.

Er hat eines dieser Fahrräder, das man in die Wohnung tragen muss, weil es sonst gestohlen wird. Trotzdem fährt er mit seinem Mountainbike geduldig neben meinem klapprigen Damenrad her. Es ist wirklich ein wunderschön sonniger Tag. Wir radeln durch den Görlitzer Park, und ich zeige Ben den Hügel, auf dem wir die romantische Szene für *Sterben kann ich auch noch morgen* gedreht haben. Man hat einen wunderschönen Ausblick, bis zum Fernsehturm. Danach fahren wir vorbei an der Wagenburg, über den Lohmühlenweg zum ehemaligen Todesstreifen und dem verlassenen Grenzturm. »Ja, ja, Berlin ist eine Stadt voller Kontraste«, plappere ich neunmalklug Paulas Worte nach. Sie ist dieselbe Strecke mit mir abgefahren, als ich, vor inzwischen fast zwei Monaten, nach Berlin kam. Ich zeige Ben das Badeschiff, den Club der Visionäre, die Oberbaumbrücke und die East Side Gallery. Dann kehren wir um, vorbei am Universal-Gebäude, und fahren über die Modersohnbrücke Richtung Friedrichshain. Auf der Brücke muss ich absteigen, weil mir die Puste ausgeht. Ben steigt auch ab, nimmt mein Fahrrad und schiebt unsere beiden Räder bis zur Mitte der Brücke. Wir stellen uns an das Geländer und blicken auf die unter uns vorbeirasende S-Bahn. Eigentlich schaut nur Ben auf die S-Bahn, und ich sehe mir Ben an, sein Muttermal, seine markanten Wangenknochen, seine komische Kette. Er sieht gerade sehr ernst aus, aber irgendwie schön. Ben sieht mich an und merkt, dass ich ihn anstarre. »Ist was?« – »Nein. Ich habe mich nur gerade gefragt, welche Augenfarbe du hast. Ich weiß nie, wer welche Augenfarbe hat. Manchmal vergesse ich sogar meine eigene.« Ben lacht, steigt auf sein Fahrrad und sagt im Losfahren, ohne mich dabei anzusehen: »Sie sind grün. Und deine sind braun.«

»In Friedrichshain war ich selbst erst einmal. Da gibt es nur Studenten und Hundescheiße«, erkläre ich Ben fachkundig. Wir halten an einem kleinen arabischen Imbiss und bestellen Falafel und Pfefferminztee. »Hast du schöne Frau!«, sagt der Kellner zu Ben, als er uns die Falafel und den Tee nach draußen bringt. »Was? Ach so, nein. Äh, doch. Also danke. Ich weiß, vielen Dank«, kriegt Ben gerade noch die Kurve. Wir müssen lachen.

Wir essen, und Ben stellt mir ein paar Fragen. Natürlich nichts Persönliches. Er stellt immer nur praktische Fragen. Jetzt will er wissen, wo das Einwohnermeldeamt sei, was ein Monatsabo der BVG koste und ob ich schon mal eine Steuererklärung gemacht habe. Anstatt seine Fragen knapp und rein informativ zu beantworten, verliere ich mich in ausführlichen Erklärungen darüber, wie es dazu kam, dass ich noch nie eine Steuererklärung gemacht habe, warum ich lieber Rad fahre und dass mein Fahrrad vermutlich von Marius – dem Freund von Paula – geklaut wurde. Ich erzähle Ben von Paula, nach der er natürlich auch nicht gefragt hat, und schließe mit einer ziemlich langen Erklärung darüber, wie es dazu kam, dass Hannes heute Morgen in Unterhosen aus meinem Zimmer kam. Schweigen ist eben doch nicht so meine Stärke. »Also, ich mag Hannes schon, aber nicht so gerne, dass ich ihn meinen Freund nennen würde. Ich bin ungern alleine. Aber ich verliebe mich auch nicht mehr. Das habe ich mir abgewöhnt, aus Prinzip.« Pause. Ich hole Luft, und Ben sagt nach einem Schluck Pfefferminztee: »Das ist vernünftig.« Ist das alles, was er dazu zu sagen hat? Da liefere ich eine über eine Falafel-Länge hinausreichende Erklärung für Dinge, die er nicht gefragt hatte, und das Einzige, was er dazu zu sagen hat, ist »vernünftig«. Ich sollte das mit dem Schweigen schnell lernen.

Wir zahlen und fahren über die Karl-Marx-Allee und den Strausberger Platz zurück nach Kreuzberg. Ben düst an mir vorbei. Ich fahre seinem erhobenen Popöchen hinterher und komme ziemlich außer Atem an der Ampel vor der Michaelkirchbrücke neben ihm zum Stehen. »So. Zum Abschluss unserer Sightseeingtour zeige ich dir noch die schönste Strandbar Berlins!« Ben ist einverstanden. Wir holen uns zwei Flaschen Bier und lassen uns in Liegestühle fallen, direkt am Ufer der Spree. So sitzen wir da nebeneinander, vergraben unsere nackten Füße im heißen Sand und blicken hinaus auf das Wasser. Nur manchmal schiele ich verstohlen auf Bens

Muttermal. Wir winken vorbeifahrenden Touristen auf Ausflugsdampfern und genießen die letzten Sonnenstrahlen. Das Leben ist manchmal wirklich unverschämt schön.

Wir reden nicht. Es ist gerade ziemlich angenehm, nicht zu reden. Irgendwie befreiend. Ich kann nur ganz selten mit Menschen schweigen und wenn, dann nur mit Leuten, die mir sehr vertraut sind oder die mir auf die Nerven gehen. Ben geht mir nicht auf die Nerven. Mit ihm fühlt es sich richtig an zu schweigen. Das ist ein gutes Zeichen. Ich überlege, ob ich ihm sagen soll, dass es schön ist, mit ihm zu schweigen, aber dann würde ich das Schweigen ja schon wieder brechen. Ich übe noch ein bisschen und beiße mir auf die Zunge.

Als wir gerade so schön die Abendstimmung genießen, sagt Ben wie aus heiterem Himmel: »Ich finde, du solltest dich wieder mit Hannes versöhnen.« Was ist denn jetzt los? Das war eine ungefragte und mich persönlich betreffende Aussage. »Was heißt hier versöhnen? Wir haben uns doch gar nicht gestritten.« Ben sieht mich mit hochgezogenen Augenbrauen an: »Du hast ihn heute quasi rausgeworfen, Maja.« Ich fand Schweigen irgendwie besser und bekomme einen Kloß im Hals. Ben hat recht. Ich habe mich wie die letzte Zicke benommen. Ich weiß auch nicht, was in mich gefahren war, aber auf einmal wollte ich eben nur noch, dass Hannes verschwindet. »Mal sehen«, antworte ich ausweichend und ziehe eine Jacke über mein Kleid.

Wir brechen auf und fahren nach Hause. Wir haben tatsächlich gesagt, dass wir jetzt »nach Hause« fahren, nicht »zurück« oder »in die Wohnung«. Schön. Ich schlage vor, noch am Supermarkt zu halten, um einzukaufen. »Unser Hundefutter ist alle.« Ben sagt: »Stimmt. Außerdem habe ich heute Lust auf Steak. Und Pfote bestimmt auch. Wie sieht es mit dir aus?« – »Klar, ich liebe Steaks!«, seit gerade eben. Also kaufen wir Salat, Kartoffeln, Steaks und Bier. Sieht so aus, als würden wir einen richtigen Männerabend verbringen. Ob wir noch einen Porno holen sollten?

Ben macht uns Ofenkartoffeln, und ich darf den Salat schleudern. Bei dem Wort schleudern muss ich immer an wichsen denken. Das behalte ich für mich. Ben kocht wieder, als würde am Ende jemand Punkte verteilen. Er wirft mit Messern um sich, verspritzt Öl, das ich wieder unauffällig hinter ihm wegwische (und dabei gewaltsam versuche, meine Friteusen-Fantasie zu verdrängen). Ich decke den Tisch, zünde unsere IKEA-Kerzen an, mache Musik und platziere Pfote am Rand der Bank. Heute will ich neben Ben sitzen.

Ben verdrückt zwei ganze Steaks. »Wo steckst du das denn alles hin?«, frage ich meinen schlanken Mitbewohner. »Ich verbrenne eben gut«, antwortet Ben. »Ich nehme einfach nie zu, auch nicht, wenn ich es möchte.« – »Na, deine Schorgen will isch haben!«, sage ich mit einer ziemlich heißen Kartoffel im Mund. Wir sind schon bei unserem dritten Bier. Na ja, wenn man das aus der Strandbar mitzählt, eigentlich beim vierten. So läuft das also bei Männerabenden. Bier und Fleisch, bis einem schlecht wird.

Nach dem Essen hole ich den Kräuterschnaps, den Paula zurückgelassen hat, und schenke uns großzügig ein. Ben lehnt ab. »Danke, aber ich muss noch arbeiten.« – »Wie, jetzt noch? Es ist gleich zehn.« Ben sagt, er habe keine festen Arbeitszeiten, daher müsse er immer arbeiten. Ich frage ihn, an was er gerade zeichne. »Nichts Besonderes«, antwortet er knapp. »Zeigst du es mir?« Ben sagt: »Tut mir leid, aber kommt nicht in Frage.« Ich kippe gerade meinen Schnaps und verschlucke mich dabei. Nach einem Hustenanfall frage ich, wieso nicht. »Das geht dich nichts an. Nimms nicht persönlich, Maja, aber ich zeige meine Arbeiten nie jemandem.« Mit diesen Worten steht er auf. »Pfote und ich spülen morgen ab, okay? Gute Nacht, Maja. Und danke.« Danke für was, frage ich mich. Dass ich dir acht Stunden meiner Zeit geschenkt habe? Oder dass ich die Steaks bezahlt habe? Eingebildeter »Das geht dich nichts an«-Schnösel. »Gerne. War schön. Gute Nacht«, antworte ich – ich feige, harmoniesüchtige Kuh.

Ben geht in sein Zimmer, ich räume das Geschirr in die Küche und lasse es in der Spüle einweichen. Super. Es ist 22 Uhr, Samstagabend, und ich lasse Geschirr einweichen. Ganz schön aufregend in der Hauptstadt. In meinem Provinznest würde ich von meiner Haustüre aus jetzt nur einmal umfallen, und schon wäre ich im Bergwerk. Ohne verabredet zu sein, würde ich mindestens fünf Leute treffen, von denen – mit etwas Glück – zwei als potenzielles Fickobjekt in Frage kommen würden. Und hier? Hier unterhalte ich mich mit einem Stofftier!

Frustriert gehe ich in mein Zimmer und schließe die Tür hinter mir. Es ist unerträglich still. Ich rufe Paula an. Mailbox. Mist. Auf keinen Fall werde ich jetzt Ralf anrufen. Außer einer völlig leidenschaftslosen Anstands-SMS – »Hallo Maja! Ich hoffe, du genießt die Hauptstadt. Pass gut auf dich auf und fühl dich umarmt. R.« – habe ich nichts mehr von ihm gehört. Aber das könnte vielleicht auch an meiner Antwort gelegen haben. Ich habe ihm geschrieben: »Hallo R. Deine SMS ist so leidenschaftlich wie ein Auszug aus dem BGB. Fühl dich in den Arsch getreten! M.« Nicht besonders nett.

Bevor ich darüber nachdenke, wähle ich bereits eine andere Nummer, und mein Klingeln wird erhört.

»Hallo?« – »Hallo Hannes. Ich bins, Maja.«

9. Kapitel

Strafe muss sein

Ich bin die inkonsequenteste Person, die ich kenne. Aber: »Ein denkender Mensch ändert seine Meinung«, sagt meine Schwester. Und mich mit Hannes zu versöhnen scheint mir in Anbetracht meiner trostlosen Samstagabend-Situation ein richtiger Schritt zu sein. So stehe ich eine knappe Stunde später in Jeansmini, geschminkt und mit hochgesteckten Haaren in der Bar, die Hannes mir genannt hat.

Er sieht mich, bevor ich ihn sehe. Vermutlich hat er mich schon die ganze Zeit dabei beobachtet, wie ich mich an schwitzenden Körpern vorbeidränge, nach ihm Ausschau halte und dabei versuche, nicht wie jemand auszusehen, der Ausschau hält. Hannes lehnt an der Bar und fängt meinen suchenden Blick ab, siegessicher. Ganz so, als hätte er längst gewusst, dass ich mich wieder melden würde. Aber dass es schon so schnell passieren würde, damit hat er wohl auch nicht gerechnet. Na ja, ein schnell denkender Mensch ändert eben schnell seine Meinung. Außerdem ist Ben an allem schuld. Er hat mich wieder in Hannes' Arme getrieben. Schließlich wäre ich heute Abend sehr gerne bei einer Runde Monopoly mit ihm und Pfote zu Hause geblieben. Aber er muss ja noch arbeiten, was mich schon gar nichts angeht.

Ich gehe auf Hannes zu und stelle mich möglichst teilnahmslos neben ihn an die Bar. »Na Zicke, hast du dich wieder beruhigt?«, breites Grinsen in seinem Gesicht. Scheiße, Hannes sieht einfach schon wieder unverschämt gut aus. »Wieso beruhigt? Du bist doch heute wie ein beleidigtes Mädchen abgehauen«, gebe ich zurück. »Ja, weil du dich wie eine hysterische Spießerin verhalten hast.« Autsch. Das tat weh. Es ist eine meiner Urängste, für spießig gehalten zu werden. Ich tue alles dafür, um mit dem Wort spießig niemals in Verbindung gebracht zu werden. Und warum? Weil ich im Grunde meines Herzens sehr genau weiß, dass ich die absolute Oberspießerin bin. Ich kann nichts dagegen tun, es wurde mir vererbt.

Ich kapituliere. »Tut mir leid, Hannes. Du hast recht. Ich wollte vor meinem Mitbewohner nicht angegrabscht werden, weil ich eine hysterische Spießerin bin. Kannst du mir das austreiben? Willst du ein bisschen grabschen, jetzt und hier, vor allen Leuten?« Hannes lässt sich nicht zweimal bitten und fährt mit seiner Hand in mein Top. Der Barkeeper sieht uns etwas irritiert zu. Hannes kneift meine rechte Brustwarze, die umgehend hart wird. Diese Verräterin.

»Ist der Gin Tonic für mich?«, lenke ich Hannes ab, der bestimmt schon wieder einen Ständer hat. »Danke.« Er will noch nach seinem Glas greifen, aber bekommt seine Hand nicht so schnell aus meinem Ausschnitt raus. Ich ziehe es ihm vor der Nase weg und nehme einen großen Schluck. Bei Gin Tonic versteht Hannes keinen Spaß. Denn der war teuer! Als ich ihn weiter trieze und den Rest auf ex trinke, versucht er, mich zu packen. Ich flüchte in die Menschenmasse und erkämpfe mir einen Weg Richtung Ausgang.

An der Tür angekommen, bleibe ich stehen. Mir ist schwindelig. Hannes kommt auf mich zu, ganz gemächlich, breitbeinig. Da ist er wieder, der Cowboy, auferstanden wie Phönix aus der Asche! Er sieht aus, als könne er sich nicht entscheiden, ob er schießen oder ein Lasso werfen soll. Hannes bleibt ganz dicht vor mir stehen. Dann packt er mich und wirft mich über seine Schulter. Dabei stoße ich mit meinen Füßen ein paar Bierflaschen um, die auch prompt ins Wasser fallen. Die Leute um uns herum fangen an zu pöbeln. Wer hatte denn auch die Idee, inmitten dieser Kellerbar einen Pool zu bauen?, frage ich mich, als ich die Welt gerade so aus der Perspektive von Hannes' Po betrachte. Alles steht kopf.

Hannes schwingt sich mit seiner Beute ins Freie. Er sprintet die Steintreppen nach oben, schlägt sich mit mir ins Gebüsch und wirft mich in eine Hängematte. Dieses Berlin macht mich fertig! Pools im Club, Hängematten im Gebüsch. Was kommt als Nächstes? Eine Kuh im Supermarkt?

Er ist ganz außer Atem und legt sich mir gegenüber in die Hängematte. Ich muss lachen. »Da drin können wir uns heute nicht mehr sehen lassen. Und zu mir können wir auch nicht gehen, so wie du dich heute Morgen benommen hast. Du erschreckst ja meinen Mitbewohner«, lasse ich Hannes wissen. »Seit wann interessierst du dich für deinen Mitbewohner? Stehst du jetzt auf den?« – »Quatsch! Ich steh nicht auf Ben«, wehre ich mich entsetzt. »Gut, komme ich eben nicht mit. Schade, Maja. Dann kann ich es dir heute ja gar nicht mehr besorgen.« Hannes grinst schon wieder so selbstgefällig. Was denkt der eigentlich, wer er ist.

»Ich kann es mir auch sehr gut selbst besorgen, wann und wo ich will«, gebe ich zurück. »Auch hier?«, fragt Hannes. »Na klar. Wieso nicht?« Ich bin doch keine Spießerin. »Dann machs dir! Hier und jetzt«, schlägt Hannes mit gesenkter Stimme vor. »Würde dir das gefallen?« Die wachsende Beule in seiner Jeans verrät mir die Antwort. Hannes grinst und versetzt unsere Hängematte in eine leichte Schaukelbewegung.

Um uns herum herrscht Stille. Nur entfernt hört man ganz dumpf den Bass dröhnen. »Okay. Ich machs mir. Aber nur unter einer Bedingung: Du darfst mich dabei nicht anfassen.

Nur anschauen, nicht anfassen. Verstanden?« Er grinst mich an und nickt. Ich lege mich zurück und lasse meine Beine links und rechts von der Hängematte baumeln. Dabei schiebt sich mein Jeans-Mini nach oben und meine Flip Flops fallen zu Boden. Ich helfe noch etwas nach, zerre am Jeansstoff und gebe Hannes freie Aussicht auf mein durchsichtiges, rosa-weiß gemustertes Höschen. Ich sehe ihm ins Gesicht und beginne mich zwischen den Beinen zu streicheln. Erst an den Innenschenkeln. Ohne meinen Blick zu senken, fahre ich ganz langsam nach oben, berühre meine Schamlippen, reibe meinen Kitzler, immer noch über dem dünnen Höschen. Hannes grinst jetzt nicht mehr. Er sieht mich ernst an, und für den Hauch einer Sekunde werde ich verlegen, halte inne.

»Mach weiter!«, befiehlt er mir kalt. Seine Erregung macht mir Lust. Es ist diese Sorte von Lust, die sich von den Füßen bis nach oben, tief zwischen die Beine zieht, fast wie ein Schmerz, nur in Geil.

Ich schließe die Augen und höre auf zu denken. Der Stoff meiner Unterhose ist so dünn, dass mein Finger feucht wird, als ich in der Mitte nach unten gleite. Mit der linken Hand schiebe ich mein T-Shirt nach oben. Ich trage keinen BH, und meine weißen Brüste leuchten im Dunkeln. Ich stecke mir zwei Finger in den Mund und befeuchte damit meine harten Nippel. Meine andere Hand lasse ich weiter über meinem Höschen zwischen meinen Schamlippen kreisen, erst nur die Fingerspitzen, ganz sanft, dann fester, mit drei Fingern knapp über meinem Kitzler, wie ein DJ am Plattenteller.

Plötzlich spüre ich, wie Hannes mir zwischen die Beine fasst. »Nicht anfassen, sonst höre ich auf!«, erinnere ich ihn streng an die Spielregeln. Hannes gibt seufzend nach, lehnt sich wieder zurück und sieht mir weiter zu. Ich schiebe meinen Finger jetzt unter mein Höschen, berühre meinen Kitzler und fahre endlich in mich rein. Ich stöhne ganz leise auf. Hannes öffnet seinen Gürtel, dann die Knöpfe seiner Jeans. Ich überlege, ob ich ihm auch das verbieten soll, aber der Anblick seines erigierten Schwanzes ist einfach zu schön. Hannes hält seinen Ständer fest umschlossen und beginnt, ihn langsam zu reiben. Ich sehe zu, wie das silberne Piercing an seiner Penisspitze im Takt seiner Bewegungen tanzt. Ich schiebe mein Höschen jetzt ganz zur Seite und lasse ihn dabei zusehen, wie ich mir den Mittelfinger in meine Muschi schiebe. Langsam rein und wieder raus, begleitet von schwerem Atem. Dabei stelle ich mir vor, dass uns jemand beobachten könnte, und werde so feucht, dass es ganz leicht ist, schön tief in mich einzudringen. Ich muss Hannes ansehen, wie er mich anstarrt und sich dabei einen runterholt, wie sich sein Bizeps anspannt, seine Gesichtsmuskulatur verhärtet.

Wie von selbst passe ich meine Geschwindigkeit seinem Tempo an. Mit meiner linken Hand knete ich meine Brust, bis ich es nicht mehr aushalte und mit beiden Händen zwischen meine Beine fasse. Ich stecke mir jetzt zwei Finger rein, reibe gleichzeitig meinen Kitzler mit der anderen Hand, immer schneller, immer fester. Ich halte es kaum noch aus. Als ich kurz davor bin zu kommen, zwinge ich mich erneut innezuhalten, nur um zu sehen, wie er reagiert.

»Mach weiter! Bitte!«, fleht Hannes mich an, während er seinen harten Ständer reibt. »Nur, wenn du deinen Schwanz loslässt«, gebe ich zurück. Strafe muss sein. »Komm schon, Maja. Bitte!« Er kann nicht aufhören. Zu sehen, dass ich ihn so geil mache, turnt auch mich an. Ich nehme meine Finger in den Mund, schmecke mich selbst, tauche wieder in mich ein. Ich kann mich nicht mehr dagegen wehren. Ich komme. Mein

Stöhnen klingt wie ein Schrei. Fast erschrecke ich mich selbst über diesen Laut. Dann spüre ich etwas Feuchtes auf meinem Bein. Dieser Kerl hat aber auch wirklich keinen Anstand.

Eine Stunde und vier Schnäpse später schleiche ich mich zwar betrunken, aber alleine in unsere Wohnung. Ich habe mich nämlich in Konsequenz geübt und bin tatsächlich ohne Hannes nach Hause gegangen. Ich möchte heute Nacht mal wieder alleine schlafen. Außerdem muss Ben ja nicht unbedingt mitbekommen, dass ich seinen Vorschlag, mich wieder mit Hannes zu versöhnen, tatsächlich angenommen habe.

Als ich morgens aufwache, tut mir mein Kopf weh. Schon wieder. Ich werde noch total verlottern in Berlin und als einzige akademische und arbeitslose Alkoholleiche am Kottbusser Tor enden. Ich denke an gestern Nacht und an unsere simultane Masturbation. Fast schäme ich mich jetzt ein bisschen. Ich bin eben doch eine Spießerin. Am besten, ich stehe dazu. Ab sofort. Da es schon nach elf Uhr ist und ich eine Spießerin bin, ist es höchste Zeit aufzustehen.

»Gut geschlafen?«, fragt Ben, der in kurzen Hosen abspült, wie versprochen. Pfote sitzt auf dem Küchenstuhl daneben und sieht ihm zu. Ach, meine zwei Hündchen, denke ich – ich lächerliches Wesen. »Mir ist schlecht«, lautet meine Antwort. Ich lasse mich auf die Esstischbank fallen und liege schon wieder flach. »Ben. Alles dreht sich.« – »Mach die Augen zu!«, weist Ben mich an. Dann höre ich ihn mit der Pfanne klappern. »Ich mach dir Rührei!« Mir ist gerade wirklich nicht nach Rührei, aber ich bin zu schwach, um abzulehnen. Fünf Minuten und vier mentale Achterbahnfahrten später serviert mir Ben ein mit Kräutern garniertes Rührei, plus ein Glas Wasser mit Aspirin. Dann setzt er Pfote neben mich und geht Richtung Zimmer. »Isst du nichts?« – »Hab ich schon. Lass es dir schmecken!« Weg ist er. Ich trinke das Aspirin und versuche, etwas zu essen, gebe aber nach zwei Gabeln schon wieder auf und schaffe es gerade noch ins Bad, um mich zu übergeben. Bitte, lieber Gott, lass jetzt nicht meinen Vater anrufen, denke ich, als ich mir den Mund abwische.

Mir ist nach Zähneputzen und dann schnell wieder Hinlegen. Als ich zu meiner Zahnbürste greifen will, halte ich inne. Meine ausgefranste, rosa Dr. Best steht wie gehabt in meinem Zahnputzbecher. In demselben Becher sehe ich zum ersten Mal seine Zahnbürste. Sie ist blau. Sie ist wunderschön. Dieser Anblick unserer beiden Zahnbürsten in ein und demselben Becher, wie sie einander ihre Köpfe zuwenden, als stünden sie kurz vor dem ersten Kuss, lässt mein Herz wie verrückt klopfen. In diesem Moment wird mir eine ganz schreckliche Tatsache bewusst: Ich habe mich verliebt. So eine Scheiße. In meinen Mitbewohner. Auch das noch.

Zurück in meinem Zimmer rufe ich sofort Paula an und sage ihr, dass ich dringend mit ihr reden muss. »Bist du schwanger, oder willst du ausziehen?«, lacht sie ins Telefon. Im Hintergrund bellt Jerry. »Schlimmer«, sage ich noch immer geschockt. »Ich hab mich verliebt.« Paula begreift sofort, dass es sich um einen Notfall handelt. »In einer halben Stunde auf dem Hügel im Görlitzer Park.«

Fünfundvierzig Minuten später schiebe ich mein Rad mühsam den Hügel hinauf. Paula sitzt auf einer bunten Picknickdecke und dreht sich gerade eine Zigarette. »Willst du auch eine?« – »Ich will nie wieder rauchen.« Paula nimmt mich erst mal in den Arm. »So schlimm? Ach, Süße. Ist doch schön, wenn du dich verliebt hast. Und nach dem, was du mir von Hannes erzählt hast, klingt das doch alles ziemlich gut.« Ich lege mich auf die Decke neben Paula und schließe die Augen. »Das ist ja das Problem. Es ist nicht Hannes. Es ist Ben. Heute morgen, da stand seine Zahnbürste neben meiner, in meinem Zahnputzbecher! Und mein Herz, das hat ganz schnell geklopft. Ich bin in Ben verliebt. Nein, ich bin nicht verliebt«, korrigiere ich mich. »Ich liebe ihn!« – »Maja, du spinnst doch. Bist du noch betrunken? Ich dachte, er sei nicht dein Typ?« Paula zwickt mich in die Seite. »Ich weiß. Ist er auch nicht. Ich steh doch auf sizilianische Zementmischer. Auf Coca-Cola-light-Männer, die schwitzen, Autoreifen wechseln und sich um mich prügeln. Ich stehe auf Männer, die entweder verheiratet oder beziehungsgestört sind. Ich verliebe mich nur in Männer, die von vorne herein unmöglich zu bekommen sind.« Pause. Paula raucht. »Ja und? Warte ab. Vielleicht ist Ben ja auch unerreichbar? Was weißt du schon von dem Typen, außer dass er mit Stofftieren spricht und kein Geschirr hat? Nichts! Vielleicht ist er auch verheiratet, schwul oder ein Vampir.«

Ich muss lachen. Das war eindeutig eine Anspielung auf Martin Hacke. Ich war gerade mal dreizehn Jahre alt und zum ersten Mal verliebt. Martin Hacke und ich haben ein bisschen geknutscht und Händchen gehalten, bis er mir eines Tages sagte, dass er mir ein Geheimnis anvertrauen müsse. Ich dürfe es nicht weitererzählen, aber er sei ein Vampir. Er würde Blut trinken und sich ausschließlich von Leber und Herz ernähren. Erst habe ich ihm nicht geglaubt (bin doch nicht doof), aber dann wurde mir klar, dass ich ihn tatsächlich noch nie essen oder trinken gesehen habe. Martin Hacke spielte seine Rolle so perfekt, dass ich eines Abends weinend in unserem Wohnzimmer saß. Meine Eltern sahen mich besorgt an und wollten wissen, was denn los sei. Ich sagte: »Mein Freund ist ein Vampir!« und weinte weiter. Dann schwiegen sie. Mein Vater sah meine Mutter an und fragte: »Berta, was haben wir nur falsch gemacht?« Ich war sehr enttäuscht, dass meine Eltern meinen berechtigten Liebeskummer überhaupt nicht ernst nahmen, und fasste den Entschluss, sie nie wieder einzuweihen, wenn ich Kummer haben würde. Eine Woche später traf ich Martin zufällig bei McDonald's. Er saß mit Monika Peters am Tisch, einem vierzehnjährigen Mädchen aus unserer Nachbarschaft. Sie hatte im Gegensatz zu mir schon einen richtigen Busen. Das war schlimm. Aber noch viel schlimmer war, dass sich die beiden eine große Portion Pommes teilten. Martin Hacke aß Pommes! Ich schämte mich und nahm mir vor, nie wieder einem Mann zu vertrauen und immer auf meine Eltern zu hören. Beide Vorsätze konnte ich bis heute nicht einhalten.

»Erzähl mal ein bisschen von Ben. Was gefällt dir denn an ihm?« Ich denke kurz nach, bevor ich antworte: »Ehrlich gesagt, habe ich keine Ahnung, warum ich mich in Ben verliebt habe. Vermutlich ist das schon passiert, als ich ihn damals vor dem Nussladen gesehen habe. Er hat Comicfiguren auf seinen Tellern und ist der Einzige, der Pfote auch hören kann. Dann gestern unser romantischer Ausflug und das gemeinsame Schweigen. Und das Rührei heute Morgen gab mir den Rest. In jeder Hinsicht. Irgendwie berührt er mein Herz. Mist. Mein Herz ist ein Idiot.« Paula muss lachen. »Mir gefällt seine geheimnisvolle Art, seine Stimme, wie er sich bewegt, sein wunderschönes Muttermal, sein Po. Ich finde ihn spannend. Ich habe das Gefühl, bei ihm irgendwie sicher zu sein, so, als könnte er auf mich aufpassen. Er hat meinen Schuh repariert, weißt du?« Also, ein Rest alte Maja ist doch noch vorhanden. Es war zwar kein gewechselter Autoreifen, sondern nur ein Stöckelschuh, aber immerhin. Paula überlegt. »Klingt ein bisschen danach, als hättest du dich verliebt, weil du ihn nicht kennst. Ich weiß zwar nicht, ob das die beste Voraussetzung ist, aber auf jeden Fall ist es einen Versuch wert, oder? «

»Und was soll ich jetzt machen?«, will ich von Paula wissen. »Denkst du denn, er mag dich auch?« – »Ach Paula, das ist doch ganz egal. Ich kann mich doch nicht in meinen Mitbewohner verlieben. Da komm ich in Verruf, verstehst du?« Paula schüttelt irritiert den Kopf. »Und wenn er mich nicht mag, dann kann ich ihm relativ schlecht aus dem Weg gehen. Außer ich benutze nie wieder unser Bad oder die Küche. Und selbst wenn er mich mag, mag er mich vielleicht irgendwann nicht mehr. Dann müsste einer von uns beiden ausziehen. Und wer bekommt dann den Hund?« Paula sieht mich fragend an: »Den Hund?« – »Ja, Pfote!« – »Oje, das ist also ansteckend.« Wir schweigen, und ich zünde mir doch eine Zigarette an. Immer wenn man denkt, man kann nie wieder eine Zigarette rauchen, geht es fünf Minuten später schon wieder erstaunlich gut.

»Also«, holt Paula aus. »Ben wird sich ganz sicher nicht in dich verlieben, solange du Nacht für Nacht mit einem anderen im Zimmer nebenan bumst. Oder wie fändest du es, wenn Ben eines Morgens mit einem halbnackten Flittchen aus dem Zimmer kommt?« Hannes ist kein Flittchen. Aber dieser Gedanke lässt mich trotzdem erschaudern.

»Süße. Ich sag dir jetzt eins. Du bist eine Spießerin, und du bist verliebt. (Jetzt fängt sie auch noch an.) Steh zu deiner romantischen Ader. Du bist nicht die abgebrühte Großstädterin, die du gerne wärst. Du kommst aus der Provinz, und du glaubst an die Liebe. Und du brauchst die Liebe. Dringend. Schieß den Beleuchter ab und sag Ben, was Sache ist!«

Paula hat recht. Ich muss dringend die Sache mit Hannes beenden. Leider bin ich gar nicht besonders gut darin, Dinge zu beenden. Ich lasse Beziehungen jeglicher Art lieber auslaufen, gehe nie wieder ans Telefon oder sage, es müsse sich um eine Verwechslung handeln. Totstellen ist auch eine Option. Ich erinnere mich, wie meine damals fünfzehnjährige Schwester bei einem Abendessen ein ähnliches Problem auf den Tisch gebracht hatte. Sie sagte: »Ich weiß nicht, wie ich Bernd sagen soll, dass ich einen anderen Freund habe.« Mein Vater meinte: »Jetzt sagst du ihm: ›Du, Bernd, ich habe einen anderen Freund.‹ Punkt. Schluss. Aus.« Meine Schwester meinte, dass würde sie sich nicht trauen. Ich schlug ihr meine bis heute gängige Methode vor: »Sag halt, du brauchst eine Pause, und dann rufst du nie mehr an. Punkt. Schluss. Aus.« Darauf sagte sie, dass das aber gelogen sei. Mein Vater, jetzt ganz in seinem Element: »Ja und? Hat Bernd ein Anrecht auf Wahrheit? Nein! Niemand hat ein Anrecht auf Wahrheit. Nur der Staat. Darum zahlen wir Steuern.« Wo er recht hat, hat er recht. Armer Bernd.

Vielleicht sollte ich Hannes sagen, dass ich mit keinem Mann zusammen sein könne, der eine Friteuse besitze? Nein, das wäre ja auch schon wieder gelogen. Natürlich hat auch Hannes kein Anrecht auf Wahrheit, aber ich sollte endlich aufhören, mich selbst anzulügen. Irgendwie habe ich mich in letzter Zeit an der Erkenntnis festgeklammert, dass *Verliebtsein* nur ein vorübergehender Zustand geistiger Verwirrung sei. Dass es den *Richtigen*, wie es in schrecklichen Frauenzeitschriften heißt, einfach nicht gäbe. Auf ihn zu warten, sei wie Warten auf Godot. Man wartet und wartet und wartet, aber er taucht niemals auf.

Das dachte ich. Bis zu dem Moment, als ich heute Bens Zahnbürste neben meiner entdeckt habe. Ben ist mein Godot! Was passiert eigentlich, wenn Godot tatsächlich kommt? Hat sich Samuel Beckett dazu mal geäußert? Kann man das in Sekundärliteratur zum *Theater des Absurden* irgendwo nachlesen? Das sollte ich dringend recherchieren. Oder noch besser selbst einen Eintrag auf Wikipedia verfassen: »Wie man sich zu verhalten hat, wenn Godot kommt – eine Anleitung: 1. Gratulieren Sie sich dazu, Godot erkannt zu haben. Das ist ein großer Schritt. 2. Überstürzen Sie nichts. Keine Panik. Verhalten Sie sich ruhig. 3. Machen Sie mit dem Beleuchter Schluss.«

Ich drücke meine Paula und entscheide auf dem Weg nach Hause, ab heute ein emotional aufrichtiger Mensch zu werden und zu meinen Gefühlen zu stehen. Ich beginne mit Punkt eins und zwei und beschließe, mir erst mal zu dieser Erkenntnis zu gratulieren und nicht panisch zu werden.

Ben ist nicht zu Hause. Also schnappe ich mir Pfote, setze ihn zu mir ins Bett, und wir schauen zusammen *Tatort*. Es ist der Münchener Tatort, den mag Pfote am liebsten. Danach schreibe ich Hannes eine SMS: »Lieber Hannes. Wir können uns nicht mehr sehen. Ich mag dich sehr gerne, aber nicht genug. Es liegt an mir. Danke für die schöne Zeit!« Ich habe nur eine Stunde gebraucht, mir diese Worte auszudenken und zu tippen. Und noch mal eine Stunde, bevor ich »senden« gedrückt habe. Immerhin habe ich nichts von: »Beziehung is nich!« oder: »Geh kacken!« geschrieben. Hannes hat nicht geantwortet. Pfote ist ein bisschen enttäuscht, dass Hannes anscheinend nicht um uns kämpfen will. Aber ich tröste ihn. Ein Grund mehr, warum unsere Entscheidung richtig war. Wir schlafen Arm in Pfote ein. Ich träume von Ben. Er ist ein Vampir, und ich bitte ihn, mich zu beißen, damit wir für immer und ewig zusammen sein können ...

10. Kapitel

Verliebt und verletzt

Inzwischen sind über zwei Wochen vergangen, und in Bezug auf Ben stecke ich immer noch bei Schritt zwei fest: Keine Panik. Bloß nichts überstürzen. Ich habe bisher nichts unternommen. Nicht »nichts« im Sinne von »nichts«. Eher »nichts« im Sinne von »so tun, als wäre nichts«. Das ist ziemlich anstrengend. Am liebsten würde ich ihm ins Gesicht schreien, dass ich ihn liebe. Und falls er mich auch liebt, könnten wir uns jetzt diesen Paarungstanz sparen, die Balz abkürzen und einfach glücklich zusammen bis an den Rest unserer Tage leben. Aber ich habe keine Ahnung, wie Ben zu mir steht. Bin ich nur *die Mitbewohnerin*? Oder eine nette Mitbewohnerin (Das wäre schlimm!)? Bekommt er eine Erektion, wenn ich in Hotpants Eier koche? Oder fängt sein Herz an zu klopfen, wenn ich nach Hause komme?

Während ich so *nichts* unternehme, versuche ich dabei wenigstens hübsch auszusehen und die Balance zwischen *anwesend*, *attraktiv* und *nicht aufdringlich*, *spannend* zu halten. Und ja, es fällt mir schwer. Am liebsten würde ich Tag und Nacht mit Ben verbringen. Mit ihm durch Berlin schlendern, Ausstellungen besuchen, am Wasser in der Sonne liegen und später durch die Nacht spazieren und Sterne beobachten.

Stattdessen muss ich mich interessant machen. Mich rar machen. »Willst du was gelten, mach dich selten!«, hat meine Schwester immer gepredigt, und meine Schwester war noch niemals solo. Ich glaube, sie kam schon mit einem Freund zur Welt oder traf ihn spätestens auf der Säuglingsstation. Also folge ich ihrem Rat. Ich zwinge mich seit zwei Wochen, abends auszugehen und erst spät – aber natürlich alleine – nach Hause zu kommen. Tagsüber verlasse ich die Wohnung, weil ich angeblich noch etwas Wichtiges zu erledigen habe. Es ist aber auch durchaus eine wichtige Erledigung, am Hähnchenstand Menschen zu zählen. Ja, ich habe sehr wohl was zu erledigen: Ich mache mich rar. Das ist noch blöder als Schweigen.

Manchmal versuche ich meine mysteriösen »Ich bin dann mal interessant«-Streifzüge tatsächlich dazu zu nutzen, um etwas Sinnvolles zu tun. Etwas, was den Plan »Ben erobern« zielführend vorantreiben könnte. Zum Beispiel rufe ich meine Mutter an und frage sie nach diesem Pilzrisottorezept, das ich doch schon immer mal nachkochen wollte. Meine Mutter darauf: »Maja, du kannst doch gar nicht kochen.« Ich wiederum: »Du hättest mir das Kochen auch mal beibringen können. Schließlich wäre es deine Mutterpflicht gewesen, mich zu einer leidenschaftlichen, den Kochlöffel schwingenden, super Ehefrau in spe zu erziehen.« Meine Mutter wieder: »Maja, ich wollte dir das gerne zeigen, aber es hat dich nicht interessiert!« Ich sage ihr, dass sie jetzt nicht so passiv-aggressiv blockieren und endlich das verdammte Rezept rausrücken soll.

Wenn ich dann abends mit Ben zu unserem inzwischen fast täglichen gemeinsamen Supermarkteinkauf aufbreche – der schönste Moment des Tages –, schlage ich spontan vor, dass wir doch mal Pilzrisotto machen könnten. Ich suche ganz selbstverständlich – so nach Gefühl – die Zutaten zusammen, die ich vorher heimlich und sehr fleißig auswendig gelernt habe. Zur Sicherheit trage ich immer einen kleinen Spickzettel in meinem Schuh.

Wenn ich mal ohne Rezept und ohne Ben versehentlich im Supermarkt lande, überlege ich fieberhaft, worauf Ben so

Lust haben könnte. Ich habe keine eigenen Bedürfnisse mehr. Streng dem Motto folgend: »Wer lesen kann, kann auch kochen«, versuche ich mich in sämtlichen Länderküchen, um Ben mindestens jeden zweiten Abend mit einem anderen gewagten Gericht zu überraschen und hoffentlich zu verzaubern. (Liebe geht durch den Magen, oder?) Dabei spare ich nicht an Nelken, Chili oder anderen Gewürzen, die angeblich eine aphrodisierende Wirkung haben. Natürlich koche ich immer so rein zufällig, wenn er nach Hause kommt. Ich probiere dann halt gerade mal was Neues aus. Ich bin nämlich eher so der häusliche Typ, eigentlich schon immer gewesen. Und der nackte Mann in meinem Zimmer, damals, vor langer Zeit, das war eigentlich mein Kochlehrer aus dem Volkshochschulkurs »Kochen für Profis«. Ich habe in dieser einen einzigen Nacht meinen Körper nur geopfert, um an das geheime, hundert Jahre alte Tiramisu-Rezept seiner Großmutter zu kommen. (Ben liebt Tiramisu!)

Außer dass ich schon gefühlte fünf Kilo zugenommen habe, gibt es bisher dennoch keine Veränderung in Bezug auf »Ben und Maja nähern sich an«. Das tun sie nämlich nicht. Eher müsste es lauten: »Maja rückt ran. Aber Pfote passt immer noch locker dazwischen.« Ben verhält sich freundlich, aber distanziert und zieht sich immer dann, wenn es interessant werden könnte, in sein Zimmer zurück. Meine Versuche, ihn betrunken zu machen und dann zu verführen, endeten meist mit meinem eigenen Rausch, den ich alleine in meinem Zimmer ausgeschlafen hatte. In Ben kann man Unmengen von Alkohol schütten, und sein Gemütszustand scheint unverändert zu bleiben. Vielleicht ist er doch ein Vampir?

Paula fragt schon immer ganz ungeduldig nach, was es Neues gäbe an der »Ben-Front«. Ich sage, es sei wie Stalingrad. Ich bin mit meiner Kraft am Ende, und meine Reserven sind aufgebraucht. Ich habe keine Ideen mehr. Es kommt einfach zu keinen prickelnden Momenten zwischen uns. Gerade vor drei Tagen konnte ich Ben erstmals überreden, mit mir abends eine DVD anzusehen. Er setzte sich neben meine Matratze, auf den Boden! Auch nach wiederholter Aufforderung weigerte er sich, ins Bett zu kommen. So etwas habe ich noch nie erlebt. Und das auch noch bei *Eyes Wide Shut*.

»Schwierig«, findet sogar Paula. »Was ist mit Kino?«, will sie wissen. »Vergiss es. Wir waren schon zweimal. Ben hatte nur Augen für den Scheißfilm. Er starrte auf die Leinwand, ich starrte auf Ben und fraß dabei aus Frust fünfhundert Kilo Popcorn!« – »Bist du schon in Unterwäsche *versehentlich* aus dem Bad gekommen?« – »Paula, ich bitte dich! Natürlich habe ich das versucht. Damit habe ich angefangen, noch bevor ich fett wurde, weil ich mir den Arsch für ihn abkoche!« Paula lacht. »Du spinnst doch, Maja.« Ich schlage etwas anderes vor: »Wie wäre Folgendes: Ich könnte ja, wenn Ben mal nicht da ist, sein Zimmer zu unserem gemeinsamen Schlafzimmer umgestalten und aus meinem Zimmer *unser* Wohnzimmer machen. Damit es auch Ben kapiert, könnte ich zusätzlich meinen Namen mit seinem Nachnamen an unser Klingelschild anbringen. Maja Herzog. Toll. Nein, noch besser: Maja und Ben Herzog.«

Paula findet die Idee ganz gut, aber nur als allerletzten Ausweg. »Gib ihm Zeit, Maja. Der traut dir nicht. Noch nicht.« Sie hat recht. Hier ist Geduld gefragt. Schließlich geht es um Godot.

Mein eigentliches Problem, dass ich eine arbeitslose Akademikerin bin, hatte ich schon ganz verdrängt. Bis heute Morgen dann das schier Unglaubliche passiert ist: Ich habe eine

Einladung für ein Vorstellungsgespräch bei einer kleinen Verleih- und Produktionsfirma für Arthouse-Filme bekommen. Der Termin ist bereits in vier Tagen, und ich habe mal wieder keine Ahnung, weder von Verleih noch von Produktion. Ich kann mich nicht mal erinnern, dass ich mich bei »Başfilm« beworben habe. Also fange ich an, deren Homepage zu studieren und mich – mal wieder – online in Berufsfelder einzulesen, von denen ich keinen blassen Schimmer habe. Diese Uni war echt so was von für den Arsch. Für den akademischen Arsch.

Nach meiner Internetstudie bin ich ein bisschen schlauer. »Baş« ist kurdisch und bedeutet »gut«. Guter Film also. Rein prophylaktisch habe ich dann im Schnelldurchlauf auch noch alles über Kurdistan und Kurden gelesen, was ich finden konnte. Nach Wikipedia sind Kurden »eine iranischsprachige Ethnie, deren Hauptsiedlungsgebiet Kurdistan im Nahen Osten liegt«, was aber nicht »Kurdistan« heißt. So ein Land gibt es nicht. Komisch.

Außerdem habe ich Dave angerufen – den einzigen *Regisseur,* den ich kenne. Dave meinte, er habe noch nie von Başfilm gehört. »Pass mal besser auf, dass du da nicht in irgendwelche extremistischen Kreise gerätst!« Mir scheint, in Berlin lauern Gefahren überall – gerade bei der Jobsuche.

Heute ist es so weit: das Vorstellungsgespräch. Ich bin ziemlich aufgeregt. Diesmal habe ich so früh angefangen, mich ordentlich anzuziehen, dass ich längst fertig bin, aber erst in einer Stunde los muss. Ich spüle ab, um mich abzulenken. »Musst du wieder auf Amt?«, fragt Ben, als er mich im altbewährten Kostümchen in der Küche spülen sieht. Eigentlich weiß ich immer ganz genau, *wo* sich Ben *wann* in unserer Wohnung aufhält und *warum.* Ich beobachte unauffällig und diskret. (Außer einmal. Da habe ich mit einem Glas am

Ohr an der Wand gelauscht, als Ben telefoniert hat. In Filmen klappt das immer, aber ich habe kein Wort verstanden.) Gerade jetzt, beim Abspülen, war ich gedanklich so abwesend, dass ich tatsächlich für einen Moment nicht an Ben gedacht habe. Ich habe ihn nicht mal kommen hören und kriege so einen Schrecken, dass mir der Donald-Teller aus den Händen rutscht. Ben fängt ihn in letzter Sekunde auf. Erst schleicht er sich geräuschlos an und dann diese unglaublichen Reflexe. Doch ein Vampir? Also, wenn das mit Martin Hacke damals nicht so ein Reinfall gewesen wäre …

»Danke. Äh, nein. Ich hab doch ein Vorstellungsgespräch.« Ich ärgere mich ein bisschen, weil ich ihm das schon längst erzählt habe. »Weiß ich doch!«, lächelt Ben mich an. »Willst du ein bisschen üben?« – »Wie üben?«, frage ich, immer noch spülend. »Na, das Vorstellungsgespräch. Ich spiele den Chef.« Oh, ein Rollenspiel! Na, wenn ihm so was gefällt, wieso nicht?

Ben und ich nehmen also am Esstisch einander gegenüber Platz. Ben tut so, als würde er meine Unterlagen durchsehen, und fragt dann mit sehr ernster Miene: »So, Frau Engel, warum haben Sie sich denn bei Basfilm beworben?« – »*Basch*«, korrigiere ich Ben, der das kurdische Wort falsch ausspricht. »Frau Engel, bitte antworten Sie nur auf meine Fragen«, spielt Ben ernsthaft weiter. Das gefällt mir. Mit ein bisschen Glück packt er gleich die Handschellen aus. »Sehr wohl, Herr Kommissar. Also, äh, ich bin bei meiner Recherche im Internet auf Sie aufmerksam geworden. Ich finde, der kurdische Film ist eine der weltweit am meisten unterschätzen cineastischen Perlen, die unsere Branche zu bieten hat«, sage ich und öffne mit einem tiefen Augenaufschlag den obersten Knopf meiner Bluse. Ben findet, dass das vielleicht ein bisschen zu dick aufgetragen sei. »Kannst du nicht einfach einen Film aus deren Programm nennen, der dich beeindruckt hat?« – »Aber ich kenne keinen Film von Başfilm!«, gebe ich verzweifelt zurück. »Die gab es nicht mal in der Videothek.« Ben denkt nach. »Dann bleib besser bei der Wahrheit.« Auch gut. »Sag ich eben, dass ich mich nicht mal mehr erinnern kann, dass ich mich bei Başfilm beworben habe. Und die Bluse, die öffne ich besser sofort.« Ben sagt, ich habe es nicht nötig, mir mit weiblichen Reizen eine Stelle zu erschleichen. »Außerdem sind Männer nicht so dumm, wie du vielleicht denkst.« Ich will mich verteidigen, aber Ben fällt mir einfach ins Wort und fragt – jetzt wieder in der Chefrolle – nach meinen beruflichen Qualifikationen. »Na ja, ich habe die Uni mit 2,4 abgeschlossen und zahlreiche theoretische Arbeiten über das italienische Kino geschrieben. Außerdem gehe ich jede Woche ins Kino, und ich lebe in Kreuzberg. Ich bin fremden Kulturen gegenüber sehr aufgeschlossen. Ich kann mich wahnsinnig schnell in neue Themengebiete einarbeiten und spreche drei Fremdsprachen. Leider kein Kurdisch. Noch nicht. Aber Sprachen lerne ich im Handumdrehen. Also ehrlich gesagt, ich habe keine Berufserfahrung, aber ich bin sehr motiviert, welche zu bekommen.« Ben muss lachen. »Wird schon gut gehen«, sagt er. »Sei einfach ganz du selbst!« Hat das Ben eben wirklich zu mir gesagt? Pfote zwinkert mir konspirativ zu. Das war ja schon eine halbe Liebeserklärung. Ich soll ganz ich selbst sein. Wenn ich diesen Rat in Bezug auf Ben befolgen würde, müsste ich genau an dieser Stelle sagen: »Lieber Ben, ich habe die letzten Jahre nur rumgebumst, ich hasse kochen, aber ich liebe dich!«

Oh Mann, ich würde ihn jetzt so unglaublich gerne küssen. Stattdessen entscheide ich mich für eine freundschaftliche

Umarmung und drücke Ben drei Sekunden länger als notwendig. Ben steht stocksteif da und klopft dann etwas unbeholfen auf meinen Rücken. So umarmt mich mein Vater auch immer. »Danke«, sage ich und atme dabei Bens Geruch ein. So nah komme ich so schnell nicht mehr an ihn ran. Tief einatmen. Ich liebe diesen Geruch, der inzwischen unsere ganze Wohnung erfüllt. Ben riecht nach Mann, nach Liebe und Glück.

Başfilm befindet sich in Kreuzberg, Bergmannstraße, Erdgeschoss Hinterhaus. Das Klingelschild ist mit der Hand geschrieben und mit Tesafilm befestigt. Ich atme tief durch, richte meine für solche Anlässe übliche Hochsteckfrisur und klingle. Irgendwie will ich plötzlich ganz dringend diesen Job haben. Und nicht nur, weil Ben berufstätige Frauen möglicherweise interessanter finden könnte.

Mir öffnet eine Frau mit einem unmodischen Kurzhaarschnitt, weiter Jeans und einem die weiblichen Formen ignorierenden T-Shirt. Jetzt komme ich mir ein bisschen blöd vor mit meinem H&M-Kostümchen. Ich schätze sie auf Anfang vierzig. Sie sagt: »Du musst Maja sein!« und umarmt mich. »Ich bin Edith!«, strahlt sie mich an. Edith hat eine Bierfahne. Na, das fängt ja gut an. Ich betrete eine ziemlich finstere Wohnung, getarnt als Büro. Vielleicht hatte Dave doch recht, und ich werde gleich mit einer Kalaschnikow ausgestattet und auf den Berg Ararat geschickt.

»Freut mich«, sage ich vielleicht etwas zu zögerlich. Dann tapst schon ein großer kräftiger Bär um die Ecke. Dieser Mann hat nur noch wenig Haar auf dem Kopf, dafür umso mehr im Gesicht. Er reicht mir seine Pranke. Auch wenn er mir fast zwei Finger bricht, bin ich froh, dass er mich nicht auch umarmt. »Ich bin Yusuf. Das ist Edith. Edith mag Frauen.« Der Bär bricht in ein Lachen aus, wobei er mich ein bisschen anspuckt und schnell beide Pranken vor seinen Mund hält. »Yusuf!«, ruft Edith. »Musst du das immer gleich als Erstes erzählen?« Aber Edith lacht auch und kneift den Bären in die Seite. Ich glaube, er merkt das gar nicht. »Komm, wir setzen«, schlägt Yusuf in gebrochenem Deutsch vor und deutet in einen kleinen dunklen Raum. In diesem Raum stehen ein Glastisch, der dringend mal wieder eine Reinigung nötig hätte, zwei alte Rechner – bestenfalls aus den achtziger Jahren – und viele bunte Plastikklappstühle. Von der Decke hängt ein Kabel ohne Lampe, und im Eck steht eine einsame verstaubte Stehlampe, die mühsam versucht, diesen Raum zu erleuchten. Jede Taschenlampe wäre heller. Edith scheint meinen Blick zu bemerken und sagt: »Hinterhaus ist immer ein bisschen dunkel. Aber dafür sehr ruhig.«

Wir setzen uns an den Glastisch, und Edith holt Tee. Yusuf streicht mit seinen Händen mehrfach über sein Gesicht und wischt sich dabei den Schweiß von der Stirn wieder zurück auf den Kopf. »Maja, du magst Film?«, fragt Yusuf schon wieder lachend. Dieser Mann ist wirklich ein Phänomen. Würde ich ihm nachts alleine auf der Straße begegnen, hätte ich vermutlich ein bisschen Angst vor ihm. Aber seine Augen sind ganz freundlich, geradezu lieb. Große runde Bären-Knopfaugen. »Ja, ich liebe Filme«, antworte ich wahrheitsgemäß. Edith kommt ganz aufgeregt mit einem Tablett Tee und etwas Honig für den Bären zurück und setzt sich zu uns an den Tisch. Yusuf erzählt mir, dass Başfilm eine kleine Firma sei, die gerade erst gegründet worden sei, aber mit dem letzten Film viele Preise gewonnen habe. Zumindest habe ich mir das aus seinen lustigen Sätzen zusammengereimt. »Ich bin Produzeur, und Edith macht Rest«, lacht Yusuf. Dabei trinkt er einen großen Schluck Tee, wobei ihm ein kleines Rinnsal aus seinem Mundwinkel über das Kinn hinunterläuft und geduldig auf seinen orangefarbenen Pullover tropft. Edith schickt sich an, mir das ein wenig genauer zu erklären: »Es ist so: Ich mache die Pressearbeit, die Förderantragsstellung und die gesamte Büroarbeit. Yusuf hat die Kontakte zu Filmemachern auf der ganzen Welt. Wir machen nicht ausschließlich kurdisches Kino, eher so ein Kino für Menschenrechte. So viel zum Profil von Başfilm, in aller Kürze«, freut sich Edith und faltet ihre Hände.

»Klingt gut«, sage ich und nehme mutig einen Schluck Tee. Yusuf sagt: »Maja, wann du kannst anfangen? Edith braucht große Hilfe!« Oh, das ging leichter, als ich dachte. Sieht so aus, als hätte ich den Job. Ich weiß zwar nicht, womit ich anfangen soll, aber ich sage: »Morgen!« Edith und Yusuf strahlen jetzt beide. Yusuf klopft mir ganz freudig auf die Schulter, so fest, dass ich meinen kompletten Tee auf den Tisch verschütte. Yusuf wischt mit seinem Ärmel darüber. Bevor wir uns gleich wieder alle umarmen, muss ich doch mal die leidige Gehaltsfrage ansprechen. Auch wenn ich so das dumpfe Gefühl habe, dass *Menschenrechtskino* nicht besonders dick bezahlt wird. »Und was würde ich so verdienen, bei euch?« Yusuf wischt sich wieder den Schweiß übers Gesicht: »Uiuiui, Başfilm kleine Firma. Können nicht viel zahlen!« Pause für Lachen und Spucken. Ich lache einfach mal mit. »Aber wenn läuft gut, mehr!« Yusuf schlägt siebenhundert Euro im Monat vor. Ich bin entsetzt und sage: »Okay.« Für Anfang okay, oder?

Auf dem Weg nach Hause höre ich noch die Stimme meines Vaters, der mir eingeschärft hat, ein Einstiegsgehalt von Minimum 2200 Euro brutto auszuhandeln. Na ja, knapp daneben. Ich hoffe nur, dass Yusuf von siebenhundert Euro netto gesprochen hat. Was solls. Ich habe eh keine Wahl. Und irgendwie finde ich die beiden lustig. Was für ein Duo! Der kurdische Bär und die Berliner Kampflesbe, die im Dunkeln sitzend Menschenrechte auf die Leinwand bringen wollen. Doch, irgendwie sehe ich mich genau in dieser Firma. Zu dritt werden wir die Welt verbessern. Und ich wollte noch nie die Welt verbessern. Ob Ben Frauen mag, die die Welt verbessern wollen? Bestimmt.

Ich halte noch bei einem Ramschladen in Kreuzberg, kaufe drei schöne Teetassen und eine Packung Glühbirnen plus einen orientalischen Lampenschirm. Der wird Yusuf bestimmt gefallen. Zu Hause stürme ich gleich in Bens Zimmer, um die Neuigkeit zu verkünden. Ben ist nicht besonders erfreut, dass ich nach nur kurzem Klopfen und ohne sein »Herein« plötzlich im Zimmer stehe. Er gratuliert mir per Handschlag mit: »Na dann, herzlichen Glückwunsch!« Ich schlage Ben vor, meine erste Stelle gebührend mit mir zu feiern. »Wir könnten kurdisch essen gehen und Raki trinken!« Ben sagt, Raki sei türkisch und dass er schon gegessen habe. Mit: »Gerne ein andermal« wendet er sich wieder seiner Zeichnung zu. Ich starre auf seinen Hinterkopf und denke: Wow! Jetzt flipp nicht gleich aus vor lauter Freude, dass ich einen Job gefunden habe. Kameradensau! »Okay, dann ein andermal«, sage ich und verkneife mir die Frage nach dem *wann*. Dabei versuche ich nicht allzu enttäuscht auszusehen. Ben dreht sich noch mal um und sieht mich auffordernd an. »Machst du die Tür hinter dir zu, bitte?« – »Na klar!«, sage ich und schließe die Tür, allerdings ohne das Zimmer zu verlassen. »Maja, ich muss wirklich arbeiten!« Ich kichere ein bisschen. »War nur Spaß!«

Zurück in der Küche habe ich keine Lust, mir alleine was zu kochen. Ich bin jetzt viel zu aufgedreht und entscheide mich, in den türkischen Nussladen zu gehen. Alleine. Ohne Ben. Dort setze ich mich wieder ans Fenster und träume vor mich hin. Ab morgen habe ich Arbeit. Ab morgen tue ich nicht nur so, als hätte ich was zu erledigen. Ab morgen werde ich acht Stunden täglich arbeiten. Der Gedanke, Ben acht Stunden am Tag nicht sehen oder belauschen oder ihm nachspionieren zu können, dämpft meine Freude ein wenig. Aber vielleicht wird Ben mich dann vermissen? Ach, gerade ist das Leben so schön!

Meine erste Arbeitswoche ist sehr turbulent. Ich bin übermotiviert. Edith auch. Sie redet sich den Mund fusselig mit mir. Ich lerne nicht nur, wie, warum und wo man Förderungen für finanzielle Mittel beantragen kann, sondern sie erklärt mir alle Punkte der Filmherstellung bis ins letzte Detail. Zwischendurch streut sie gerne persönliche Anekdoten aus ihrem Leben ein. Ich habe noch nie einen Menschen kennengelernt, der so freizügig von seinem Liebes- und Sexualleben erzählt hat. So erfahre ich zwischen Filmfinanzierung und Filmkalkulation von der Existenz der weiblichen Ejakulation, von der ich absolut keine Ahnung hatte. Edith erklärt mir, dass es für Lesben die absolute Krönung sei, wenn die eine die andere zum »Abspritzen« bringen würde. »Das ist eine richtige Fontäne, was da plötzlich herausspritzt! Beim ersten Mal ist einem das immer peinlich, weil es eine Mischung aus Wasser und Urin ist. Aber eigentlich kann man seiner Geliebten kein größeres Kompliment machen als abzuspritzen.« Jetzt will ich aber genauer wissen, wie das geht. Edith erklärt mir das ganz fachmännisch, wobei sie nicht vergisst, das Gesagte mit detaillierter Gestik zu veranschaulichen: »Einfach Finger rein, ganz tief, und gegen die Bauchdecke drücken. Kannst du auch mal selbst ausprobieren, ist aber alleine nicht so einfach.

Du brauchst viel Kraft!« Verstehe. Nein, verstehe ich nicht. »Ist das dann Fisten?«, frage ich alte Landpomeranze. »Na ja, Fisten heißt einfach, dass du mehrere Finger, die ganze Hand oder mehrere Hände reinschiebst. *Fist* wie die Faust!« Natürlich. Ich Dummerchen! Mir wird ganz schwindlig bei dem Gedanken an mehrere Hände in mir drin. Edith lacht mich jetzt ein bisschen aus und sagt, sie könne mir das ja bei Gelegenheit mal zeigen. Zwinker, zwinker! »Edith, lass uns bei den Kalkulationen bleiben. Aber falls ich jemals mit einer Frau schlafen würde, dann mit dir!«

Yusuf lacht immer, wenn er uns plaudern sieht. »Maja, pass auf dich!«, ruft er dann und nascht die Essensreste, die er noch im Bart versteckt hat. In dieser Woche ist er schon dreimal mit der Stirn auf dem Tisch eingeschlafen. Aber wenn er wach ist, redet er mir gut zu. Wenn ich so weitermache, sagt Yusuf, würde ich noch eine große Produzeurin werden. Na, das sind doch mal Aussichten! Von ihm lerne ich, wo Kurdistan liegt. Nämlich nirgendwo und überall. Zumindest heutzutage. Außerdem erklärt er mir, wie man mit einer Handvoll Kleingeld eine Firma am Laufen halten könne, die nie Gewinn abwirft und trotzdem immer Geld ausgibt. Minus und Minus ergibt eben doch Plus. *Geht nicht*, gibt es bei Yusuf nicht. »Irgendwie geht immer!« Und das Kleingedruckte bei Verträgen tut Yusuf als »ist nur blabla« ab. Ach, wie schön. Bei Yusuf ist das Leben ganz leicht und unbeschwert. Vielleicht sollte ich mir bei Gelegenheit von ihm mal einen Ratschlag bezüglich Ben holen?

Heute ist Freitag, und es ist ziemlich spät geworden. Wir haben auf den letzten Drücker noch einen Antrag auf Verleihförderung eingereicht. Ich hab kopiert, Edith getackert, Yusuf Kette geraucht und uns angefeuert. Jetzt feiern wir unseren

Rekord in einer Bar ums Eck. Yusuf hat schon zwei volle Gläser Rotwein umgeschüttet, und Edith ist damit beschäftigt, der Kellnerin schöne Augen zu machen. Die beiden wollen mich noch zu einer weiteren Runde überreden, aber ich habe schon wieder eine unglaubliche Sehnsucht nach Ben. Also schütze ich Müdigkeit vor und lasse die beiden Schluckspechte alleine zurück.

Um noch ein bisschen schneller bei Ben zu sein, entscheide ich mich, eine Abkürzung zu nehmen und am Maybachufer entlangzufahren. Es ist ziemlich dunkel und mein Fahrradlicht mal wieder kaputt. Als ich gerade mit hohem Tempo auf den Schotterweg einbiege, spüre ich plötzlich einen starken Aufprall und stürze zu Boden.

Pochender Schmerz in meinem Kopf. Ich muss jemandem reingefahren sein. Auf jeden Fall bin ich vom Fahrrad gestürzt und liege auf der Erde. Gerade will ich die Augen öffnen, als ich eine völlig unbekannte Stimme sagen höre: »Gib mir dein Geld, gib mir dein Handy. Ich habe ein Messer!« Intuitiv und auch sehr naiv stelle ich mich ohnmächtig, aber mein schauspielerisches Talent reicht mal wieder nicht aus. Die unbekannte, eindeutig als männlich zu identifizierende Stimme gibt mir unmissverständlich zu verstehen, dass ihr Besitzer keine Scherze mache.

Ich rappele mich in aller Ruhe auf und scanne die Lage. Ergebnis: Maja wird gerade ausgeraubt. Meine letzte Hoffnung, dass es sich hier vielleicht um den früheren Besitzer meines gestohlenen Fahrrades handeln könnte, ist dahin. Es ist eindeutig ein Überfall. Und es geht ganz sicher nicht um mein Fahrrad. Aber da ist jemand an die Falsche geraten. Ich habe nämlich auch mal ein Semester Psychologie studiert und versuche mich nun in der praktischen Anwendung. Ganz vorsichtig lege ich den Arm um den Täter und spreche besänftigend auf ihn ein: »Du willst mir doch jetzt nicht wehtun.« Als ich ihn dabei im Mondlicht von der Seite ansehe, kann ich nicht viel von dem bösen Mann erkennen. Der Übeltäter trägt ein Baseballkäppi, darüber einen Kapuzenpulli und hat einen Dreitagebart. Ich schätze ihn so auf mein Alter, Mitte zwanzig. In schlechten Zeiten hätte es durchaus passieren können, dass ich mit ihm vielleicht sogar mal ausgegangen wäre. Ich meine, er ist jung, trägt ein Käppi, verfügt über einen südländischen Migrationshintergrund, wohnt in Berlin und hat ganz offensichtlich Geldsorgen. Das ist doch mein Beuteschema!

Der Verbrecher ist sichtlich irritiert davon, dass ich meinen Arm um ihn lege und ein Gespräch beginnen möchte. Aber ich spüre erste Zeichen eines Erfolges. Er redet jetzt auch ganz ruhig, aber dennoch sehr bestimmt weiter: »Jetzt gib mir dein Handy, oder ich muss dir wirklich wehtun. Ich habe ein Messer.« So, ein Messer kann ich aber gar nicht sehen. Dennoch, ich verzichte darauf, es mir zeigen zu lassen. Da ich heute meine roten Stiefelchen anhabe, ist ein Fluchtversuch ganz ausgeschlossen. Schließlich gebe ich nach und rücke das mir Liebste aller Wertgegenstände raus. Mein mobiles Telefon. In diesem Moment werde ich richtig wütend. So hatten wir nicht gewettet, Berlin und ich! Was ist, wenn Ben mich jetzt anrufen möchte? Aber da schlägt sich der Verbrecher schon ins Gebüsch mit meinem Samsung SGH E 400 und weiteren hundert Euro, die er mir auch noch abgenommen hat. Die hat mir Yusuf gerade als kleinen Vorschuss zugesteckt, direkt aus seiner Hosentasche, von seiner Pranke in mein Pfötchen. Das muss ich doch noch versteuern! Aber jetzt kommt dieser dahergelaufene Dieb, dieser Verbrecher, und nimmt es mir wieder weg. Ich koche vor Wut und nehme spontan die Verfolgung auf, Stiefel hin oder her. Immerhin ist das meine ehemalige Joggingstrecke. Auf einer kleinen Brücke hält er kurz noch einmal inne und betrachtet mich ungläubig, seine Verfolgerin in den roten Schuhen. »Gib mir wenigstens meine Sim-Karte«, rufe ich ihm kompromissbereit zu. Ich, der gestiefelte Kater! Aber der Dieb verhandelt nicht. Für einen kurzen Moment scheint er zu überlegen, mir vielleicht doch sein Messer aus der Nähe zu zeigen, entscheidet sich dann aber für die Flucht. Jetzt schreie ich um Hilfe, und zwei junge Türken stürmen herbei. Sie sind zu spät, um die Verfolgung aufzunehmen, und vermutlich haben sie auch keine Lust dazu. »Ruft die Polizei!«, schreie ich sie an. Ich habe ja kein Handy mehr. Die beiden schauen etwas betreten drein. »Ich habe kein Guthaben«, sagen sie gleichzeitig. Typisch Berlin. Arm und blöd. »Polizei kann man auch ohne Guthaben rufen«, erkläre ich den Helfern in der Not.

Die Kreuzberger Sondereinsatztruppe kommt nach einer gefühlten Stunde völlig übermotiviert an. Eine Gruppe junger, ziviler Leute, die selbst alle wie Verbrecher aussehen, fallen wie eine Armee aus ihrem Bus und stürmen sofort in die von mir angezeigte Richtung los. Zwei von ihnen bleiben bei mir. Das ist nett. Mir tut mein Kopf weh. Ein Krankenwagen wird gerufen.

Da liege ich dann, im Krankenwagen ohne meinen treuen Freund, das mobile Telefon. Wenn ich eine Sache nicht aushalten kann, dann ist es, alleine ins Krankenhaus zu kommen. Eigentlich kann ich alleine ja gar nichts gut aushalten. Aber alleine im Krankenhaus gibt mir echt den Rest. Ich heule inzwischen und bettle den Krankenpfleger an, der mir nur sehr widerwillig endlich sein Handy gibt. Scheiß-Berliner-Schnauze. Die einzige Nummer, die ich auswendig kann, ist meine eigene Festnetznummer.

Ben ist sofort zur Stelle und sitzt bereits im Wartezimmer, als ich aus dem Behandlungsraum komme. Er nimmt mich jetzt richtig in den Arm. Nicht so wie mein Vater. Diesmal mit Kopfstreicheln und fest Drücken. Ich heule wie ein Schlosshund und ärgere mich, dass ich davon jetzt auch noch hässliche rote Flecken bekomme.

Ich mache noch im Krankenhaus meine Aussage, und der sehr betroffene Polizist fährt Ben und mich nach Hause. Er sagt: »Ich fahre Sie und Ihren Freund jetzt nach Hause.« Im Polizeiauto darf ich Bens Hand halten. Ben will noch zum Tatort, um mein Fahrrad zu holen. Ich will nicht, dass er mich alleine lässt, und der brave Polizist verspricht, einen Kollegen zu beauftragen. So ein Service, bei der Polizei. Kann uns der noch 'ne Pizza mitbringen?

Ben kocht uns Tee, aber ich bestehe auf Schnaps. Mir tut alles weh. Mein Kiefer ist vom Sturz stark geprellt, und der Schmerz zieht sich bis in mein Ohr. Ben sagt, ich soll mich hinlegen. Er setzt sich zu mir ans Bett. »Soll ich dir Pfote holen?« Nein, Pfote wird mir heute nicht ausreichen. »Kannst du heute Nacht bei mir bleiben? Bitte?«, frage ich ihn, ohne darüber nachzudenken. »Okay«, sagt Ben, zu unser aller Überraschung. Er legt sich neben mich, und ich lege mein verheultes Gesicht auf seine Brust. Ben streichelt mir über den Kopf. Ich weine und schluchze und versuche, irgendwie einzuschlafen. Aber es ist zu aufregend, auf Bens Brust zu liegen. Ach, überfallen worden zu sein, fühlt sich gerade so schön an. Wenn das der einzige Weg sein sollte, Ben nah zu sein, werde ich meinen eigenen Auftragsverbrecher anheuern, der mich einmal wöchentlich überfallen und ausrauben muss.

»Erzählst du mir noch eine Geschichte?« Ben streichelt über meine Stirn. »Versuch zu schlafen, Maja.« – »Nur eine kurze.« – »Na gut. Es war einmal …« eine verliebte Fruchtfliege, die ihr Herz an einen Hundewelpen verlor, fahre ich in Gedanken fort und schlafe mit Bens Stimme im Ohr ein.

11. Kapitel

Invasion aus Bayern

Indianer kennen keinen Schmerz«, sagt meine Schwester, die noch nie überfallen wurde. Ich bin definitiv kein Indianer. Mein Kiefer tut weh. Ich kann nicht mehr kauen, ohne vor lauter Schmerzen zu jammern. Ben hat mir einen großen Topf Suppe gekocht. Die kann ich schlürfen, wobei mir immer ein bisschen was aus dem Mundwinkel läuft.

Seit Ben mich aus dem Krankenhaus geholt und in den Schlaf gestreichelt hat, ist er so fürsorglich. Ich glaube, ich werde noch sehr lange wehleidig bleiben. Er fragt mich stündlich, ob er noch etwas für mich tun könne. Tatsächlich fällt mir auch jedes Mal etwas ein: »Ja, vielleicht könntest du mich ein bisschen küssen?« Oder: »Nur eine Kleinigkeit. Heirate mich und werde Vater meiner Kinder!« Das denke ich natürlich nur. Ich sage: »Kannst du mir noch was vorlesen?«, und schon holt Ben ein Buch. Ich bin gerade aber auch ein zu armseliger Anblick. Man kann mir einfach keinen Wunsch abschlagen. Vielleicht hätte ich doch das mit dem Heiraten sagen sollen.

Meine Strafanzeige gegen »unbekanntes Arschloch« läuft, aber die Polizei hat mir nicht viel Hoffnung gemacht: »So etwas passiert in Kreuzberg täglich«, sagen sie. Ich finde, dann sollten sie mehr Übung haben. Aber immerhin hat der Polizist sein Versprechen eingehalten, und sein Kollege hat mein schönes Fahrrad am nächsten Morgen vorbeigebracht. Jetzt bin ich wieder mobil, wenn ich schon abgeschnitten vom Rest der Welt ohne Handy leben muss. Ich habe schon Entzugserscheinungen und höre es dauernd irgendwo klingeln. Vielleicht hat der Täter doch ein Gewissen und schickt mir wenigstens meine SIM-Karte zu? Aber vermutlich befürchtet er, beim Anlecken der Briefmarke DNA-Spuren zu hinterlassen.

Als das schön-schlimme »Ben pflegt mich gesund«-Wochenende vorüber ist, beschließe ich, sofort wieder arbeiten zu gehen. Ben sieht das anders. Ich soll mich besser noch schonen. Aber ich finde, dass Menschenrechte gegenüber ein paar blauen Flecken Vorrang hätten. So schnell lasse ich mich nicht kleinkriegen (Ben verliebt sich bestimmt nicht in eine Heulsuse). Er gibt nach, aber nur unter der Bedingung, dass er mich zur Arbeit begleiten und danach auch wieder abholen dürfe. »Na gut«, willige ich zögerlich ein. »Wenn du darauf bestehst.« Ich fasse es nicht. Ben will mich zur Arbeit bringen. Und abholen. Er macht sich Sorgen. Ich glaube, er liebt mich auch.

Es ist Montagmorgen, und Ben fährt wie versprochen neben mir her. Er passt auf wie ein Schießhund. Sein Beschützerinstinkt läuft auf Hochtouren, und ich gebe mich ängstlicher, als ich es bin. Bei Başfilm angekommen, wartet er, bis ich mein Rad angeschlossen habe und im Büro verschwunden bin. Vom Fenster aus winke ich ihm noch einmal zu. Ich bin so verliebt.

Yusuf und Edith sind sehr betrübt, als sie von meinem Überfall hören, und Yusuf schimpft lautstark über Ausländer. Ich weiß nicht, ob der Mann Ausländer war, aber Yusuf ist sich ganz sicher. Mittags gehen wir »Suppe trinken«, wie Yusuf zu sagen pflegt. Er kleckert beim Essen noch mehr als ich. Ben hält sein Wort und holt mich nach der Arbeit wieder ab. Punkt 18 Uhr ist er da. Er sieht so unglaublich schön aus, wie er auf dem Mauervorsprung im Innenhof sitzt und mit baumelnden Beinen auf mich wartet – mir zulächelt, als ich aus dem Büro komme. Ich stelle mir vor, wie es wäre, jetzt einfach auf ihn zuzugehen und ihn zu küssen. Aber wir küssen uns nicht. Stattdessen fahren wir zusammen nach Hause, nicht ohne vorher unseren gemeinsamen Supermarkt-Einkauf zu erledigen. Während wir so durch die Gänge schlendern, träume ich vom Küssen, Ben von Kartoffelgratin. Irgendwas läuft schief.

So geht es die ganze Woche. Tagsüber Menschenrechte und Ediths Geschichten aus der Lesbenszene, abends Nach-Hause-Fahren mit Ben (ich konnte ihn davon überzeugen, dass kein Mensch morgens auf dem Weg zur Arbeit überfallen würde). Ben und ich führen inzwischen eine eheähnliche Lebensgemeinschaft, nur ohne Anfassen. Das heißt, wir führen ein Leben wie nach ungefähr acht Ehejahren. Ich habe mal gehört, dass das Anfassen nach spätestens acht Jahren auch in den glücklichsten Ehen aufhört. Bei Ben und mir wäre das natürlich anders. Trotzdem könnten wir langsam mal mit dem Anfassen anfangen!

Bei uns zu Hause hat sich schon Routine eingeschlichen: Während Ben die Küche verwüstet, sitze ich neben ihm, trinke Rotwein und berichte ihm von meinem Tag. Heute erzähle ich von Edith, die einen Kurden geheiratet hat, nur um ihm eine Aufenthaltserlaubnis zu ermöglichen. »Ist doch toll«, findet Ben. »Ja schon. Aber eine Liebesheirat war das nicht«, gebe ich zu bedenken, um unser Gespräch unauffällig in Richtung Liebe zu lenken. »Na und?«, sagt Ben. »Ich glaube eh nicht an die Liebe.« – »Ich glaube nicht an Gott, und es gibt ihn trotzdem«, sage ich etwas unreflektiert. Ben sieht mich verwirrt an. »Also, manche Dinge kann man nicht verleugnen. Noch eher Gott als die Liebe. Ohne Liebe macht das ganze Leben ja gar keinen Sinn.« Pause. »Stimmt«, sagt Ben. »Das Leben macht keinen Sinn.« Das wird mir jetzt zu nihilistisch.

»Na ja, jedenfalls liebt Edith Frauen. Sie schläft auch mal mit Männern, aber verlieben kann sie sich nur in Frauen.« Sehr gut, Maja. Schnell wieder das Gespräch auf Sex lenken. Ich werde einfach mal ein bisschen offensiver: »Sag mal, Ben, würde es dir gefallen, zwei Frauen beim Sex zuzusehen?« Wir sind doch zwei erwachsene Menschen, da können wir doch auch mal über Sex statt Steaks sprechen. Ben sagt: »Das gefällt jedem Mann«, und damit ist das Thema auch schon wieder beendet.

Nach dieser Woche sind meine Verletzungen fast verheilt und mein Schock langsam abgeklungen. Allerdings werde ich nicht mehr so schnell nachts alleine durch den Park fahren. Ich bin froh, dass mein Kiefer nicht mehr geschwollen ist. Nicht nur wegen Ben. Meine Eltern kommen am Wochenende zu Besuch – wegen ihrer Immobilie. Und natürlich, um mein neues Leben zu begutachten und bestimmt auch gleich zu verurteilen. Von dem Überfall habe ich ihnen gar nichts erzählt. Schlimm genug, dass ich mit einem fremden Mann zusammenwohne – weit weg von zu Hause – und so gut wie karitativ bei einem Kurden und einer Lesbe arbeite. Dass ich auch noch überfallen und ausgeraubt wurde, erzähle ich besser ein andermal. Vielleicht an Weihnachten.

Am Samstagmorgen hole ich meine Eltern am Hauptbahnhof ab. Als ich die beiden mit ihren Rollkoffern am Bahnsteig entdecke, freue ich mich sehr, dass sie da sind. Meine Eltern wirken ein bisschen verloren und sind offensichtlich sehr erleichtert, als sie mich sehen.

Wir umarmen uns, bringen ihr Gepäck ins Hotel und fahren mit der S-Bahn nach Prenzlauer Berg. Mein Vater erzählt mir, dass er einen Makler beauftragt habe, eine Eigentumswohnung für sie zu suchen. Als Kapitalanlage, da er und meine Mutter ja keine gesicherte Altersversorgung hätten. »Wie sieht es eigentlich mit deiner Altersvorsorge aus?«, will mein Vater auf dem Weg zur S-Bahn wissen. »Du könntest eine Riesterrente oder über deine Firma eine betriebliche Altersvorsorge abschließen. Macht er so etwas, der Mehmet?« – »Papa, er heißt Yusuf.« Bei meinem Vater heißen immer alle Türken Mehmet. Türke oder Kurde ist ihm dabei auch egal. Ich glaube nicht, dass es jetzt der richtige Zeitpunkt wäre, meinem Vater zu erzählen, dass Yusuf selbst nicht mal krankenversichert ist und mich ab und an mit Bargeld aus den Tiefen seiner Hosentasche bezahlt. Vorausgesetzt, er hat es vorher nicht verloren – und ich wurde später nicht überfallen.

Ich überspringe die Frage, indem ich euphorisch von meiner Arbeit für das Menschenrechtskino erzähle, und berichte stolz, was ich alles in kurzer Zeit gelernt habe, wobei ich das mit der weiblichen Ejakulation mal weglasse. »Başfilm ist gerade erst im Aufbau. Wir sind ein kleines engagiertes Team (ohne Deckenlicht) und spätestens nach der nächsten Berlinale in der ganzen Branche bekannt!« Meine Mutter strahlt mich stolz an. Sie findet das »ganz toll«, was ich da mache. Meine Mutter ist so entzückend. Als kleines Mitbringsel hat sie mir *Das Bayerische Kochbuch* geschenkt, um meine neue Leidenschaft zu unterstützen. Mein Vater will thematisch lieber bei meiner Altersvorsorge bleiben, aber gerade jetzt müssen wir aussteigen. Er stolpert und vergisst wieder, was er sagen wollte. Von nun an ist er damit beschäftigt, sich über die schlechten Straßenverhältnisse im ehemaligen Osten aufzuregen, und schimpft auf unserem Weg Richtung Helmholtzplatz über die grässlichen Graffitis, die »alles verschandeln«. Ich erkläre meinem Vater, dass Leute, die hierherkommen und Immobilien kaufen, nicht besonders beliebt sind. »Menschen, die seit vielen Jahren in ihren Wohnungen leben, werden einfach an die Luft gesetzt. Die Mietpreise schnellen in die Höhe, und bald gibt es nur noch Schwaben, Bayern und Australier in Prenzlauer Berg.« Mein Vater sagt, es sei nicht sein Ziel, beliebt zu sein, sondern seinen Lebensabend abzusichern.

Wir begrüßen den Makler, Herrn Heckner, der mit uns erst mal gemütlich über den Biomarkt am Helmholtzplatz schlendert und die schönen Avocados bewundert. Mir scheint, unser raffinierter Makler tut nur so, als würde er gar nichts verkaufen wollen. Ganz unauffällig – »oh, tolle Avocados« – versucht er, uns eine heimische Atmosphäre zu vermitteln. Diesen billigen Maklertrick durchschaue ich sofort. Nur ich. »Die sind aber günstig!«, staunt meine Mutter. Er hat sie schon im Sack.

Ich gebe zu, auch ich bin vor der Maklerfalle nicht gefeit. Schon als Kind war Monopoly mein absolutes Lieblingsspiel. Das sagt wohl schon recht viel über den Charakter eines heranwachsenden Wesens aus. Ich wollte kaufen, kaufen, kaufen! Ich wollte alles kaufen, auch das Gefängnisfeld, das Startfeld und die Straßen, die ich schon gekauft hatte. Ich habe immer gewonnen. Das hatte zur Folge, dass niemand mehr mit mir Monopoly spielen wollte. Kein Wunder, ich habe nicht nur gewonnen, sondern fand auch kein Ende. Ich hatte bald so viel buntes Papiergeld, dass ich es nicht mehr zählen konnte. Das Einzige, was mich nicht sonderlich interessiert hat, war das Elektrizitäts- und das Wasserwerk. Erstens konnte man darauf keine Häuser bauen, und zweitens musste man die Miete errechnen. Die Würfelzahl mal sechs. Das war mir zu umständlich und zu zeitintensiv. Zeit ist ja auch Geld. Oje, das war schon wieder die Stimme meines Vaters.

Heute, fast zwanzig Jahre später, hier auf dem Gemüsemarkt am »Helmi«, wie Heckner zu sagen pflegt, spüre auch ich das alte Monopoly-Fieber wieder in mir aufsteigen. Kauf ich, kauf ich, kauf ich! Ich kämpfe dagegen an. »Mama, wir brauchen doch gar keine Avocados«, versuche ich zu intervenieren. »Aber die sind so schön grün.« Es ist hoffnungslos.

Nach drei Avocados und einem Glas Himbeermarmelade geht es endlich zur Besichtigung. Mein Vater sagt mir, dass es drei Dinge gibt, die bei dem Kauf einer Immobilie zu beachten sind: »Die Lage, die Lage und die Lage.« Die Lage ist wirklich ganz gut, und das Haus wurde gerade neu saniert. Der Eingangsbereich ist mit Stuck und blauen Fliesen verziert. Die Wohnung liegt »ganz ruhig im Hinterhaus«, wie das Maklerchen betont. Aber ich nehme mir vor, auf diesen Makler und seine miesen Gemüsetricks auf keinen Fall reinzufallen. »Hinterhaus ist immer dunkel«, gebe ich zu bedenken. »Dafür ruhig«, sagt er. »Ein Grab ist auch dunkel und ruhig.« Eins zu null für mich.

Kritisch beäugen wir die Maisonette-Wohnung mit Garten. Sie ist wirklich sehr schön, aber für eine Person eigentlich zu groß, für zwei schon etwas zu klein, außerdem ist sie viel zu teuer. Diese Wohnung kommt überhaupt nicht in Frage, denke ich, als ich gerade in meiner Handtasche nach meinem Labello krame. Da spüre ich die glatte Avocado, die sich angenehm in meine Handinnenfläche schmiegt, und plötzlich höre ich mich sagen: »Ihr solltet kaufen.« Meine Mutter sieht mich erstaunt an. Mein Vater fängt an, verlegen zu lachen und sich Hände schüttelnd zu verabschieden. Er meint, wir würden darüber schlafen und uns melden. Beim Hinausgehen erklärt mir mein Vater, dass der Kauf einer Immobilie ein reichlich überlegter Vorgang sein sollte, ungetrübt von spontanen, emotionalen Impulsen. Ich lasse mir da nichts einreden. Ich bin schließlich die Monopoly-Königin.

Bei Kaffee und Kuchen im Anna Blume liest mein Vater irgendein Börsenblatt, und meine Mutter und ich richten in Gedanken die Wohnung schon mal ein. Mit Kamin und begehbarem Kleiderschrank. Meine Mutter sagt, sie würde mir im Garten frische Kräuter pflanzen, die ich dann zum Kochen verwenden könnte. »Das wäre schön. Aber ich kann da nicht einziehen«, unterbreche ich unsere Träumereien. »Wieso nicht?«, will meine Mutter wissen. »Weil sie es sich nicht leisten kann«, antwortet mein Vater für mich. »Das auch«, gebe ich zu. »Ich verdiene siebenhundert Euro im Monat. Davon zahle ich dreihundert Miete, und den Rest stecke ich in meine Altersvorsorge.« Mein Vater kann über meinen Witz nicht lachen. »Siebenhundert Euro?«, fragt er entsetzt nach und legt sogar das Börsenblatt zur Seite. »Maja, du hast studiert. Ich habe dir doch nicht jahrelang das Studium finanziert, damit du dich jetzt von einem Kurden ausnutzen lässt. Du bist unterfordert, völlig unterbezahlt und überqualifiziert.«

So hatte ich das bisher nicht gesehen. Immerhin verdiene ich genug Geld, um meine Miete zu bezahlen und in der Happy Hour Sushi zu bestellen. Im Vergleich zu Paula bin ich reich. Außerdem besitze ich ein Zeitungsabonnement. Allerdings nur für vier Wochen auf Probe. Aber es gab zwei Kinokarten dazu (wer hätte da Nein sagen können?). Ich komme über die Runden, und ich bin verliebt, in Ben, meine persönliche Altersvorsorge. Verliebtsein hält nämlich jung, schön und gesund. Aber mein Vater ist nicht mehr zu bremsen. Er erklärt mir, dass das Lehrmädchen in seiner Anwaltskanzlei besser bezahlt sei als ich, die Akademikerin. »Aber dafür muss das Lehrmädchen in einer bayerischen Kleinstadt leben, ›Grüß Gott‹ sagen und in der Mittagspause Leberkäsesemmel für alle anderen holen.« Punkt, Satz, Sieg! Mein Vater findet, ich würde schon wieder unsachlich.

Wir zahlen. Das heißt, ich zahle und lade meine Eltern – zum Beweis – auf Kaffee und Kuchen ein. Ich bin doch keine arme Kirchenmaus. (Achtzehn Euro! Spinnen die?) Anschließend schlage ich vor, auf die Museumsinsel zu gehen. Mein Vater meint, er hätte das alles schon mal gesehen, vor über zwanzig Jahren, als die Mauer noch stand. Meine Mutter schlägt vor, bei dem schönen Wetter eine Schifffahrt auf der Spree zu machen. Ich halte das eigentlich für peinlichen Touri-Scheiß, aber gebe schließlich nach. Ehrlich gesagt, wollte ich immer schon mal so eine Schifffahrt machen. Aber alleine habe ich mich nicht getraut. Ich hatte Angst, spießig zu sein. Außerdem sind die auch nicht gerade billig.

Ich setze meine Eltern an Deck ab und nehme hinter ihnen Platz. Die Nachmittagssonne scheint uns ins Gesicht, und meine Mutter gibt meinem Vater die Sonnencreme, weil er sich immer so schnell verbrennt.

Als ich die beiden da so sitzen sehe, wie meine Mutter meinem Vater die Cremespuren im Gesicht verschmiert, werde ich ganz rührselig und lege meine Arme um sie. Jetzt sind die beiden bald dreißig Jahre verheiratet. Ich stelle mir vor, wie ich mit Ben und unseren Kindern in zehn Jahren so eine Dampferfahrt machen würde. In meiner Vorstellung sehe ich uns als Comicfiguren auf so einem Schiff sitzen. Über Ben und mir prangt ein rotes, pochendes Herz, und unsere Kinder toben um uns herum. Ach, ich bin so verliebt, dass es schon wehtut.

Nach der Dampferfahrt entlasse ich meine Eltern für eine kurze Ruhepause in ihr Hotel. Ich fahre auch nach Hause, um zumindest mal die Avocados in den Kühlschrank zu legen.

Das ist die offizielle Erklärung. Inoffiziell habe ich schon wieder Sehnsucht nach Ben.

Aus seinem Zimmer dröhnt laute Musik. Ich klopfe, aber er scheint mich nicht zu hören. Ich klopfe lauter, keine Reaktion. Ich weiß, ich sollte es nicht tun, aber vielleicht liegt Ben ohnmächtig zusammengebrochen auf dem Boden? Ich öffne unautorisiert die Türe, und Ben sitzt am Schreibtisch und zeichnet. Er hört mich nicht. »Hallo Ben!«, rufe ich ins Zimmer. Ben erschrickt. »Maja, spinnst du? Wieso kommst du einfach in mein Zimmer?« Oh. Nicht gut. »Aber ich stehe doch noch an der Tür«, versuche ich die Lage zu entschärfen. »Ich hab auch geklopft, aber du hast mich nicht gehört. Ich habe Avocados mitgebracht.« Gar nicht gut. »Maja, Avocados klingen nicht nach Notfall. Ich arbeite. Gehst du jetzt bitte wieder.« Nicht zu fassen: Ben schmeißt mich aus seinem Zimmer. So ein Arsch.

Ich packe die Avocados in den Kühlschrank und rauche meine erste Zigarette des Tages. Das klang eben gar nicht nach Liebe. Der tut gerade so, als würde er beim Bundesnachrichtendienst arbeiten. Wichtigtuer. Ich beschließe, ein bisschen durch Kreuzberg zu schlendern, um mich abzureagieren. Dabei lasse ich die Haustüre ordentlich zuknallen. Der soll ruhig merken, dass ich sauer bin.

Als ich nach einer lächerlichen halben Stunde schon wieder zurückkomme, sitzt Ben am Tisch und isst ein Käsebrot. »Hallo«, sage ich, wobei ich versuche, nicht beleidigt, aber distanziert zu klingen. »Hallo Maja. Hattest du einen schönen Tag mit deinen Eltern?« Na gut. Dann tue ich eben auch so, als wäre nichts gewesen. »Ja, danke. Wir haben die Wohnung besichtigt.« Ben habe ich längst von dem Immobilienvorhaben meiner Eltern erzählt. »Schön. Und? Ziehst du ein?« So ein gemeiner Kerl. »Vielleicht. Ich muss gleich wieder los. Wir gehen noch essen«, und schon verschwinde ich in meinem Zimmer. »Ziehst du ein?«, fragt er. Der fragt das so was von beiläufig. So wie: »Haben wir noch Milch?« Ben scheint das völlig egal zu sein. Kein guter Tag für meinen Ben-Eroberungsfeldzug. Ich muss mir dringend was Neues überlegen oder mich möglichst schnell wieder entlieben. Vielleicht könnte ich ihn mir einfach wieder aus meinem Herzen vögeln lassen. Zeit für einen neuen Sexrekord? Hätte ich mich doch nur niemals verliebt.

Ich treffe meine Eltern bei einem Italiener in Mitte. Die beiden sitzen schon da und studieren mit Lesebrillen die Speisekarte. Ich setze mich zu ihnen, und mein Vater räuspert sich, wie vor einer Rede: »Maja, die Mutti und ich, wir haben nachgedacht über die Wohnung. Die Lage ist hervorragend. In ein paar Jahren ist das Objekt möglicherweise schon das Doppelte wert. Die Mutti und ich können die Mieteinnahmen bestimmt irgendwann gut gebrauchen. Wir werden kaufen.« Beide sehen mich erwartungsvoll an. »Aber wir wollten doch eine Nacht darüber schlafen«, gebe ich zu bedenken. »Das machen wir auch noch«, ergänzt meine Mutter. »Was willst du essen? Pizza?« Ich weiß nicht. Käsebrot?

Wir bestellen, und ich will gerade eine lustige Geschichte von Paula erzählen, da kommt mein Vater schon wieder auf die Wohnung zu sprechen. »Maja, wir wissen, dass du momentan nicht viel Geld verdienst und gerade erste Berufserfahrungen sammelst. Aber wir möchten dir vorschlagen, dass du in diese Wohnung ziehst. Dann hättest du deine eigenen vier Wände. Du zahlst erst mal drei- bis vierhundert Euro, und wenn es dir beruflich mal besser geht, dann eben mehr.« Ich spüre, wie ich einen Kloß im Hals bekomme und blass werde. Dann fange ich an zu heulen.

»Was habe ich denn jetzt wieder Falsches gesagt?«, will mein Vater von meiner Mutter wissen. »Maja, was bedrückt dich denn so?«, fragt meine Mutter. »Ich merke doch schon die ganze Zeit, dass du was auf dem Herzen hast.« Ich schluchze und schäme mich ein bisschen, vor diesem süßen Kellner hier zu heulen. Ich bin doch jetzt erwachsen und stehe auf eigenen Füßen. Aber auf einmal fühle ich mich wieder wie damals, mit dreizehn, als das mit Martin Hacke passiert war. Ich habe Angst. Angst vor allem, vor der Zukunft, vor Entscheidungen.

»Ich habe mich in Ben verliebt«, schluchze ich schließlich. »Ben? Wer ist Ben?«, fragt mein Vater. »Na, ihr Mitbewohner«, erklärt meine Mutter genervt. »Nie hörst du zu.« – »Oh«, sagt mein Vater. »Ja, genau. Oh«, sage auch ich schluchzend. Die beiden sehen mich weiter fragend an. »Das Gute ist, er ist kein Vampir«, setze ich meine Erklärung fort. Jetzt müssen wir alle ein bisschen lachen. Wir erinnern uns nämlich noch sehr genau an die Geschichte mit dem Hacke Martin. »Das Schlechte ist, Ben ist nicht in mich verliebt. Er hat mich heute aus seinem Zimmer geworfen.« Meine Mutter umarmt mich. »Was sich neckt, das liebt sich«, versucht sie mich zu trösten. Aber wenn es nach meiner Mutter geht, sind alle Männer in mich verliebt. »Mama, ich beiße mir seit über einem Monat die Zähne an ihm aus. Manchmal ist er total lieb, wie nach dem Überfall. Aber andere Male …« – »Welcher Überfall?«, fällt mir mein Vater ins Wort. Mist. Scheiße. Mist. Es ist noch lange nicht Weihnachten. »Ben wurde überfallen, und ich habe mich um ihn gekümmert«, verstricke ich mich in eine böse Lüge. »Berlin ist ein Moloch!«, sagt mein Vater. »Auf jeden Fall sind alle meine Annäherungsversuche bisher an ihm abgeprallt.« Kurze Pause für einen großen Schluck Wein.

»Was macht denn dieser Benjamin beruflich?«, will mein Vater wissen (das hat aber lange gedauert). Ich ziehe meine Nase hoch, sodass meine Antwort nur schwer zu verstehen ist. »Er zeichnet.« Hilfesuchender Blick zu meiner Mutter. »Hat er eine Freundin?«, lenkt sie geschickt vom Berufsthema ab. »Er sagt Nein.« – »Vielleicht ist er schwul?«, rätselt meine Mutter. »Oder impotent«, ergänzt mein Vater. Ach, die beiden sind schon wirklich unverbesserlich. Da erzähle ich von einem Mann, der offensichtlich nicht in mich verliebt ist, und die einzige Erklärung, die sie dafür haben, ist, dass er entweder schwul oder impotent sein muss. Das war schon immer so. In unserer Familie wird die Schuld immer bei den anderen gesucht. Als ich in der fünften Klasse in Mathe eine Sechs bekam, war auch der Mathelehrer schuld.

»Das ist lieb von euch. Wirklich. Aber ich fürchte, Ben steht einfach nicht auf mich«, lautet mein deprimierendes Schlussresümee. »Trotzdem. Alleine wohnen war für mich schon immer schwer, wie ihr wisst. Außerdem kann ich mir momentan beim besten Willen nicht vorstellen, ohne Ben zu wohnen.« Meine Mutter drückt meine Hand. Sie sieht aus, als würde sie mich verstehen. Mein Vater sagt, dass ich nicht mehr alle Tassen im Schrank hätte. »Maja, du bist undankbar. Andere Leute in deinem Alter würden einiges für so eine Wohnung wie die am Hellwigplatz geben.« – »Helmholtzplatz«, korrigieren wir ihn gleichzeitig. »Und andere Leute könnten sie auch bezahlen. Du hast die Uni abgeschlossen und interessierst dich plötzlich für Menschenrechte. Nur um zu rechtfertigen, dass du kein Geld verdienst. Von deiner privaten Situation jetzt mal ganz abgesehen: Du musst was aus deinen Möglichkeiten machen. Du hast nur Männer im Kopf und nicht mal eine Altersvorsorge. Du und deine Generation, ihr habt überhaupt kein Verantwortungsgefühl.« Ich spüre die nahende Urteilsverkündung. »Ihr seid, ihr seid …«, er ringt nach Worten. »Ihr seid eine Generation kaputter Akademiker!«, sagt mein Vater. »Ich finde, wir sollten zahlen«, sage ich.

Mir ist der Appetit gehörig vergangen. »Tut mir leid, aber ich gehe jetzt nach Hause, zurück in mein kaputtes Leben. Ich bin es leid, nie deinen Ansprüchen zu genügen. Außerdem habe ich noch eine Schwester. Kannst du zur Abwechslung nicht mal auf der rumhacken?«, frage ich meinen Vater, als ich meine Jacke anziehe. »Die hat doch eine ordentliche Arbeit und einen festen Freund!«, lautet seine Antwort. Jetzt ist es raus. Darum geht es ihm also. Bestimmt will er nur endlich Enkelkinder haben. Das wird nun auch meiner Mutter zu viel: »Schluss jetzt. Sei jetzt endlich still, Jakob!« Meine Mutter steht auf und umarmt mich. »Maja, willst du nicht noch was essen? Oder wenigstens was mit nach Hause nehmen?« Ich schüttle den Kopf. Arm, aber nicht bestechlich. Ein Abendessen kann ich mir auch selbst kaufen. »Melde dich jederzeit, wenn dir danach ist, okay? Wir sind immer für dich da!« Ach, Mutti ist die Beste.

12. Kapitel

Das Geständnis

Kaum bin ich gegangen, fühle ich mich scheiße. Ich bin wütend und habe ein schlechtes Gewissen. Meine Eltern sind zu Besuch, und ich lasse sie alleine im Restaurant sitzen. Eine schöne Tochter haben sie da. Sehr erwachsen. Das Schlimmste ist, mein Vater hat irgendwie recht. Aber ich habe ihn schließlich nicht um meine eigene Maisonette-Wohnung gebeten.

Wieder zu Hause, gehe ich direkt in mein Zimmer. Es ist erst kurz nach neun, und mir ist schon wieder zum Heulen zumute, als Ben an meine Tür klopft. Natürlich wartet er auf mein »Herein!«. Ben öffnet die Tür einen kleinen Spalt, und Pfote schaut ums Eck. »Hallo Maja«, sagt Ben mit verstellter, tiefer Stimme. »Ben sagt, du bist traurig. Stimmt das?« Ich muss lachen. »Hallo Pfote. Ja, stimmt. Erst wirft mich dein Herrchen aus seinem Zimmer, und dann sagt mein Vater, ich sei eine kaputte Akademikerin. So ein Scheißtag.« Pfote schüttelt den Kopf. »Das hat Herrchen bestimmt nicht so gemeint. Er will nur alleine sein, wenn er arbeitet. Stimmt's?«, fragt Pfote jetzt Ben, der nun auch seinen Kopf durch den Türspalt steckt. »Stimmt, Pfote. Hallo Maja, unterhaltet ihr euch nett?«

Ich kann ja eh nie lange böse sein. Ben und Pfote kann ich nicht mal kurz böse sein. Ben setzt sich wie gehabt auf den Boden neben meine Matratze, und ich erzähle ihm von dem katastrophalen Abend mit meinen Eltern. »Dein Vater macht sich nur Sorgen um dich.« – »Ich weiß. Das ist ja das Schlimme. Ich darf ihm gar nicht böse sein, weil er es nur gut meint. Aber muss er sich dabei so ungeschickt anstellen? Ein bisschen Feingefühl ist doch nicht zu viel verlangt?« Ben überlegt. »Sei doch froh, dass er dir klar und deutlich sagt, was er denkt. Wenn alle Menschen einfach mal sagen würden, was sie denken, wollen, fühlen, anstatt immer um den heißen Brei herum zu reden, dann wäre die Welt einfacher.« Schluck. Ist das jetzt vielleicht der Moment zu sagen: »Ben, ich liebe dich!«? Ich kann nicht. Ich bin eher so der »Heiße Brei«-Typ. »Na gut. Aber abgesehen davon, dass mein Vater ein Gefühlstrampel ist, bin ich enttäuscht, dass er nie einfach mal stolz auf mich sein kann. Es geht immer nur um das Scheißgeld. Wer was verdient, wer was macht.« Ben findet, es könnte schlimmer sein. Immerhin habe mich niemand geschlagen. »Wurdest du denn geschlagen?«, frage ich geschockt. »Nein, Maja, alles gut. Ich habe Hunger. Du auch?« – »Ich bin noch vor der Hauptspeise gegangen«, lautet meine Antwort. »Spaghetti mit Lachs?«, fragt Ben wieder mit der Stimme von Pfote, und ich sage: »Nur, wenn wir uns betrinken.«

Ben kocht, und ich gehe zum Supermarkt Weißwein kaufen. Als ich zurück bin, ist das Essen so gut wie fertig. Ich bitte Ben, mir noch kurz sein Handy zu leihen, damit ich meiner Mutter eine Entschuldigungs-SMS schreiben kann. Ich tippe: »Hallo Mama. Es tut mir leid. Ich hab euch sehr lieb. Maja, eure kaputte Akademikerin.« Dann gehe ich zu Ben in die Küche. Er trägt dieses weiße T-Shirt mit dem roten Schriftzug. Das steht ihm wirklich ausgezeichnet gut. Seine Haare sind von der Sonne noch blonder geworden, und seine Haut ist braun gebrannt. »Warst du in der Sonne?«, frage ich ihn. »Nein. Doch. Also ich habe ein bisschen am Maybachufer gelegen. Aber nicht, um mich zu sonnen. Ich lese da gerade so ein Buch, von dem ich mich nicht losreißen konnte.« Ben kann lesen! Ob ich gleich mal Paula anrufen soll, um die frohe Botschaft zu verkünden? »Was ist das denn für ein Buch, das dich so fesselt?«, will ich wissen. »*Am Strand*. Von Ian McEwan.« Kenne ich natürlich nicht. »Und worum gehts?« – »Deckst du den Tisch?«, antwortet Ben, offensichtlich ausweichend. »Mach ich. Also, worum gehts? Um eine geheime Insel in Thailand?« – »Nein. Es geht um ein junges Paar in den Flitterwochen. Sie wollen zum ersten Mal miteinander schlafen. Beide haben fürchterliche Angst davor, schaffen es aber nicht, darüber zu reden. Dann geht alles schief. Es ist wirklich tragisch.« Mein innerer Sigmund Freud wird sofort aktiv. Was will Ben mir damit sagen? Dass er mit mir schlafen will, aber Angst davor hat? »Kein Problem, lass uns darüber reden. Ich bin auch noch Jungfrau«, scherze ich vor mich hin. »Tisch ist gedeckt?« Ben findet meinen Witz anscheinend gar nicht lustig. Oh nein, ich habe sein tragisches Buch nicht ernst genommen. »Leihst du es mir mal?«, versuche ich die Kurve zu kriegen. »Das gefällt dir bestimmt nicht. Eigentlich passiert nichts.« Da hat er wohl recht. Es reicht mir schon, dass in meinen eigenen vier Wänden nichts passiert. »Schlafen sie dann miteinander, oder nicht?« Ben greift nach meinem Teller. »Verrate ich nicht!«

Na gut. Ich lasse das Thema Buch unter den Tisch fallen und sehe Ben beim Austeilen zu. Wir rollen Spaghetti auf und genießen schweigend. Das halte ich nicht lange aus. Also fange ich an – auch ungefragt –, Ben von der Wohnung und dem Tag mit meinen Eltern zu erzählen. Dass mein Vater immer stolpert und es dann auf die schlechten Berliner Straßenverhältnisse schiebt, statt die Füße zu heben und nicht dauernd in die Luft zu starren. Dass ich in eine Wohnung einziehen soll, die ich mir nicht leisten kann. Dass mein Vater sich Enkelkinder wünscht, was er mir nur durch die Blume sagen kann, indem er mit mir über das Thema Altersvorsorge diskutiert. Ben findet, meine Eltern seien sehr großzügig. »Deine Sorgen möchte ich haben, Maja. Ich würde gerne eine eigene Wohnung haben!« Autsch. Das tat weh. »Wohnst du nicht gerne mit mir und Pfote?«, frage ich sichtlich betroffen. »Doch. Aber manchmal fände ich es schön, einfach nackt durch meine eigene Wohnung laufen zu können.« – »Tu dir keinen Zwang an«, zwinkere ich ihm zu. »Da bin ich echt tolerant!« Ben schmunzelt.

Die erste Flasche neigt sich ziemlich schnell dem Ende zu. »Und jetzt?«, fragt Ben, als er den letzten Schluck in mein Glas schenkt. »Jetzt hole ich noch eine Flasche.« Bevor Ben widersprechen kann, habe ich schon meine Schuhe angezogen und verlasse die Wohnung. Beim Kiosk in der Adalbertstraße kaufe ich einen überteuerten Billigwein. An der frischen Luft spüre ich den Alkohol in meinem Kopf. Ich bin so verliebt.

Wieder zurück, spült Ben schon ab. »Lass, das machen wir morgen. Heute trinken wir und feiern meinen Job. Das ist längst überfällig, und meine Eltern wollten ja nicht so recht darauf anstoßen.« Ben setzt sich wieder neben mich, und wir stoßen an: »Auf dich, die Kurden, die Menschenrechte und die kaputten Akademiker!« Zum Wohl.

»Wir sprechen die ganze Zeit nur über mich. Was ist mit dir? Hast du heute was gearbeitet?«, interessiere ich mich vielleicht etwas zu abrupt für Bens Tag. »Ja, Maja, das hab ich. Jetzt hör auf, mich nach meiner Arbeit zu fragen. Ich rede mit dir über alles, aber nicht über meine Arbeit, meine Familie oder meine Exfreundinnen. Das geht niemanden etwas an.« Ich finde, Ben schränkt den Themenkreis ziemlich ein. Aber *Exfreundinnen* klingt gut. Ben mag Frauen! In Gedanken vollführe ich einen Freudentanz auf unserem Esstisch. »Okay, dann reden wir über das Wetter, über Pfote oder über deine geheimen Sexfantasien?«, schlage ich vor. »Wir reden eh viel zu viel. Sollen wir noch irgendwo hingehen?« Wow, Ben ist in Ausgehlaune. Das sollte ich ausnutzen. Lass uns doch lieber ins Bett gehen und bisschen ficken. Ganz ohne reden, würde ich gerne sagen. »Wieso nicht?«, sage ich stattdessen. »Kennst du die Bar25?«

Eine Viertelstunde später fahre ich in Schlangenlinien Ben hinterher. Ab und zu dreht er um, fährt einmal um mich herum und zieht dann wieder an mir vorbei. Die frische Luft tut gut. An der Bar25 angekommen, empfängt uns eine ewig lange Schlange. Das sieht nach mindestens einer halben Stunde Anstehen aus. Aber mit Ben ist alles toll. Auch Schlangestehen, wie ich finde. »Ob sich das lohnt?«, fragt Ben, der Anstehen mit mir wohl nicht so aufregend findet. Es »lohnt sich« immer, etwas mit mir zu unternehmen. »Andere Leute würden viel Geld bezahlen, um mit mir Schlange stehen zu dürfen.« Das war womöglich etwas dick aufgetragen. »Oh Scheiße! Geld. Kannst du mir vielleicht was leihen?«, fragt Ben. »Schon okay, du darfst heute umsonst neben mir stehen«, antworte ich großzügig. »Nein, ich meine für den Eintritt? Ich habe nur ein bisschen Kleingeld dabei.«

Als wir endlich am Eingang angekommen sind, muss ich wie immer meinen Ausweis zeigen. Ben findet das ziemlich amüsant. Ich sage dem Türsteher, dass ich fünfundzwanzig sei und damit vermutlich älter als er. »Dann hast du aber im Kühlschrank geschlafen«, gibt dieser zurück. Ich gebe zu, ich fühle mich geschmeichelt. Ben geht sofort Richtung Bar und bestellt Schnaps für uns. Ich verstehe diesen Mann einfach nicht. Wieso würde er den Samstagabend mit mir verbringen, wenn er mich nicht auch toll findet? Irgendwie habe ich das Gefühl, dass heute Abend was passieren wird. Wir trinken Schnaps, und Ben sieht plötzlich sehr ernst aus, fast schon ein bisschen unheimlich. Ich finde ihn so unglaublich sexy und würde jetzt nichts lieber tun, als ihn endlich verdammt noch mal zu küssen. Aber ich traue mich nicht. Ich bestelle uns noch zwei Bier, und wir stellen uns an den Rand der Tanzfläche. Der Bass vibriert unter unseren Füßen. Ich stehe ganz dicht an Ben, rieche das Leder seiner Jacke. Ich kann es nicht mehr aushalten. Ich weiß, dass ich schon betrunken bin und daher jetzt besser schweigen sollte. Aber es geht nicht. Es muss einfach raus. Ohne Ben anzusehen, fange ich an zu reden: »Ben, als ich vor ein paar Wochen deine Zahnbürste neben meiner entdeckt habe, in meinem Zahnputzbecher, da ist mir etwas klar geworden. Also, es ist so …«, kurze rhetorische Pause und Zeit für einen Schluck Bier. »Ich habe mich in dich verliebt.« In diesem Moment scheint die Welt stillzustehen. Ich nehme gleich noch einen Schluck, um zu sehen, ob ich noch lebe.

Ben sieht mich ungläubig an. »Maja, das ist doch Unsinn! Du verarschst mich.« Na gut, das war nicht meine erhoffte Reaktion. Ich dachte viel mehr an ein »Endlich! Ich bin doch auch so in dich verliebt!«, gefolgt von einem leidenschaftlichen Kuss. Jetzt sehe ich Ben an. »Doch. So ist es nun mal. Seit Wochen bin ich aufgeregt, wenn ich nach Hause komme. Ich bekomme Herzklopfen, wenn ich unsere Wohnung betrete. Ich liebe deinen Geruch, der unsere Wohnung erfüllt, und immer wenn ich dich ansehe, will ich dich küssen. Es macht mich glücklich, mit dir Zeit zu verbringen. Es macht mich sogar glücklich, mit dir zu schweigen.«

Dann herrscht erst mal Stille zwischen uns. Ben schüttelt den Kopf. »Maja, wir sind Mitbewohner. Nicht mehr und nicht weniger. Das bildest du dir ein.« – »Nein«, sage ich wie ein trotziges Kind. »Ich bin unsterblich in dich verliebt. In seinen Mitbewohner ist man besser nicht verliebt. Das weiß ich schon. Aber es geht nicht anders.« Ben geht einen Schritt zurück. Dann sieht er mir direkt in die Augen und sagt: »Ich glaube nicht an die Liebe, Maja. Das habe ich dir schon einmal gesagt. Liebe ist wie Cola. Das schmeckt nur kurz wirklich gut. Aber irgendwann kann man sie nicht mehr ertragen. Wir sind – ja, irgendwie Freunde. Freundschaft ist wie Fanta. Das kann man immer trinken.« Aha. Das ist mir etwas zu metaphorisch, aber ich lasse mich gerne auf dieses Bild ein. »Ich mag Cola light. Oder was ist mit Spezi? Ein bisschen Liebe, ein bisschen Freundschaft. Ein bisschen mischen.« Ben muss schmunzeln. »Spezi ist ein fauler Kompromiss«, lautet sein Urteil. Jetzt bin ich ein bisschen ratlos. Das war dann wohl eine gehörige Abfuhr. Oh Gott, wie ich mich schäme. Jetzt habe ich alles kaputt gemacht. *Rar machen*, war doch der Plan. Nicht, betrunken meine Liebe erklären. Scheiße. Ich sehe Ben in die Augen und sage: »Feigling.« Dann stürme ich Richtung Ausgang.

Am Ausgang bleibe ich noch einen Moment unschlüssig stehen. Ben kommt mir offensichtlich nicht hinterher. Ich gehe zu meinem Rad und fahre los. Irgendwohin. Hauptsache weg von hier und auf keinen Fall nach Hause. Ich kann eh nie wieder nach Hause. Oje, ich habe gerade mein Zuhause verloren. Ich kann Ben nämlich nie wieder unter die Augen treten. Aber wie soll ich jemals meine Sachen abholen, ohne Ben noch einmal zu begegnen? Paula mit ein paar Mülltüten vorbeischicken? Vielleicht. Mein Vater hatte diesmal nicht recht: Ich bin nicht in Verruf gekommen, sondern in Teufels Küche.

Bestimmt dürfte ich gar nicht mehr Rad fahren. Aber wenn man betrunken nicht mal mehr Fahrrad fahren darf, wie soll man dann erniedrigt von Partys flüchten? Kurze Zeit später stehe ich vor dem Kaffee Burger und erinnere mich an Paulas Worte: »Wenn du mal knutschen willst, geh ins Kaffee Burger.« Ich muss mich jetzt dringend ablenken. Warum nicht mit Knutschen? Ben soll vor Sorge um mich vergehen. Am besten, ich bleibe die ganze Nacht weg.

An der Tür zeige ich freiwillig meinen Ausweis und kratze meine letzten Münzen zusammen, die gerade noch für den Eintritt reichen. Ben ist ein Scheißschmarotzer, nichts weiter. Vielleicht wollte er nur mit mir ausgehen, weil er kein Geld mehr hatte. Das wäre gemein, aber zumindest eine Erklärung. Und mein Vater hätte wieder recht gehabt: Es geht immer ums Geld.

Im Kaffee Burger ist heute »Russendisko«. Es ist total verraucht, stockdunkel und völlig überfüllt. Ich quetsche mich durch die Menge Richtung Bar und versuche, mich zwanghaft auf das Wort *Knutschen* zu konzentrieren. Nur nicht über Ben nachdenken. Jetzt nachzudenken könnte bestenfalls mit Heulen enden, schlimmstenfalls mit Suizid. Ich bestelle einen Gin Tonic, um weitere kognitive Vorgänge mit noch mehr Alkohol präventiv zu verhindern. Lieber Gin, bitte einmal alle Gehirnzellen, die mit Ben zu tun haben, abtöten. Danke. »Fünf Euro«, brüllt mir der Barmann zu. Scheiße. Vor lauter Nichtnachdenken habe ich vergessen, dass ich kein Geld mehr habe. Ich suche in allen Taschen, bis der verschwitzte Typ neben mir einen Fünfer über den Tresen reicht. »Darf ich dich einladen?« – »Musst du wohl«, sage ich, mit dem Strohhalm bereits im Mund. Er lacht und bestellt sich selbst eine Cola.

»Ich bin Henri!«, stellt sich mein spendabler Freund vor, wobei er seinen Namen sehr französisch ausspricht. »Ohchri«, wiederhole ich. »Freut mich. Ich bin Maja und sehr betrunken. Bist du Franzose?« – »Mutter Französin, Vater Araber.

Ich bin Deutscher.« Henri lächelt ein strahlend weißes Lächeln. Er sieht gut aus. Sehr muskulös, schwarze Haare, glatte Haut. Er könnte auch sizilianischer Zementmischer sein. Obwohl ich wirklich nicht auf Pferdeschwänze bei Männern stehe, gefällt er mir ganz gut. Das muss an seinem Käppi liegen (oder am Alkohol?). Männer mit Käppi finde ich immer gut! Henri und ich brüllen uns gegenseitig Floskeln ins Ohr. Ich glaube, ich lalle. Irgendwann sagt er: »Du siehst hübsch aus, aber traurig.« – »Ich habe mich mit meinen Eltern gestritten«, erkläre ich. Muss ja nicht jeder wissen, dass ich mich heute außerdem noch bis auf die Knochen blamiert habe und mir einen Korb von meinem Traummann abgeholt habe. »Eltern kann man sich nicht aussuchen«, sagt mein weiser Freund aus dem Orient. Dann küsst er mich.

Eine Viertelstunde später sitze ich mit Henri im Taxi. »Rosenthaler Straße 22«, sagt Henri zum Taxifahrer. »Ich wohne gleich ums Eck«, flüstert er stolz in mein Ohr, und ich bekomme meine Flüster-Gänsehaut. Als wir nach einer Kurzstrecke wieder aussteigen, ist mir schlecht. Ich bitte Henri um eine kurze Verschnaufpause, lehne mich an die Hauswand und versuche, nicht zu kotzen. Henri küsst weiter meinen Hals und streichelt mich zwischen den Beinen. Da hat mich schon lange niemand mehr gestreichelt. Langsam bekomme ich wieder Luft. Henri sperrt auf, und wir gehen nach oben, in den vierten oder fünften oder hundertsten Stock. Oben angekommen, fühle ich mich schon wieder etwas ausgenüchtert.

Henris Wohnung ist wohl das, was man spartanisch nennen könnte. (Ob ich jemals einen Mann kennenlernen werde, der ein richtiges Bett – mit Bettgestell – besitzt?) Ich werfe mich auf die Matratze, streife meine Schuhe ab und atme tief ein und wieder aus. Dann öffne ich meinen obersten Jeansknopf, auch wenn das bestimmt nicht sehr schicklich ist. »Willst du was trinken?«, fragt Henri und klingt dabei etwas besorgt. »Wasser«, stöhne ich. Mir geht es gar nicht gut. Ich öffne den zweiten Knopf, atme weiter tief ein und aus und versuche, mir eine bunte Blumenwiese vorzustellen. Henri bringt mir ein Glas Wasser und legt orientalische Musik auf. Da kommt also doch der Araber in ihm durch. Er legt sich neben mich und streichelt mein Gesicht. »Du bist schön und traurig.« Ich mag Henri. »Ich bin nicht traurig, mir ist total schlecht. Puh. Kannst du vielleicht ein Fenster aufmachen und dein T-Shirt ausziehen?«, frage ich in einem Atemzug. Heute habe ich schon so viel dummes Zeug geredet. Mir ist jetzt alles egal. »Wenn das hilft«, folgt Henri ganz brav meiner Aufforderung und entblößt einen sehr muskulösen Oberkörper. Dann öffnet er das Fenster. Er ist wirklich schön. Dieser Mann ist ein einziger Muskel. Genau so ein Mann, wie er mir gefällt. Eigentlich. Mit der Ausnahme von Spargeltarzan-Ben. Ben, Ben, Scheiß-Fanta-Ben. Ich kann es selbst nicht mehr hören.

Ich drehe mein Gesicht Henri zu und küsse seine vollen Lippen. Er fühlt sich ganz weich an. So, stelle ich mir vor, muss es sich anfühlen, eine Frau zu küssen. Dann streichle ich über seine Brust und betrachte ausgiebig seine dunklen Brustwarzen. Seine Haut ist überall butterweich. »Boah, bist du weich. Badest du in Ziegenmilch?« Ich küsse Henris haarlose Brust und lasse mich wieder auf die Matratze fallen. Das war eben eindeutig zu viel Bewegung für meinen Zustand. »Nein, das ist Veranlagung.« Henri legt sich neben mich auf den Rücken. So liegen wir da, nebeneinander auf seiner Matratze, lauschen der Musik und starren an die Decke. Was Ben wohl gerade macht? Ob er sich Sorgen macht? Mich sucht? Vielleicht vergnügt er sich auch mit einem geilen Flittchen in der Bar25, das ihn im Gegensatz zu mir jetzt küssen darf. Dieser Gedanke bereitet mir körperliche Schmerzen. Es sticht in meiner Brust, als würde jemand an meinem Herz reißen. Vielleicht ist er auch einfach mit Pfote im Arm eingeschlafen. Zum ersten Mal in meinem Leben möchte ich ein Stofftier sein.

Um endlich meine Ben-Gedanken zu vertreiben, rolle ich mich auf Henri und küsse sein Gesicht, seine Stirn, seine Wangen. Henri zieht mir mein T-Shirt aus, dann meinen BH. Er hält meine Brüste fest umschlossen. Seine kalten Hände lassen meine Brustwarzen hart werden. Irgendwie läuft alles gerade wie in Zeitlupe ab. Er hält meine Brüste einfach nur fest, sonst nichts. Nach einer gefühlten Ewigkeit sagt Henri: »Zieh dich ganz aus. Ich will dich ansehen.« Ich bin mir gerade nicht sicher, ob ich angesehen werden möchte, und bleibe unbewegt auf ihm sitzen. »Bitte«, insistiert Henri. »Ich will dich ganz nackt sehen.« – »Aber da schäme ich mich«, gebe ich ehrlicherweise zu. »Stell dir vor, ich sei blind.« Super Vorschlag. So schlimm wird es schon nicht werden, dass er sich gleich blind stellen müsste. Ich rolle mich wieder neben Henri und ziehe meine Jeans samt Unterhose aus, so wie Ralf das immer gemacht hat.

Henri kniet zwischen meinen Beinen und sieht mich an. Ich liege vor ihm auf dem Rücken, völlig entblößt, und fühle mich plötzlich ein bisschen wie beim Frauenarzt auf dem Untersuchungsstuhl. Das Ganze nimmt irgendwie wissenschaftliche Züge an. Er beugt sich über mich und fährt mit seinen Fingerspitzen meinen Körper entlang, beginnend bei meinen Augenbrauen, über meine Nase und Lippen, zu meinem Hals, hinunter bis zu meinem Bauchnabel. Dort hält er kurz inne, bevor er seine Entdeckungstour fortsetzt und mit seinem Zeigefinger direkt auf meinem Kitzler landet. Meine Brustwarzen sind immer noch hart, aber nicht mehr vor Kälte. Ich will ihn auch anfassen, aber Henri weicht mir aus. »Bleib einfach liegen. Du sollst gar nichts machen.« Ehrlich gesagt, finde ich »gar nichts machen« gerade ziemlich gut. Ich schließe die Augen, warte gespannt, was Henri nun mit mir vorhat, und hoffe inständig, dass er kein psychopathischer Strumpfhosen-Frauenmörder ist.

Wenn ich mir was aussuchen dürfte, wünschte ich mir, nun seine Zunge zwischen meinen Beinen zu spüren. Ich glaube, eine Runde Lecken könnte mein Leid jetzt tatsächlich etwas mildern. Aber Henri legt einfach nur seinen Zeigefinger auf meinen Kitzler. Sonst nichts. Er atmet sehr schwer, und ich frage mich, ob er möglicherweise noch nie eine nackte Frau gesehen hat. Vielleicht ist er noch Jungfrau? Jetzt muss ich schon wieder an Ben und sein blödes Buch denken.

»Warte einen Moment«, reißt mich Henri aus meinen Gedanken. Er steht auf, und ich lasse meine Augen geschlossen. Ich höre, wie er eine Schublade öffnet, etwas herausnimmt und sie wieder schließt. Meine Augen bleiben zu. Ich will lieber nicht sehen, wie er die Strumpfhose holt. Vielleicht wäre Ben ja auch ein bisschen traurig, wenn mich ein Strumpfhosenmörder umbringen würde? Henri setzt sich zwischen meine Beine und spreizt meine Schenkel. Plötzlich höre ich ein Surren und öffne nun doch die Augen. Henri hält einen rosa Vibrator in seinen Händen. »Darf ich ein bisschen an dir rumspielen?« Ich gebe zu, eine Strumpfhose hätte mich weniger eingeschüchtert.

Ich habe noch nie einen Vibrator benutzt. Paula hat mich deswegen schon geschimpft. Sie findet, jede Frau müsse einen Vibrator besitzen, um ihre sexuelle Unabhängigkeit zu bewahren. Oder zumindest einen IKEA-Schraubenzieher, dessen Griff für solche Zwecke auch hervorragend geeignet wäre. Die »Vibrator-Hartz-IV-Variante«, wie Paula es nennt.

Henri hält den Vibrator startklar zwischen meinen Beinen. Die Frauenarzt-Situation wird immer präsenter. »Wenn es dir Spaß macht«, lautet meine gleichgültige Antwort. »Ja, das würde es. Großen Spaß sogar.« Statt einer warmen Zunge spüre ich nun den kalten Gummi an meiner Muschi. Henri umspielt mit dem rosa Ding erst meinen Kitzler und fährt meine Schamlippen damit ab. Um auch etwas zu tun, streichle ich meine festen Brüste. Als ich spüre, wie sich das motorisierte Liebesspielzeug vibrierend seinen Weg in mich sucht, lasse ich es einfach geschehen. Ich versuche, mich zu entspannen, so wie beim Frauenarzt, wenn er seine silberne Metallzange in mich einführt und dabei mit Gummihandschuhen auf meinem Bauch rumdrückt, von innen, wie von außen.

Mir drängt sich die Frage auf, was genau Henri an dieser Situation erregend findet. Was hat *er* davon? Vielleicht ist er impotent, schießt es mir durch den Kopf. »Henri, willst du dich nicht auch ausziehen?«, frage ich höflicherweise nach. »Entspann dich einfach, Maja. Es gefällt mir, dir zuzusehen. Das ist sexy. Ich möchte, dass du kommst.« Na, das nenne ich mal eine Ansage. Jetzt setz mich bloß nicht unter Druck. Ich lasse mich also wieder auf unser Spiel ein und versuche, mich von dem mechanischen Geräusch nicht irritieren zu lassen. Trotz geschlossener Augen sehe ich immer wieder Bens Gesicht vor mir. Erst Ben, dann Pfote. Das kann doch nicht wahr sein. Ich werde gerade von einem heißblütigen Araber mit einem Vibrator befriedigt und denke dabei an ein Stofftier.

Die Vibration erhöht sich und es fühlt sich immer noch an, als hätte ich einen Fremdkörper in mir drin. Ich beschließe, mir maximal einen IKEA-Schraubenzieher zuzulegen, aber auf keinen Fall einen Vibrator. Ich fühle so einiges, aber dieses Ding erregt mich nicht. Nicht im Geringsten, viel mehr irritiert es mich. Ich gebe auf: »Henri, ich würde lieber mit dir schlafen, oder so«, gebe ich zu. »Warte«, sagt Henri. »Der hat eine Shuffle-Funktion!« Henri drückt ein Knöpfchen, und das Ding in mir drin vibriert jetzt nach Zufallsprinzip, mal kurz, mal lang, schneller und dann wieder langsamer. Es hilft nichts. Ich spüre nichts. Doch, ich spüre, dass gleich etwas Schreckliches passieren wird. Und dann passiert es auch schon: Ich fange an zu heulen. Na super. Und ich dachte, heute kann es nicht mehr schlimmer werden.

Henri zieht das Ding aus mir raus. »Maja, was ist los? Hab ich dir wehgetan?«, fragt Henri geschockt. »Nein«, schluchze ich. »Es tut mir leid. Ich bin vielleicht doch zu traurig.« Eigentlich müsste mir das alles furchtbar peinlich sein, aber mir ist alles scheißegal. »Es ist gar nicht wegen deiner Eltern, stimmts?« – »Stimmt«, heule ich weiter und halte meine Hände vor mein Gesicht. »Kannst du mich ein bisschen in den Arm nehmen?«, frage ich Henri, der ziemlich hilflos wirkt. Er legt das Ding zur Seite, steht auf und löscht das Licht. Dann legt er sich neben mich und deckt uns zu. »Komm, schlaf ein bisschen. Morgen sieht die Welt schon wieder besser aus«, versucht er mich zu trösten. Aber an morgen will ich gar nicht erst denken. Morgen wird alles erst richtig schlimm, denn morgen geht das Leben weiter.

13. Kapitel

Im Taxi durch Kreuzberg

Dem Morgen kann man nicht entkommen. Als ich aufwache, weiß ich sofort, wo ich bin. Nicht nur das. Ich erinnere mich an jedes peinliche Detail der letzten Nacht. Da wünscht man sich einmal einen richtig schönen Filmriss, und nicht mal das klappt. Es ist erst acht Uhr. Ich weiß nicht, ob ich überhaupt geschlafen habe. Henri dagegen schläft tief und fest neben mir. Ich muss hier weg.

Leise stehle ich mich aus dem Bett, sammle meine Klamotten zusammen und schleiche in den Gang. Da ich noch einen Funken Anstand habe, schreibe ich Henri eine Nachricht auf einen Notizblock, den ich in der Küche finde. »Lieber Henri, entschuldige bitte wegen gestern.« Ich zerknülle den Zettel wieder und lasse ihn in meiner Hosentasche verschwinden. Ich entschuldige mich einen Scheißdreck. Er durfte mich nackt sehen! Heulend, aber nackt. Mit dem nächsten Versuch bin ich zufrieden und befestige ihn am Kühlschrank: »Danke für alles. Kuss, Maja!« Langsam werden Kühlschrank-Nachrichten zu meinem Markenzeichen. Wenn ich später mal berühmt bin, bekommen die echten Sammlerwert.

Auf der Rosenthaler Straße sieht es aus wie in diesem amerikanischen Film, in dem es auf der Erde nur noch Will Smith und seinen Schäferhund gibt. Aber nicht mal die beiden sind da. Keine Mensch, kein Auto, kein Geräusch. Diese Stille und die Morgensonne tun irgendwie gut. Ich schlendere Richtung Torstraße und bin sehr erleichtert, als ich mein Fahrrad einsam an den Baum gekettet entdecke. Mein letzter treuer

Freund. Eine Frau und ihr Fahrrad. Ich bin nicht alleine. Das Leben geht weiter, mit oder ohne Ben.

Da ich eh nie wieder nach Hause fahren kann, beschließe ich, zum Hotel meiner Eltern zu fahren. Meine Überraschung gelingt: Sie sind natürlich schon wach und freuen sich, mich zu sehen. Meine Mutter hat sogar Tränen in den Augen. Eltern können eben auch nie lange böse sein.

Wir sitzen in dem sehr hell erleuchteten Hotel-Frühstücksraum. Zeit für ein paar letzte, versöhnliche Worte. Das grelle Licht blendet mich ungemein, und ich kann die Augen kaum offen halten. »Du siehst müde aus«, findet meine Mutter. »Ja, ich war gestern noch ein bisschen feiern.« Die beiden sehen mich an, als wollten sie, dass ich weitererzähle. Ich trinke einen Schluck Filterkaffee und verziehe danach das Gesicht. Manchmal zwinge ich mich, Filterkaffee zu trinken – aus rein melancholischen Gründen. Filterkaffee schmeckt nach Unbeschwertheit, nach einer Zeit, in der Mathehausaufgaben noch mein größtes Problem waren. »Mit diesem Benjamin?«, fragt mein Vater nach. Ich muss lachen. »Ja, genau, mit diesem Benjamin. Ich glaube, ihr habt recht. Er muss schwul oder impotent sein. Oder beides. Und falls nicht, rede ich mir das einfach ein. Auf jeden Fall ist er nicht in mich verliebt. Das weiß ich seit gestern ganz genau.« Ich versuche, dabei so unbeschwert und fröhlich zu klingen, wie es nur geht. Meine Mutter streichelt meine Hand und hält sie ganz fest. Sie spürt, dass ich wie immer versuche, meine Traurigkeit mit Späßchen zu überspielen. »Genau«, sagt sie. »Vergiss den Homo!« Jetzt müssen wir alle drei lachen.

Mein Vater legt seine Sonntagszeitung zur Seite. Ein Zeichen dafür, dass es gleich sehr ernst wird. »Maja, wir wollen dich zu nichts überreden und unterstützen dich immer, soweit wir können. Versuch einfach, einen kühlen Kopf zu bewahren.« Dann räuspert er sich und spricht ganz bedächtig weiter. »Die Mutti und ich, wir haben uns endgültig entschieden, die Wohnung am Hellwigplatz zu kaufen.« – »Helmholtzplatz«, korrigieren wir ihn wieder gleichzeitig. »Helmholtzplatz, richtig. Du kannst überlegen, ob du selbst einziehen möchtest. Wenn nicht, sind wir dir natürlich auch nicht böse. Dann vermieten wir einfach fremd und verlangen die dreifache Miete.« Er grinst. »Wir wären dir dankbar, wenn du vor Ort ein paar organisatorische Dinge für uns übernehmen könntest. Elektroplan, Küchenplan, die Wohnungsabnahme und so weiter. Wir können zu solchen Terminen nicht jedes Mal anreisen. Und wenn du Fragen hast, rufst du einfach an. Ich kann dich auch zurückrufen, dann wird es nicht so teuer!« Ach, die beiden sind wirklich herzzerreißend. Telefonieren kostet doch heutzutage nichts mehr. »Einverstanden. Mach ich gerne, aber auf euer Risiko. Das wird die erste Wohnung ohne Küche!« Der Filterkaffee schmeckt heute richtig gut.

Vor dem Hotel umarmen wir uns noch mal, und ich packe ihre Koffer in das Taxi. »Gute Reise!« – »Pass auf dich auf, Maja. Und immer einen kühlen Kopf bewahren, ja? Der Richtige kommt schon noch. Du musst einfach nur mal die Männer kommen lassen. Einfach kommen lassen.« Mein Vater sollte dringend einen Beziehungsratgeber für kaputte Akademiker schreiben.

Heute habe ich es im Gegensatz zu sonst überhaupt nicht eilig, nach Hause zu kommen. Ehrlich gesagt, habe ich sogar ziemlichen Schiss vor zu Hause, vor der unausweichlichen Wiederbegegnung mit Ben. Um noch mehr Zeit zu schinden, schiebe ich mein Rad ganz gemächlich und überlege dabei, ob ich einfach eine Amnesie vortäuschen sollte. Ich könnte so tun, als wüsste ich meinen eigenen Namen nicht mehr. Das machen die in Vorabend-Serien auch immer, wenn ihnen keine raffinierte dramaturgische Wendung mehr einfällt. Aber woher wüsste ich dann, wo ich wohne? Unglaubwürdig. Ach, scheiß drauf. Augen zu und durch. Was kann schon passieren? Schlimmer, als mit einem Vibrator in der Muschi vor einem völlig Fremden zu heulen, wirds bestimmt nicht.

Trotzdem betrete ich unsere Wohnung auf Samtpfoten. Ich hatte kurz überlegt, auf Angriff umzustellen und Ben mit »Hey Homo, ich bin wieder da!« zu begrüßen, lasse es aber lieber sein. Ben ist bereits wach. Ich höre Musik aus seinem Zimmer und schleiche erst mal in die Küche, um meinen unaufhörlichen Brand zu löschen. Als ich den Kühlschrank öffne, rollt mir eine Wasserflasche zielsicher entgegen. Ich bin heute Morgen eine reflexlose Trantüte und sehe zu, wie sie langsam aus dem Kühlschrank rollt, auf dem Boden aufschlägt und zerspringt. Erst als ich schon Wasser an meinem Socken spüre, greife ich nach der Flasche, in die Luft. »Shit!« Ich bin wirklich kein Samtpfötchen. Ich bücke mich, sammle die Scherben auf und schneide mich in den Finger. Blut und Wasser vermischen sich auf dem Küchenboden. Das sieht aus wie ein Kunstwerk.

»Maja?« Auch das noch. »Morgen«, sage ich zu Ben, ohne ihn anzusehen. Ich bin damit beschäftigt, mit nur einer Hand eine Schublade zu öffnen, ohne dabei den blutenden Finger meiner anderen Hand loszulassen. »Setz dich hin!«, befiehlt Ben. »Geht schon«, stammle ich und suche weiter. Das Blut tropft auf den Boden. Ben drückt mich an den Schultern Richtung Stuhl und hält mir eine Serviette hin. »Hier. Draufdrücken! Bin gleich wieder da.« Ich ziere mich ein bisschen, tue so, als wäre seine Fürsorglichkeit ja jetzt wohl echt mal fehl am Platz. Ben kommt zurück und verarztet mich. Auf dem Pflaster ist ein bunter Dinosaurier. Ich will ihn heiraten.

»Danke«, sage ich etwas kleinlaut. »Maja, ich dachte schon, na ja, wie gehts dir?« – »Du dachtest was?« – »Nichts. Ich habe mir halt Sorgen gemacht.« Aha. »Freunde machen sich Sorgen, weißt du«, ergänzt Ben unnötigerweise. Ich warte einen Moment, bevor ich antworte. Ich wollte erst nachdenken und dann reden, aber ehe ich michs versehe, plappere ich auch schon los: »Ich bin gestern Nacht noch zu meinen Eltern ins Hotel gefahren. Ich hatte keine Lust, nach Hause zu kommen.« Perfektes Alibi, wie ich finde. »Aber ich bin gesund, wurde weder überfallen noch vergewaltigt. Nur ein bisschen gedemütigt, von meinem Fanta trinkenden Mitbewohner. Nicht mehr und nicht weniger. Musst du noch ins Bad? Sonst würde ich gerne duschen!« Peng. Das war eine Menge Information für Sonntagmorgen.

Ben muss nicht mehr ins Bad und hat sich auch sonst nicht weiter geäußert. Ich verstecke mich die nächste Stunde unter der Dusche und schrubbe, was das Zeug hält. Muss schon wieder an Lady Macbeth denken. Reinwaschen klappt leider nicht wirklich. Bens Zahnbürste ist aus dem Becher verschwunden. So ein feiges Arschloch. Ich habe auch so verstanden, dass ich nicht die Frau seiner Träume bin. Bisher dachte ich, Samuel Beckett hat Godot aus einem dramaturgischen Kunstgriff heraus nicht auftreten lassen. Als Sinnbild für die Sinnlosigkeit des Daseins, oder so. Aber jetzt weiß ich es besser. Er hat ihn nicht auftreten lassen, weil er uns nicht enttäuschen wollte. Samuel Beckett wusste es: Godot ist ein feiges Arschloch.

Die Tage vergehen, und Ben tut weiter so, als wäre nichts gewesen. Wir sprechen auch nicht mehr über Cola oder Fanta, Liebe oder Freundschaft. Wir sprechen nicht mal mehr über Pfote oder das Wetter, sondern nur noch über das Nötigste. So wie: »Haben wir noch Brot?« Oder: »Kannst du Klopapier mitbringen?« Diese Frage habe ich gestern gestellt, als Ben zum Supermarkt gegangen ist. Alleine! Wir sind die ganze Woche nicht mehr zusammen einkaufen gegangen. Ich glaube, Ben hat jetzt ein bisschen Angst vor mir. Auf jeden Fall hat Ben noch nie Klopapier gekauft. Wirklich noch nie! Also habe ich ihn gefragt, ob er welches mitbringen könne, und er meinte: »Das geht nicht. Es ist mir peinlich, mit Klopapier durch Kreuzberg zu laufen.« Was für ein Klemmi! Ich habe ihm gesagt, er solle sich mal nicht so anstellen, und ihm eine große IKEA-Tüte in die Hand gedrückt, damit er den Skandalkauf gut verstecken könne. »Und falls dich jemand fragt, wozu so ein cooler Typ wie du Klopapier braucht, dann schieb es einfach auf deine Mitbewohnerin.« Das nächste Mal werde ich ihn bitten, mir aus der Apotheke ein Mittel gegen Scheidenpilz zu besorgen.

Die nächsten Tage versuche ich, meine Niederlage tapfer wegzustecken, und konzentriere mich auf meine Arbeit um die Menschenrechte. Am Abend bleibe ich länger als notwendig im Büro, und sei es nur, um noch ein bisschen mit Edith und Yusuf zusammenzusitzen und Fusel zu trinken. Ich habe den beiden inzwischen von meiner Ben-Misere, dem gescheiterten Feldzug, erzählt. Wir mussten darüber komischerweise ziemlich lachen, und Edith meinte, ich würde keinen so besonders traurigen Eindruck machen – dafür, dass ich so verliebt in ihn sei. Unglücklich verliebt sein ist eben immer noch besser, als gar nicht verliebt zu sein. Ich bin verliebt in das Verliebtsein. Und, ich bin froh, dass es endlich raus ist, auch wenn mein Stolz verletzt ist. Aber das ist gut so, denn das macht wütend.

Es ist höchste Zeit, den Kochlöffel zur Seite zu legen und wieder in Kontakt mit Menschen außerhalb meiner vier Wände zu treten. Passend zu diesem Vorsatz habe ich auch endlich ein neues Handy plus SIM-Karte zugeschickt bekommen. Ich bin wieder gesellschaftsfähig. Bei meinem nächsten One-Night-Stand könnte ich schon wieder eine Telefonnummer am Kühlschrank hinterlassen. Das macht doch Mut.

Yusuf sagt immer: »Maja, du sollst nix mit Männern!« Edith gibt ihm recht. Aber sie hat inzwischen eingesehen, dass sie mich nicht überzeugen kann, das Ufer zu wechseln. Ich glaube, ich hätte Angst mit einer Frau im Bett. Mit Männern kenne ich mich aus. Die Rollen sind klar verteilt. Meistens.

Heute ist Freitag, und Edith sagt, es wäre höchste Zeit, dass wir endlich mal richtig zusammen ausgehen würden. Sie sei auf eine Privatparty eingeladen und würde sich freuen, wenn ich sie begleite. »Komm schon, Maja. Das ist Ben-freie-Zone und keine Lesbenparty!«, lockt mich Edith. »Ein paar Lesben werden schon da sein. Aber die würden ganz schön Augen machen, wenn ich mit so einem jungen, knackigen Ding wie dir auftauche!« – »Ich soll also deinen Lockvogel spielen?«, stelle ich erleichtert fest. Edith nickt. »Mit Vergnügen. Aber nur, wenn du versprichst, die Finger von mir zu lassen.« – »Versprochen. Kurden-Lesben-Kolleginnen-Ehrenwort!« Yusuf lassen wir nach ein paar gemeinsamen Gläsern Wein alleine im Büro zurück. Wir sagen ihm, dass wir heute einen Frauenabend machen müssen. Sein Kommentar dazu: »Inshallah. Pass auf euch!«

Edith und ich sind schon ein bisschen angetrunken, als wir auf die Party kommen. Alles ist wie immer. Berliner Altbau und alle Menschen in der Küche oder auf dem Balkon beim Rauchen. Edith stellt mich ein paar Leuten vor, die alle mindestens zehn bis zwanzig Jahre älter sind als ich. Die meisten kennt Edith aus ihrer intensiven »Linke-Szene-Zeit«, wie sie es nennt. Heute trifft man sich mal im Bioladen oder auf feministischen Lesungen. Edith und ihr alter Freund Herbert schwelgen gerade in Erinnerungen an einen früheren Sitzstreik, als Edith ein junger Mann auf die Schulter tippt. »Edith?« Edith fällt ihm vor Freude kreischend um den Hals, wobei sie mir ordentlich auf den Fuß tritt. »Mensch, Can! Das ist ja ewig her! Wie schön, dich zu sehen. Wie gehts dir denn? Darf ich dir Maja vorstellen? Sie ist meine Kollegin bei Başfilm, und zusammen kämpfen wir für euer bedrohtes Volk!« Edith ist bekannt dafür, sich auch in der Öffentlichkeit nicht immer politisch korrekt auszudrücken. Sie nimmt mich am Arm und schiebt mich noch näher an Can ran.

»Hallo Can. Ich bin Maja.« Ich reiche ihm artig die Hand. Er lächelt mich an. »Freut mich, Maja.« Edith plappert weiter und erzählt, dass sie Can im Taxi kennengelernt habe. »Can ist Taxifahrer. Und in dieser einen Nacht … Oh mein Gott! Gar nicht auszudenken, was alles passiert wäre, wenn ich nicht bei Can eingestiegen wäre!« Die beiden fallen sich gegenseitig ins Wort und erzählen so gemeinsam die Geschichte ihrer Freundschaft. Wenn ich richtig verstanden habe, hat Can die völlig betrunkene Edith gefahren, die ihm nicht mehr sagen konnte, wo sie wohnte. Er hat ihr Handy genommen und ein paar Leute angerufen. Bis Can endlich ihre Adresse herausbekommen hatte, wusste allerdings der Großteil aus Ediths Telefonbuch von ihrem Rausch, einschließlich ihrem damaligen Arbeitgeber und ihrer Freundin, der sie gesagt hatte, dass sie sich alleine einen gemütlichen Fernsehabend machen wollte. Tja, das hatte ein Nachspiel. Job und Freundin war sie danach los. Aber die Arbeit bei dem Reisebüro wäre eh nichts für sie gewesen. Und die Freundin war eine »frigide Katastrophe«, sagt Edith. Can hat die betrunkene Edith nach Hause gefahren, nach oben getragen und ins Bett gelegt. Außerdem seine Karte hinterlassen, falls sie ihre Schulden noch bezahlen wollte. Seitdem fährt Edith nur noch mit Can, und die beiden wurden Freunde. Sie nennt ihn ihren »Taxi-Psychologen«.

Can holt uns beiden was zu trinken, und Edith stößt mir sofort ein bisschen zu fest in die Rippen. »Und? Wie findest du ihn? Der ist doch wirklich süß, oder? Also, mit dem würde sogar ich mal gerne …« Sie zwinkert mir übertrieben zu. »Hast du denn schon mal mit ihm?«, will ich sofort wissen. Edith schüttelt den Kopf. »Nein, er wäre zwar wirklich eine Hetero-Sünde wert, aber Sex zerstört die beste Freundschaft. Ich finde, du solltest ihn dir schnappen. Er ist mehr dein Alter, auch wenn ich bei jungen Menschen immer noch sehr gut ankomme«, kichert Edith. »Ich glaub, er mag dich. Das habe ich gleich gesehen.« Es wäre jetzt ziemlich sinnlos, Edith noch mal zu erklären, dass mein idiotisches Herz leider schon vergeben sei, wenn auch an den Falschen. Wenn ich an meine letzte Katastrophe mit Henri denke, steht mir der Sinn noch weniger danach, mich auf irgendein Abenteuer einzulassen. Obwohl ich zugeben muss, dass Can wirklich attraktiv ist.

Er kommt zurück und drückt uns beiden ein Glas Rotwein in die Hand. Wir stoßen an, und Edith verspricht, ab jetzt wieder häufiger Taxi zu fahren. Dann wird Edith von einer Frau umarmt, die aussieht, als wäre sie der amerikanischen Serie *The L Word* entsprungen. Sie ist sehr groß, schlank und hat wirklich tolle Brüste, die sie auch deutlich zur Schau stellt. Ihr rotes Haar fällt wallend über ihre nackten Schultern und umspielt ihr großzügiges Dekolleté. Edith ist so aufgeregt, dass sie einen roten Kopf bekommt. Die schöne Fremde wird uns als Susanne vorgestellt, eine ehemalige Kollegin aus dem Reisebüro. Susanne und Edith ziehen sich auf eine Couch im Wohnzimmer zurück. Can und ich gehen auf den Balkon rauchen.

Wir unterhalten uns ein bisschen und stellen fest, dass wir uns auf dieser Party – zwischen all den Linken und Lesben – beide fehl am Platz fühlen. Can sagt, dass er in einer Stunde seine Nachtschicht antreten müsse, und bietet mir an, mich vorher nach Hause zu fahren. Ich bin einverstanden. Meine Rolle als Lockvogel habe ich scheinbar auch schon mit Bravour erfüllt. Zumindest sitzt Edith inzwischen nicht mehr neben, sondern auf Susanne. Sie knutschen. Ich bin sicher, die beiden werden heute Nacht viel Spaß haben. Dann hole ich mir noch ein Bier für die Fahrt und bringe Can ein Red Bull mit. Ich winke Edith zum Abschied zu, aber sie hat die Augen beim Küssen geschlossen.

Can hat direkt vor der Haustür geparkt. Er öffnet mir sehr charmant die Beifahrertür und setzt sich selbst hinters Steuer. »Guten Abend die Dame. Wo soll es denn hingehen?«, spielt er den beflissenen Taxifahrer. »Verfolgen Sie den Mercedes!« Das wollte ich schon immer mal sagen. »Selbstverständlich.« Can düst mit Kavaliersstart los. Dann fahren wir einfach ein bisschen durch die Nacht und hören Musik. Ich kann inzwischen schon so gut schweigen. Auch ohne Ben. Ich fühle mich wohl in diesem Auto. Can zeigt mir ein paar Ecken in der Gegend und untermalt sie mit kleinen Taxi-Anekdoten. »Hier habe ich mal einen betrunkenen Geschäftsmann aufgegabelt, der gerade seine Ehefrau in flagranti beim Sex mit seinem Bruder erwischt hat. Als Taxifahrer hast du gar keine Wahl. Die Menschen erzählen dir oft Dinge, die sie nicht mal ihrem Therapeuten erzählen würden. In diesem Auto sind schon die letzten Hemmschwellen gefallen.« Can erzählt und erzählt. Ich höre zu und lache. Er ist wirklich lustig. Ich rate ihm, all diese Geschichten dringend aufzuschreiben und einen Enthüllungsroman zu veröffentlichen. Can sagt, darüber habe er auch schon nachgedacht, und reicht mir sein Handy: »Drück mal auf Play!« Das mache ich, und es öffnet sich ein Video, auf dem nur das Lenkrad zu sehen ist. Im Hintergrund ist eine Frauenstimme zu hören. Sie erzählt Can von ihrem eben erlebten sexuellen Abenteuer mit zwei Männern: »Der eine hat mich gefickt und der andere unter mir gewichst ...« Can nimmt das Handy an sich und schaltet wieder ab. »Das ist unglaublich. Gib noch mal. Jetzt will ich alles hören.« – »Sorry, Taxifahrer-Schweigepflicht!« Schade. »Manchmal lasse ich mein Handy mitlaufen. Stoffsammlung, sozusagen.« Ich bin verblüfft und geschockt zugleich. »Gut zu wissen. Ab sofort werde ich in diesem Auto kein Wort mehr sagen.« Can wirft sein Handy umgehend auf die Rückbank. »Bei schönen Frauen, die ich mag, kommt das natürlich nicht in Frage!« Ich schaue aus dem Fenster und grinse ein bisschen. Ich bin aber auch wirklich leicht zu kriegen.

Als wir nach einem ziemlich großen Umweg schließlich vor meiner Haustür stehen, drückt Can auf die Taxiuhr: »So, junge Dame, das macht dann ... einen Moment, genau einen Kuss.« Ich muss lachen: »Tut mir leid, so viel habe ich nicht dabei.« Can denkt nach: »Mmh, Sie können ihre Schulden ein anderes Mal begleichen. Bei einem Wiedersehen.« Das nenn ich mal einen Mann. Charmant und lustig, ohne aufdringlich zu sein. Na ja, ein bisschen aufdringlich, aber mit Humor. Außerdem mag ich aufdringliche Menschen. Schließlich bin ich selbst einer. »Darüber werde ich gerne nachdenken. Sie können mir Ihre Karte geben, dann melde ich mich.« Can schüttelt den Kopf. »Das ist mir zu riskant. Die Leute, die ihre Zeche prellen, kenne ich nur zu gut. Die melden sich nie wieder. Handynummer?« Na gut. Aber nur, weil ich so stolz bin, dass ich wieder ein Handy habe. Ich notiere ihm meine Nummer, umarme ihn ohne Kuss und wünsche ihm eine tolle Schicht voller emotionaler Katastrophen. Das war ein schöner Abend.

Cans Anruf lässt nicht lange auf sich warten. Nämlich genau drei Minuten. Als ich gerade die Wohnung betrete, klingelt es schon. »Hallo Maja. Ich wollte nur mal überprüfen, ob du auch nicht geschwindelt hast!« Ich muss schon wieder lachen. »Darf ich dich morgen um acht Uhr abholen? Ich will dich zum Essen einladen. Tamam?« – »Tamam« habe ich von Yusuf gelernt. Es ist türkisch und heißt »okay«. Ich mag dieses Wort. »Tamam!«, sage ich. Das ist eine gute Idee. Ich sollte mich sicherheitshalber so schnell wie möglich von Ben, dem Arsch, entlieben. Was könnte da besser passen, als eine Essenseinladung von dem Taxipsychologen meiner lesbischen Kollegin?

Am nächsten Tag freue ich mich, ohne Kopfschmerzen aufzuwachen. Vielleicht werde ich die Ben-Niederlage sogar überstehen, ohne Alkoholikerin zu werden? Das wäre schön. Als ich mir gerade mein Frühstück mache, kommt Ben in die Küche. »Der Ofen ist kaputt!« Der Ofen ist also kaputt. Und jetzt? Alarmstufe rot? Alle in den Bunker? Was für eine Katastrophennachricht am frühen Morgen. »Ja danke. Und du? Auch gut geschlafen?« Ich koche mir ein Ei. Die Betonung liegt auf *ein* Ei. Die Zeiten, in denen ich für Ben morgens ein Ei gekocht habe, sind vorbei. Ein für allemal. Er soll sich selbst sein Scheißei kochen. »Willst du auch was? 'ne Fanta, vielleicht?« Das konnte ich mir jetzt nicht verkneifen. »Ich wollte mir gestern Abend eine Pizza machen, und nichts ging mehr.« Ben checkt meinen Witz nicht mal, so aufgeregt ist er wegen des Ofens. »Das ist ja schrecklich. Was hast du dann gemacht? Kennst du den Witz: Sagt ein Mann zum anderen: Meine Frau hat sich gestern beim Kartoffelnholen auf der Kellertreppe ein Bein gebrochen. Der andere: Und was hast du dann gemacht? Der erste: Nudeln!« Ich lache. Ben nicht. Er sagt: »Ich finde diesen Witz sexistisch.« Das glaub ich jetzt nicht. Ich wohne mit einem Frauenbeauftragten zusammen. »Ben, sag mal, magst du eigentlich Männer?« – »Spinnst du? Maja, nur weil ich einen sexistischen Witz erkenne und lieber Fanta als Cola mit dir trinken will, bin ich noch lange nicht schwul. Also, an Selbstbewusstsein mangelt es dir wirklich nicht!« Oh. Er hat meinen Witz wohl doch gecheckt. »Also, ich weiß auch nicht, was der Ofen hat. Ich benutze ihn ja nie. Ruf doch bei der Hausverwaltung an. Die müssen sich um so was kümmern.«

Mehr habe ich mit Ben heute auch nicht mehr gesprochen. Ich vertrödle den Tag, bummle ein bisschen rum und merke, dass ich darüber nachdenke, was ich heute Abend für mein Taxi-Date anziehen soll. Ich werde doch wohl nicht aufgeregt sein, oder? Ab sieben fange ich an, verschiedene Outfits auszuprobieren, und lande wieder bei Jeans und T-Shirt, so wie gestern. Can soll nicht denken, ich hätte mich für ihn besonders hübsch gemacht. Ich will mich nur ein bisschen ablenken und auf keinen Fall irgendwelche Dummheiten machen, wie zum Beispiel Beischlaf praktizieren. Punkt zwanzig Uhr klingelt es an der Haustür. Ben sitzt gerade im Esszimmer und isst mal wieder einen Berg Brote. »Ist für mich«, sage ich ziemlich cool. Ich gehe zur Sprechanlage und hauche in meiner zartesten Stimme: »Ich komme runter.« Ben beachtet mich nicht, aber ich weiß genau, dass er gleich an mein Fenster stürzen wird, um zu sehen, wer mich abholt. Zumindest würde ich das so machen.

Can steht mit einer Rose in der Hand vor der Türe. Also, wenn ich es nicht besser wüsste, würde ich ihn für einen Italiener halten. »Vielen Dank. Sehr aufmerksam.« Jetzt bekommt Can auch ein Küsschen auf die Wange. Er eilt auf die Beifahrerseite und öffnet mir die Tür. »Und? Wo fahren wir hin?« – »Na, zu mir. Es gibt Spinat-Lachs-Lasagne.« Eigentlich sollte ich jetzt protestieren. Ich dachte schließlich, wir gehen essen. »Das trifft sich gut. Unser Ofen ist nämlich kaputt!« Das war nicht wirklich ein Protest. Aber ich kann ja bei ihm essen und dann wieder gehen, so wie es sich für eine Dame gehört.

Can wohnt in einer typischen Singlewohnung. Küche im Wohnzimmer, ein kleines Bad und ein Schlafzimmer. Darin steht nichts außer einem großen Bett. Ein richtiges Bett, mit Bettgestell und Matratze. Sollte Can der Prinz sein, auf den ich so lange gewartet habe? Nur weil er ein Bettgestell hat? Bin ich etwa anspruchslos geworden? »Schön hast du es hier.« Ich meine es ernst. Die Wohnung sieht nett aus. Can auch. Er trägt Jeans und ein dunkelblaues T-Shirt, das seinen durchaus muskulösen Oberkörper betont. Er hat schwarzes, sehr dichtes Haar. Seine Nase ist ein bisschen zu groß, aber sie steht ihm. Im Gegensatz zu Ben ist Can ein richtiger Mann.

Can legt Musik auf und zündet ein paar Kerzen an. Es ist wirklich süß, wie viel Mühe er sich gibt. »Kann ich dir noch was helfen? Tisch decken oder so?« Can schüttelt den Kopf. »Setz dich einfach hin und entspann dich. Rot oder weiß?« – »Rot.« Er schenkt mir ein Glas ein und rennt immer zwischen Herd, Tisch und Musikanlage hin und her. Wir reden die ganze Zeit. Am meisten über Filme. Can ist ein wandelndes Filmlexikon. Er zitiert ständig irgendwelche Szenen, die er mit vollem

Einsatz nachspielt. Bei *Scarface* sieht er tatsächlich für einen kurzen Moment aus wie Al Pacino. Al Pacino von hinten.

Wir essen Auflauf, trinken Rotwein und lachen. Dann schlägt Can vor, noch einen Film zu schauen. Wieso nicht. Film-Schauen ist kein Beischlaf. Das geht. Can liest mir seine Filmauswahl vor, und ich sehe mich dabei ein bisschen im Zimmer um. An der Wand entdecke ich eine Klimmstange. Darunter stehen zwei rote Ziegelsteine. »Was machst du denn hiermit?«, unterbreche ich Cans Ausführungen über *Der Pate* eins, zwei und drei. »Klimmzüge.« Can kommt zu mir. »Sonst komme ich nicht hoch.« Er steigt auf die Steine, greift nach der Stange und macht fünf Klimmzüge hintereinander.

Ich sehe Can dabei zu. Seine Oberarme wachsen bei jedem Zug ins Unermessliche an und lassen sein T-Shirt spannen. Ob er gleich zum Hulk wird? Ich kann es selbst nicht glauben, auf welche archaischen Instinkte ich da anspringe, aber dieser Anblick macht mich wirklich an. Es erregt mich, wie Can Klimmzüge macht. Nicht zu fassen! Ich bin primitiv. Wäre ich ein Mann, hätte ich jetzt eine Erektion. »Lass mich auch mal«, sage ich zu Can. Er stellt sich hinter mich und hebt mich an der Hüfte mit beiden Armen nach oben. Ich greife nach der Stange und schaffe es kein einziges Mal, mich nach oben zu ziehen. Dann baumle ich wie ein nasser Mehlsack noch ein bisschen an der Stange. Can steht immer noch hinter mir. Er fasst mich wieder an der Hüfte und hebt mich runter. »Du bist so schön kompakt«, sagt Can. Ich drehe mich um und stehe ganz dicht vor ihm. Ich gebe auf. Meine Lust besiegt mein trauriges Herz. Aus *kein Beischlaf* wird heute nichts. Der Rotwein hat mich entspannt, die Oberarme gaben mir den Rest. Ich küsse Can. »Vielleicht doch besser keinen Film mehr schauen?« Ich stimme nickend zu. Can hebt mich auf seine Arme und trägt mich küssend ins Schlafzimmer. Er legt mich wie einen zerbrechlichen Porzellanteller auf sein Bett und klettert über mich. Dabei stützt er sich mit den Armen ab, als würde er fürchten, mich zu erdrücken. Ich ziehe ihn auf mich und drücke meine Hüfte gegen seine. Meine Bedenken sind wie weggeblasen. Ich habe plötzlich so Lust auf ihn und ziehe erst sein T-Shirt aus, dann meines. Can öffnet meinen BH und zieht uns die Hosen aus. Er küsst meine Brüste, und ich streichle über seine behaarte Brust. Ich dachte immer, ich mag keine behaarte Männerbrust. Aber es fühlt sich ganz weich und kuschelig an. Und irgendwie erwachsen. Ich bin im Begriff, mit einem Mann mit Brustbehaarung zu schlafen. Vielleicht bedeutet das, dass ich gerade erwachsen werde? Vielleicht ist man dann erwachsen, wenn man Brustbehaarung toll findet? »Willst du?«, flüstert Can in mein Ohr. Ich nicke. Ja, ich will. Und ich werde nicht heulen. Aber nur ohne Hilfsmittel, denke ich und schmunzle ein bisschen.

Can streift sich ein Kondom über und dringt in mich ein. Er hat einen außergewöhnlich tollen Penis. Groß, nicht zu lang und genau richtig dick. Das ist schön. Can bewegt sich ganz langsam und vorsichtig. Nur ab und zu stößt er etwas fester zu. Ich vergrabe meinen Kopf zwischen seinem Hals und seiner Schulter und denke an gar nichts mehr. Ich atme den fremden Geruch ein und konzentriere mich nur noch auf dieses Gefühl, auf seinen Penis in mir drin. Mit meinen Händen an seinem Po dirigiere ich seine Bewegungen. Can stößt fester zu und betrachtet dabei neugierig mein Gesicht, wie um abzuwägen, ob es mir so gefällt. Ich kralle meine Fingernägel fester in seine Haut und drücke ihn enger an mich. Can versteht und stößt wieder zu, dann hält er inne, küsst mich und stößt zu. Es geht ganz schnell. »Oh Gott.«

14. Kapitel

Der große Knall

Nach dem Sex mit Can bin ich nach Hause gegangen. Can wollte, dass ich über Nacht bleibe oder mich zumindest nach Hause fahren. Aber ich wollte nach dem Rotwein seine Taxi-Lizenz nicht gefährden. Außerdem bin ich gerne noch ein bisschen durch die Nacht spaziert. Ich bin sehr stolz auf mich, nach so kurzer Zeit meinen Liebeskummer schon aktiv mit Beischlaf zu bekämpfen. Männer sind eben doch die beste Medizin. Auf dem Weg nach Hause habe ich Paula noch eine SMS geschrieben: »Die Schlacht um Ben ist verloren, aber der nächste Angriff gestartet. Morgen Frühstück bei mir mit allen schmutzigen Details?« Paula hat trotz fortgeschrittener Stunde noch geantwortet: »Nur, wenn ich bei dir kacken darf.« Meine Paula.

Ich stehe in der Küche und koche uns zwei Eier. Paula toastet uns ein paar Brötchen auf: »Fanta? Der Typ ist ein Freak. Vergiss den Spinner. Ich bin heilfroh, dass du dir seine Abfuhr nicht so zu Herzen nimmst. Erzähl mal von diesem Taxifahrer!« Das stimmt nicht ganz. »Weißt du, Paula, eigentlich nehme ich mir diese Abfuhr schon zu Herzen. Ich mag Can. Er ist sehr lustig, und er gefällt mir. Aber ich bin nicht verliebt.«

Paula denkt, das könne ja noch kommen. »Liebe auf den ersten Blick ist völlig überbewertet. Lass dir Zeit.« Da hat sie wohl recht. Auch wenn *Taxifahrer* bestimmt wieder nicht dem gewünschten Berufsbild meines Vaters entspricht. Ein Grund mehr, Can sofort zu heiraten.

Wir frühstücken, und ich erzähle Paula im Flüsterton von meiner Liebesnacht. Das heißt, ich flüstere. Paula denkt gar nicht daran, ihre Stimme zu senken. »Der soll ruhig hören, dass du jemanden kennengelernt hast«, sagt sie. »Und gebumst hast!«, fügt sie noch lauter hinzu. Ich halte ihr schnell den Mund zu. Ben kommt gerade aus seinem Zimmer. »Guten Morgen, die Damen.« – »Morgen«, sage ich mit knallrotem Gesicht. »Paula Ben, Ben Paula.« Die beiden geben sich die Hand. »Jetzt lern ich dich endlich mal kennen«, sagt Paula, und ich trete ihr unter dem Tisch vors Bein – rein prophylaktisch. »Was denn? Wieso trittst du mich?« Ben sagt: »Freut mich, Paula. Ich habe auch schon viel von dir gehört.« – »Los, Maja, jetzt musst du ihn auch treten.« – »Nein, Paula, nicht nötig. Alles, was ich über dich erzählt habe, war nett und gelogen.« Jetzt tritt Paula mich. »Und? Fühlst du dich denn wohl in meinem alten Zimmer, Ben? Man hört die Nachbarn bumsen, stimmts?« Ben muss lachen. »Stimmt. Aber meistens höre ich ziemlich laut Musik. Oder ich höre ihnen zu und hole mir dabei einen runter.« Er geht in die Küche und fängt an abzuspülen. Ich kann nicht fassen, dass Ben das eben wirklich gesagt hat. Jetzt bekommt er bestimmt tausend Respektpunkte von Paula. Sie grinst.

Paula plappert munter weiter: »Und wann seht ihr euch wieder? Du und Can?« – »Mal sehen«, sage ich und versuche, möglichst geheimnisvoll zu wirken. »Hat er schon angerufen?« – »Ja, ein paar Mal«, lüge ich. In Wahrheit habe ich nur eine SMS bekommen, ob ich denn gut nach Hause gekommen sei. Auch wenn Ben vermutlich nur heilfroh ist, dass endlich nicht mehr *er* das Objekt meiner Begierde ist, will ich jetzt ein bisschen mit Can angeben. »Auf jeden Fall kann er sehr gut kochen. Ich sag dir Paula, das war vielleicht lecker.«

Das trifft Ben jetzt bestimmt ganz schrecklich. Paula zeigt mir einen Vogel.

Paula und ich hängen noch ein bisschen bei mir rum. Wir leihen uns *Tisch und Bett* von Truffaut aus. Der Film gefällt uns so gut, dass wir einige Szenen wieder und wieder abspielen. Zum Beispiel als Antoine nach Hause kommt und seiner Frau ganz stolz die Bibliotheksleiter vorführt, die er gekauft hat. Sie meint darauf, dass sie doch gar keine Bibliothek hätten. Das kann Antoines Freude nicht mindern. Ganz im Gegenteil. Dann müssten sie eben eine Bibliothek bauen, für diese schöne Leiter. Antoine macht das richtig. Das Pferd von hinten aufzäumen. »Vielleicht sollte ich mir ein Hochzeitskleid kaufen und es Ben vorführen«, schlage ich vor. »Er würde dann sagen, aber du heiratest doch gar nicht. Und ich würde sagen ...« Paula unterbricht mich: »Maja, zieh lieber mal« und reicht mir den Joint. Der Film wird immer komischer, und Paula und ich lachen uns halb kaputt. Hoffentlich hört Ben, dass ich mich sehr gut ohne ihn amüsiere. Mist. Er geht mir nicht wirklich aus dem Kopf.

Als Paula nach ein paar Stunden wieder geht, wünscht sie mir viel Erfolg mit dem Taxifahrer. Sie meint, dass sei ein guter Start auf dem Weg zu meiner Unabhängigkeit von öffentlichen Verkehrsmitteln. Ich wollte schließlich einen Liebhaber mit Auto. »Lass dir diesen Ben einfach aus dem Herz vögeln.« Das sagt sie wieder viel zu laut, und ich schließe schnell die Türe hinter ihr. Inzwischen habe ich zwei weitere SMS von Can bekommen. Einmal: »Meine Hände riechen noch nach dir. Ich werde sie nicht mehr waschen.« Und: »Ich will dich heute Abend sehen. Sag ja!« Ich bin unentschlossen. Ich vermisse Ben. Ich vermisse unsere gemeinsamen Einkäufe, unsere Frühstücke und seine Zahnbürste. Scheiße.

Ein paar Stunden später bin ich dabei, Can zu schreiben. Ich möchte heute Abend nicht alleine sein. Als ich gerade auf »senden« drücken will, klopft Ben an meine Tür. »Stör ich?«, fragt er. Du? Mich? Lächerlich. »Geht gerade. Was gibts?« Ben schließt hinter sich die Türe. Jetzt geht er aber ganz schön ran. »Also, Maja, es ist so. Es ist mir ein bisschen peinlich, aber ich muss dich jetzt was fragen.« Oje! Das kann nur schlimm werden. »Also, Pfote hat heute Abend eine Verabredung mit einer ganz reizenden Hundedame. Er hat mich gefragt, ob er heute Abend ein paar Stunden sturmfreie Bude haben könnte. Meinst du, wir könnten ihm den Gefallen tun und irgendwo was trinken gehen?«

Dieser Typ ist echt ein Freak. Da steht er vor mir, mit seinen kurzen Hosen, trotz Septemberwetter, und bittet mich um ein Date, weil unser Stofftier alleine sein will. Das ist zu blöd und zu süß zugleich. »Mmh. Eigentlich wollte ich heute mal einen ruhigen Abend einlegen. Aber ich kann Pfote eh keinen Wunsch abschlagen. Also, wenn du zahlst, komme ich mit.« Ben nickt. »Geht klar. Pfote hat mir zwanzig Euro zugeschoben.« – »Das wird nicht reichen. Aber es ist ein Anfang.« Ben meint, wir könnten so in einer Stunde los.

Eine Stunde. Der Countdown läuft. Ich habe sechzig Minuten Zeit, um mich in Schale zu werfen. Na ja, Intimrasur kann ich mir schon mal schenken. Ich entscheide mich für den *Casual Look*: zersauste Haare und Pony, wie immer, und Jeans und Pailletten-Oberteil. Dazu Turnschuhe. Ben erwähnte mal, dass er Mädchen in Turnschuhen sexy finden würde. Aber wenn er sich daran auch erinnert, würde er wissen, dass ich die Turnschuhe nur wegen ihm angezogen habe. Das ist zu schäbig, und ich tausche die Turnschuhe gegen meine geliebten schwarzen Pumps. Ich bin einfach kein Turnschuh-

Mädchen. Und ich habe keine Lust mehr, mich für Ben anzustrengen oder zu verstellen. Außerdem habe ich jetzt Can. Oh Scheiße, Can. Ich schreibe ihm, dass ich heute leider schon zu müde sei, wir uns aber gerne morgen treffen könnten. Ich fürchte, ich muss mich heute Nacht vor jedem Taxi verstecken. Als Ben mich an meiner Zimmertür abholen kommt, sieht er genauso aus wie vorher. Jetzt ist es mir ein bisschen peinlich, dass ich mich umgezogen habe. »Gehen wir?« Ich nicke. »Tschüss, Pfote. Viel Spaß, und mach keinen Unsinn!« Ob Ben indirekt uns damit meint?

Wir ziehen durch ein paar Kneipen und unterhalten uns über dies und das. Über Musik, Filme, Berlin oder die Leute um uns herum. Über den Rosenverkäufer, den Mann am Einarmigen Banditen, die Kellnerin. Über alles Mögliche, nur nicht über uns. Aber wozu auch? Es gibt ja kein *uns*. In der vierten Kneipe und beim inzwischen fünften Glas Rotwein fragt Ben mich plötzlich nach meinem neuen Bekannten. »Und? Du hast jemanden kennengelernt? Erzähl doch mal!« Jetzt kommt der mir doch tatsächlich auf die Kumpeltour. Ich fasse es nicht. »Ben, du musst dich jetzt nicht für mich freuen. So gute Freunde sind wir nun auch nicht. Zumindest habe ich da keine Lust drauf.« – »Klar, entschuldige.« Scheiße. Ich bin schon wieder ziemlich angetrunken. Das Schlimme ist, wenn ich angetrunken bin, werde ich immer so furchtbar emotional. Bens Gleichgültigkeit oder sogar Freude darüber, dass ich *einen anderen habe*, tut mir weh. Er sollte doch rasend vor Eifersucht sein. Es zieht schon wieder ganz furchtbar in meiner Herzgegend. Am besten wäre jetzt, zu zahlen und nach Hause zu gehen. Selbst auf die Gefahr hin, Pfote in flagranti beim Rammeln zu erwischen. »Pfote ist der Einzige, der in unserer Wohnung fickt!«, spreche ich meinen letzten Gedanken laut aus. »Das weißt du doch gar nicht«, sagt Ben. Na toll. Soll das heißen, Pfote fickt nicht? Oder Ben tut es auch? Ohne mich? Es ist so weit. Mitten in der Roten Rose, wo wir inzwischen gelandet sind, fange ich an zu heulen.

»Maja? Alles okay? Weinst du wegen Pfote?« Arschloch, Penner, Arschloch. »Ben, du tust so, als wäre nichts passiert. Ich habe dir mein Herz auf einem Silbertablett serviert, und du hast es einfach in den Müll geworfen. Ich bekomme Herzklopfen, wenn ich dich sehe, höre oder rieche. Ich bin verliebt in dich. Obwohl du mit einem Stofftier sprichst. So kann das nicht weitergehen.« Ich heule weiter. Ben schweigt einen Moment. »Maja, ich kann da nichts machen. Das ist dein Problem. Wenn es dir nicht gut geht mit mir, dann musst du eben ausziehen.« Ich glaube, ich höre nicht recht. Ich soll ausziehen? Aus meiner eigenen Wohnung? Mein Problem? Ich weiß nicht, ob es am Alkohol, der Wut oder der Enttäuschung liegt, als ich aushole und Ben eine knalle. Mitten ins Gesicht. Er sieht mich so gleichgültig an, dass ich noch mal zuschlage. Dann steht er auf, packt seine Sachen und geht.

Scheiße. Was ist nur in mich gefahren? Ich bin doch gar kein gewalttätiger Mensch. Ich lege einen Geldschein auf den Tisch, springe auf und renne Ben hinterher. Er hat nur einen geringen Vorsprung. Als er die Haustüre aufsperrt, hole ich ihn ein und schlüpfe noch durch die zufallende Tür. Ich renne hinter Ben die Treppen nach oben: »Ben, jetzt warte doch mal. Es tut mir leid!« Im ersten Stock angekommen, schlägt er mir die Wohnungstür direkt vor der Nase zu. Ich kann nicht mehr. Ich setze mich erschöpft auf den Boden in den Flur und lasse die Tränen über mein Gesicht laufen. Das automatische Licht geht aus, und ich schluchze im Dunkeln weiter. Ich tue mir selbst gerade so unendlich leid. Ich dachte, mit Ben und mir könnte es nicht mehr schlimmer kommen. »Schlimmer geht immer«, sagt meine Schwester.

Dann geht die Tür auf, und Ben steht im Rahmen – meine Lichtgestalt. »Jetzt komm schon rein!«, fordert er mich auf. Ich schüttle trotzig den Kopf. Jetzt will ich auch nicht mehr. Ben beugt sich genervt nach unten, nimmt mich auf seine Arme und trägt mich in die Wohnung. Ich lege meine Arme um seinen Hals und sehe ihm direkt ins Gesicht. Dann küsse ich ihn. Ganz langsam. Einfach so. Ein langsamer Kuss. Er hätte es verhindern können. Aber Ben erwidert meinen Kuss. Es ist unmöglich, aber wir küssen uns. Ben und ich, wir küssen uns. Ich kann es nicht fassen. Ben lässt mich vorsichtig auf meine Matratze sinken. Ich ziehe ihn zu mir nach unten und greife instinktiv in seine Hose. Seine Jeans sitzt so locker, dass ich ganz einfach reingreifen kann. Ben trägt keine Unterwäsche. Als ich seinen Penis berühre, ist es, als hätte ich einen Schalter umgelegt. Er stürzt sich auf mich, zerrt mir mein T-Shirt über den Kopf, schiebt meinen BH nach oben, küsst und saugt an meinen Brüste. Ben erinnert mich an ein Raubtier, das gerade seine Beute erlegt. Ob es ein Traum ist?

Ganz plötzlich steht Ben auf. Ich bleibe nackt zurück und höre, wie unsere Wohnungstüre zugeschlagen wird. »Wir sollten wenigstens die Tür zumachen!« Ben ist zurück und steht nackt vor mir. Ich hätte nie gedacht, dass er so schön aussehen würde. Er sieht aus wie in Stein gemeißelt, wie der *David* von Michelangelo. Alles an ihm ist schlank, fest und schön. Seine Brust wird von ein paar vereinzelten Haaren verziert, sein Penis ist beschnitten und an der richtigen Stelle rasiert. Ben sieht mich an. Ich liege einfach nur da, sehe Ben an und warte ab. Wenn er jetzt wieder geht, rufe ich die Polizei. Ben geht nicht. Er kniet sich entschlossen vor mich und spreizt mit beiden Händen meine aufgestellten Beine. Sein Kopf verschwindet nach unten. Ben küsst sich über meinen Bauch und meine Oberschenkel langsam zu meiner Muschi. Als ich seine Zunge auf meinem Kitzler spüre, stöhne ich laut auf. »Ben leckt mich!«, stellt eine Stimme in meinem Kopf ungläubig fest. Ben leckt mich. Alles, was von nun an passiert, läuft wie ein Film vor mir ab. All meine Sehnsüchte und Fantasien werden gerade wahr, und ich bin mittendrin. Es ist echt. Ich kann es einfach nur noch nicht fassen. Als Ben zusätzlich zu seiner Zunge noch seinen Finger in mich schiebt, holt mich die Realität in all ihrer Schönheit ein. Das fühlt sich zu gut an, um nicht wahr zu sein. Ich stöhne, kralle meine Hände in Bens Haare. Ich bin so unglaublich aufgeregt, aber die Lust besiegt meine Nervosität. Ich konzentriere mich auf die Zunge zwischen meinen Beinen, an meinen Schamlippen, meinem Kitzler, in mir drin. Ich halte es nicht mehr aus, klemme Bens Kopf fest zwischen meinen Schenkel ein und stöhne auf, als ich komme.

Ben wischt sich mit dem Handrücken über den Mund. Dann greift er in meine Kniekehlen und zieht mich mit einem festen Ruck an sich ran. Fast gleichzeitig dringt er in mich ein. Ich bin so feucht, dass Bens Schwanz ganz leicht in mich gleitet. »Ich schlafe mit Ben!«, sagt das Stimmchen, das immer einen Schritt hinterher ist. Ben schläft mit mir, mit festen, kurzen Stößen. Meine Beine umschlingen seine Hüfte. Dann ziehe ich ihn zu mir nach unten. Ich will ihn ganz auf mir spüren, küsse sein Muttermal auf der Wange und sehe ihm direkt in die Augen. Ben und ich kommen gleichzeitig. Ich spüre, wie mir eine Träne über meine Wange kullert.

Ben rollt sich neben mich und nimmt mich in den Arm. »Maja, jetzt hör schon auf zu weinen, ja? Oder war es so schlimm?« Ich umarme ihn und Ben küsst mir meine Tränen aus dem Gesicht. Ich glaube, ich habe noch nie zuvor vor Glück geweint. Wir schlafen Arm in Arm ein. Wir.

Als ich ein paar Stunden später aufwache, fange ich langsam an zu begreifen, was passiert ist. Es war definitiv kein Traum. Ben, mein Ben, liegt nackt neben mir, in meinem Bett. Ich in seinen Armen. Ich bin zu aufgedreht, um jetzt noch weiterzuschlafen, und schlage die Decke vorsichtig zurück. Ich betrachte den schlafenden Nackten, fahre mit meinen Fingerspitzen über seine Brustwarzen. Dann knie ich mich über Ben, der verschlafen seine Augen öffnet. »Guten Morgen«, sagt Ben mit rauer Stimme. Ich klettere vorsichtig nach unten und fahre mit meiner Zunge von seinem Bauchnabel bis zu seiner Morgenlatte, lecke an seiner Penisspitze. Ben seufzt auf. Ich umschließe seinen Penis mit meinen Lippen und umgreife ihn mit meiner Hand. Während ich seinen Penis mit einer Hand massiere, sauge und lecke ich an seiner Eichel. Ben drückt sein Becken fester gegen mein Gesicht und ich nehme seinen Penis ganz tief in meinen Mund und genieße es, Ben zu schmecken. Ben stöhnt heftiger und zieht an meinen Haaren. Ich sauge noch schneller und verstärke den Griff um seinen feuchten Penis. Er zieht meinen Kopf nach oben, als sich schon warmes Sperma über meine Lippen ergießt. Ich wische es mit der Bettdecke ab und lasse mich erschöpft auf Bens Bauch fallen. »Tut mir leid!«, sagt Ben. »Mir nicht«, sage ich und rolle mich neben ihn. »Guten Morgen, Ben. Huch? Was machst du in meinem Bett?« – »Ich sorge dafür, dass du nicht mehr heulst.« – »Das ist schön.« Mit einem Satz springt Ben aus dem Bett und zieht sich seine Jeans über, ohne Unterhose. »Wieso trägst du keine Unterwäsche?« – »Finde ich unbequem. Ich geh mal zum Bäcker. Hast du einen Wunsch?« –

»Ja. Beeil dich.« Mann oh Mann: In meinem ganzen Leben war ich noch nie so verliebt.

Als Ben zur Tür raus ist, mache ich sofort den Spiegel-Check. Ich wische mir die verschmierte Wimperntusche aus dem Gesicht und werfe ein leichtes Sommerkleid über. Ebenfalls ohne Unterwäsche. Dann kämme ich meine Haare und greife kurzerhand zum Deo. Ich will auf keinen Fall duschen. Mein Körper riecht nach Ben. Ich werde mich von jetzt an nie wieder waschen. In diesem Moment muss ich an Can und seine Hände denken, die noch nach mir riechen. Oje.

Als Ben zurück ist, habe ich schon Kaffee aufgesetzt und den Tisch gedeckt. Ben springt durch die Küche, brät Spiegeleier, schneidet Obst und plaudert munter vor sich hin, über dies und das. Entweder Sex entspannt ihn, oder er redet so ungewöhnlich viel, um seine Verlegenheit zu überspielen. Ich kann Bens Geplapper nicht folgen. Mir gelingt es überhaupt nicht zu verbergen, wie durcheinander ich bin. Erst lasse ich die Milch überkochen, und dann fällt mir auch noch ein volles Glas Orangensaft auf den Boden. Ben sagt: »Maja, setz dich bitte einfach hin und fass nichts mehr an. Okay?« Das nehme ich gerne an.

Als wir endlich beim Frühstück sitzen, kriege ich keinen Bissen runter. »Keinen Hunger?«, fragt Ben. Ich schüttle meinen Kopf. »Ich bin viel zu durcheinander, um zu essen.« – »Wieso durcheinander?« Dass er aber auch immer so tun muss, als wüsste er nicht, um was es geht. »Na ja, gerade sollte ich noch ausziehen, und dann hast du mich ausgezogen. Da komm ich einfach nicht mehr mit.« Ben kaut weiter, ich lege nach: »Ich weiß nicht, ob du es mitbekommen hast, aber wir haben eben eine aufregende Nacht miteinander verbracht, die mit ›Freunde sein‹ und ›Fanta trinken‹ meiner Meinung nach relativ wenig zu tun hatte.« Ben beißt noch mal in sein Brötchen. »Ja. Und weiter?«, fragt er mit vollem Mund. Das ist doch nicht zu fassen. »Ja. Genau. Und weiter? Wie geht es jetzt weiter? Sind wir jetzt …« Ich mache eine kurze Pause. Aber es ist zu spät für einen Rückzieher. »Zusammen?«, presse ich kleinlaut hervor. Ich hasse es, wenn man solche Dinge fragen muss.

Ben legt sein Brötchen weg. »Maja, ich glaube nicht, dass es gut gehen wird, mit uns beiden. Aber ich mag dich auch, zugegeben, mehr als eine Freundin. Irgendwie. Wir waren sehr betrunken gestern Nacht. Aber ich fand es auch sehr aufregend. Sex ist immer aufregend.« – »Wie meinst du das, Sex ist *immer* aufregend? Ich finde, Sex kann auch sehr unaufregend sein. Außerdem war das keine Antwort auf meine Frage.« Ben sieht mich an und sagt: »Wir können es ja mal zusammen versuchen. Aber ganz ehrlich, ich gebe uns maximal zwei Monate. Aus Erfahrung. Ich kenne Frauen wie dich. Es wird dir bestimmt schnell langweilig werden mit mir.«

Langweilig? Mit Ben? Sollte das der Grund gewesen sein, warum er sich so lange geziert hat? Hatte er Angst, dass er mir langweilig werden könnte? Das muss es sein. Ben hat Angst. Mir wird richtig warm ums Herz, und schon wieder treten mir Tränen in die Augen. Ich umarme Ben lange. »Du würdest mir nie langweilig werden«, flüstere ich in sein Ohr. »Abwarten«, sagt Ben und streichelt vorsichtig über meinen Rücken.

»Ab jetzt wird alles gut werden«, sagt mir die glückliche Stimme in meinem Kopf.

15. Kapitel

Zu zweit ist man nie allein

Wir sind seit vier Wochen ein Paar. Seit vier Wochen gibt es ein *Wir*. Wir mit »w« wie »wunderschön«, wie »Wahnsinn«, wie »Wunder geschehen«. Mein Leben ist perfekt. Ich lebe in einer aufregenden Stadt, und wohne mit dem Mann, den ich liebe, in unserer gemeinsamen Wohnung. Wir haben einen Hund namens Pfote. Eines Tages werden wir Kinder haben. Eine Tochter namens Emma und einen Sohn namens Oskar. Ben weiß davon nur noch nichts.

Nach dem Supergau *Sex und Ohrfeigen* musste ich die frohe Botschaft umgehend verkünden. Am liebsten hätte ich eine Rundmail geschrieben oder es gleich in der BILD abgedruckt. Stattdessen habe ich dann doch nur Paula eine SMS geschrieben: »Stalingrad ist überraschend eingenommen. Es darf gebumst werden! Deine verliebte Maja!«

Natürlich habe ich auch Moni und Nadine angerufen, meine treulosen Freundinnen, die mich nach inzwischen fast vier Monaten Berlin immer noch nicht besucht haben. Aber ich kam nicht wirklich zum Erzählen. »Schön für dich, Maja!«, hörte ich Monis weit entfernt klingende Stimme. »Sorry, ich muss aufhören. Bin in Paris, und die Roaming-Gebühren sind eine echte Unverschämtheit.« Nadine hatte auch kein Ohr für mein Liebesglück. Sie schimpfte eine Stunde lang über Moni, die tatsächlich Thomas mit nach Paris genommen hat. Sie hat das Rennen um den Schnitzel-Mann also für sich entschieden. Bravo.

Beim verzweifelten Versuch, doch noch jemanden zu finden, der sich mit mir freuen würde, habe ich meine Eltern angerufen und sie über Bens Spontan-Outing zur Heterosexualität informiert. Meine Mutter gluckste vor Freude, und mein Vater redete im Hintergrund dauernd dazwischen. Natürlich wollten sie beide wissen, wie es nun dazu kam, dass Ben und ich »uns nähergekommen seien«. Ich habe den eigentlichen Tathergang, unsere Kneipenschlägerei – gefolgt von Beischlaf, etwas Eltern-kompatibler erzählt: »Es war eine laue Sommernacht, wir tranken ein Glas Rotwein, und dann kam halt eines zum anderen.« Wer hat schon ein Anrecht auf Wahrheit?

Ich hätte nie gedacht, dass schlichte Gewalt die Lösung für mein Problem sein könnte. Ein paar Ohrfeigen. Klatsch und bums. Das war fast zu einfach. Vielleicht hat Ben das angemacht? Egal. Hauptsache, ich kann ihn behalten, für immer. Zumindest für den Rest meines Lebens. Paula findet, ich sei besessen. Das finde ich auch. Besessensein ist toll.

Ben, glaube ich, ist nicht ganz so besessen. Er ist eher zurückhaltend. Körperkontakt geht nach wie vor von mir aus. Inzwischen ohne Gewalt. Nachts schlafen wir zusammen in einem Bett, meistens in seinem, manchmal in meinem. Der schönste Moment ist, wenn ich meinen Kopf auf Bens Brust lege. Dann schließe ich die Augen und stelle mir vor, dass sich so die Ewigkeit anfühlen würde. Bens Brust ist mein persönlicher Himmel, mein Garten Eden, mein Leben nach dem Tod. Einfach auf ihm liegen, sein Herz schlagen hören und Ben riechen.

Ich habe ihm vorgeschlagen, unsere Wohnung umzuräumen, ein Schlaf- und ein Wohnzimmer einzurichten. Ben findet, wir sollten nichts überstürzen. Außerdem bräuchte er seine eigenen vier Wände. Er ist, wie gesagt, noch etwas zögerlich. Daher habe ich ihm die Namen für unsere Kinder auch noch nicht verraten. Ich fürchte, das würde ihn nur nervös machen.

Die Stimmung in unserer Wohnung hat sich verändert. Wir sind vorsichtiger geworden miteinander. Oder vielleicht auch nur ich. Immer wenn Ben einen Vorschlag macht, finde ich ihn toll. Egal, ob er Maultaschen kochen oder einen Horrorfilm ausleihen will. Ich mag keine Maultaschen und Horrorfilme auch nicht, aber alles, was Ben glücklich macht, macht auch mich glücklich. Und seien es Maultaschen.

Mein Plan ist es, Ben Schritt für Schritt die Angst zu nehmen, dass ich ein wankelmütiges, leichtes Mädchen sei, dem nach spätestens zwei Monaten mit ihm langweilig werden könnte. Wenn ich ihm diese Angst erst mal genommen haben werde, wird sich Ben mir ganz öffnen, mir vertrauen, sich fallen lassen, mich heiraten. Ganz bestimmt. Dafür muss ich mich tatsächlich ein bisschen umstellen. Ich habe mir sogar neue Turnschuhe gekauft. Außerdem habe ich mir fest vorgenommen, meine außerehelichen Männerkontakte zu reduzieren. Die Zeiten des hemmungslosen Herumvögelns mit sizilianischen Zementmischern, Beleuchtern und Taxifahrern sind ein für allemal vorbei. Bis in alle Ewigkeit. Bis dass der Tod uns scheidet. Ich habe Can eine lange E-Mail geschrieben, dass ich mich in einen anderen verliebt habe und es deshalb besser sei, wir würden uns erst mal nicht mehr sehen. Ich war zu feige anzurufen. Aber mutig genug, mich nicht tot zu stellen. Im Krieg und in der Liebe ist alles erlaubt.

Natürlich darf es auch Ben mit mir nicht langweilig werden. Daher habe ich mir vorgenommen, ihn jeden Tag zu überraschen. In den letzten vier Wochen haben wir schon sehr viel zusammen unternommen. Wir waren im Theater, im Kino und bei meinem Lieblingsitaliener. Nach dem Theaterstück war Ben der Einzige im Publikum, der nicht applaudiert hat. Ich habe ihn gefragt, ob es ihm nicht gefallen habe. Er meinte: »Nein. Aber das macht nichts« und streichelte dabei zärtlich über meinen Kopf. Den Kinofilm mochte ich nicht. Aber Ben fand ihn großartig. Also habe ich gesagt, dass ich ihn auch gut fand (das mit der Ehrlichkeit muss man ja nicht gleich übertreiben). Ben wollte eigentlich nicht zum Italiener essen gehen. Er meinte, wir könnten genauso gut selbst kochen. Das wäre besser und günstiger. Ich habe ihn überredet und eingeladen. Bei Tiramisu bekommt Ben glänzende Augen vor Freude.

Den Rest der Zeit verbringen wir mit Vögeln. Nach der Arbeit (Ben holt mich inzwischen nicht mehr ab) rase ich nach Hause. Ich kann es gar nicht erwarten, ihn nach acht Stunden im Büro endlich zu sehen. Zu Hause angekommen, klopfe ich vorsichtig an seine Tür und hoffe, dass er da ist. Gestern war Ben nicht zu Hause. Ich war wirklich zu Tode betrübt. Ich fühlte mich wie ein kleines Mädchen, dem man gerade gesagt hatte, dass Weihnachten dieses Jahr leider ausfallen müsse. Als Kind habe ich regelmäßig an Heiligabend geweint. Der Gedanke, dass es nun ein Jahr dauern würde, bis wieder Weihnachten wäre, machte mich todtraurig.

Als Ben gestern nicht da war, war ich zwar enttäuscht, aber ich habe nicht geweint. Ich war ganz tapfer und bin duschen gegangen. Mich hübsch machen für ihn, wenn er nach Hause kommt. Als ich mir gerade die Haare einshampoonierte, hörte ich die Wohnungstüre ins Schloss fallen. Zwei Minuten später kam Ben ins Bad und zog den Duschvorhang zurück. Er stand vor mir, nackt mit erigiertem Penis. Obwohl ich kein Freund von gemeinsamen Duschaktionen bin, zog ich ihn zu mir unter das warme Wasser. Wir küssten uns und seiften uns gegenseitig ein. Ich küsste Ben und glitt langsam an seinem Körper nach unten. Er drückte meine Schultern tiefer, und ich kniete mich vor ihn, umschloss seinen Schwanz mit meinen Lippen. Ben stöhnte meinen Namen. Das hat mich so angemacht. »Maja«, sagte er immer wieder. Nachdem seine Penisspitze wiederholt gegen mein Zäpfchen gestoßen war und ich erfolgreich den Würgereiz unterdrückt hatte, ergoss er sich in meinem Mund. Der Geschmack von Sperma und Shampoo erfüllte meine Kehle. Seit ich mit Ben zusammen bin, macht mir Blasen noch mehr Spaß.

Ben zog mich nach oben und wischte mir über meine Lippen. »Danke«, sagte er, küsste meine Brüste und duschte sich ab. Dann griff er nach meinem Damenrasierer. »Bleib ganz ruhig stehen, ja?« Ben drückte mich mit dem Rücken gegen die nassen Fliesen und begann, mich zwischen den Beinen vorsichtig zu rasieren. Er kniete sich vor mich und rasierte die stoppeligen Härchen von meinem Intimbereich, links und rechts von dem schmalen Streifen in der Mitte. Es war ein komisches Gefühl, eine andere Person in der Nähe meiner empfindlichsten Stelle mit einer scharfen Rasierklinge hantieren zu lassen. Ich hatte etwas Angst, dass er mich schneiden könnte. Eine falsche Bewegung, und mein Kitzler würde sich in ein blutendes Stück Fleisch verwandeln. Die kalten Fliesen an meinem Rücken und die scharfe Rasierklinge zwischen meinen Beinen bereiteten mir ein ungutes Gefühl. Ben schäumte mich ein und zog den Rasierer von oben nach unten, von links nach rechts, fein säuberlich. Zwischendurch setzte er ab, um meinen Kitzler zu küssen oder mit seiner Zunge über meine Schamlippen zu lecken. Das entspannte mich. Als ich glatt rasiert war, schob Ben seinen Mittelfinger in mich rein. Dann griff er nach dem Duschkopf und stellte ihn an. Als ich den warmen Wasserstrahl zwischen meinen Beinen spürte, musste ich mich an Ben festhalten, um nicht wegzuknicken. In diesem Moment fragte ich mich, warum ich es mir selbst nicht schon öfter mit dem Duschstrahl gemacht habe. Ben drückte mich auf den Badewannenrand und hielt den Duschkopf ganz dicht zwischen meine Beine. Es fühlte sich an, als würde ich überall gleichzeitig stimuliert werden. In mir drin, an meinem Kitzler, an meinen Schamlippen. Ich gebe zu, dass ich gemeinsames Duschen bisher tatsächlich unterschätzt habe. Von wegen, Shampoo in der Poritze des anderen verteilen. Man braucht nur ein bisschen Fantasie. Fantasie und Ben. Ich hatte einen unglaublichen Orgasmus.

Heute ist Freitag, und ein wunderschönes Pärchen-Wochenende steht mir bevor. Nein, steht uns bevor. Heute Abend gibt es eine Party in einem Club am Ufer der Spree. Ich konnte Ben überreden, mit mir dorthin zu gehen. Es ist eigentlich ein blöder Laden, aber Edith hat mich auf die Gästeliste gesetzt, und Ben ist mein »plus one«. Wie schön. Als ich gerade vor meinem Kleiderschrank stehe und fieberhaft überlege, was ich anziehen soll, ruft mein Vater an.

»Hallo Maja. Ich bins. Papa.« Es geht wieder um die Wohnung. Ich soll mich nächste Woche mit dem Bauleiter treffen, um den Elektroplan zu besprechen. Ich habe keine Ahnung, was ein Elektroplan ist, aber natürlich sage ich zu. Versprochen ist versprochen. »Klar gehe ich hin. Vielleicht kommt Ben auch mit.« Mein Vater fragt, was Benjamin denn eigentlich beruflich machen würde. »Papa, das habe ich dir schon erzählt. Er ist Comiczeichner. Außerdem heißt er Ben, nicht Benjamin«, lautet meine genervte Antwort. »Was verdient denn so ein Comiczeichner?« Das war so klar. »Du, ehrlich gesagt, ist mir das scheißegal.« Stille am anderen Ende der Leitung. »Maja, jetzt fühl dich doch nicht gleich angegriffen. Ich frag doch nur. Wenn ihr eine gemeinsame Zukunft plant, ist es doch nicht unwichtig, ob er dich und vielleicht eure Kinder mal ernähren kann.« Ich werde stinksauer. »Lieber Papa. Wir sind gerade mal vier Wochen zusammen. Nur weil *ich* mir schon Namen für unsere Kinder ausgedacht habe, werde ich Ben jetzt bestimmt nicht fragen, ob er sie ernähren kann. Außerdem habe ich studiert und übe einen Beruf aus. Ich brauche niemanden, der mich ernährt. Ich brauche jemanden, der mich liebt und den ich liebe. Alles andere ist nebensächlich.« Mein Vater sagt, das sei eine Illusion, und ich solle mich endlich von dem Gedanken der romantischen Liebe verabschieden. Das sei nicht das Leben. Außerdem seien meine paar hundert Euro im Monat kein Gehalt, sondern eine Unverschämtheit. Mir reicht es, und ich lege auf.

Ben klopft: »Maja, müssen wir da heute Abend hingehen? Das kostet bestimmt wieder zehn Euro Eintritt, für nichts und wieder nichts!« Ironie des Schicksals. Das Thema Kinderplanung rückt gerade in weite Ferne. »Ben, wenn wir zusammen ausgehen, ist das kein ›nichts und wieder nichts‹. Das wird lustig. Es gibt mehrere DJs, und wir können auf der Terrasse sitzen, Gin Tonic trinken und vorbeifahrenden Schiffen winken. Außerdem kostet es nichts, weil wir auf der Gästeliste stehen. Und wir können tanzen.« Ben macht keinen besonders überzeugten Eindruck. »Maja, ich tanze nicht. Ich tanze nie. Wenn es sein muss, dann gehen wir halt hin. Aber ich werde nicht lange bleibe, das sage ich dir gleich.« Ich umarme meinen süßen Spielverderber. »Wenn es uns zu doof wird, gehen wir halt wieder nach Hause und schlafen ein bisschen miteinander. Aber wir sollten auch außerhalb unserer Wohnung was unternehmen. Wir können nicht nur essen und vögeln und mal mit Pfote Gassi gehen. Das ist zu wenig.« Ben findet, dass wir in den letzten vier Wochen schon wirklich zu viel unternommen hätten. Und das würde ja auch ins Geld gehen. Ich versuche, die höhnisch lachende Stimme meines Vaters in meinem Kopf zu ignorieren, und frage einfach mal nach: »Du, Ben, was verdient man denn so als Comiczeichner?« Ben sieht mich verwundert an. »Ich würde sagen, das geht dich nichts an. Aber es ist genug, um dir meine Miete zu bezahlen und nicht zu verhungern.« Ich antworte ihm, dass er sich doch nicht gleich angegriffen fühlen soll. »Außerdem bin ich auch nicht reich«, schiebe ich nach. Ben lacht höhnisch auf. »Sind wir doch mal ehrlich, Maja. Du hast es nie schwer gehabt im Leben und immer bekommen, was du wolltest!« Ich finde, Ben klingt schon wie Paula. »Das stimmt gar nicht. Ich wollte immer einen Delfin und habe nie einen bekommen. Aber wo hätte der auch wohnen sollen?« Ben sieht mich kopfschüttelnd an. Ich fürchte, er fühlt sich nicht ernst genommen. Na toll, jetzt ist schlechte Stimmung zwischen uns. Und wer ist daran mal wieder schuld? Mein Vater.

Eine Stunde später fahren wir mit den Rädern zur Party. Meine ursprüngliche Idee, ein Kurzstreckentaxi zu nehmen, habe ich nach der Geld-Diskussion unter den Tisch fallen lassen. Ich habe zwar immer noch keine Ahnung, wovon Ben eigentlich lebt. Aber genug, um »nicht zu verhungern«, beinhaltet definitiv keine Fahrten mit dem Taxi. Und bei meinem Glück heute würden wir vermutlich noch bei Can einsteigen.

Wir sind relativ früh dran. Es ist ja auch erst halb zwölf. Aber Ben fand, es sei pervers, erst um Mitternacht auszugehen. Er ist also definitiv kein Vampir (fast bin ich ein bisschen enttäuscht). Es ist noch nicht wirklich viel los. Aber wir sind ja nicht wegen der Leute hier, sondern um … äh, nicht zu tanzen. Genau. Wer muss schon tanzen, wenn er mit Ben vorbeifahrenden Schiffen winken kann? Ich hole uns zwei Gin

Tonic, aber Ben besteht darauf, seinen selbst zu bezahlen. Nur seinen, wohlgemerkt. Oh Mann, da habe ich was angefangen. Ben ist wohl immer noch sauer. Vielleicht würde er sich besser fühlen, wenn ich ihn bitten würde, meinen auch zu bezahlen. Aber dieses Experiment ist mir dann doch zu riskant. Wir setzen uns am Rand der Terrasse auf den Boden und lassen unsere Beine über das Geländer baumeln. Unter uns fließt die Spree – ganz schwarz und still. Sie sieht unheimlich aus. Ben und ich schweigen. Das können wir immer noch sehr gut.

Ich genieße den Moment und stecke mir eine Zigarette in den Mund. Ben mag es nicht so gerne, wenn ich rauche. Ich habe ihn mal gefragt, ob es ihm lieber wäre, wenn ich aufhören würde. Er meinte, ich solle wegen ihm auf nichts verzichten. Als ich gerade in meiner Handtasche nach Feuer suche, greift Ben nach meiner Zigarette und wirft sie ins Wasser. Mein erster Gedanke ist: Spinnt der? Ich sehe Ben verblüfft an. »Musst du jetzt rauchen?«, fragt er mich. »Ist doch gerade so schön hier.«

Ich atme tief ein und wieder aus. Ich bin mit Ben zusammen, dem Mann, den ich liebe. Ich werde mich jetzt nicht wegen so einer Banalität wie Zigaretten streiten. Oder? Meine Eltern haben sich bestimmt zwanzig Jahre lang wegen des Rauchens gestritten. Mein Vater wollte nie, dass meine Mutter rauchte. Meine Mutter wollte nicht aufhören, und ihr heimliches Rauchen hat die Situation nur noch verschlimmert (sie war sehr schlecht im *Heimlich-Rauchen*). Eines Tages hat mein Vater beschlossen, einfach auch zu rauchen, um den Nikotingeruch besser aushalten zu können. Aber mein Vater war ein ganz mieser Raucher. Ihm wurde bei jeder Zigarette furchtbar schlecht, und er musste sie schon nach der Hälfte wieder ausdrücken. Ich will mich auf keinen Fall die nächsten zwanzig Jahre mit Ben wegen Zigaretten streiten und werfe kurzerhand meine komplette Schachtel ins Wasser. Ben sieht mich erstaunt an. Ha! Ich fühle mich ein bisschen wie Jesus, der nach einer Ohrfeige auch noch die andere Wange hinhält. (Zugegeben, da waren nur noch zwei Zigaretten drin, aber die Geste zählt!)

»Maja, das hätte jetzt aber auch nicht sein müssen. Wieso musst du immer so dramatisch sein? Du bist echt anstrengend.« Jetzt ist es vorbei mit meiner stoischen Gelassenheit. »Anstrengend? Ich? Wer benimmt sich denn hier wie der Oberlehrmeister und zieht eine Fresse wie drei Tage Regen, weil er mit mir auf eine Party gehen muss?« Ben steht entschieden auf. »Ich mag eben keine Partys, und wenn dir meine Fresse nicht passt, dann kann ich ja auch gehen!« Weg ist er. Jetzt streite ich mich doch wegen Zigaretten. Ich habe das Gefühl, Ben hat diesen Streit provoziert, um endlich gehen zu können. Er hätte auch einfach sagen können, dass er keine Lust hätte. Als ich so darüber nachdenke, fällt mir auf, dass er das auch getan hat. Aber ich musste ihn ja zwingen. Weil ich fand, dass Paare ab und zu zusammen ausgehen sollten. Woher nehme ich eigentlich solche Weisheiten? Ich, die seit Jahren keine funktionierende Beziehung mehr hatte.

Ich springe auf und eile Ben hinterher. Von hinten kenne ich ihn inzwischen am besten. »Ben, jetzt warte doch mal!« Ben steht schon an den Rädern und schließt auf. »Du musst dein Rad auch aufsperren, sonst kann ich nicht weg.« Ich habe die Räder vorausschauend zusammengeschlossen. »Ich komme mit. Was soll ich denn hier, ohne dich?« – »Tanzen und rauchen«, schlägt Ben vor. »Deshalb bin ich nicht hier. Ich wollte mit dir ausgehen.« Ben sagt gar nichts mehr. Er wartet genervt, dass ich endlich mein Schloss aufsperre, das wie immer klemmt. »Scheißarschlochschloss!«, schimpfe ich vor mich hin. »Lass mich das machen.« Ben schiebt mich ein Stück zur Seite. Er riecht so gut. Mit einem Ruck öffnet er mein Schloss und macht das Vorderlicht an meinem Rad an. »Hast du kein Rücklicht?« Ich schüttle den Kopf. »Noch nie gehabt.« Ben geht zu seinem Rad, macht sein Rücklicht ab und klemmt es an meinen Gepäckträger. Dann steigt er wortlos auf sein Rad und fährt los, ich hinterher.

Zu Hause verschwindet Ben erst mal ins Bad. Er duscht und rasiert sich. Ich ziehe mich aus, bis auf mein Unterhöschen, und lege mich zusammen mit Pfote in Bens Bett. Als Ben sein Zimmer betritt, ist er überrascht, mich zu sehen. »Hallo Ben«, lasse ich Pfote mit verstellter Stimme sagen. »Wie war die Party? Hast du getanzt?« Ben verdreht genervt die Augen. »Maja, sei mir nicht böse, aber ich würde heute Nacht lieber alleine schlafen.« Ich lege Pfote zur Seite und richte mich im Bett auf. »Ben, es tut mir leid. Eigentlich war es eine ziemliche Unverschämtheit von dir, mit der Zigarette. Aber ich will mich nicht mit dir streiten. Schon gleich gar nicht wegen dem blöden Rauchen. Deshalb habe ich die Schachtel weggeworfen. Ich habe das Gefühl, du hast Streit gesucht, weil du wieder gehen wolltest.« – »Ja«, sagt Ben. »Stimmt. Weil ich von Anfang an überhaupt nicht auf diese Party wollte. Und heute Nacht will ich lieber alleine schlafen, und vielleicht kannst du einmal akzeptieren, was ich will. Es geht immer nur um dich.« Das war deutlich. Deutlich genug, sogar für mich. Ich stehe auf und bedecke mit Pfote meine nackte Brust. Irgendwie schäme ich mich, so entblößt vor Ben zu stehen. Ehrlich gesagt, hat mich noch nie ein Mann aus seinem Bett geworfen. Und schon gar nicht, wenn ich nackt darin lag. »Okay. Dann schlaf gut«, versuche ich mit einem Funken

Restwürde, erhobenen Hauptes und steifen Brustwarzen – es ist kalt – sein Zimmer zu verlassen. »Gute Nacht.« Ben schließt die Türe hinter mir. Kein Gutenachtkuss. Nichts.

In meinem Zimmer fange ich sofort an zu heulen. Aber ganz leise, wegen Restwürde und so. Dann greife ich in mein Geheimversteck in meine Unterwäsche und ziehe meine Not-Zigarettenschachtel hervor. Pfote und ich setzen uns weinend ans Fenster und rauchen. Dann klingelt mein Handy. In der Hoffnung auf einen romantischen »Kommst du doch zu mir ins Zimmer«-Anruf von Ben stürze ich vom Fensterbrett zu meiner Handtasche und wühle nach meinem Handy. Auf dem Display steht »Taxi-Can«. Ich hebe nicht ab.

16. Kapitel

Monopoly

Am nächsten Morgen steht Bens Zimmertür weit offen. Er ist nicht da. In der Küche finde ich einen Zettel. »Guten Morgen, Maja. Bin joggen. Bringe Brötchen mit.« Dazu hat er einen jungen Mann in Turnhosen gezeichnet, der große Ähnlichkeit zu Ben hat und einen Korb voller Brötchen auf seinem Kopf balanciert. Das Bildchen stimmt mich versöhnlich. Zumindest stelle ich erleichtert fest, dass Ben nicht über Nacht ausgezogen ist.

Als er vom Joggen zurückkommt, setze ich gerade Kaffee auf. Er tritt, ohne ein Wort zu sagen, ganz dicht von hinten an mich ran. Er riecht so gut nach Schweiß. Ich kann widerstehen, drehe mich nicht um, sondern widme mich weiter meinem Kaffee. Ben fängt an, meinen Hals zu küssen, und schiebt seine Hände unter mein T-Shirt. »Guten Morgen, meine Hübsche.« Aha. So eine Nacht allein bewirkt wohl wahre Wunder. »Hast du gut geschlafen?«, frage ich unbeeindruckt. »Du hast mir gefehlt.« – »So? Hab ich das?« Ben nickt, streichelt unter meinem T-Shirt über meinen nackten Busen und küsst meinen Nacken. »Hab ich dir auch gefehlt?«, will er wissen. »Geht so.« – »Geht so?«, fragt Ben nach und zieht dabei meine Unterhose nach unten, schiebt seinen Finger langsam in mich rein. »Du bist ganz feucht«, stellt er aufgeregt fest. »Ja, ich hatte einen erotischen Traum.« Ben drückt mich von hinten fest gegen die Spüle und fummelt an seinen Shorts. »Ach ja? Erzähl doch mal.« Er hält seinen Penis in der Hand und spielt mit seiner Eichel an meinen Schamlippen. Dann spuckt er sich in die Hand, befeuchtet seinen Schwanz und dringt mit einem Stoß in mich ein. Ben stöhnt auf und greift jetzt mit beiden Händen an meine Brüste. Als er mich so im Stehen von hinten bumst, knallen meine Hüftknochen mit jedem Stoß gegen die Spüle. Ich stütze mich mit den Händen ab, aber Ben ist stärker. Bis auf das Gefühl, dass ich blaue Flecken bekomme, spüre ich nicht besonders viel. Sex von hinten bringt mir einfach nichts. Schon gar nicht im Stehen. Ich könnte nebenher Brötchen toasten, so spannend finde ich das. Ob Ben das merken würde? Er ist gerade ziemlich in Fahrt. Ihm zuliebe spiele ich mit: »Oh ja, ja. Oh Ben!« Man muss ja nicht immer einen Orgasmus bekommen. Die Verschmelzung unserer Körper ist das, was zählt. Und sei es an der Spüle stehend und von hinten.

Ich spanne meine Beckenbodenmuskulatur an, lasse wieder locker. »Anspannen, locker lassen! Anspannen, locker lassen!«, höre ich die Stimme der Aerobic-Tante aus dem Fitnessstudio. Angeblich soll man die Beckenbodenmuskulatur trainieren, um im Alter nicht inkontinent zu werden. Aber alle Frauen in diesem Kurs wussten, dass wir aus ganz anderen Gründen hier waren. In der Umkleidekabine munkelte man, dass ein Training der Beckenbodenmuskulatur zur Steigerung der sexuellen Lust führe. Ich frage mich gerade nur, für wen. Ich spanne fest an, und Ben stöhnt jetzt sehr laut auf. Seine Fingernägel krallen sich in meine Brüste, und ich verkneife mir ein »Aua«. Ben kommt.

»Oh Baby. Das tat gut. Ich geh schnell duschen. Tut mir leid, wenn ich dich vollgeschwitzt habe.« – »Das macht nichts«, antworte ich wahrheitsgemäß. »Vollschwitzen und vollwichsen mit Ben« ist sogar ein ziemlich guter Start in den Tag. Er küsst mich auf den Hals und verschwindet im Bad.

Während der Kaffee noch sprudelnd in die Kanne gedrückt wird, läuft mir das Sperma ganz schwerfällig an der Innenseite meines Schenkels nach unten. Pfote sitzt immer noch auf dem Küchenstuhl, reicht mir eine Serviette und sieht mich fragend an. »Keine Sorge, Pfote. Hat gar nicht wehgetan.« Pfote bellt. Aber das kann nur ich hören.

So verstreichen die Tage. Unter der Woche gehe ich arbeiten und verbringe mindestens acht Stunden am Tag mit Edith und Yusuf. Sie sagen, dass mir das glücklich Verliebtsein auch sehr gut stehen würde. Auch wenn die beiden grundsätzlich der Meinung sind, ich solle »nix mit Männern«, und mich Edith – wenn es denn schon ein Mann sein muss – lieber an Cans Seite gesehen hätte. Can hat bei Edith angerufen und nach mir gefragt. Sie meinte, er hätte sich ganz schön in mich verknallt. Ich muss auch manchmal an ihn denken, aber Ben fände es bestimmt nicht lustig, wenn ich ihn wieder treffen würde. Meinen »Taxi-Stecher«, wie er ihn nennt.

Nach der Arbeit fahre ich nach Hause. Meistens gehen Ben und ich dann noch zusammen einkaufen. Anschließend kocht er, und ich leiste ihm dabei Gesellschaft, erzähle ihm von meinem Tag. Manchmal findet er meine Geschichten von Yusuf und Edith sehr amüsant. An anderen Tagen nervt ihn mein Geplapper, und er verdreht die Augen. Ben erzählt dagegen nach wie vor sehr wenig und antwortet immer nur knapp auf meine vielen Fragen. Wir gehen inzwischen eher selten aus. Eigentlich nie. Manchmal ins Kino. Am Kinotag. *Feiern gehen* lehnt Ben nach wie vor ab. Er sagt, es gäbe ihm nichts – schon gar nicht mit seiner Freundin – und würde nur Geld kosten. Ich möchte Ben nach dem letzten Fiasko nicht mehr überreden und finde DVD-Schauen mit ihm auch ganz toll. Da kann ich an seiner Brust liegen und sein Herz schlagen hören. Meistens schlafen wir dann auch noch miteinander. Sex mit Ben ist schön. Es ist schön, weil ich Ben so sehr liebe. Ich hatte ja ganz vergessen, dass Sex mit jemandem, den man liebt, noch viel schöner sein kann. Ben nimmt mich am liebsten von hinten. Auch wenn ich so nicht komme, gefällt es mir. Paula meint, das könne man lernen. Man müsse nur üben, üben, üben.

Paula ist es auch, die mich ab und an zwingt, mit ihr auszugehen. Nur weil ich jetzt im Pärchenmodus sei, hieße das noch lange nicht, dass ich vom Partyleben mit ihr befreit sei. Paula ist froh, wenn sie an manchen Abenden Marius einfach mal nicht sehen muss und mit mir albern durch die Kneipen ziehen kann. So gern ich sie auch habe, plagt mich leider auch an solchen Abenden sehr schnell die Sehnsucht nach Ben. Paula entgeht es nicht, wenn ich nach spätestens zwei Stunden verstohlen auf meine Uhr schaue. »Besessen!«, schimpft sie, bevor sie meinem hilflosem Blick schließlich nachgibt: »Na gut, Süße, dann gehen wir jetzt eben nach Hause und lassen uns schön ficken. Einverstanden?« – »Einverstanden.«

Das klappt aber auch nicht immer, weil Ben an solchen Abenden oft schon schläft und – wie ich jetzt weiß – auch nicht geweckt werden will. Das habe ich einmal versucht, und es ging mehr als schief. Ich wollte den schlafenden Schönen mit einem vorsichtigen Griff in seine Shorts zärtlich wecken. Ich habe ein Veilchen davongetragen. Ben tat es furchtbar leid, aber er meinte, dass er nachts sehr schreckhaft wäre und unkontrolliert zuschlagen würde. Autsch.

Ich habe Ben schon wiederholte Male gefragt, ob ich nicht mal seine Freunde kennenlernen könne oder er mal Lust habe, zusammen mit Paula und Marius etwas zu unternehmen. Ben meinte, er würde die Freundeskreise lieber getrennt halten. Er erzählt auch nie wirklich was von den Leuten, die er trifft. Er sagt immer: »Halt so ein paar Jungens.« Schade. Die würde ich gerne kennenlernen. Ich bin etwas enttäuscht, dass Ben mich – seine tolle Freundin Maja – seinen Jungens nicht vorstellen möchte. Bestimmt hat er Angst, dass mir einer seiner Freunde besser gefallen könnte. Das wird es sein. So ein Dummerchen.

Vor einer Woche haben Ben und ich *Zweimonatiges* gefeiert. Ben hatte es total vergessen. Außerdem fand er, Zweimonatiges sei kein Grund zum Feiern. Ich fand schon. Schließlich war er es, der uns maximal zwei Monate prophezeite. Ich wollte ihm gerne was schenken und habe in einem Comicladen auf der Oranienstraße eine Sonderedition von einem berühmten Comic-Künstler bestellt. Der Verkäufer meinte, das wäre der absolute Guru unter den Comic-Helden. Ben war sehr verlegen, als ich ihm das Geschenk überreichte. »Maja, das wäre echt nicht nötig gewesen. Außerdem habe ich gar nichts für dich.« Zögerlich öffnete er das in Herzpapier eingepackte Päckchen und lächelte etwas verloren, als er das Buch in den Händen hielt. »Danke. Das ist lieb von dir.« Bei Bens Gesichtsausdruck musste ich an das Lied von Jens Friebe denken: *Du freust dich ja gar nicht.* Jetzt, eine Woche später, liegt das Buch noch immer in Klarsichtfolie eingeschweißt auf seinem Fensterbrett. Ben hat eben viel zu tun.

Nach der Arbeit fahre ich häufig noch zu der Wohnung am Helmholtzplatz. Ich spiele mit dem Gedanken, dort zusammen mit Ben einzuziehen. Ben weiß davon natürlich nichts. Er kennt die Wohnung noch nicht einmal. Als ich heute gegen sieben Uhr das Baubüro betrete, begrüßt mich der Bauleiter mit einem freudigen Lächeln. Herr Schulze kommt aus Leipzig und redet sehr lustig. Wir rauchen erst mal eine, bevor wir uns über die Pläne beugen. Ich frage ihn nach der Möglichkeit, die Wohnung WG-tauglich zu machen. (Ben braucht doch seine eigenen vier Wände.) Er sagt, das wäre völlig ausgeschlossen. Man müsste dafür eine Wand im Wohnzimmer einziehen. Dadurch würde die fensterlose Küche völlig im Dunkeln liegen, und das könne er als Bauleiter niemals verantworten.

Langsam spüre ich Panik in mir aufkommen. Ich mag diese Wohnung wirklich gerne. Aber ich kann nicht alleine leben. Zumindest nicht ohne Ben. »Ziehen sie halt mit ihrem Freund ein. Das ist eine ideale Pärchen-Wohnung. Schlafzimmer und Bad sind oben, Wohnzimmer mit offener Küche, Kamin und Terrasse unten. Das reicht doch für zwei junge Leute.« Ich erkläre Herrn Schulze, dass mein Freund seine eigenen vier Wände brauche. Ein gemeinsames Wohnzimmer und ein gemeinsames Schlafzimmer würden ihn einengen. »Er ist nämlich Künstler.« Herr Schulze zieht skeptisch eine Augenbraue nach oben.

»Wo soll denn Ihr Wohnzimmertisch stehen?«, versucht er das Thema auf die Lichtanschlüsse überzuleiten. Wohnzimmertisch? Ich hatte gerade angefangen, ihn gern zu haben. »Herr Schulze, ich weiß noch nicht mal, ob ich es bin, die hier wohnen wird. Daher weiß ich auch noch nicht, wo hier ein Wohnzimmertisch stehen wird. Abgesehen davon, habe ich überhaupt keinen Wohnzimmertisch. Ich habe auch sonst nichts. Keinen Kühlschrank, kein richtiges Bett, keine Waschmaschine. Nichts. Nur einen äußerst komplizierten Freund, den ich unbedingt behalten will.« Ich hole Luft, und Schulze schaut betreten auf den Boden. Ich versuche, wieder sachlich zu werden: »Setzen Sie die Lichtanschlüsse doch einfach alle mittig, und machen Sie überall Steckdosen hin, doppelt und dreifach. Außerdem besteht mein Vater auf einbruchsicheres

Glas, doppelt verpanzerte Türen und einen Bewegungsmelder. Gitterstäbe am Fenster nicht zu vergessen.« Das mit den Gitterstäben ist ein Scherz, und Schulze schmunzelt sogar ein bisschen.

Das ist der Beginn einer wunderbaren Freundschaft. Schulze und ich suchen an diesem Abend gemeinsam die Fliesen für den Waschmaschinenraum aus, auch wenn er nach über einer Stunde keine Farbkombinationen mehr ausprobieren will. Aber ich kann mich einfach nicht entscheiden. »Frau Engel, das sind eins Komma fünf Quadratmeter. Die Farbe ist scheißegal.« Schulze sagt das wieder mit so einem lustigen Dialekt, dass ich schließlich die finale Entscheidung ihm überlasse. Er wählt Anthrazit und Goldbraun. Gut gemacht.

Als wir uns verabschieden, rät mir Schulze, in Möbelhäuser zu gehen und mich inspirieren zu lassen. »Vielleicht finden Sie bei dieser Gelegenheit auch einen Wohnzimmertisch oder einen Freund, der gerne mit Ihnen ein Schlafzimmer teilen würde.« Das finde ich jetzt schon ein bisschen frech, aber ich muss über seine Bemerkung trotzdem grinsen. Recht hat er. So schlimm kann das nicht sein, mit mir ein Schlafzimmer teilen zu müssen.

Auf dem Weg nach Hause telefoniere ich mit meinen Eltern. Ich soll die Lampen und Fliesen aussuchen und möglichst versuchen, preislich im Rahmen zu bleiben. Also kein Blattgold an den Wänden, wenn es nicht unbedingt sein müsse. Tatsache: Paula und Ben haben recht. Ich bin ein Oberschichtenkind. Und das ist alles andere als einfach. Ich bin völlig überfordert mit diesen Dingen. Mein Vater spricht von »Lichtkonzept«, und es fallen schreckliche Begriffe wie »Fugenfarbe«, »Küchenspiegel«, »indirekte Beleuchtung«, »Fußbodenleiste«, »geölt, gewachst, versiegelt« und was weiß ich.

Ich muss entscheiden, ob die Türgriffe eckig oder rund – die runden heißen *Rosette* – matt oder glänzend, aus Edelstahl, Chrom oder Bronze sein sollen. Welches Holz für den Boden? Eiche, Buche, Teak? Fliesen in der Küche, ja oder nein? Fußbodenheizung? Wenn ja, wo? Und so weiter. Dabei bin ich wirklich schlecht darin, Entscheidungen zu treffen.

Als ich abends nach Hause komme, bin ich total aufgedreht. Ich richte die Wohnung in Gedanken schon ein und stelle mir vor, wie im Bad zwei Nassrasierer nebeneinander liegen und am beheizbaren Handtuchständer ein rosa neben einem blauen Handtuch hängen würde. Ich sehe Bens Adidas-for-man-Showergel neben meinem Oliven-Magnolia-Duschpeeling. In der Abstellkammer Bens Bohrmaschine neben meinem Bügeleisen (das muss ich noch kaufen), in der Garderobe seine abgelatschten Turnschuhe neben meinen pinken Pumps, im Kühlschrank Bier neben Buttermilch und im Schlafzimmer Pfote mit meiner Schlafbrille auf dem Kopf. Die Wände wären voll mit Fotos gemeinsamer Urlaube und unserer Hochzeit. Kinderbilder von Emma und Oskar auf dem Kaminsims würden folgen.

Ben sitzt an seinem Schreibtisch. Er sieht müde aus. Ich frage ihn, ob wir heute Abend essen gehen wollen. Er hat keine Lust. »Ist zu teuer, und im Restaurant werde ich nie satt.« Ben will lieber selbst Lasagne machen. Auch gut. Ben kocht, und ich erzähle ihm von Schulze, Lichtgestaltung und Fliesenplänen. Davon, dass im Wohnzimmer ein kleiner Kamin stehen wird und im Garten genug Platz für einen Grill und eine Hängematte sein würde. Ben sagt: »Aha. Deckst du den Tisch?« Ben sieht aus, als würde ihn all das einen Scheiß interessieren. »Ben?« – »Ja?« – »Das interessiert dich alles nicht, stimmts?« Ben seufzt. »Doch, Maja. Natürlich interessiert mich die Inneneinrichtung der Eigentumswohnung deiner Eltern. Ich kenne zwar weder deine Eltern noch die Wohnung, aber das klingt alles hochinteressant.« Täusche ich mich, oder höre ich da einen ironischen Unterton? »Komm doch mal mit und schau dir die Wohnung an. Ich bräuchte dringend noch Hilfe beim Lichtkonzept.« (Habe ich jetzt tatsächlich *Lichtkonzept* gesagt?). Ben sagt, er würde nichts von Lichtkonzepten verstehen. Ich auch nicht. Eine Gemeinsamkeit mehr. Ich wechsle besser das Thema und frage Ben, wie sein Tag war. »Hab gearbeitet«, lautet seine knappe Antwort. »Und? Lief es gut?« – »Nein.« Wir essen schweigend.

Ben steht auf und räumt den Tisch ab. »Ich muss noch Wäsche waschen. Hast du auch was? Buntwäsche, vierzig Grad?«, frage ich Ben. »Nein, Maja. Ich wasche meine Wäsche lieber selbst. Ist sicherer. Bei dir wird immer alles rosa.« – »Das ist unfair«, rufe ich vom Bad in die Küche. »Einmal. Ein einziges Mal wurde alles rosa. Und das waren nur Handtücher. Scheißegal, welche Farbe die haben, oder?« Ich stopfe Wäsche in die Maschine, schütte nach Hausfrauengefühl Waschmittel hinterher und stelle die Maschine an. Ben kommt ins Bad und macht das Licht aus. Er schließt die Tür, und wir stehen im Dunkeln einander gegenüber.

»Ich will dich ficken«, sagt Ben. Ich wundere mich ein bisschen über seine Ausdrucksweise. Eigentlich ist Dirty Talk gar nicht seine Art. Dachte ich zumindest. Ben greift an meinen Nacken und beißt mir in die Unterlippe. Ich greife in seine Hose. Ben stöhnt auf. Er öffnet meine Jeans und zieht sie samt meinem Höschen nach unten. Dann packt er mich an den Hüften und setzt mich mit meinem nackten Po auf die Waschmaschine. Ich lege meine Füße um seine Hüften. Er spuckt in seine Hand, schon wieder (wobei ich immer an *Brokeback*

Mountain denken muss), und schiebt mir zwei Finger in meine Muschi, direkt gefolgt von seinem harten Schwanz. Ben zieht mich weiter nach vorne und ich schlinge meine Beine um seine Hüfte. Ben kommt nach wenigen Minuten. Er zieht seinen Schwanz raus, macht das Licht wieder an und reicht mir eine Rolle Klopapier. Ich wische mir das Sperma ab, küsse Ben auf den Mund und ziehe mir meine Hose wieder hoch.

Dann frage ich Ben, ob wir noch was machen wollen. »Wir könnten ins Kino gehen. Der neue Woody-Allen-Film läuft heute an.« Ben sagt, den habe er schon gesehen. Letzte Woche in einer Preview. Ich möchte wissen, mit wem. »Mit ein paar Jungens halt.« Aha. »Schade. Wir könnten auch noch was trinken gehen.« Ben stellt sich gerade unter die Dusche. Das regt mich wirklich auf. Dass er nach dem Sex immer duschen will. So, als hätte er sich irgendwie schmutzig gemacht. Schließlich bekomme ich das ganze Sperma ab. »Ich muss heute Abend noch arbeiten«, ruft mir Ben von der Dusche aus zu. »Aber du kannst ja noch ausgehen, wenn du Lust hast.« Danke für den Hinweis. »Ja, vielleicht mache ich das«, sage ich. »Lust habe ich. Und dann kann ich es mir auch gleich noch selbst besorgen. Mit Orgasmus«, sage ich so leise, dass Ben es nicht hört. Ich feige Kuh.

Ich gehe in mein Zimmer und rufe Paula an. Eine halbe Stunde später sitzt Ben bereits an seinem Schreibtisch und zeichnet. Als ich mich verabschiede, sagt er »Bis später«, ohne mich dabei anzusehen. Das tut weh. Ich fühle mich irgendwie schäbig.

Ich treffe Paula im Luzia in der Oranienstraße. Paula dreht uns – trotz meiner spießigen Bedenken – mitten in der Bar einen Joint und zündet ihn umgehend an. Während wir rauchen, fasse ich für Paula meine letzten Tage zusammen. Ich erzähle ihr von der Wohnung, von meiner Unentschlossenheit, ob ich dort einziehen soll, und von Bens Desinteresse an allem, was damit zu tun hat. »Es scheint ihm scheißegal zu sein, ob ich ausziehe oder nicht. Er kommt gar nicht auf die Idee, dass wir dort auch zusammen leben könnten«, beschwere ich mich bei Paula. »Hast du ihn denn schon mal gefragt, ob er sich das vorstellen könnte?« – »Nein. Ich habe Angst, er könnte Nein sagen.« Paula seufzt. »Ach Süße, ich fürchte, dieser Angst musst du dich stellen. Was soll schon passieren? Mehr als Nein sagen kann er nicht, oder?«

Plötzlich dreht sich alles in meinem Kopf. Mir wird schwindlig und kotzübel zugleich. Paula reicht mir gerade wieder den Joint, als ich aufstehe und, etwas von »frische Luft« murmelnd, die Bar verlasse. Auf der Oranienstraße lehne ich mich gegen eine Hauswand und versuche, tief ein- und wieder auszuatmen. Dann wird mir schwarz vor Augen, und ich merke noch, wie meine Beine unter mir wegsacken.

Als ich wieder zu mir komme und ganz langsam die Augen öffne, nehme ich eine männliche, unbekannte Stimme wahr. »Steh auf!«, herrscht mich diese Stimme an. Langsam begreife ich die Situation. Ich liege auf dem Gehweg in der Oranienstraße. Ich werde nicht überfallen. Das ist gut. Vor mir steht ein Obdachloser, der mich anschreit. »Steh auf!«, ruft er wieder. Das ist das Ende. Wenn mich jetzt mein Vater sehen könnte, würde er auf der Stelle tot umfallen (vorher würde er noch rufen: »Ich habe es ja gesagt!«). Ich bin ein Drogenopfer.

Es wird höchste Zeit, dass ich etwas in meinem Leben ändere.

17. Kapitel

Zu mir oder zu uns?

Nach meiner Läuterung auf der Oranienstraße habe ich mir vorgenommen, Ben die alles entscheidende Frage zu stellen: Ob er mit mir zusammen in die neue Wohnung ziehen möchte. Wieso auch nicht? Wir wohnen schon seit Monaten zusammen, und wir sind ein Paar. Die Wohnung ist zwar nicht besonders groß, aber ausreichend groß für zwei Menschen, die sich lieben.

Heute habe ich alles vorbereitet, um meinen Plan in die Tat umzusetzen. Ich habe Ben gebeten, sich für den Abend nichts vorzunehmen. »Muss ich Angst haben?«, wollte er wissen. Angst? Er? Wenn sich jemand fürchten müsste, dann wohl eher ich. Aber ich stelle mich meiner Angst. So wie Paula es mir geraten hat. Im Gegensatz zu ihr mache ich nämlich, was sie mir rät. »Keine Angst. Nur Hunger«, versuche ich Ben zu beschwichtigen. Er grinst. Es ist unnötig, ihm das zu sagen. Hunger ist sein ständiger Begleiter.

Nach der Arbeit fahre ich direkt nach Prenzlauer Berg. Ich habe ein Candle-Light-Picknick geplant und bin voll bepackt mit Antipasti, Fladenbrot, Lachs, selbst gemachtem Tiramisu und einer Flasche Champagner. Dem billigen, aber Champagner. Um meine Überraschung noch etwas zu tarnen, treffe ich mich mit Ben an der S-Bahn Schönhauser Allee. Vermutlich kann er es sich längst denken, wohin ich ihn entführen will. Aber er mimt total süß und sehr überzeugend den Nichtsahnenden – ich nehme an, um mir meine »Überraschung« nicht zu verderben.

»Du bist zu spät«, begrüßt mich Ben etwas genervt. »Zehn Minuten ist keine Verspätung, das ist Berlin«, rechtfertige ich mich und drücke ihm ein paar Tüten in die Hand. »Was hast du denn alles dabei?« – »Nicht schauen. Ist eine Überraschung.« Wir gehen Richtung Helmholtzplatz. Am Restaurant Frida Kahlo angekommen bleibe ich stehen. »Geil! Wir gehen mexikanisch essen«, freut sich Ben. Ich muss schon sagen, er spielt die Rolle des Nichtsahnenden wirklich gut. »Nein. Besser.« Ich nehme ein Tuch aus meiner Tasche und verbinde Ben damit die Augen. »Maja, was soll das? Muss das sein?« – »Ja, das muss sein.« Ben ziert sich ein bisschen, aber gibt schließlich nach.

Ich führe den blinden Ben an der Hand über die Straße, wobei uns ein Radfahrer gerade noch so ausweichen kann. Ups. Das wäre jetzt aber fast in die Hose gegangen. Ab jetzt bin ich etwas vorsichtiger, und wir nähern uns im Schneckentempo der Wohnung. Ich lasse Ben kurz los, um die Eingangstür aufzusperren. »Jetzt verstehe ich«, sagt Ben. »Du schleppst mich in die Wohnung deiner Eltern, stimmts?« Von wegen, er spielt mit. »Mensch, Ben. Jetzt mach doch einfach mal mit. Ein Madonna-Konzert ist es auf jeden Fall nicht.« Ich schiebe Ben über den Innenhof in das Hinterhaus. Vor der Wohnungstüre küsse ich ihn sanft auf den Mund. Er zuckt erschrocken zusammen. War vielleicht doch keine so gute Idee mit den verbundenen Augen.

»Du musst noch kurz warten.« Ich lasse Ben vor der Türe zurück und bereite im Eiltempo das Picknick vor, verteile Teelichter auf dem Boden und packe Servietten, Plastikbesteck und Pappteller aus. Dann zünde ich die Kerzen an und verbinde meinen iPod mit kleinen mobilen Boxen. Ich wähle *Hallelujah I love her so* von Ray Charles. Ray besingt darin eine Frau, die immer für ihn da ist, wenn er sie braucht. Ich liebe dieses Lied, und ich will Bens *Hallelujah-Frau* sein. Als ich fertig bin und freudestrahlend die Tür öffne, ist Ben weg.

Ich finde Ben mit dem Handy am Ohr im Innenhof. Er deutet mir an, dass er noch zwei Minuten brauchen würde. Seine Augenbinde hat er bereits abgenommen. Ich weiß nie, mit wem Ben telefoniert. Und er erzählt es mir auch nicht. Arbeitgeber? Familie? Freunde, die ich nicht kenne? Eine andere Frau? Ich gehe enttäuscht zurück ins Wohnzimmer und lasse die Türe offen stehen. Als sich nach zehn Minuten meine Geduld langsam, aber sicher erschöpft und sich allmählich in Wut verwandelt, beschließe ich, den Champagner schon mal alleine aufzumachen. Da fällt mir auf, dass es doch eine Sache gibt, die ich sehr gut alleine kann: trinken. Immerhin. Prost, Maja.

»Parkettboden?«, betritt Ben ungläubig fragend den Raum. Ich nicke. »Ist Eiche.« Er fände Dielen besser. Aber Eiche sei auch okay. Ben setzt sich neben mich auf den Boden. »Tut mir leid, Baby. Aber war eben ein wichtiger Anruf. Was gibts denn hier alles Leckeres?« Ich präsentiere ihm unsere kulinarischen Schätze und lade ihm den Teller ordentlich voll. Dann schenke ich ihm Champagner in einen Plastikbecher. Ben sagt, dass er keinen Sekt mag. »Ist ja auch Champagner.« – »Ist egal. Von diesem Zeug bekomme ich immer schrecklich Sodbrennen.« Was solls. Trinke ich eben alleine weiter. Sodbrennen! Ich weiß nicht mal, was das ist.

Wir sitzen auf dem Boden und schlemmen. Ich muss schon sagen, ich entwickle mich langsam, aber sicher zu einer richtigen Küchenfee. Mein Tiramisu ist der Wahnsinn. Zwischendurch steht Ben auf, um sich den Rest der Wohnung anzusehen. Ich bleibe sitzen. Vielleicht wirken die Räume ja größer, wenn er sie sich alleine ansieht. Als Ben zurückkommt und sich gerade eine zweite Portion Tiramisu auflädt, stelle ich meinen Teller zur Seite. Ich setze mich vor ihn und hole tief Luft: »Ben, wir sind noch nicht so richtig lange zusammen. Ich weiß. Aber ich mag dich sehr. Es ist so: Also, ich liebe dich. Und ich will dich fragen, ob du hier mit mir wohnen möchtest.« Jetzt ist es raus. Gleich zwei Dinge auf einmal: das »Ich liebe dich« und das »Willst du mit mir wohnen?«. Das hatte ich so nicht geplant. Es kam einfach, von selbst. Ich spüre, dass ich einen roten Kopf bekomme, und fühle mich wie damals in der sechsten Klasse, als ich im Musikunterricht vorsingen musste.

Ben stellt sein Tiramisu zur Seite. Das sieht ernst aus. Er streichelt mir über die Wange. »Maja. Ach Maja. Was soll ich denn jetzt sagen. Ohne dir wehzutun?« Das klingt nicht gut. »Ich habe schon befürchtet, dass du mich das fragen wirst.« Befürchtet? Ganz und gar nicht gut. »Ich kann hier nicht mit dir wohnen. Ich finde es eh komisch, jetzt schon mit meiner Freundin zusammenzuwohnen. Wir sind doch noch so jung.« Ich denke nach. Ich bin 25 Jahre alt. In meinem Alter war meine Mutter schon zwei Jahre verheiratet und hatte meiner Schwester schon das Leben geschenkt. Aber ich sage nichts, lasse Ben aussprechen. Ausnahmsweise. »Es ist so. Ich brauche einfach mein eigenes Zimmer. Hier gibt es ein Wohnzimmer mit offener Küche und ein Schlafzimmer. Wo soll ich denn hier arbeiten?« Das war eine Frage. Jetzt darf ich sprechen. Ich muss mich erst räuspern. Die Aufregung macht mir doch sehr zu schaffen. »Ich bin doch eh den ganzen Tag auf der Arbeit. Du hast die Wohnung so gut wie für dich alleine. Für dich und Pfote, natürlich. Immerhin hätten wir zwei Stockwerke. Das ist doch ideal, um sich aus dem Weg zu gehen. Das ist eine ideale Pärchenwohnung.« Ben schüttelt den Kopf. »Maja, ich fürchte, ich will nicht in einer idealen Pärchenwohnung leben.«

Wir schweigen einen Moment. Ich kämpfe mit den Tränen, was ich mir auf keinen Fall anmerken lassen möchte. Ben versucht etwas hilflos, mich zu trösten. »Es liegt nicht an dir. Ich mag einfach Prenzlauer Berg nicht. Ich mag Kreuzberg, Neukölln oder von mir aus auch Schöneberg. Aber Prenzlauer Berg strengt mich an. Alles hier ist voll mit schwangeren Neureichen. Ich mag alte Wohnungen, die hohe Decken, Dielenboden und Flügeltüren haben. Die nach Geschichte riechen. Sei mir nicht böse. Du kannst hier doch auch alleine einziehen, oder? Ich werde ausziehen und mir eine neue WG suchen.« Na toll, jetzt heule ich doch. Ben sind also Flügeltüren wichtiger als ich. Er will lieber weiterhin mit Alkoholleichen vor der Tür leben, anstatt glückliche Menschen um sich herum zu sehen, die sich fortpflanzen. Mir kullern die Tränen über die Wange. Ben umarmt mich. Ich weiß, dass ich das jetzt nicht tun sollte, aber ich muss Ben jetzt einfach fragen: »Ben?«, schluchze ich. »Ja?« – »Sag mal, liebst du mich eigentlich?«

Ben sagt nichts. Ich weiß nicht, wie lange er schweigt, aber es fühlt sich wie eine Ewigkeit an. In meiner Brust macht sich ein heftiger Schmerz breit. Es zieht und sticht ganz fürchterlich. Endlich antwortet er: »Ich glaube nicht an die Liebe, Maja. Das weißt du doch.« Ben nimmt mein Gesicht in seine Hände und küsst meine Tränen weg. »Aber ich mag dich sehr gerne. Auch wenn du eine Vollmeise hast. Und ich werde dich auch noch mögen, wenn du in Prenzlauer Berg zwischen all den Yuppies wohnst. Wer weiß, vielleicht wäre das auch ganz gut für uns? Stell dir vor, wie romantisch das wäre, wenn wir nach einem Date entscheiden müssten, ob wir zu dir oder zu mir gehen?«

Ich muss lächeln. Vielleicht hat Ben recht. Vielleicht würde uns räumlicher Abstand guttun? Ben fängt an, meinen Hals zu küssen. »Wir sollten uns mehr auf das Hier und Jetzt konzentrieren, findest du nicht?« Er drückt mich mit dem Rücken auf den Boden und öffnet meine Jeans, schiebt seine Hand in meine Unterhose. Der Champagner steigt mir in den Kopf, und die letzte Träne kullert auf das Parkett. Dann schließe ich einfach die Augen und versuche, mich auf das *Hier und Jetzt* zu konzentrieren. *Jetzt*, wie Ben mich gleich *hier* auf dem Fußboden bumsen wird. Eichenparkett hin oder her. Ich ziehe mein T-Shirt nach oben, und Ben zieht erst meine, dann seine Jeans aus. Während Ben mir seinen Schwanz reinsteckt, ziehe ich an seinem T-Shirt und drücke seine Brust gegen meine. Als wir da so auf dem Fußboden liegen, den Geruch frischer Farbe einatmen und ficken, beschließe ich, hier einzuziehen. Dann eben alleine – ohne *Dielen-Ben*. Im Anschluss daran habe ich den ersten Orgasmus in meiner neuen Wohnung und klopfe gedanklich dreimal aufs Parkett, auf dass noch viele weitere folgen werden.

Ein paar Tage später treffe ich Paula. Wir haben uns mal wieder für eine Runde Flohmarkt verabredet. Ich erzähle ihr von meiner – wie ich finde – mutigen und konsequenten Entscheidung: »Oft merkt man erst, was man am anderen hat, wenn er nicht mehr da ist. Getrenntes Wohnen wird vielleicht das Feuer seiner Leidenschaft schüren.« Paula sieht mich an, als hätte ich gesagt, Til Schweiger sei ein guter Schauspieler. »Maja, ich liebe dich sehr. Im Gegensatz zu Ben kann ich es dir auch sagen. Ich liebe dich. Und weil ich dich liebe, sage ich dir als deine älteste Freundin, dass du dir was vormachst! Liebe macht bekanntlich blind, aber ich fange echt an, an deiner Zurechnungsfähigkeit zu zweifeln. Bist du eigentlich total bescheuert?« Paula sieht mich mit offenem Mund an. »Wie meinst du das?«, frage ich vorsichtig nach. »Seit Monaten läufst du diesem Typen hinterher, bloß weil er ein schönes Muttermal hat und mit einem Stofftier spricht. Dieser Kerl behandelt dich nicht gut. Er bumst dich nicht mal gut. Er ist arrogant, verschlossen und gemein. Es ist ganz einfach: Er liebt dich nicht.«

Das tat weh. »Er ist nur unsicher. Das wirkt arrogant – aber nur, wenn man ihn nicht kennt. Glaube mir, er liebt mich. Ich spüre das.« Paula schüttelt den Kopf und nimmt mich in die Arme. »Spürst du das? Oder weißt du das?« – »Ich spüre es.« Paula seufzt. »Ich dachte, dein Herz ist ein Idiot? Maja, wenn Ben dich lieben würde, dann würde er mit wehenden Fahnen bei dir einziehen. Oder dich auf Knien anflehen, nicht auszuziehen.« Jetzt werde ich wütend. »Paula, sei nicht böse, aber das verstehst du nicht. Ben ist sehr ehrlich. Und er ist Künstler. Er braucht seinen Freiraum. Ich liebe ihn, also kann ich das akzeptieren.« – »Künstler?«, fragt Paula sarkastisch. »Arbeitsloser Künstler, wenn überhaupt.«

Der Bummel mit Paula über den Flohmarkt macht heute keinen Spaß mehr. »Ich fahre nach Hause. Sei mir nicht böse, ja? Aber ich habe keine Lust mehr auf deine Ehrlichkeit.« Paula nickt. »Sei mir auch nicht böse, okay?« Ich bin nicht böse. Ich bin enttäuscht. Irgendwie mag niemand Ben, außer mir und Pfote. Mit meinen Eltern spreche ich nicht mehr über ihn. Edith will mir nach wie vor Can andrehen, Moni und Nadine erinnern sich nicht mal mehr an mich, und jetzt fängt Paula auch noch an. Aber davon darf ich mich nicht verunsichern lassen. Meine Liebe ist stärker. Ich folge meinem Herzen.

Ben fand meinen Entschluss, alleine dort einzuziehen, gut. »Sehr gut«, sogar. »Wenn ich die Möglichkeit hätte, alleine in eine Eigentumswohnung zu ziehen, würde ich das auch tun. Ohne nachzudenken«, sagte Ben. Die Betonung liegt wohl auf »alleine«.

Heute ist verkaufsoffener Sonntag, und ich beschließe, alleine zu IKEA zu fahren (schon mal *alleine* üben, ohne Trinken). Ich muss mich dringend ein bisschen ablenken, um nicht ständig an Bens *neue WG* zu denken. Er hat sich bereits Besichtigungstermine vereinbart. Paula würde jetzt sagen, er könne es wohl gar nicht erwarten auszuziehen. Ich ärgere mich noch immer über sie, als ich so scheiß-fucking-alleine durch die Möbelausstellung schlurfe. Um mich herum sehe ich nur Paare, die heute alle außergewöhnlich glücklich aussehen. Was ist denn hier los? Versteckte Kamera? Oder hat IKEA schon das Punktesystem eingeführt? Als ich in der Bettenabteilung ankomme und die Doppelbetten sehe, fange ich an zu heulen. Wie peinlich. Ich heule sogar ohne Partner bei IKEA. Wütend wische ich mir meine Tränen weg und beschließe, mir trotz allem ein schönes großes Doppelbett zuzulegen. Und sei es nur, um mich quer zu legen.

Ich kaufe heute weder ein Doppelbett noch einen Wohnzimmertisch. Meine Errungenschaften beschränken sich wie immer auf ein paar Kerzen, Servietten und eine neue Zimmerpflanze, der ich wieder beim Sterben zusehen werde. Als ich gerade so über die Vergänglichkeit des Lebens nachdenke, entdecke ich einen Korb voller Stofftiere. Die sind unvergänglich und sehen alle aus wie Pfote, nur in Klein und noch viel süßer. Ein Exemplar sieht mich mit verschlafenen, halb geöffneten Augen an. »Nimm mich mit, bitte«, höre ich das kleine Hündchen flüstern. Bestimmt wird Ben Pfote behalten. Ist ja auch sein Hund. Ich will auch einen vierbeinigen Freund und greife nach dem Plüschtier. Pfötchen freut sich wahnsinnig, schleckt über mein Gesicht und schläft erschöpft wieder ein. Bevor ich gehe, kaufe ich für Ben eine tiefgefrorene Daim-Torte. Ich habe beobachtet, wie er sie das letzte Mal in der Tiefkühltruhe angeschmachtet hat. Ich wünschte, Ben würde mich auch mal so ansehen. Ich will seine Daim-Torte sein.

Wieder zu Hause, habe ich ungewöhnlich gute Laune. Ich stelle Pfötchen Pfote und Ben vor. Pfötchen ist ganz verlegen, und Pfote sieht schon ein bisschen verliebt aus, wie ich finde. »Der ist nicht verliebt. Der ist nur geil!«, sagt Ben. »Der ist überhaupt nicht geil!«, schimpfe ich los. »Also auch geil, aber nur, weil er Pfötchen so hübsch findet und sie jetzt schon so gerne hat.« Ben schüttelt den Kopf. »Die kennen sich doch noch gar nicht. Und man muss niemanden gerne haben, um geil zu sein.« Was wohl ein Psychologe zu unserem kleinen Rollenspiel sagen würde? Mir schwant nichts Gutes. Ob mir mein Freund tatsächlich gerade über das Medium Stofftier mitgeteilt hat, dass er gerne mit mir schläft, auch wenn er mich nicht gerne hat? »Wie meinst du das jetzt?«, frage ich skeptisch nach. Ben winkt ab. »Ist doch egal. Erstens ist Pfötchen noch viel zu klein für Sex, und zweitens sind das ja nur Stofftiere.« Nur Stofftiere? Jetzt hat er glatt den Verstand verloren.

Ich setze Pfötchen in mein Bett. Sie ist herzzerreißend süß. Ben kommt in mein Zimmer und setzt sich auf meine Matratze. »Maja, setz dich mal zu mir. Ich muss mit dir reden.« So fängt kein Heiratsantrag an, oder? Ben atmet tief ein. »Ich habe schon eine neue WG gefunden.« Die Farbe weicht aus meinem Gesicht. »Die Wohnung ist sehr schön. Sie liegt in Schöneberg, ist sehr groß, hell, und ich habe in meinem Zimmer die allerschönsten Dielen, die ich je gesehen habe.«

Pause. Ich schweige und denke an Dielen. Ich visualisiere Dielen in meinem Kopf. Dielen. Na dann. Dielen also. Ich kann keinen wirklich klaren Gedanken fassen. Irgendwie habe ich so das Gefühl, da kommt noch was. Was Schlimmes. »Mein Zimmer kostet genauso viel wie hier. Und: Wir haben einen Balkon. Toll, oder?«

Wir?

Ben holt wieder Luft. »Jetzt flipp nicht gleich aus, okay?« Jetzt kommts. Oder ausflippen vor Freude, vielleicht? »Es ist eine Zweier-WG. Sie studiert Romanistik und ist dauernd an der Uni, also tagsüber eh nie zu Hause.« – »Na dann. Bumst ihr halt abends«, platzt es aus mir raus. »Mann Maja, mit dir kann man echt nicht normal reden.« Ich will was sagen, aber ich kann nicht. Ich kann auch meine Gliedmaßen nicht mehr bewegen. Das muss Schockstarre sein. In meinem Kopf ziehen tausend Bilder vorüber. Ich sehe rosa Turnschuhe neben Bens Turnschuhen, auf dem Wäscheständer fremde Mädchenunterwäsche neben Bens Shorts und Bilder auf dem Kaminsims einer mir unbekannten Frau im Hochzeitskleid. Oh Gott. Ich muss weiteratmen. Ich sehe Dielen. Gerade hat sich mein schlimmster Alptraum erfüllt. Ben zieht nicht nur bei mir nicht ein, sondern mit einer anderen Frau zusammen.

»Hat sie Brüste?«, frage ich. »Maja, was soll denn das? Jede Frau hat Brüste.« Pause. »Also, ich habe mir ihre Brüste jetzt nicht angesehen, aber ich vermute mal, dass sie welche hat.« Ich heule. Das war ja klar. »Wieso heulst du denn jetzt? Ich konnte ja schlecht in das Wohnungsgesuch schreiben: Suche Wohnung mit Mitbewohner/in ohne Brüste.« – »Nein. Aber du hättest schreiben können: Suche Mitbewohner mit Schwanz.« – »Maja, ich hätte es dir zuliebe gerne vermieden, bei einer Frau einzuziehen, aber diese Wohnung ist wirklich der Hammer.« Hätte ich doch bei Schulze Dielen bestellt, ich Idiot. »Du musst mir schon ein bisschen vertrauen, Baby.« Ich lache los. »Wie soll ich denn einem Mann vertrauen, der nicht mal *ich liebe dich* sagen kann?« Ben rollt mit den Augen. »Jetzt häng dich doch nicht so an diesen drei Worten auf. Das sind doch nur Worte.« – »Aber wenn es nur Worte sind, dann könntest du es ja auch einfach mal sagen.« – »Wenn du mich zwingst, kann ich das schon einfach mal sagen.« Ich sage nichts mehr. Ben auch nicht.

So sitzen wir da auf meiner Matratze und schweigen. Ab und zu ziehe ich meine Nase hoch. Irgendwann legt Ben den Arm um mich. »Jetzt sei nicht traurig. Mit der U7 bin ich wahnsinnig schnell in Prenzlauer Berg. Bei dir. In deiner schönen, neuen Wohnung.« Ich schüttle meinen Kopf. »Die U7 fährt gar nicht nach Prenzlauer Berg. Außerdem fährst du eh nie U-Bahn.« Ben lächelt mich an. »Dann komm ich eben mit dem Rad. Damit bin ich sowieso viel schneller.« Er umarmt mich fest und küsst mich zärtlich auf die Stirn. Ich lasse mich in seine Arme fallen und schluchze noch ein bisschen weiter. »Ist sie hübsch?«, frage ich kleinlaut. »Pah. Hässlich wie die Nacht. Willst du knutschen?« Ich muss lächeln. Knutschen hilft immer. Ben küsst mich zärtlich auf den Mund. »Kannst du diesen Fummel ausziehen? Ich will deine Brüste küssen.« Brüste küssen hilft auch immer. Wir ziehen uns gegenseitig aus. Ich lege mich auf den Rücken, und Ben legt sich nackt auf mich drauf. Es tut gut, ihn überall zu spüren. Haut auf Haut, Brust auf Brust, Mund auf Mund. So verweilen wir einen Moment. Ganz langsam dringt Ben in mich ein. Wir schlafen miteinander, so zärtlich wie schon lange nicht mehr. Eigentlich wie noch nie.

Alles wird gut. Ganz sicher.

18. Kapitel

Don't drink and dial!

Einen Monat später steht der Umzugswagen vor unserer Tür. Paula ist gekommen, um mich mit einer Rolle Mülltüten und Marius als Arbeitskraft zu unterstützen. Jerry flitzt aufgeregt durch die halbleere Wohnung und pinkelt noch mal in die Ecke. So viel zum Thema »Endreinigung, besenrein«.

Wir laden erst meine Sachen, dann Bens Habseligkeiten in den Wagen. Unser erstes Ziel ist Scheiß-Schöneberg, Bens neues Zuhause. Die Frau mit den Brüsten ist nicht da, was mich erleichtert und zugleich beunruhigt. Eigentlich hätte ich sie mir gerne mal angesehen und überprüft, ob sie tatsächlich »hässlich wie die Nacht« ist. Andererseits hätte ich Angst, auf eine sympathische, attraktive Romanistikstudentin zu treffen, die uns mit strahlend weißem Lächeln und super Figur bauchfrei belegte Schnittchen serviert.

Zwei Stunden später steht Bens halbes Leben im vierten Stock – auf Dielenboden. Er sieht zufrieden aus. Wir fahren weiter nach Prenzlauer Berg. Gleiches Spiel. Immerhin habe ich mir den Kühlschrank und mein Doppelbett (I did it!) bereits von der Möbelfirma liefern lassen. Ben und Marius fluchen bei der Waschmaschine, und Paula sagt ihnen, sie sollen sich nicht so anstellen. Es ist so gut, dass sie da ist. Nach getaner Arbeit bestelle ich Pizza und Bier für alle. Ben schlingt seine Pizza runter, redet kaum und sieht dauernd auf die Uhr. Jerry pinkelt in den Garten. Immerhin. Als Paula und Marius gehen, begleiten wir sie noch über den Hof zur Tür. »Was du heute Nacht träumst, wird sich erfüllen«, umarmt mich Paula und flüstert in mein Ohr: »Ich hoffe, du träumst von einer neuen Liebe.« Warum mag eigentlich niemand Ben?

Jetzt sind wir alleine, Ben und ich, zwischen Bergen von Kisten. Ben schlägt vor, den Umzugswagen gleich noch zurückzubringen, weil es dann billiger sei. Ich bin eigentlich viel zu müde, aber bevor ich mich wieder wegen Geld streite, setze ich mich schon hinter das Steuer. Ben sitzt auf dem Beifahrersitz. Er meinte, er habe seinen Führerschein verlegt. »Ben? Sag mal, hast du überhaupt einen Führerschein?« Ben sieht mich entsetzt an. »Maja, du bist einfach paranoid.« Na gut. Es war ein anstrengender Tag, für uns alle.

Als wir danach in der Dunkelheit zur U-Bahn Prinzenstraße gehen, frage ich Ben verführerisch: »Zu mir oder zu dir?« »Du zu dir und ich zu mir«, lautet Bens schlichte Antwort. Das fängt ja gut an. »Lass uns heute Nacht getrennt schlafen, einverstanden?« Nein. Nicht einverstanden. »Kannst du nicht wenigstens die erste Nacht bei mir verbringen? Wir könnten mein neues Doppelbett einweihen.« Ben schüttelt den Kopf. »Du bist ein großes Mädchen, Maja. Das schaffst du schon.« Ich will kein Scheiß-großes-Mädchen sein. *Große Mädchen* sind solche, mit denen man auch *Pferde stehlen kann*, die man aber nicht liebt, geschweige denn heiratet.

»Wie du willst«, gebe ich enttäuscht zurück. »Und wann sehen wir uns wieder?« Ben rollt genervt die Augen. »Maja, jetzt sei nicht so dramatisch. Wir besitzen ein Telefon. Mach doch nicht immer so einen Druck. Wir haben jetzt beide viel zu tun, mit Auspacken und Einrichten, und so weiter.« Ich glaube, ich höre nicht recht. »Ich mache Druck? Nur weil ich meinen Freund, der gerade zu einer anderen Frau zieht, frage, wann wir uns wiedersehen? Außerdem, was willst du denn auspacken? Deine drei Teller sind ja wohl schnell eingeräumt.

Du kannst ja nicht mal zugeben, dass du keinen Führerschein hast, so ehrlich bist du zu mir.« Ben dreht sich einfach weg und geht. Ich zögere kurz und beeile mich dann, ihm nachzugehen. »Jetzt geh doch nicht einfach weg. Das ist doch nicht schlimm, dass du keinen hast.« – »Maja, ich würde jetzt einfach mal gerne alleine sein. Kannst du das nicht verstehen? Willst du denn nie alleine sein?« Ich denke kurz nach. Sehr kurz. Und nein, ich will nie alleine sein. Zumindest könnte ich immer mit Ben sein. Aber das behalte ich jetzt mal für mich. »Okay. Was soll ich darauf sagen? Gute Nacht, Ben. Ruf einfach an, wenn du nicht mehr alleine sein willst.« Jetzt war ich aber ganz schön mutig. In der ersten Nacht träume ich, dass ich mit Ben vor dem Altar stehe und er nicht »Ja, ich will«, sondern »Nein, allein« sagt. Bedenklich?

Ben meldet sich das ganze Wochenende nicht. Ich drehe fast durch. Das ist das Allerunfairste, was man machen kann. Nämlich, nichts zu machen. Er könnte zumindest mal anrufen und durchgeben, wie lange er so ungefähr noch alleine sein möchte. Tage? Wochen? Monate? Für immer? Er könnte mir auch eine Mail oder eine SMS schreiben, mich anskypen oder mir auf Facebook eine Nachricht posten. Nichts. Es gibt heutzutage tausend Möglichkeiten, sich eine Abfuhr zu holen. Aber nicht mal das gönnt er mir. Ich glaube, ich bin ihm einfach egal. Vielleicht bereitet es ihm sogar Freude, mich zu quälen. Ich rauche Kette und versuche, mich abzulenken, nicht an Ben zu denken, ihm einfach Zeit zu geben, für sich, seine Dielen und die Frau mit Brüsten. Allein bei dem Gedanken an eine andere Zahnbürste neben der von Ben explodiere ich innerlich vor Eifersucht.

Meine Wohnung ist nach zwei Tagen fast komplett eingerichtet. Sie ist toll. Wirklich toll. Aber was ist der schönste

Palast ohne meinen Prinzen. Ich kann viel aushalten. Kälte, Hitze, Schmerzen, Hunger, Durst. Kein Problem. Aber warten, warten geht nicht. Ich hasse Warten. Nach einer Flasche Rotwein und zwei klitzekleinen Schnäpsen (Warten macht durstig) wähle ich entschieden Bens Nummer. Lieber soll er mir sagen, dass es vorbei ist, als das aus meinem Wohnzimmer ein Wartezimmer wird. Es klingelt.

»Hallo?« Wieso macht er das immer? Er sieht doch meinen Namen auf seinem Display. »Hallo Ben, ich bins, Maja.« Ben antwortet: »Ich weiß«, und ich fange an zu heulen. »Wieso heulst du denn jetzt? Ich habe doch nur ›hallo‹ gesagt.« – »Ja eben. *Nur* hallo.« Pause. »Ben?« – »Ja?« – »Bist du noch da?«

»Ja.« – »Wieso sagst du dann nichts?« Ben stöhnt ins Telefon. – »Du fängst ja schon an zu heulen, wenn ich nur ›hallo‹ sage. Jetzt trau ich mich gar nichts mehr zu sagen.« – »Doch, sag was.« – »Aber *du* hast doch angerufen. Wieso sagst *du* nichts?« – »Aber ich habe nur angerufen, weil du nicht angerufen hast.«

»Maja, du hast gesagt, ich soll mich melden, wenn ich nicht mehr alleine sein will.« Ich schluchze. Ben gibt nach: »Schau mal, ich habe meine Sachen ausgepackt und ein paar Dinge erledigt.« – »Was für Dinge?«, frage ich, eigentlich nur, um überhaupt etwas zu sagen. – »Dinge halt.« Aha. Vielleicht mit der neuen Mitbewohnerin zu IKEA fahren? Ihren Absatzschuh reparieren? Ihre Brüste anfassen? Zum ersten Mal verstehe ich, dass man aus Eifersucht einen Mord begehen kann.

»Maja, ich habe eben viel zu tun, und ehrlich gesagt, genieße ich es mal, Zeit für mich zu haben.« Ich möchte echt mal wissen, was der zu tun hat. Malen? Was für eine Beschäftigung für einen Mann. Ein Mann und sein Bleistift. Dass ich nicht lache.

»Ben, ich finde es einfach gemein, dass du mich so in der Luft hängen lässt. Du könntest dich wenigstens mal kurz melden, sagen, wie es dir geht, was du geträumt hast. Immerhin bist du es, der jetzt mit einer anderen Frau zusammenwohnt, die ich nicht mal kenne. Wie würdest du dich denn fühlen, an meiner Stelle?«

»Maja, erstens warst du es, die mit dem Ausziehen angefangen hat. Und zweitens habe ich Nancy bisher kaum gesehen.« Nancy? Was ist denn das für ein Name? Entweder sie kommt aus dem Osten, oder sie wurde nach einem Rennpferd benannt.

»Trotzdem. Ich bin halt eifersüchtig und vermisse dich. Dich und Pfote. Und Pfötchen ist auch schon ganz traurig. Vermisst ihr uns nicht?« – »Na ja, es sind gerade mal zwei Tage, die wir uns nicht gesehen haben. Nach zwei Tagen ist es schwer, jemanden schon zu vermissen.« – »Und was meinst du, wann du mich vermissen wirst?«

Ben überlegt. »Na ja, wenn du mir mal eine Chance geben würdest, es herauszufinden, würde ich es dir sagen. Sag mal, bist du eigentlich betrunken?« Verdammt. Ich hätte nicht anrufen sollen. Don't drink and dial! Das weiß man doch.

Ben meldet sich eine ganze Woche lang nicht. Ich gehe wie in Trance zur Arbeit, kaufe ein und räume auf. Ich bin in einem Schockzustand. Ich kämpfe gegen die Zeit, warte auf den Moment, an dem Ben sich melden wird, mich anruft, vorbeikommt oder mich irgendwie spüren lässt, dass er mich noch mag. Allerdings fange ich langsam an, selbst an meiner »Er liebt mich, kann es nur nicht zeigen«-Theorie zu zweifeln.

Es ist Anfang Dezember. Dieses Jahr hasse ich die Vorweihnachtszeit. Ich schlendere über Weihnachtsmärkte, trinke alleine Glühwein und beneide all die glücklichen Paare, die sich in der Kälte aneinanderkuscheln und Körperwärme genießen. Fickt euch doch alle, ihr blöden, schwangeren, Suppe kochenden Yuppi-Muschis. Eine Frau ohne Kinderwagen oder Babybauch wird hier nichts als diskriminiert. Ich vermisse sogar die Punks vor dem Trinkteufel und die Obdachlosen, die einem im entscheidenden Moment einen wichtigen Rat fürs Leben geben.

Am 8. Dezember klingelt mein Handy. Auf dem Display steht »Ben«. Endlich. Ich brauche einen Moment, bis ich abheben kann. »Hallo?« (Was der kann, kann ich schon lange.) »Ich bins.« Sollte ich jetzt fragen: »Wer?« Besser nicht. »Hallo Ben. Wie gehts dir?« Das war souverän. »Gut, danke. Und dir?« – »Ja.« Mehr schaffe ich nicht. Alles andere wäre gelogen. »Ja, was?«, fragt er nach. »Ja, ganz okay«, antworte ich mehr als unschlagfertig. »Ich bin gerade auf dem Weihnachtsmarkt und esse eine Rostbratwurst«, lüge ich. Das mit der Rostbratwurst stimmt nicht. Aber vielleicht hätte Ben jetzt auch gerne Rostbratwurst. »Mmh, lecker«, sagt Ben. Wusste ich es doch. Das Telefonat plätschert so vor sich hin, ich versuche, mich mit Vorwürfen zurückzuhalten, und simuliere die gute Laune einer unabhängigen, glücklichen, jungen Frau alleine auf dem Weihnachtsmarkt. Bevor ich anfange, *Jingle Bells* anzustimmen, erzähle ich ihm, dass Başfilm in zwei Tagen eine Weihnachtsfeier gibt und ich mich freuen würde, wenn er mich begleiten würde. Kaum zu glauben, aber Ben ist einverstanden.

Zwei Tage später bin ich ein wandelndes Nervenbündel. Ich kaufe Blumen, räume auf und hänge ein Foto von Ben und mir auf, das in einer lauen Sommernacht entstanden ist – lange bevor ich ihn verprügelt und in seine Hose gefasst habe. Kurz nach zwanzig Uhr klingelt es. Ben und ich küssen uns zur Begrüßung – wenn auch ziemlich unbeholfen. Halb Mund, halb Wange. Ben klopft dabei wieder so väterlich auf meinen Rücken. »Hey Baby«, sagt er dann. »Hey du«, sage ich, ich dumme Nuss. Ben sieht sich in der Wohnung um und findet alles »nett«. Unverschämtheit.

Ich schenke Ben einen Gin Tonic ein und gehe nach oben. Als ich gerade nur mit Unterwäsche bekleidet vor meinem Schrank nach einem passenden Kleid für die Feier suche, kommt Ben ins Schlafzimmer. Er setzt sich auf mein Bett und sieht mich an. Ich entscheide mich für knapp und pink. »Hast du abgenommen?«, fragt er überrascht. »Kann sein«, sage ich möglichst beiläufig und freue mich, dass es ihm aufgefallen ist. Ich gebe zu, ich hatte in letzter Zeit kaum Appetit und so gut wie nie gekocht. Kein Wunder. Ich habe die Salatschleuder bekommen, er die Auflaufform.

»Und? Wie läufts mit Nancy?« Das konnte ich mir nicht verkneifen. Anstatt zu antworten, zieht mich Ben aufs Bett. »Komm mal her, du blöde Kuh.« Wir legen uns auf mein jungfräuliches Doppelbett, und Ben zieht mir mein Weihnachtskleid wieder aus. Dann fängt er an, mich stürmisch zu küssen. Am Hals, auf meinen Brüsten, meinem Bauch. Nicht auf den Mund. Wahrscheinlich wegen meines Lippenstiftes. Ben zieht sich aus und setzt sich rittlings auf meine Oberschenkel. »Fass dich an!« Als ich beginne, mich zwischen den Beinen zu streicheln, fällt mir auf, dass ich mich schon lange nicht mehr angefasst habe. Ben sieht mir dabei zu und rubbelt an seinem Penis. Im Hintergrund läuft der Fernseher. Ich weiß nicht, wie das passieren konnte, aber es läuft eine dieser Anrufsendungen, in denen ein pummeliges Bikinimädchen den Zuschauer auffordert, anzurufen und das Wort »Schneet(...)eib(...)n« zu vervollständigen. »Schneetreiben«, ist doch klar, denke ich, als

Ben mir auf die Brüste ejakuliert. »Tut mir leid, Süße, aber ich habe dich wohl vermisst.« Wohl? Ach so. Als was? Als atmende Wichsvorlage? Ben legt sich neben mich und fängt an, mich zwischen den Beinen zu streicheln. »Ruf an! Wieso ruft denn niemand an?«, schreit das Bikiniluder, als ich endlich einen Orgasmus habe. Ben starrt dabei die ganze Zeit auf den Bildschirm.

Ich tausche das rosa Kleid, das nun Spermaflecken abbekommen hat, gegen ein schlichtes schwarzes. Wir sind spät dran, und ich beschließe, uns ein Taxi zu gönnen. Auf der Weihnachtsfeier herrscht reges Treiben. Yusuf und Edith haben schon gehörig gebechert. Ich stelle ihnen endlich mal Ben vor und kassiere von Yusuf einen leichten Klapps auf den Kopf. »Maja, du sollst nix mit Männern! Du musst werden Produzeurin!« Yusuf lacht so sehr über seinen Scherz, dass er mich anspuckt und seinen halben Rotwein dabei verschüttet. Mir wird klar, dass ich mittrinken muss, um diese Veranstaltung zu überstehen. Es sind alle möglichen Leute da. Yusufs Großfamilie (die sehen alle gleich aus), Ediths Lesbenfreundinnen (die auch), kurdische Regisseure und Schauspieler. Ich sehe mich möglichst unauffällig nach Can um. »Er hat Nachtschicht«, lautet Ediths Kommentar auf meinen suchenden Blick. Edith entgeht nichts. Ben drückt mir einen Wodka Red-Bull in die Hand und kippt seinen auf ex. Daraus schließe ich: Die Getränke sind umsonst.

Der Abend plätschert so vor sich hin, und ich werde mit jedem Glas fröhlicher. Ich unterhalte mich mit Nachwuchsschauspielern, Förderreferenten und gebe mich sehr erwachsen und geschäftstüchtig. Ich habe inzwischen meine eigenen Visitenkarten, auf denen »Maja Engel – Producerin« steht. *Produzeurin* wäre auch lustig gewesen. Ben ist eher schweigsam. Ich stelle ihn allen Leuten vor, und er schüttelt artig Hände – wenn auch wortkarg. Ab 23 Uhr legt ein kurdischer DJ auf, und ich lasse mich von Yusuf überreden, kurdische Volkstänze zu tanzen. Wir machen einen großen Kreis, halten uns an den Händen und hüpfen von einem Bein auf das andere. Ben hat keine Lust mitzumachen. Stimmt, er tanzt ja nicht. Ich muss zugeben, ich habe Spaß.

»Maja, ich gehe jetzt nach Hause«, tippt Ben mich von hinten an. »Jetzt schon?«, frage ich entgeistert. »Ist doch gerade so lustig.« – »Nicht für mich«, findet Ben. »Warte, ich komme mit.« Ich will heute Nacht unbedingt auf Bens Brust einschlafen und seinen Herzschlag hören. »Bleib doch noch. Du amüsierst dich doch gerade so gut«, gibt er zurück. Aber ich ziehe schon meinen Mantel an. Ohne mich zu verabschieden, verlasse ich mit Ben die Feier. »Diese Firma ist die reinste Irrenanstalt«, sagt Ben. Ich stimme ihm zu und denke, dass ich gerne in einer Irrenanstalt arbeite. Ben und ich steigen in den Nachtbus, der gerade vor unserer Nase hält. »Wollen wir heute mein Doppelbett einweihen? So richtig?«, flüstere ich Ben ins Ohr. »Nein, Maja. Ich denke nicht. Ich will mich trennen.« Wow. Ich sitze im Nachtbus, und Ben – die Liebe meines Lebens – will sich trennen. Ich muss an die Bikinifrau aus dem Fernseher denken. »Schneetreiben!«, pocht es immer wieder in meinem Kopf. »Schneetreiben!«

»Trennen?«, frage ich. »Ja. Es tut mir leid. Ich muss einfach alleine sein. Es liegt nicht an dir.« Ich heule. »Aber ich liebe dich. Ben, bitte tu das nicht! Liebst du mich denn nicht?« Ben weint jetzt auch ein bisschen. Das bricht mir das Herz. »Nicht genug, Maja. Nicht genug.« Der Bus hält am Alexanderplatz, und Ben hilft mir auszusteigen. Ich heule und schluchze. Die Leute sehen mich betroffen an. Ich weiß, dass es Ben furchtbar unangenehm ist. Er nimmt mich in die Arme. »Ist es wegen der Wohnung? Hast du dich neu verliebt? Was ist es?« – »Nein, Baby, es ist nur … ich will alleine sein. Es tut mir so leid.« Das sagte er schon. Ben dreht sich um und geht.

Ich weiß nicht mehr genau, was danach passiert ist, wie ich nach Hause gekommen bin. Ich weiß nur, dass ich einem Taxifahrer Geld gegeben habe und mich jetzt auf meinem Flur wiederfinde. Ich liege auf dem Boden meiner Wohnung und schreie. Es fühlt sich an wie einer dieser Alpträume. Man träumt etwas ganz Schreckliches. Dass man keine Zähne mehr hat, die eigene Mutter stirbt oder man in einem tiefen Erdloch bei lebendigem Leib begraben wurde. Und wenn man dann aufwacht, ist man so heilfroh, dass es nur ein böser, böser Traum war. Aber das hier ist kein Traum. Ben hat mich verlassen. Ich habe es die ganze Zeit schon gespürt, aber der Schmerz, den ich gerade empfinde, ist nicht in Worte zu fassen. Ohne zu überlegen, wähle ich Bens Nummer. Ich kann nicht anders. »Ja?« – »Ben, es tut so weh.« – »Maja, ich bin müde. Lass uns irgendwann mal reden.«

Ich falle in ein tiefes, tiefes Loch. Liebeskummer tut tatsächlich körperlich weh. Ich versuche, mich zu erinnern, wann ich das letzte Mal in meinem Leben so gelitten habe, aber es fällt mir nicht ein. Wahrscheinlich noch nie. Paula ist inzwischen bei mir. Sie ist gestern Nacht noch gekommen, hat mich ins Bett gebracht und mir Schnaps eingeflößt. »Alkohol hilft!«, lautet ihre Devise. Heute habe ich Kopfschmerzen – vom Schnaps, vom Weinen, vom Denken. Ich kann nicht aufhören, darüber nachzudenken, was ich falsch gemacht habe. »Paula. Warum? Was habe ich falsch gemacht?« Paula kocht Tee. »Nichts, Süße. Liebe kann man nicht erzwingen. Leider.« Ich breche erneut in Tränen aus. »Ich kann nicht ohne Ben leben«, schluchze ich weiter. »Natürlich kannst du ohne Ben leben. Das konntest du vorher und wirst es auch jetzt können. Wenn ich ohne meine Kinder leben kann, dann kannst du auch ohne diesen Hirni leben!« – »Paula, jetzt sei doch nicht immer so streng. Es tut so weh.« Paula umarmt mich »Ich weiß, Süße. Ich weiß.«

Wir legen uns vor den Fernseher, trinken Tee mit Rum, rauchen Kette und sehen uns irgendeinen amerikanischen Teenie-Tanzfilm an. Ich kann nichts essen, und Paula zwingt mich nicht. Sie bietet mir an, die nächsten Tage bei mir zu schlafen. Ich bin heilfroh, dass sie das sagt. Aber ich habe das Gefühl, dass ich es alleine schaffen muss. Ich will mich nicht zusammenreißen müssen, weil jemand da ist. Ich will mich gehen lassen, unglücklich sein und den Tod unserer Beziehung ausgiebig betrauern. Ich will mich in meiner Einsamkeit, in meinem Unglück suhlen. Das Leben ist ein blödes Arschloch.

Die nächsten Tage ziehen einfach so an mir vorüber. Ich kann nicht schlafen, nicht essen, nicht arbeiten. Ich habe mich krank gemeldet und liege hauptsächlich im Bett. Ich rauche, trinke inzwischen Rum mit Tee und starre auf mein Telefon. Kein Lebenszeichen von Ben. Nichts. Manchmal gehe ich raus, um Zigaretten zu holen. Die Leute sehen mich komisch an. Ich kann mich nicht überwinden, mir was Richtiges anzuziehen, und gehe mit Jogginghose und Lederjacke über den Helmholtzplatz. Meine Augen sind rot, meine Haare ungewaschen, mein Gesicht blass. Ich sehe aus wie eine wandelnde Tote. Ich wünschte, die Welt würde einfach für ein paar Wochen oder Monate stehen bleiben. Zusammen mit mir. Ich will nicht tot sein, nur irgendwie eingefroren.

Eine Woche später, und drei Kilo weniger, ruft Yusuf an: »Maja, du musst kommen. Edith braucht große Hilfe.« Yusuf hat recht. Es gibt da draußen Menschen, die mich brauchen. »Ich komme morgen«, antworte ich dem dicken, lieben Bären.

Am nächsten Tag schleppe ich mich wieder ins Büro. »Du siehst echt scheiße aus«, sagt Edith. »Ist mir egal«, antworte ich. »Ben hat Schluss gemacht. Er will alleine sein. Zumindest ohne mich.« – »Toll!«, findet Edith. »Dann kannst du ja jetzt wieder mit Can ausgehen.« Unverbesserlich. Ich schüttle den Kopf und fange an zu arbeiten und zu heulen. Multitasking, wie eh und je. Ich schreibe E-Mails, vervollständige Förderanträge und schalte Pressemitteilungen. Menschenrechte können nicht warten. Ich esse kaum. Mit Ben habe ich gegessen. Alleine zu essen – unvorstellbar. Ich rauche. Rauchen geht. Ben raucht nicht.

Die Tage vergehen. Ben meldet sich nicht mehr. Zu meiner eigenen Verwunderung schaffe ich es, mich auch nicht zu melden. Ich weiß nicht genau, woher ich diese Kraft nehme, ihn nicht jede Minute des Tages anzurufen. Ich fürchte, aus der Hoffnung, Bens Interesse zu wecken, indem er nichts von mir hört. Die Hoffnung stirbt zuletzt – stimmts, Schwesterchen?

19. Kapitel

Morgen fängt das Leben wieder an

Weihnachten. Ich fahre in den Süden Deutschlands und verbringe die Weihnachtsfeiertage mit meiner Familie. Ich versuche, mich zusammenzureißen. Das klappt aber nicht. Ich werde immer wieder von Heulattacken heimgesucht. Es ist völlig unkontrollierbar. Am 24. Dezember gehen meine Schwester und ich zusammen in die Stadt, um letzte Besorgungen zu machen. Wir sind gerade in einem Buchladen, und meine Schwester möchte mir zum Trost etwas Lustiges kaufen. »Vielleicht *Kommissar Brenner*? Kennst du den?« Ich heule schon wieder. »Warum heulst du dem Idioten überhaupt eine Träne hinterher?« – »Weil ich ihn liebe.« – »Schmarrn!«, sagt meine Schwester. »Den Deppen liebst du nicht. Such dir einen Mann, der dir guttut.« Ich schüttle den Kopf. »Ich will ihn zurück.« – »Du spinnst«, sagt meine Schwester. Scheißweihnachten. Scheißleben.

Das nächste Mal heule ich, als mich meine Cousine beim weihnachtlichen Kaffeekränzchen in familiärer Runde fragt, wo ich Silvester verbringen werde. Ben und ich hatten überlegt, zum ersten Mal gemeinsam zu verreisen: mit dem Nachtzug nach Paris. Bei diesem Gedanken flenne ich wieder los und schaffe es nicht, ihr zu antworten. Meine Schwester springt ein: »Ihr Freund hat gerade Schluss gemacht. Deswegen heult sie jetzt. Dauernd.« Betretenes Schweigen bei Oma und Opa, Tante und Onkel, Cousin und Cousine. Mir ist das alles furchtbar peinlich, bis Oma plötzlich anfängt, ein Lied anzustimmen. Sie singt, ganz alleine und sehr laut: »Nur nicht aus Liebe weinen, es gibt auf Erden nur nicht den einen – es gibt so viele auf dieser Welt, ich liebe jeden, der mir gefällt!« Die Situation ist tragisch-komisch, und wir müssen alle plötzlich lachen. Oma ist sehr mutig. Mir ist jetzt gar nichts mehr peinlich. Ich heule, und Oma singt. Weihnachten ist dieses Jahr irgendwie herzlicher als sonst.

Am zweiten Weihnachtsfeiertag gehe ich mit meinem Vater in sein Fitnessstudio. »Gesunder Körper, gesunder Geist« (meine Familie ist ein Sprichwörter-Kabinett). Beim Abwärmen läuft *Purple Rain,* und ich fange an zu heulen. Liebeskummer nimmt dir den letzten Funken Würde, denke ich, als ich vor den anderen Frauen heulend unter der Dusche stehe.

Am Abend bin ich mit Martin – ein alter Freund aus dem Tennisclub (mit dem ich noch nie geschlafen habe) – in einer Bar verabredet. Ich habe eigentlich keine Lust auszugehen, aber doch das Bedürfnis, mit einer unvoreingenommenen Person über Ben zu sprechen. Martin ist zehn Jahre älter als ich und Psychiater. Wir trinken Rotwein. Martin hört mir geduldig zu, stellt ab und an ein paar Gegenfragen. »Ich tippe auf Anfangsstadium Borderline bei diesem Ben«, lautet Martins Diagnose. »Sei froh, dass du ihn los bist.« Schon wieder?

Am nächsten Tag wieder nur Leere in meiner Herzgegend. Am Nachmittag kommt Michi zu Besuch. Wir haben zusammen Abi gemacht, und auch mit ihm hatte ich noch nie Sex. (Was habe ich eigentlich gemacht, in meiner Jugend?) Wir treffen uns jedes Jahr an Weihnachten in der alten Heimat wieder. Inzwischen ist er Ingenieur und verdient einen Arsch voll Geld. Wir spazieren an der Donau entlang. Als ich Michi meine Leidensgeschichte erzähle, sagt er: »Du brauchst endlich mal einen Mann, der auf dich aufpasst! Aber solche gibts wohl nicht bei euch in der Hauptstadt.« Langsam wird es dunkel, und wir haben uns im Wald verlaufen. »Sollen wir Brotkrumen streuen?«, schlage ich vor. »Keine Sorge«, sagt Michi. »Ich werde dich schon sicher nach Hause bringen.« Er grinst. Ich auch. Als er mich zu Hause absetzt, fragt er, ob er mich mal in Berlin besuchen kommen dürfe. »Nur mal für ein Wochenende? Ich könnte mich auch nützlich machen? Irgendwas in deiner neuen Wohnung reparieren oder so?« Ich sage, dass sich da bestimmt was zum Bohren finden lassen würde. »Das hast du jetzt aber schön gesagt«, erwidert Michi mit einem frechen Grinsen im Gesicht.

Meine Eltern finden Michi ganz toll. Leichtsinnigerweise habe ich meinem Vater erzählt, dass er ziemlich gut verdient. Euphorisch redet er mir zu, ihn schon bald nach Berlin einzuladen. Wenn Eltern versuchen, die eigene Tochter mit einem alten Schulfreund zu verkuppeln – bloß weil er inzwischen ein erfolgreicher Ingenieur ist –, ist das echt das Letzte! Sie haben nur Glück, dass Michi auch ziemlich gut aussieht. Aber Michi bleibt eben Michi. Wir sind früher zusammen in fremde Vorgärten geklettert, haben die Lichter von Weihnachtsbäumen ausgedreht und nachts betrunken versehentlich Hundewurst gegessen. Das war lustig. Aber mit Michi schlafen? »Du musst ja nicht gleich mit ihm schlafen«, meint mein Vater. Genau, am besten ich lade Michi erst mal auf eine Hundewurst nach Berlin ein.

Bevor ich ins Bett gehe, gibt mir mein Vater eine halbe Schlaftablette. Er meint, ich solle mich beeilen, weil die Tablette mich bestimmt gleich ausknocken würde. Zwei Stunden später bin ich immer noch hellwach. Ob mein Vater wieder mal seine Tabletten verwechselt hat?

Tag der Abreise. Meine Eltern sind besorgt, und sie tun mir leid. Sie würden mir so gerne helfen, wissen aber nicht wie. Ich weiß es auch nicht. Mir kann nur einer helfen: Ben. »Such dir einen Therapeuten. Probier es doch einfach mal aus«, rät mir meine Mutter. »Ja«, sage ich und meine es auch so. Schlimmer kann es eh nicht mehr werden.

Wieder in Berlin, vereinbare ich sofort einen Termin mit einem Doktor. Herr Bartok – ein älterer, weiser Herr mit ergrautem Haar – empfängt mich in seiner Praxis in Charlottenburg. Ich rede, er hört zu, hebt die Augenbraue ab und an. Ich erzähle von Ben. Dabei schimpfe ich die ganze Zeit auf ihn. Ich bezeichne ihn als »schizophrenen Borderliner« und frage mich, ob diese Kombination Sinn ergeben würde. »Dieser Ben klingt nicht gerade nach einem Märchenprinzen«, stellt das Doktorchen fest. Er hat recht. Aber dafür bekommt er neunzig Euro die Stunde? Wow! Ich werde auch Analytikerin. Ich heule seine Couch voll, rotze in seine Kleenex und schimpfe auf meine »Scheißwohnung«. Ich gebe meinem Vater die Schuld: »Es war seine Idee, dass ich ausziehe. Bestimmt wäre das sonst alles nicht passiert.« – »Was alles nicht passiert?«, fragt Dr. Bartok nach. »Na, all die Scheiße eben. Dass mich mein Freund verlassen hat und ich dabei bin, mich von einem lebensbejahenden Mädchen mit ausgeprägter Libido in eine verbitterte, alte Jungfer zu verwandeln.« Hört der nicht zu, oder was? Ich erzähle ihm, dass ich noch nie jemanden so sehr geliebt habe wie Ben. Das Doktorchen möchte wissen, was denn so besonders sei, an diesem Ben. Ich muss nicht lange nachdenken: »Mit Ben wurde mir nie langweilig. Er hat mich herausgefordert, ständig.« Schweigen. »Also war Ben eine Herausforderung für Sie?«, wiederholt das Doktorchen fragend. Wieso macht er das immer? Um mir den Klang meiner eigenen, schwachsinnigen Worte noch einmal vorzuführen? All diese Fragen. »Habe ich einen Telefonjoker?« Dr. Bartok verzieht keine Miene.

Heute ist Silvester. Kein Lebenszeichen von Ben. Nichts. Er hat nicht einmal nachgefragt, wie es mir geht, ob ich klarkomme, noch am Leben bin. Er ist einfach weg, aus meinem Leben verschwunden. Was Ben heute Abend wohl vorhat? Ich würde es so gerne wissen. Ob er mit seinen mysteriösen Jungens feiern geht? Mit Nancy vom Balkon aus verträumt das nächtliche Treiben beobachtet? Oder ob er alleine verreist ist? Alleine, mit dem Nachtzug nach Paris? Nein, dafür ist er viel zu geizig. Vielleicht hat er Schluss gemacht, um sich dieses Ticket zu sparen? Ich muss schmunzeln. Hey, da war ein Schmunzeln. Großartig. Scheiß auf Silvester. Ich mochte Silvester noch nie. Aber so wie alle Leute, die Silvester nicht mögen, feiere auch ich trotzdem jedes Jahr. Anstatt also mit Ben auf den Eiffelturm zu klettern, habe ich mich bei Paula und Marius miteingeladen, die auf einer Dachterrasse von Freunden in Kreuzberg feiern. Paula hat sich gefreut, dass ich mitkomme. Sie meinte, ich müsse dringend unter Leute und mir mal wieder Make-up ins Gesicht schmieren, meine Haare kämen und irgendwas anziehen, was nicht schlabbert. »Kannst ja mal zu H&M in die Kinderabteilung schauen.« Paula hat recht. Ich habe inzwischen fünf Kilo abgenommen und sehe etwas eingefallen aus.

Als ich mich ein paar Stunden später auf einer Terrasse über den Dächern Berlins wiederfinde und die Menge von zehn an rückwärts zu zählen beginnt, überkommt mich eine panische Angst. Wer wird mich eigentlich um null Uhr umarmen? Paula und Marius knutschen ja sowieso schon den ganzen Abend. Die merken nicht mal, dass Silvester ist. Da stehe ich nun mit meiner Wunderkerze in der Hand und komme mir vor wie die leibhaftige Freiheitsstatue. Außerdem kenne ich keinen Menschen hier. Es ist zum Heulen. Das tue ich dann auch, und zwar ziemlich genau eine Minute nach null Uhr. Ich verlasse die küssende und fröhliche Menge durch die Hintertür.

Draußen ist Krieg. Ich laufe ziemlich betrunken durch das nächtliche Kreuzberg, verfluche dieses Scheißpartykleid (es sind minus zehn Grad) und die Mascara, die mir übers Gesicht läuft. Ob wasserfeste Wimperntusche wegen Liebeskummer erfunden wurde? Wenn ich jetzt Glück habe, trifft mich wenigstens ein Silvesterkracher am Kopf, sodass ich in eine Amnesie falle. Keine Erinnerung, kein Schmerz. Aber heute ist definitiv nicht mein Glückstag. Ich habe sogar das Pech, dass ein Taxi um die Ecke biegt. Kein Mensch bekommt an Silvester ein Taxi. Ich will auch keines. Ich will weiter durch die kalte Nacht laufen und Gevatter Kältetod herausfordern. Komm und hol mich! Stattdessen bleibt das Taxi auch noch neben mir stehen. Das Beifahrerfenster wird heruntergelassen, und ich höre jemanden meinen Namen rufen: »Maja? Bist du das? Was um alles in der Welt machst du da?«

Can springt aus dem Wagen und schiebt mich auf den Beifahrersitz. Er steigt wieder ein und fährt los. Die ersten Minuten schweigen wir. Die Stille wird ab und zu von Nase-Hochziehen meinerseits unterbrochen. »Hast du ein Taschentuch, vielleicht?«, frage ich Can. Wortlos reicht er mir eine Packung Tempos. »Willst du reden? Ich bin doch der Taxipsychologe. Schon vergessen?«

»Stimmt ja. Hatte ich tatsächlich vergessen und mir schon einen echten Psychologen gesucht. Aber der sagt nie was. Der wiederholt nur meine Sätze und hängt ein Fragezeichen an.« Ich schnäuze noch mal. »Jetzt mache ich dir auch noch dein Silvestergeschäft kaputt!« Can zuckt mit den Achseln. »Ich kann dir ja eine Rechnung stellen. Aber mit einem Kuss kommst du diesmal nicht mehr davon.«

»Can, es tut mir leid, dass ...« – »Du musst dich nicht rechtfertigen«, unterbricht mich Can. »Würde ich aber gerne.« – »Na gut. Ich höre. Was hat er, was ich nicht habe?« Wir lachen. Es ist schön, mal wieder zu lachen.

»Es war blöd von mir, den Kontakt abzubrechen. Aber ich war so verliebt und dachte, es wäre besser, wir würden uns nicht mehr sehen. Du bist ein toller Mann, weißt du.« – »Ja«, sagt Can. »Ich weiß«, und grinst mich an. »Und jetzt? Du siehst nicht gerade glücklich verliebt aus.«

Ich schnäuze noch mal kräftig, bevor ich antworte. »Ben hat Schluss gemacht. Und wir wollten doch eigentlich an Silvester zusammen nach Paris«, heule ich weiter. »Ach, Paris. Ich bitte dich. Paris wird völlig überbewertet. Du lebst in Berlin. Du brauchst kein Scheißparis.« – »Aber wir wollten doch auf den Eiffelturm.« Can muss lachen. »Nicht gerade einfallsreich, dein Ex. Aber wenn du den Eiffelturm sehen willst, ist das kein Problem.« Can wendet, gibt Gas und drückt auf seinem iPod rum. Wir hören *Je ne regrette rien* von Edith Piaf.

Wir fahren durch das nächtliche Berlin, begleitet von französischen Chansons und Feuerwerkskörpern am Himmel. Ich habe längst die Orientierung verloren. Inzwischen sind wir auf dem Stadtring, und ich staune nicht schlecht, als Can an einem kleinen Rastplatz hält und mir den »Eiffelturm« zeigt. »Siehst du? Einen Eiffelturm gibt es auch in Berlin. Er ist zwar nur halb so hoch und eigentlich ein Funkturm, aber mit ein bisschen Fantasie mindestens genauso schön, oder? Und das Beste daran: Keine Pariser, keine Touristen!«

Ich bin echt gerührt. Ich hatte keine Ahnung, dass es so etwas hier gibt. Das Ding sieht tatsächlich aus wie eine Miniaturausgabe des Eiffelturms. Ich umarme Can und küsse ihn auf die Wange. »Can, ich bin gerade emotional sehr labil. Ich möchte sagen, ich bin ein seelisches Wrack und dauerhaft angetrunken. Ich gehe zum Therapeuten, heule den ganzen Tag und überlege, wie es sich anfühlen würde, nicht mehr da zu sein. Trotzdem würde ich dich jetzt gerne küssen, allerdings bin ich nicht zurechnungsfähig und kann mein eigenes Handeln nicht verantworten. Aber hiermit bist du gewarnt, und ab jetzt läuft alles auf eigene Gefahr. Okay?«

Can sagt, Küssen sei eh ein wichtiger Bestandteil seiner therapeutischen Betreuung. Das trifft sich gut. Ich nehme sein Gesicht in beide Hände und küsse ihn, mit offenen Augen. Can mit geschlossenen Augen zu küssen wäre die reinste Sünde. Paula hatte recht. Männer sind die beste Medizin, denke ich und ziehe mir mein Kleid über den Kopf. Auch wenn ich das vor zwei Minuten noch nicht für möglich gehalten hätte, habe ich plötzlich Lust, mit Can zu schlafen. »Meine Damen und Herren, Maja Engel ist zurück im Ring! Wird sie ein phänomenales Comeback feiern oder schon in der ersten Runde k.o. gehen?« Can schaltet die Scheinwerfer, ich die Moderatorenstimme in meinem Kopf aus. Wir klettern auf die Rückbank, und ich setze mich auf Cans Schoß. Er legt seine Hände auf meine Brüste. »Brüste anfassen gehört zu deinem verhaltenstherapeutischen Ansatz, stimmts?« Can nickt und umfährt meine Brustwarzen mit seiner Zunge. »Du bist so schön«, flüstert er. Ich kann mich nicht erinnern, dass Ben mir jemals gesagt hätte, dass er mich schön findet. Ich will jetzt nicht mehr an Ben denken und öffne Cans Hose. Dann schiebe ich meinen Tanga zur Seite und lobe in Gedanken die Erfindung halterloser Strümpfe. Ich reibe meinen Unterleib an Cans erigiertem Schwanz und will mich gerade auf ihn setzen. »Warte kurz«, sagt Can und kramt ein Kondom aus seiner

Hosentasche hervor. Recht hat er. Im Gegensatz zu mir ist Can nicht unzurechnungsfähig und verantwortungslos.

Als das Gummi sitzt, hebt mich Can an den Hüften nach oben und lässt mich vorsichtig auf sich gleiten. Das fühlt sich schön an. Ich sitze auf Can, und wir bewegen uns nur ganz vorsichtig. Er krallt seine Hände in meinen Po und dirigiert meinen Körper auf und ab. Ich spüre seinen Penis ganz tief in mir drin und drücke meine Nase in sein schwarzes Haar. Ich atme Cans Geruch ein, der vertrauter ist, als ich es erwartet hätte. Can stöhnt, und ich merke, dass er sich sehr anstrengt, um nicht schon zu kommen. Seine Lust erregt mich. Ich bewege mich ein bisschen, bleibe einen Moment ganz ruhig auf ihm sitzen. Meine steifen Brustwarzen berühren seine Lippen. Can leckt sie, beißt vorsichtig hinein, dann fester. Wir bewegen uns so gut wie gar nicht mehr. Nur ab und an hebt Can seine Hüfte, stößt fest in mich rein. Ich sauge an seinem Hals, bis sich metallischer Geschmack von Blut in meinem Mund ausbreitet. Ich sauge weiter und Can stößt wieder zu. Das ist der Moment, in dem man spürt, dass der Orgasmus unaufhaltsam ist. Can stößt noch ein paar Mal fest zu, was meinen Höhepunkt ins Unendliche zu ziehen scheint. Dann kommt auch Can. Erschöpft lässt er seinen Kopf gegen meine Brust sinken und streichelt noch ein paar Minuten über meinen Rücken. Das fühlt sich fast noch schöner an als dieser unglaubliche Orgasmus.

»Die Therapiestunde ist leider schon vorüber. Fühlen Sie sich besser?« – »Vielen Dank, Herr Dr. Can. Es geht doch nichts über gemeinsamen Höhepunkt vor dem Eiffelturm. Sie sind Ihr Geld wirklich wert.« Mein Magen knurrt so laut, dass wir beide lachen müssen. »Frühstück?« An der nächsten Tankstelle hole ich uns Croissants und Filterkaffe – was schmeckt der heute wieder gut. Can und ich frühstücken im Auto, fahren weiter durch die Gegend und reden noch viele Stunden, über Bedeutsames und noch viel mehr über Unbedeutsames. Wir hören Musik, singen, lachen und beobachten den Sonnenaufgang am ersten Tag in diesem Jahr. Ich weine nicht mehr. Als mich Can zu Hause absetzt, bedanke ich mich, dass er mir das Leben gerettet hat. »Das war der schönste Morgen in diesem Jahr. Bis jetzt.« Als ich in meine Wohnung komme, habe ich zum ersten Mal das Gefühl, dass ich wieder glücklich werden kann. Heute habe ich noch viel vor. Denn heute, heute fängt das Leben wieder an.

20. Kapitel

Un gelato al limon

Ich bin viel zu aufgedreht, um mich jetzt hinzulegen oder gar zu schlafen. Ich fühle mich wie neugeboren. Ob ich manisch-depressiv bin? Auch egal! Ich freue mich so sehr über meine gute Laune und hopse (ja, ich hopse!) noch mal zum Bäcker und kaufe mir eine Tageszeitung sowie ein zweites Frühstück. Ei und Laugenbreze mit Butter, so wie früher. Wieder zu Hause, dusche ich und mache mir zum ersten Mal in dieser Wohnung ein richtig schönes Frühstück. Ich höre meinen – nicht Bens – Lieblingsradiosender, zünde mir ein paar Kerzen an, trinke Milchkaffee, esse Ei mit Breze und lese Zeitung. Ach, ach.

Dann ruft Paula an. Sie ist ziemlich aus dem Häuschen. »Wieso bist du gestern einfach abgehauen? Ich habe die ganze Nacht versucht, dich zu erreichen!« Da fällt mir ein, dass ich mein Handy ausgeschaltet hatte. »Das ist ja toll!«, stelle ich begeistert fest. »Was soll da jetzt toll sein?«, fragt Paula genervt. »Na, dass ich die ganze Nacht mein Handy total vergessen hatte. Ich habe es einfach vergessen. Kannst du dir das vorstellen? Ich habe zum ersten Mal eine ganze Nacht lang nicht auf einen Anruf von Ben gewartet!« – »Süße, hast du etwa gebumst?« – »Sieht so aus.« Paula schreit hysterisch ins Telefon. »Das ist wirklich toll! Herzlichen Glückwunsch! Habe ich es dir nicht gesagt? Männer sind …« – »Die beste Medizin«, falle ich ihr ins Wort. »Ich weiß und ja, du hattest recht.« Wir müssen lachen. Paula ermahnt mich dennoch, dass ich ihr doch bitte trotz Geschlechtsverkehr nicht so einen

Schrecken einjagen solle. »Ich dachte schon, du hättest sonst was gemacht. Unzurechnungsfähig, wie du gerade bist.« – »Ach, Paula. Für Selbstmord bin ich ein viel zu großer Angsthase. Und irgendwie mag ich das Arschlochleben dann halt doch. Das habe ich gerade festgestellt. Ich esse Butterbreze!« Paula findet, das sei ein gutes Zeichen.

So positiv, wie dieser erste Tag im Jahr 2010 begonnen hat, geht es leider die nächsten zwei Wochen nicht weiter. Insgesamt geht es zwar bergauf (ich esse wieder), aber zwischendurch auch viel bergab (ich trinke noch). Trotzdem versuche ich, meine Neujahrsvorsätze möglichst strikt zu befolgen. Dazu gehört »viel rauchen«, »wieder Sex haben« und »neue Menschen kennenlernen«. Ich versuche, mein soziales Netzwerk ein bisschen auszubauen. Das bedeutet, ich zwinge mich zu sozialen Aktivitäten, auch wenn ich keine Lust dazu habe. So habe ich Paula letzte Woche auf eine Demo begleitet (ich habe nicht verstanden, um was es ging), bei der wir am Ende alle rennen mussten (ich weiß nicht warum). Es war aufregend, aber nicht gerade die beste Kontaktbörse. Dann war ich mit Edith beim Frauenbowling (ohne Worte) und vorgestern auf einer Lesung von Heinz Strunk – alleine. Eigentlich wollte Can mitkommen, musste dann aber für einen Freund die Taxischicht übernehmen. Ich habe das Gefühl, Can und ich könnten richtig gute Freunde werden. Beischlaffreunde oder so.

In meiner Neujahrseuphorie habe ich mich übers Internet für einen Spanischkurs angemeldet, an der Volkshochschule. Ben fände Volkshochschule bestimmt *peinlich*. Ist es auch. Aber wenn man Liebeskummer hat, existiert das Wort *peinlich* nicht mehr.

Heute ist meine erste Spanischstunde, und ich muss zugeben, dass ich relativ wenig Lust habe, in dieser Januarkälte nach Feierabend noch ans andere Ende der Stadt zu fahren, um mich in ein kunstlichtbeleuchtetes Klassenzimmer zu setzen. Aber ich habe die Kursgebühr schon überwiesen. Als ich mich hier gerade so umsehe, bekomme ich allerdings Zweifel, ob das die Art von sozialen Kontakten ist, die ich mir gewünscht habe. In Gedanken sehe ich mein Doktorchen skeptisch eine Augenbraue hochziehen. Ich weiß, dass es sich hier nicht um Speed-Dating handelt, aber ich hätte trotzdem nichts gegen jemanden in meinem Alter einzuwenden. Die verhuschte Spanischlehrerin betritt den Raum und stellt sich als María González Sánchez vor. Sie begrüßt uns alle recht herzlich zu Spanisch für Mittelstufe. Ich kann so gut wie kein Wort Spanisch (außer »Hola guapo. Qué tal?«), aber wegen meiner fortgeschrittenen Italienischkenntnisse war ich zu eitel, einen Anfängerkurs zu belegen. Außer meinen Lücken im Konjunktiv – die Ralf zu verantworten hat – spreche ich hervorragend Italienisch. Da kann doch Spanisch nicht so schwer sein, oder?

María fordert uns auf, uns der Reihe nach auf Spanisch vorzustellen. Ich spüre, dass das Wort *peinlich* gleich wieder an Bedeutung für mich gewinnen könnte. Mehr als angespannt, höre ich meinen Vorgängern zu, um vielleicht die eine oder andere Floskel übernehmen zu können. »Hola. Me llamo Britta. Tengo cinquenta y dos anos y soy ama de casa.« Freundliches Kopfnicken aller Teilnehmer, und ein kleiner roter Gummiball wird weitergereicht. Das darf doch nicht wahr sein. Ein Gummiball. Ich stelle mir die Frage, wie ich diesem Kasperltheater wieder entkommen kann, aber der Ball wandert schon gefährlich nah in meine Richtung. Gerade ist ein Mann an der Reihe, der aussieht, als wäre er der Hausmeister. »Hola. Me llamo Hans-Jochen, tengo cinquenta y seis años y estoy sin trabajo.« Alle sehen ihn mitfühlend an, und ich verstehe nicht wieso. Vielleicht weil er Hans-Jochen heißt? Stimmt. Das ist wirklich schlimm. Auch ich seufze in seine Richtung.

Ehe ich michs versehe, habe ich den roten Gummiball in meiner Hand. Ich schwitze. In diesem Moment öffnet sich die Klassenzimmertür, und ein junger Mann mit schwarzen, kurzen Haaren, steckt seinen Kopf durch die Tür. Er murmelt »Lo siento ...« und versucht, sich unauffällig einen freien Platz zu ergattern. Das ist meine Chance. »Hola guapo. Qué tal?« Die Gruppe bricht in ein Lachen aus. Der junge Mann sieht mich überrascht an. »Muy bien, gracias! Y tú?« – »Me llamo Maja«, antworte ich, und wieder lachen alle. »Encantado«, sagt mein neuer Sitznachbar und reicht mir die Hand. Das habe ich nicht verstanden. Ich sage: »Piacere!«, und jetzt lacht auch María González Sánchez. »Maja, ›piacere‹ ist italienisch.« (Was du nicht sagst.) Ich sage: »Lo siento« und freue mich, dass ich schon so weit mit meinem Spontanspanisch gekommen bin. Immerhin sitzt el guapo, der attraktivste Mann in diesem Raum, jetzt neben mir. Her mit den sozialen Kontakten.

Ich mogle mich mehr schlecht als recht durch den Rest der Stunde. El guapo heißt Fabrizio. Er ist Italiener, der Spanisch lernen möchte. Wir sitzen fast im gleichen Boot, nur dass Fabrizio tatsächlich schon ziemlich gut Spanisch spricht, auch wenn er seinen italienischen Akzent nicht unterdrücken kann. Oder will. Ich fürchte, das war meine erste und letzte Spanischstunde in diesem Kurs. Als wir am Ende der Stunde alle unsere Sachen zusammenpacken und uns »hasta la próxima«, zurufen, fragt mich Fabrizio, wo ich Italienisch gelernt habe. »An der Uni und im Bett«, sage ich. *Leute schockieren* ist mein neues Hobby. Fabrizio lacht. »Kein Witz«, sage ich. »Ich war mit meinem Italienisch-Dozenten zusammen, aber er hatte nicht den Arsch in der Hose, seine Frau zu verlassen.« Fabrizio lacht noch lauter. Er nimmt mir meine Tasche ab, und wir gehen zusammen Richtung U-Bahn. Ach, diese Italiener wissen einfach, was sich gehört. Ich finde Männer mit Manieren unschlagbar sexy.

Da wir beide in Prenzlauer Berg wohnen (das behauptet er zumindest), fahren wir noch ein Stück zusammen. An der Eberswalder Straße angekommen, fragt mich Fabrizio, ob wir uns dann nächste Woche wieder im Kurs sehen würden. Ich zucke mit den Schultern. »Ich fürchte, ich muss in den Anfängerkurs wechseln oder mir schnell einen spanischen Freund suchen. Kannst du gut Spanisch?« Als ich mich so reden höre, erschrecke ich ein bisschen über mich selbst. Aber seit ich mit Can gebumst habe, sehne ich mich nach weiteren sexuellen Abenteuern. Das steht ja auch auf meiner Vorsatzliste für dieses Jahr. Irgendwie habe ich das Gefühl, dass ich meinen Liebeskummer wegvögeln könnte. Ich muss Ben einfach aus meinem Kopf kriegen. Und wie könnte das besser funktionieren, als mich auf meinen Körper zu konzentrieren? Fabrizio grinst mich an: »Darf ich dich noch nach Hause bringen?« Ich hätte nicht gedacht, dass es so einfach ist, Männer für zwanglosen Geschlechtsverkehr aufzugabeln. Ein Kinderspiel. »Con mucho gusto«, antworte ich grinsend.

Auf dem Weg zu mir erzählt mir Fabrizio, dass er einen Feinkostladen ganz in der Nähe habe und Spanisch lernen möchte, um geschäftlich zu expandieren. Ich verstehe nicht, ob er nun italienischen Käse in Spanien verkaufen will oder Chorizo in Berlin, aber es interessiert mich auch gar nicht. Ich sage: »Klingt interessant« und male mir aus, wie er wohl nackt aussähe. Paula hat mal gesagt, dass alle Italiener eine Analfixierung hätten und einem immer den Finger in den Po stecken wollten. Ich hoffe, dass sie in diesem Fall unrecht hat. Finger im Po mag ich nicht besonders.

Als wir bei mir ankommen, lobt Fabrizio meine Wohnung. Er findet sie »bellisimo!«, nicht »nett«. Fabrizio ist nach Ben mein erster Männerbesuch. Ob ich nun endlich mein Doppelbett einweihen werde? Ich frage ihn, ob er was trinken möchte und biete Gin, Leitungswasser oder Tomatensaft an. Fabrizio sagt, er habe keinen Durst. »Willst du auch noch das obere Stockwerk sehen?« Der schöne Mann nickt und folgt mir nach oben. Ohne das Badezimmer oder die Wäschekammer (mein ganzer Stolz in Goldbraun und Anthrazit) zu bewundern, setzt sich Fabrizio gleich im Schlafzimmer aufs Bett. Jetzt ist es doch ein bisschen komisch, einen fremden Mann zu Hause zu haben, nüchtern, wie ich bin. Um die Stimmung etwas zu lockern, mache ich Musik an. Ich lege Paolo Conte ein. Paolo singt: »Un gelato al limon, gelato al limon, gelato al limon«, und Fabrizio stimmt mit sonorer Stimme mit ein. Es macht mich wirklich scharf, wenn jemand in einer anderen Sprache spricht. Egal ob schwedisch, holländisch oder englisch. Vielleicht hätte ich bei Schwizerdütsch Probleme. Aber Italienisch ist immer besonders gut.

»Magst du dich ein bisschen ausziehen?« Jawohl Maja, immer raus damit. Jetzt sagt Fabrizio: »Con mucho gusto«, steht auf und fängt an, sich langsam zu entkleiden. Das ist unglaublich, wie einfach das alles geht. Ich werde nie wieder klassisch daten. Ich werde in Zukunft nur noch sagen: »Tschuldigung? Ficken?«

Ich lehne mich genüsslich auf dem Bett zurück und betrachte den strippenden Fabrizio. Es ist eine Meisterleistung, als

Mann richtig zu strippen. Das heißt, es darf a) nicht lächerlich, b) muss dennoch lustig und c) trotz allem sexy sein. Fabrizio macht das hervorragend. Er fängt mit den Socken an. Das ist schlau, denn sonst würde er am Ende möglicherweise nackt, nur in Socken vor mir stehen. Dann zieht er seinen Pulli und anschließend sein T-Shirt aus. Mit nacktem Oberkörper beugt er sich über mich, schiebt mein T-Shirt ein kleines Stück nach oben und küsst kurz meinen Bauch. Dann strippt er weiter, öffnet seinen Gürtel und knöpft langsam seine Jeans auf. Zum Vorschein kommen graue American-Apparel-Männerslips. Wie schön.

»Tu también«, fordert Fabrizio mich auf. Ich verstehe. Die Spanischstunde hat begonnen. Ich ziehe mir meinen Pulli und mein T-Shirt über den Kopf. Fabrizio hilft mir ein wenig. Er zieht mir meine Socken aus und öffnet meine Jeans. Ich lege mich faul auf den Rücken und hebe ganz leicht meine Hüfte an. Mein neuer, schlauer Freund versteht diese Aufforderung, greift an meine Hosenbeine und zieht mir meine Jeans mit einem schnellen Ruck aus. Wir tragen beide nur noch Unterhosen. Genau jetzt würde ich gerne ein bisschen geleckt werden. Ob ich das auch sagen kann?

Fabrizio legt sich über mich und stützt sich auf seinen Armen ab. Dabei spannen sich seine Oberarme an, und ich befühle seinen Bizeps, Trizeps, oder was weiß ich. Meine Brustwarzen sind steinhart, und Fabrizio umschließt sie abwechselnd mit seinen Lippen. Wir küssen uns auf den Mund, und ganz kurz, aber wirklich nur ganz kurz, taucht das Bild von Ben in meinem Kopf auf. Ich schiebe Fabrizio an den Schultern ein Stückchen tiefer. Und auch diese wortlose Aufforderung versteht er ganz genau. Er küsst sich meinen Körper entlang nach unten und zieht mir endlich die Unterhose aus.

Dann leckt er über meine Muschi. Ich bin so feucht und wünsche mir nur noch, dass er seinen Schwanz endlich in mich reinsteckt. Ich glaube, er kann Gedanken lesen.

Denn Fabrizio zieht seine Unterhose aus und kommt wieder zu mir nach oben. Er kniet über meiner Brust und streckt mir seinen Penis ins Gesicht. Auch ich verstehe und umschließe seinen Penis mit meinen Lippen. Ich sauge an seiner Eichel. Fabrizio stöhnt und drückt mir seinen Penis noch tiefer in den Mund. Ich habe so Lust, dass ich anfange, mich dabei selbst anzufassen. Fabrizio reißt mir meine Hand weg. Typisch Italiener. Selbstbefriedigung neben einem erigierten Penis kommt nicht in die Tüte. Apropos Tüte. Ich schiebe Fabrizio ein Stück nach hinten, nehme seinen Penis aus meinem Mund in meine Hand und reibe ihn noch ein bisschen weiter. Dann lege ich mich auf die Seite und greife in meinen Nachttisch nach den Kondomen. Die sind zwar etwas älter, aber noch haltbar. Ich beiße das Päckchen auf und rolle gekonnt das Gummi auf Fabrizios Penis ab.

Sein Gesichtsausdruck gibt mir zu verstehen, dass er von dem Kondom nicht allzu begeistert ist. Aber ich bin ja auch nicht dafür da, ihn zu begeistern. Sondern er ist für mich da, um Ben aus mir rauszuvögeln. Fabrizio legt sich auf den Rücken und zieht mich auf sich. Ich stütze mich mit beiden Händen auf seiner Brust ab und setze mich auf ihn drauf. Ficken ist wie Fahrrad fahren. Man verlernt es nicht. Ich konzentriere mich auf dieses Gefühl zwischen meinen Beinen und sehe Fabrizio dabei fest in die Augen. Als ich ihn so von oben betrachte, finde ich ihn noch schöner. Entweder habe ich ihn mir bisher nicht genau genug angesehen, oder sein Penis in meiner Muschi hat meine ästhetische Wahrnehmung verändert. Ich küsse seine Lippen und lasse meinen Oberkörper auf seinem nieder. Ich bewege mich nur ganz leicht und drücke mein Becken noch fester an ihn. Fabrizio fährt mit seinen Händen meinen Nacken nach oben, durch mein Haar und küsst meinen Hals. Er stöhnt. Zwischen unseren Körpern hat sich eine kleine Schweißlache gebildet. Diese Bewegung strengt mich an, aber ich kann nicht aufhören. Ich spüre, dass es nicht mehr lange dauert, bis ich komme. Fabrizio fasst mich an den Hüften, schiebt mich ein Stück nach oben und hält mich dort fest. Dann stößt er mit schnellen, festen Bewegungen zu. »Oh Gott, ja, ja«, stöhne ich wie in alten Zeiten und komme. Kurz darauf verrät mir Fabrizios Gesichtsausdruck auch seinen Orgasmus. In diesem Moment frage ich mich, was wohl mein Doktorchen zu alldem sagen wird? Zu *Bumsen gegen Liebeskummer*. Vielleicht bekomme ich ein Ben-Abnabelungs-Fleißbildchen?

Fabrizio bitte ich bald danach höflich hinaus. Ich bedanke mich für seine Gesellschaft, gebe ihm meine Telefonnummer und lasse offen, ob ich wieder in den Spanischkurs kommen werde. Er ist ein wenig verdutzt, aber versucht, sich das nicht anmerken zu lassen. Es tut mir ein bisschen leid, aber ich habe keine Lust, mich zu verlieben. Nein, nicht noch mal. Ich sollte nie öfter als zweimal mit jemandem schlafen. Sonst setzt der hormonelle Wahnsinn ein, den wiederholter Geschlechtsverkehr bekanntlich auslöst, und ich höre womöglich wieder auf mein idiotisches Herz. Ich will nur noch sexuelle Abenteuer. Und zwar so lange, bis ich nicht mal mehr weiß, wer oder was *Ben* überhaupt bedeutet. Heute Nacht schlafe ich erschöpft mit Pfötchen im Arm ein.

Am nächsten Tag ist meine Stimmung gut. Ich rauche die erste Zigarette erst um zwölf Uhr im Büro und nicht, wie bisher, schon um acht Uhr morgens. Als mein Handy klingelt, ist mein erster Gedanke: »Fabrizio. Das ging aber schnell.« Ich wühle grinsend nach meinem Handy und lasse es entsetzt wieder fallen, als ich den Namen auf dem Display lese. Ben. Leider weiß ich sofort, wer oder was »Ben« bedeutet. Ich habe seit Tagen, nein, seit Wochen auf diesen Moment gewartet. Aber jetzt kann ich nicht rangehen. Ich bin zu geschockt. Ich lege das Telefon weit weg auf den Schreibtisch und zünde mir sofort eine weitere Zigarette an. Danach noch eine. Edith kommt rüber und sieht mich fragend an. »Das war Ben«, stottere ich raus. »Ja und? Geh halt ran und sag ihm, er soll dich in Ruhe lassen. Sag ihm, du warst jetzt mit Can beim Eiffelturm.« Wir müssen lachen. Natürlich konnte ich es nicht lassen, Edith von meinem Silvester-Abenteuer zu erzählen.

Ich kann mich nicht mehr konzentrieren und gehe heute mal alleine in die Mittagspause. Ich muss nachdenken. Ich überlege die ganze Zeit, wie es wäre, mit Ben zu sprechen. Ich könnte mich ganz fröhlich, kokett geben, ganz im Sinne von »ich bin längst über dich hinweg«, aber das würde Ben mir eh nicht abkaufen. Ich könnte auch die Wahrheit sagen, dass ich immer noch jeden Tag mindestens 23 Stunden nur an ihn denke und ab und zu versuche, ihn mir aus dem Kopf zu schlagen, indem ich mich *zwinge*, mit anderen Männern zu schlafen. Mit solchen Männern, die gerne mit mir schlafen, dabei nicht fernsehen oder mich nur mal kurz von hinten bumsen. Männer, die mir sagen, dass ich schön bin.

Ich bin sehr froh, heute, nach über zwei Wochen endlich wieder einen Termin bei meinem Doktorchen zu haben. Im Schnelldurchlauf erzähle ich ihm von Silvester, von Can und dem Eiffelturm, von meinem neuen sozialen Kontakt Fabrizio und lasse ehrlicherweise kein schmutziges Detail aus. Diesem Mann ist bestimmt nichts mehr fremd. Ich erzähle also von einer lustigen Nummer hinter dem Steuer, der Einweihung meines Doppelbettes und dass Italiener gar keine Analfixierung haben. Letzteres rutscht mir so raus, aber ich dachte, ich müsste hier auch über meine Ängste sprechen.

»Eigentlich geht es mir schon viel besser. Fast gut. Die Ablenkung mit anderen Männern klingt nach einer sehr oberflächlichen Lösung, ich weiß. Aber es hilft!« – »Wenn es hilft, ist es doch gut, oder?«, erwidert mein Doktorchen. »Ihr *oder* irritiert mich«, gebe ich zurück. »Warum irritiert sie mein *oder?*«, fragt er zurück. Ich seufze. »Ich finde es nicht fair, dass Sie Fragen immer mit Gegenfragen beantworten. Aber ich nehme an, Sie dürfen das als Therapeut, *oder?*« Ha! Reingelegt. Wenn ich mich nicht täusche, ist Mr. Stoneface eben ein Lächeln über das Gesicht gehuscht. Er schweigt. Ich rede weiter. Ich erzähle ihm, dass Ben heute versucht hat, mich zu erreichen, und ich vor lauter Schock nicht rangehen konnte. Dass ich jetzt nicht weiß, ob es mir guttun würde, mit Ben zu sprechen oder nicht. Dass ich Angst habe, dass Ben nur aus einem Pflichtgefühl heraus anruft, dass es ihm möglicherweise prächtig gehen könnte. Und dass ich insgeheim immer noch hoffe, dass er mich zurückhaben will. »Ich habe das Gefühl, wenn ich ans Telefon gehe, kann ich nur verlieren.« Das Doktorchen zieht die Augenbraue nach oben. »Geht es denn darum? Um gewinnen oder verlieren? Ist das ein Spiel?« Er macht es mir aber auch wirklich nicht einfach. Ich brauche keinen Therapeuten, ich brauche einen Beziehungscoach. »Was würden Sie mir denn raten?« Jetzt seufzt Doktorchen: »Wenn ich Ihnen etwas raten würde, dann wäre es ja nicht ihre, sondern meine Entscheidung.« – »Ich könnte mir dann ja immer noch überlegen, ob ich Ihren Rat annehme. Dann wäre es wieder meine Entscheidung.« Doktorchen schmunzelt, schweigt lange und sagt dann: »Auf sein Herz zu hören ist nicht unbedingt der falsche Weg.« Ich bin entsetzt. »Wenn Sie einer Person wie mir raten, auf ihr Herz zu hören, wird das gefährlich enden.« – »Wird es das?« Die Zeit ist um, und wir müssen unser Spiel »Frage – Gegenfrage« wohl nächste Woche fortführen.

Am nächsten Tag ruft Ben wieder an. Auch am Tag darauf und am Tag danach. Am vierten Tag ruft er mehrere Male hintereinander an und schreibt eine SMS: »Maja, wie geht es dir? Melde dich mal. B.« Wieso sagen mir immer alle Männer, die mich verlassen, »melde dich mal« und kürzen dann ihren Vornamen mit dem Anfangsbuchstaben ab? Steht das so in der *Men's Health*? Ich werde mich nicht melden. Das klingt eindeutig nach einer Pflichterfüllung. Wahrscheinlich geht es ihm super, und nur, um sein schlechtes Gewissen zu beruhigen, klingelt er halt mal durch. Nein, nein, nein. Ich stelle mein Handy auf lautlos und arbeite mit Edith einen Förderantrag für Projektentwicklung durch. Falls uns der genehmigt wird, hat mir Yusuf versprochen, dass ich mit nach Diyarbakir reisen darf. Mit diesem Gedanken verlasse ich fast schon beschwingt das Büro. Kurdistan, wo immer du auch bist, ich komme.

Im nächsten Moment bleibt mein Herz fast stehen. Ben steht vor mir. Wie aus dem Nichts ist er auf einmal vor mich getreten. Mein erster Gedanke ist, dass ich diese komische Bommelmütze aufhabe. Mein zweiter Gedanke, wie blöd es ist, jetzt über diese Mütze nachzudenken. »Hallo Maja.« Ben wirkt nervös. Er sieht traurig und etwas eingefallen aus. Seine Haut ist schlecht. Bestimmt isst er nur ungesunde Sachen, seitdem ich nicht mehr für ihn koche. »Hallo Ben. Was machst du denn hier?« – »Ich war gerade in der Nähe.« Aha.

So ein Zufall. »Quatsch«, sagt Ben. »Ich wollte mit dir reden. Du gehst ja nicht mehr an dein Telefon. Oder wurdest du wieder überfallen?« – »Nein. Ich wollte nicht rangehen.« Genau. Schluss mit Lügen. »Und warum nicht? Magst du mich nicht mehr?«, fragt Ben kleinlaut. Ich mache es wie mein Doktorchen und schweige. Ben atmet schwer und geht zwei Schritte vor mir auf und ab. »Maja, ich muss dir was sagen. Es ist so, dass ... oh Mann, ist das schwer ...« Ich schweige, aber mein idiotisches Herz klopft so laut, dass ich fürchte, Ben könnte es hören. »Also, Pfote und ich, wir vermissen dich und Pfötchen.« – »Schizophrener Borderliner«, höre ich Martins Stimme in meinem Kopf. »Ben, es tut mir leid, aber ich habe aufgehört, auf Gefühle von Stofftieren Rücksicht zu nehmen. Sag Pfote einen schönen Gruß von mir und erklär du ihm doch, warum Frauchen und Herrchen nicht mehr zusammen sind. Schließlich hast du dich getrennt.« Ben scheint nicht mit dieser Reaktion gerechnet zu haben. »Pfote findet, wir sollten es noch mal versuchen.« Jetzt reicht es mir. »Ben, du hast vor fünf Wochen und drei Tagen mit mir Schluss gemacht und dich dann kein einziges Mal mehr gemeldet. Ich bin durch die Hölle gegangen. Alleine. Und jetzt tauchst du hier wie aus heiterem Himmel auf und erklärst mir, wir müssten es noch einmal versuchen, weil dein Scheißstoffhund traurig ist. Tut mir leid, aber das überzeugt mich nicht.« Treffer, versenkt! Hoch erhobenen Hauptes – Bommelmütze hin oder her – ziehe ich an Ben vorbei, Richtung U-Bahn. Ich bin sehr stolz auf mich. Ich bin die Größte. Ich bin eine Heldin. »Maja, warte!« Ich drehe mich um. Ben steht ganz dicht vor mir. »Maja, ich liebe dich!«

Oh nein. Das hätte er nicht sagen dürfen. Das ist gemein. Das ist wie eine hinterhältige Zauberformel. Scheiße. Ich kann nicht anders, fange an zu weinen und sinke in Bens Arme, an seine Brust. Er liebt mich. Ich habe es immer gewusst. Wie konnte ich nur daran zweifeln? Ben nimmt mein Gesicht zwischen seine Hände und küsst meine Tränen weg. »Ich liebe dich, Maja. Es tut mir so leid. Kannst du mir das je verzeihen?« Ich kann nicht antworten, drück mich wieder fest gegen seine Brust, meinen persönlichen Garten Eden, mein Paradies auf Erden. Nach wie vor. Es hat sich nichts geändert. Wenn ich nicht verzeihen könnte, wer dann?

Ich liebe diesen Mann.

21. Kapitel

Same same but different

Ben und ich fahren zusammen zu mir. In der U-Bahn reden wir nicht. Ben legt seinen Arm um mich und drückt mich ganz fest an sich. Immer wieder. Er küsst meine Schläfen, meine Wangen, meine Stirn, meinen Mund. Er sieht so erleichtert aus, so froh darüber, dass er mich wiederhat. Ab und an muss ich schluchzen, dann wieder lachen. Ich habe noch nicht begriffen, was da gerade passiert. Es ist wie im Film. Die verlassene Heldin (ich) hat nach großem Kummer die Hoffnung aufgegeben, dass die Liebe ihres Lebens (Ben) wieder zu ihr zurückkommt. Als sie gerade mit einem anderen Mann (Fabrizio?) vor den Altar tritt, öffnet sich die schwere Kirchentür. Der verloren Geglaubte stürmt herein und ruft: »Nein!« (Zeitlupe) »Tu es nicht!« Ein Raunen geht durch die Hochzeitsgesellschaft. Er stürzt zum Altar, wirft sie (Mich! Mich!) über seine Schulter und sagt: »Mein Baby gehört zu mir!« Kuss, Musik, Abspann. Wie schön. Mein Doktorchen sagt immer, das Leben sei kein Film. Er hat unrecht. Mein Leben ist eine romantische Tragikomödie mit Happy End.

In meiner Wohnung angekommen, sind wir beide ein bisschen unbeholfen. Wir wissen nicht so recht, wie wir uns verhalten, miteinander umgehen sollen. Ich möchte Ben so viele Fragen stellen und ihm so vieles erzählen. Ich habe ihn so sehr vermisst. Aber ich bekomme kein Wort raus. Nicht mal ich. Ben ist auch nervös. Um überhaupt etwas zu tun, zieht er sich erst mal seine Jacke und seine Turnschuhe aus. Er trägt wie immer nur ein T-Shirt unter seiner Lederjacke. Und das mitten im Januar. Ich glaube, Ben besitzt keinen einzigen Pullover. Dann umarmt er mich wieder, ganz fest. Ich küsse seinen Hals und atme seinen Duft ein. Ganz tief einatmen. Oh Gott, wie schön.

Im nächsten Moment fällt Ben über mich her. So, wie er es immer getan hat. Er packt mich mit der rechten Hand am Nacken und schiebt seine Zunge in meinen Mund. Dann reißt er mir die Klamotten vom Leib. Ich kenne solche Szenen aus Filmen. »Klamotten vom Leib reißen« und »an den Nacken packen« soll in der filmischen Inszenierung meist *Leidenschaft* transportieren. Ob Ben nun Leidenschaft empfindet oder sie inszenieren will, ist mir nicht ganz klar. Aber auch ziemlich egal. Miteinander schlafen ist jetzt die beste Idee. Mein Sprachzentrum ist eh blockiert, und ich kann nicht genug davon bekommen, Bens Geruch einzusaugen. Lass uns Liebe machen! Ben und ich, wir können *Liebe machen*, weil wir uns lieben. Lieben, lieben, lieben.

Ben trägt mich nach oben, wirft mich auf mein Bett und zieht sich aus. Er sieht so wunderschön aus. Ich habe seinen Körper so sehr vermisst. Seinen muskulösen Bauch mit den feinen, kleinen Härchen, seinen festen Po, seinen wunderschönen Penis. Ben beugt sich über mich. Bevor er in mich eindringt, flüstert er in mein Ohr: »Hast du immer mit Gummi?« Ich erschrecke über diese Frage. Ich habe noch nicht darüber nachgedacht, ob ich Ben überhaupt von meiner »Den Liebeskummer wegvögeln«-Strategie erzählen werde. Aber er scheint fest davon auszugehen, dass ich in der Zwischenzeit Sex hatte. Ich nicke schuldbewusst. Er fragt: »Jedes Mal?« Also, jetzt reicht es aber. Wie oft, denkt der denn, hätte ich … Ich nicke wieder. Was solls. Jetzt ist es wenigstens raus. Außerdem war er es, der mich in die Arme anderer Männer getrieben hat.

Es fühlt sich fremd an, mit Ben zu schlafen. Ich kann mich nicht wirklich fallen lassen. Anders ausgedrückt: Ich bin sehr konzentriert. Konzentriert darauf, mich endlich fallen zu lassen. Das klappt natürlich nicht. (Ich hätte Method Acting statt Spanisch belegen sollen.) Es ist fast wie beim ersten Mal, als ich mit Ben geschlafen habe. Ich kann nicht fassen, dass gerade passiert, was passiert. Es ging zu schnell. Ich habe so viele Bilder in meinem Kopf: Ich sehe mich, wie ich unter der Dusche im Fitnesscenter heule. Wie ich mitten am Tag in meinem Bett liege, rauche und trinke. Wie ich mich danach übergebe. Wie ich mein Handy an die Wand werfe. Wie ich in der Garderobe auf dem Boden liege und schreie. All das läuft wie ein Film vor mir ab, während Ben in mir drinsteckt und stöhnt. Ich muss an so viele Leute denken. An meine Schwester (»Such dir einen, der dir guttut!«), an Michi (»Einen Mann, der auf dich aufpasst!«), an Martin (»Schizophrener Borderliner!«), an Can (»Paris? Nicht gerade einfallsreich!«), an Fabrizio und an Paolo Conte. An Paula und an mein Doktorchen. Was er wohl dazu sagen wird?

»Maja, du weinst ja.« Oje. Das habe ich nicht gemerkt. »Echt? Entschuldigung.« Ben zieht seinen Schwanz raus und legt sich neben mich, umarmt mich. »Hey, Baby. Quatsch Entschuldigung. Was ist los? Hab ich dir wehgetan?« – »Ja. Es ist mein erstes Mal.« Ich versuche zu grinsen. »Jetzt sag schon. Was ist mit dir?« Ich drücke mich ganz eng an Ben. »Nichts. Es ist nur … es ging alles so schnell. Weißt du, ich war so furchtbar unglücklich. So unglücklich, wie noch nie in meinem Leben. Ich habe dich so vermisst, und ich … Jetzt bist du wieder da, und ich hab, na ja, ich weiß ja auch nicht, es ist nur, ich hab irgendwie Angst. Kannst du bitte auf mich aufpassen und mich nicht mehr verlassen?« Ben hält mich ganz fest. »Ist ja gut. Alles ist gut. Hörst du? Ich bin wieder da. Ich verlasse dich nicht mehr. Und ich werde auf dich aufpassen. Versprochen.« Ich schlafe auf Bens Brust ein.

Am nächsten Morgen sehe ich mir den schlafenden Ben in aller Ruhe an. Wenn er schläft, sieht er so friedlich aus. So, als könnte er keiner Fliege etwas zuleide tun, der alte Herzensbrecher. Ich kann mich nur schwer von diesem Anblick losreißen. Noch gestern hätte ich es für unmöglich gehalten, Ben jemals wieder in diesem Bett zu sehen.

Ich muss zur Arbeit und rufe von unterwegs aus Paula an. Sie ist sauer, weil ich sie geweckt habe. »Wer schläft denn da noch, um neun Uhr?« – »Alle. Ich hoffe, du hast einen guten Grund, mich um diese Zeit anzurufen.« – »Ja«, sage ich und lege aus dramaturgischen Spannungsgründen eine kleine Pause ein. »Soll ich jetzt raten, oder was?« Paula hält nichts von Kunstpausen. »Nein. Da würdest du nicht draufkommen: Ich habe mit Ben geschlafen.« Paula schweigt. Oh. Das ist selten. »Mit Ben? Dem Schizo-Ben? Ich hatte gehofft, du hättest wenigstens gute Nachrichten. Deswegen weckst du mich? Spinnst du eigentlich?« – »Aber Paula, verstehst du nicht. Ich habe ihn zurück. Er sagt, dass er mich liebt und mich niemals mehr verlassen wird.« – »Ist das eine Drohung?«, fragt Paula. Jetzt bin ich wütend. »Ich dachte, du freust dich für mich.« – »Maja, mach, was du willst. Ich glaube, Menschen ändern sich nicht, und er wird dich wieder enttäuschen. Wieso kam er denn jetzt zurück? Ist er pleite? Will er ficken? War ihm langweilig?« – »Nein«, antworte ich. »Er liebt mich. Deswegen.« Paula seufzt. »Aha. Auf einmal. Oh Wunder plötzlicher Liebe.«

»So eine blöde Kuh!«, schimpfe ich neun Stunden später. Mein Doktorchen sitzt mir gegenüber und sieht mich fragend an. »Na ja, ich dachte eben, sie freut sich mit mir. Aber bloß weil Paula sich nicht freut, heißt das noch lange nicht, dass ich mich auch nicht freuen darf. Stimmts?« Er antwortet nicht. Heute schweigt das Doktorchen wieder besonders laut. »Also, ich freue mich«, fahre ich unbeirrt fort. »Es ist, wie aus einem bösen Traum aufzuwachen. Nur dass der Traum sehr lange gedauert hat und sich sehr echt angefühlt hat. Ich bin so froh, aber ich habe auch Angst, dass es wieder nicht klappen könnte, dass ich Ben noch einmal verlieren könnte. Ich glaube, das würde ich nicht durchstehen. Obwohl, beim zweiten Mal würde es vielleicht gar nicht mehr so schlimm werden. Aber das wird nicht passieren. Er hat gesagt, dass er mich nicht mehr verlassen wird. Und, er hat ›ich liebe dich‹ gesagt.« Kein Wort von meinem Gegenüber. Nicht mal mein Therapeut freut sich, dass ich wieder glücklich bin. »Jetzt sagen Sie doch auch mal was!«, fordere ich ihn auf. Plötzlich sieht er sehr überrascht aus. »Was soll ich denn sagen?« Der kann aber auch echt nur Fragen stellen. »Irgendwas, was nicht mit einem Fragezeichen aufhört.« Das Doktorchen denkt nach. Oder tut zumindest so. »Na gut. Wenn Ben Sie liebt und Sie Ben lieben, ist doch alles gut.« Er sagt es zwar nicht, aber das »Oder?« hallt lautlos im Raum nach. Oder? Oder? Oder? Ich weiß darauf nichts zu antworten. Ein »Stimmt!« würde sich nicht richtig anfühlen.

Nach meiner Therapiestunde bin ich gar nicht mehr so gut drauf. Wie er das immer nur macht? Er sagt gar nichts und gibt mir dabei das Gefühl, dass alles, was ich sage, gar keinen Sinn macht. Entweder, ich mache ihn tatsächlich sprachlos, oder er will mich durch sein Schweigen verunsichern. Vielleicht will er das auch gar nicht. Vielleicht passiert es einfach, weil ich verunsichert bin und eigentlich Bestätigung suche, die er mir verweigert. Ach Mann, blöder Psychoscheiß. Irgendwas stimmt nicht. Aber ich weiß nicht, was. Diese Therapie macht mich noch mehr gaga, als ich eh schon bin.

Ben ruft an. »Lady Gaga am Apparat.« – »Maja? Wo bist du?« Der wird doch wohl nicht eifersüchtig geworden sein. »Ich war bei einem anderen Mann.« – »Aha.« Okay, Spaß versteht er immer noch nicht. »Ja. Beim Arzt.« – »Bist du krank?« – »Nein«, beruhige ich ihn. »Nicht so ein Arzt.« – »Das verstehe ich nicht. Zu welchem Arzt geht man denn, wenn man gar nicht krank ist?« – »Ich war bei meinem Therapeuten.« Ben sagt nichts, dann lacht er los. »Du verarschst mich, oder?« – »Nein, Ben. Nachdem du Schluss gemacht hast, habe ich Hilfe gebraucht.« Ben schweigt einen Moment. »Aber jetzt ist doch alles wieder gut. Dann musst du doch nicht mehr hingehen, oder?« – »Stört dich das? Ist dir das peinlich, wenn deine Freundin zum *Psychodoc* geht? Ich finde, so ein Therapeut kann nie schaden. Du solltest dir auch einen suchen.« Ben lacht darüber etwas zu laut. »Quatsch, Maja. Ich brauche bestimmt keinen Therapeuten. Ich hab doch dich.« Aus paartherapeutischer Sicht klingt das sehr bedenklich.

»Wann sehen wir uns?«, will Ben wissen. Ich glaube, das hat er noch nie zuvor gefragt. Ich denke nach. Diese Frage muss ich jetzt richtig beantworten. Ich will diesmal doch alles richtig machen. Ich will Ben Freiraum geben und selbst auf Freiraum bestehen. »Morgen?«, schlage ich zögerlich vor (hey, ich habe immerhin nicht *heute* gesagt). »Morgen kann ich nicht«, sagt Ben. Das war ja klar. »Aber übermorgen wäre toll.« Übermorgen kann ich nicht. Eigentlich. Da hätte ich Spanisch. »Gut, dann übermorgen«, höre ich mich sagen. Ich lerne es einfach nicht mehr. Aber ich kann eh nie wieder zu diesem Spanischkurs gehen. Erstens kann ich kein Spanisch, und zweitens kann ich jetzt auch nicht mehr mit Fabrizio schlafen. »Dann komme ich um acht zu dir, okay?« Maja, jetzt sag was, höre ich eine Stimme in meinem Kopf schimpfen. »Du, Ben? Kann ich nicht auch mal zu dir kommen? Ich war noch nie in deiner neuen Wohnung.« Kurze Pause. »Stimmt, ja. Aber ich finde es bei dir viel gemütlicher. Außerdem sind wir da ungestört und haben keine nervige Nancy nebenan. Nur du und ich. Aber wenn du unbedingt willst, dann kommst du eben zu mir.« – »Nein. Ist schon gut. Soll ich was kochen?« Die Stimme in meinem Kopf fängt hysterisch an zu schreien.

Ich wundere mich, wie schnell man wieder genau da weiter machen kann, wo man aufgehört hat. Erst denkt man, man stirbt, und dann – ganz plötzlich – kocht man wieder Nudeln für zwei. Schon nach knapp zwei Wochen ist es zwischen Ben und mir wieder so, als wäre nichts gewesen. Als hätte es keine Trennung gegeben. Zumindest für Ben scheint es so zu sein. Ich denke oft an die letzten Wochen. Daran, wie schlecht es mir ging, und an all die lieben Menschen, die für mich da waren. Als ich meinen Eltern erzählt habe, dass ich wieder mit Ben zusammen bin, waren sie mehr als schweigsam. Sie meinten nur, wenn ich glücklich sei, seien sie es auch. Allerdings machten sie keinen sehr glücklichen Eindruck. Meine Schwester sagte: »Selbst schuld.« Yusuf rief: »Allah aşkina«, und Paula will nicht mehr mit mir über »Gargamel« – wie sie Ben inzwischen nennt – sprechen. Edith ist noch dazu beleidigt, dass ich nicht mehr zum Frauenbowling mitkomme.

Ben ist fast jeden Abend bei mir. Das mit dem Freiraum klappt noch nicht so gut. Aber Ben ist gerade so schön anhänglich. Einmal hat er mir sogar Blumen mitgebracht. Es waren solche aus dem Supermarkt, aber Blumen sind immer schön. »Ich liebe dich« hat er bisher nicht noch mal gesagt, aber wahrscheinlich nur, um diesen Satz nicht inflationär zu benutzen. Ab und zu versuche ich, mit Ben über die letzten Wochen, über unsere Trennung zu reden. Ben findet, wir sollten nichts kaputtreden, aber ich will so viele Dinge von ihm wissen. Dinge, die ich mich die ganze Zeit über gefragt habe. Ich will wissen, wie es ihm ergangen ist, wo er Silvester gefeiert hat. Wie sein Weihnachten war, ob er mich vermisst hat. Wie es ist, mit Nancy zu wohnen. All diese Dinge. Aber Ben ist wie immer kurz angebunden und stellt keine Gegenfragen. Ich kann es nicht lassen, ihm auch die »schlimme Frage« zu stellen. »Hast du mit einer anderen Frau geschlafen?« – »Nein, Maja. Komm, lass uns essen, sonst wird es kalt.« – »Nicht einmal? Also, keinmal?« – »Nein. Schmeckt gut, oder?«

Eigentlich sollte ich über diese Antwort erleichtert sein. Bin ich aber nicht. Ich fühle mich schäbig. Wie konnte ich nur Sex mit einem, zwei anderen haben? Ich hätte doch spüren müssen, dass Ben zurückkommen wird. Ich schäme mich und habe das Gefühl, unsere Liebe entweiht zu haben. »Ben, ich habe schon, also, du weißt schon. Aber es war nur, weil … Also, ich war so traurig und da …« Ben unterbricht mich mit einem Kuss. »Maja, ich will davon nichts hören, okay? Wir waren nicht zusammen, und es war dein gutes Recht, das zu tun, worauf du Lust hattest.« Ich will mich verteidigen, dass es ja gar nicht die *Lust* war, sondern eher die *Verzweiflung*, die mich in und unter die Arme der anderen Männer getrieben hat. Aber ich lasse es bleiben. Erstens weiß ich gar nicht, ob das überhaupt stimmt, und zweitens habe ich das Gefühl, es ist Ben egal.

Ben und ich verbringen fast jeden Abend zusammen bei mir. So viel Gesellschaft bin ich gar nicht mehr gewohnt. Wir kochen, leihen uns Filme aus, und ich schlafe schon vor dem

Abspann ein. Ich bin sehr erschöpft. Winter macht einfach entsetzlich müde. Es muss am Wetter liegen.

Ab und zu schlafen wir miteinander. Aber gerade ist Ben schrecklich krank. Also, er ist erkältet, hat Husten, Hals- und Gliederschmerzen. Meine Schwester sagt immer: »Eine Erkältung ist keine Krankheit, sondern ein unangenehmer Zustand.« Aber Ben sagt, er sei krank. Richtig schlimm, schrecklich krank. Ich kümmere mich um ihn – rührend, wie ich finde. Ich koche Wasser für Tee, mache ihm Wärmflaschen und besorge Hustensaft. Einmal konnte ich es nicht lassen und habe Ben nachts unter der Bettdecke gekrault. Eier kraulen mochte er eigentlich immer gerne. Aber Ben wurde ziemlich wütend. »Maja, ich bin krank! Da hat man keine Lust auf Sex. Verstehst du das nicht?« Mmh. Ich hatte mal einen Freund, der immer besonders geil war, wenn er Fieber hatte. Sex im Fieberwahn war für ihn das Größte. Aber vielleicht ist das eben etwas anderes mit einer Erkältung? Ich weiß es nicht. Ich bin nie krank.

Ben liegt oben im Bett. Ich koche Hühnerbrühe und denke nach. Ich denke mal wieder an die Zeit, in der ich alleine war. *Alleine* klingt inzwischen gar nicht mehr so schrecklich. Nicht, dass ich das jetzt irgendwie mögen würde, aber ich habe keine Angst mehr davor. Seltsam. Fast vermisse ich es doch ein bisschen, das Alleine-Sein. Das muss ich unbedingt meinem Doktorchen erzählen. Bestimmt wäre er ganz stolz auf mich. In meiner Alleine-Zeit war ich zwar sehr traurig, aber es gab auch wirklich viele *tragisch-komische* Momente. Die ganze Heulerei, meine singende Oma, der Eiffelturm, das Striptease! Bei dieser Erinnerung zaubert sich ein Lächeln auf meine Lippen. So, als wäre die Erinnerung an meinen Liebeskummer eine zärtliche.

Ben hustet. Ich stelle die Herdplatte aus und den Wasserkocher an. Ben und ich haben jetzt also schon länger keinen Sex mehr. Als ich so darüber nachdenke, fällt mir auf, dass ich fast mehr Sex hatte, als wir getrennt waren. Das ist komisch. Wieso ruft Fabrizio eigentlich nicht an? Schließlich weiß er nicht, dass ich wieder mit meinem Exfreund zusammen bin, und inzwischen sind schon zwei Spanischstunden vergangen, bei denen ich nicht aufgetaucht bin. Moment mal. Wieso denke ich eigentlich über Fabrizio nach? Ich gieße Husten- und Bronchialtee auf und decke die Tasse nach Vorschrift ab. »Fünf Minuten ziehen lassen.« Ich bin eine so vorbildliche Krankenschwester. Dann piept mein Handy. Welch ungewohnter Ton in letzter Zeit. Fabrizio? Nein, Paula. Schade. Sie schreibt: »Heute Nacht: Monster Ronsons Karaokebar. Bist du bereit, Sister?« Paula und ich haben früher immer *Push it!* von Salt'N'Pepa vor dem Spiegel gerappt. Wir waren großartig. Klar bin ich bereit. Es ist Samstagabend – Push it real good. Aber Ben hustet, und ich koche Hühnerbrühe. Das kann ich ihr unmöglich schreiben. Stattdessen: »Würde so gerne. Aber liege mit einer Grippe im Bett. Nächste Woche?« Ich verlogenes Miststück.

Ich bringe Ben, der mit meinem rosafarbenen Schal um den Hals im Bett sitzt, Suppe und Tee. »Danke«, flüstert er, um seine Stimme zu schonen. Aus Solidarität schlürfe ich auch Hühnerbrühe. Dann schauen wir den ProSieben-Samstagsfilm, und ich merke, dass mir ganz entsetzlich langweilig ist, hier mit Ben und seinem Schal. Ich lege mich zum Einschlafen an Bens verschwitzte Brust, atme Wick Vaporub ein und warte darauf, dass sich das übliche Glücksgefühl wieder einstellt. Ich warte und warte und warte und schlafe vom Warten erschöpft ein.

Über eine Woche später ist Ben wieder halbwegs auf dem Damm. Ich bin total aufgedreht und in Ausgehstimmung. Ich will feiern! Wir haben tatsächlich den Antrag auf Projektförderung bewilligt bekommen, und ich darf Yusuf nächsten Monat nach Kurdistan begleiten. Ich erzähle Ben davon, der mir mit: »Na dann, Glückwunsch!« gratuliert. Ach, ich freu mich so. Jetzt geht es endlich bergauf. Ben ist wieder da, mein Job läuft gut, bald ist wieder Frühling, ach, ach, ach. Das Leben ist schön. Plötzlich habe ich eine Idee, die ich großartig finde. Ich nehme Ben an der Hand und führe ihn nach oben, ins Schlafzimmer. »Maja, was soll das? Verbindest du mir gleich wieder die Augen?« Oje. Das hatte ich längst verdrängt. »Nein. Setz dich einfach nur aufs Bett und genieße.«

Ich lege *Un gelato al limon* ein und fange an, mich lustig sexy auszuziehen. Ben verdreht die Augen. »Maja ...« Ich werfe meinen Socken nach ihm. Als ich mir gerade wie eine Entfesselungskünstlerin den BH öffne, macht Ben die Musik aus. »Maja, ganz ehrlich: Ich finde das ziemlich albern. Das macht mich auch null an, oder so. Ich weiß doch, wie du nackt aussiehst. Und du gefällst mir auch. Aber jetzt lass den Quatsch, zieh dir wieder was an und lass uns eine DVD holen. Einverstanden?« Jetzt schäme ich mich ein bisschen. Wieso muss Ben immer so ernst sein. »Können wir nicht einfach nur mal Quatsch machen?« Ben sieht mich genervt an. »Maja, fürs Quatschmachen sind wir schon ein bisschen zu alt. Findest du nicht?« Nein. Finde ich nicht.

Wir leihen uns so einen Selbstmordfilm aus, den Ben schon längst mal sehen wollte. Darin springen Menschen von Dächern oder werfen sich absichtlich vor Mähdrescher. Alle bringen sich um, und keiner weiß warum. Ich auch nicht. Ben findet das ziemlich spannend, und ich schlafe immer wieder ein. Als schon der Abspann läuft, werde ich von Bens Händen zwischen meinen Beinen geweckt. Ich spreize meine Beine intuitiv und lasse ihn in mich eindringen. Währenddessen denke ich darüber nach, warum Ben anscheinend ein Film anturnt, in dem sich Menschen umbringen, er es aber nicht erotisch findet, wenn sich seine Freundin auszieht. Als er erschöpft neben mich sackt, schießen mir Tränen in die Augen. Tränen der Wut. Tränen der Enttäuschung. Ben schläft sofort ein, und ich liege noch lange wach. Mit Wut im Bauch und Sperma zwischen den Beinen lässt es sich so schwer einschlafen.

Als ich morgens aufwache, bin ich immer noch wütend, aber auch geil. Jetzt will *ich* nämlich Sex haben. Jetzt habe ich Lust. Ben macht *Selbstmord* geil, mich eben *Aufwachen.* So ist das nun mal. Ich drücke mich an Ben ran und fange an, seinen Penis zu massieren. »Nicht schon wieder, Maja. Komm, lass uns frühstücken. Ich hab so einen Hunger.« Bevor ich michs versehe, ist Ben auch schon aufgestanden und nach alter Manier unter die Dusche gehüpft. Das darf doch nicht wahr sein. Pfötchen liegt neben mir und sieht mich fragend an. Sie sieht mich an, als wollte sie fragen: »Und wegen dem hast du so einen Zirkus gemacht? Irgendwie war es lustiger, als wir beide noch alleine waren.« Pfötchen wendet sich verständnislos ab.

Während Ben duscht, mach ich es mir selbst. Dabei stelle ich mir vor, dass Fabrizio seinen Penis zwischen meinen Brüsten reibt. Ich komme zweimal.

Ben kommt komplett angezogen aus dem Bad. »Ich geh dann mal zum Bäcker«, ruft er und verschwindet schon nach unten. Kein Kuss, kein »Guten Morgen, Schatz«, kein »Hast du was Schönes geträumt, Prinzessin?«, kein »Ich habe Lust auf dich«. Kein gar nichts. Immer nur duschen und essen. Ich weiß nicht, was plötzlich los ist, aber ich bin so extrem generervt von Ben. Geh doch, wohin du willst, denke ich und wundere mich über meine Gleichgültigkeit. Ich habe das Gefühl, der kommt nur zum Essen und zum Schlafen. Ob das normal ist in Beziehungen? Ich bleibe im Bett liegen und stelle mir vor, wie Ben jetzt in der Eiseskälte nur im T-Shirt zum Bäcker hüpft. Zu fremden Leuten ist Ben ausgesprochen höflich. Völlig übertrieben. Bestimmt fragt er gerade die Verkäuferin, ob sie ihm freundlicherweise und nur, wenn es keine Umstände machen würde, so ein herrliches Schokocroissant verkaufen würde. Dann wird er ihr noch einen »herrlichen Tag«, ach was, »ein herrliches Leben« wünschen und wieder zurückhopsen. Ich werde ihm Tee kochen, den er dann nicht trinkt, weil ich keinen »richtigen« Honig habe (was zum Teufel ist denn der *richtige* Honig?), und Ben wird irgendwann fragen, ob ich mein Brötchen nicht mehr aufessen will, weil, dann würde er …

»Bin wieder da!« Oh, das ging schnell. Ich stehe auf und ziehe mir meine Jogginghose an. Ich werfe keinen prüfenden Blick in den Spiegel und entscheide, erst nach dem Frühstück Zähne zu putzen. Mir ist alles egal. »Du hättest wenigstens schon mal den Tisch decken können«, findet Ben. Ich musste noch ein bisschen masturbieren, statt Tisch decken, denke ich, als ich gerade Wasser aufsetze. »Willst du Tee?«

Beim Frühstück bekomme ich keinen Bissen runter und sehe ihm zu, wie er drei Wurstbrote verschlingt und dann auf meine angebissene Laugenstange schielt. »Willst du das nicht mehr essen?« Ich reiche Ben gedankenverloren die Laugenstange. Genau in diesem Moment, als ich diese über den Tisch reiche, wird mir klar, dass meine alten Gefühle für Ben gar nicht mehr da sind. Es ist nur die Erinnerung an diese Gefühle, die noch da ist. Eine Idee, an der ich hänge. Die Idee von

Ben als *meine große Liebe*. Die Idee von einem *Füreinanderbestimmt-Sein*. Diese Erkenntnis erscheint mir ganz schrecklich, aber sie ist da: Ich liebe Ben gar nicht mehr. Ganz im Gegenteil. Er nervt mich. Ich habe wegen diesem Mann so viel gelitten. Und jetzt? Jetzt mache ich es mir selbst und ihm Tee. Ich bin doch keine Pensionswirtin. Ich kann mich doch nicht für den Rest meines Lebens darum kümmern, dass Ben genug zu essen hat, ausreichend Schlaf findet und ab und an ejakulieren kann, wenn ihm danach ist. Was ist mit mir? Ich glaube Ben hat sich noch kein einziges Mal wirklich um mich bemüht. Einmal gab es Blumen, einmal ein »Ich liebe dich«. Das war alles. Und verdammt noch mal, das reicht nicht. Das ist nicht der Mann, der verrückt nach mir ist und mich auf Händen trägt. Das ist Ben. Einfach nur Ben.

»Ben? Woher wusstest du plötzlich, dass du mich liebst?« Ben verschluckt sich und hustet. »Wieso fragst du das jetzt? Keine Ahnung. Sag du es mir. Du redest doch immer von Liebe.« – »Aber du hast doch gesagt, dass du mich liebst. Woher weißt du das? Oder warum wusstest du es jetzt und vorher nicht?« – »Maja, ich habe es satt, dass du ständig Liebesbeweise von mir einforderst. Es ist nun mal so. Reicht das nicht?« Ben sieht angewidert auf die Honigtube in seiner Hand. »Kannst du nicht mal richtigen Honig kaufen?« – »*Flotte Biene* ist richtiger Honig!«, schreie ich ihn an. Ich kann nicht glauben, dass wir jetzt wirklich über Honig sprechen. »Ben, es geht nicht. Es ist zu viel passiert. Wir tun so, als wäre nichts gewesen, aber ehrlich gesagt, ist nichts mehr so wie vorher. Ich kann dir verzeihen, dass du mich verlassen hast, aber jetzt ist alles anders. Und nicht besser. Alles ist weg.« Ben sieht mich verwirrt an. »Meine Gefühle für dich sind nicht mehr dieselben.« Ben hört auf zu kauen. »Und was soll das jetzt heißen?« Ich überlege, ob ich jetzt tatsächlich das sagen soll, was ich die ganze Zeit schon zu sagen fürchte. Es passiert ganz automatisch: »Ich will nicht mehr mit dir zusammen sein.« Fast muss ich mir ein Lachen verkneifen. Das war ganz einfach. Ich kann es selbst nicht glauben. Ich mache gerade mit Ben Schluss. Das ist ja verrückt. Ben trinkt einen Schluck von seinem Tee. Auf einmal! Dann sagt er: »Okay. Da kann ich nichts machen.« Er nimmt noch einen Schluck. »Schade.« Er sagt tatsächlich *schade.* »Schade?« – »Ja. Schade. Oder was willst du jetzt wieder hören?« – »Nichts. Nein, ›schade‹ ist ganz gut.«

Ben steht auf und geht. Ich umarme ihn, aber er bleibt stocksteif stehen. »Bis bald«, sage ich. Und Ben sagt: »Ja.« Als die Tür hinter ihm ins Schloss fällt und ich alleine in meiner Küche stehe, ist es ganz still. Ich warte darauf, dass die Tränen kommen. Dass ich zusammenbreche und nicht glauben kann, was ich eben Schreckliches getan habe. Aber als all das nicht passiert, fange ich an, Geschirr wegzuräumen und die Wurst in den Kühlschrank zu packen. Ich warte weiter. Nichts. Es ist alle in Ordnung. Ich habe gerade mit Ben Schluss gemacht, und es ist alles in Ordnung.

Das ist großartig. Einfach großartig.

Epilog

Es ist Samstag, der 20. Februar 2010, und ich habe einen Entschluss gefasst. Mein Name ist Maja Engel, und ich bin entschlossen, heute erwachsen zu werden. Ich habe das Kleid durch das Schaufenster schon gesehen. Es ist wunderschön: ein Traum aus weißer Seide.

Entschlossen betrete ich den prächtigen Ausstellungsraum. Eine Dame im schwarzen Kostüm kommt emsig auf mich zu und reicht mir die Hand. »Maja Engel?« Man hat mich erwartet. Die Dame führt mich in ein Besprechungszimmer und schenkt mir San Pellegrino ein. Sie legt mir Unterlagen vor und rechnet mir aus, wie viel Geld ich bekommen werde, wenn ich 65 Jahre alt bin und immer noch in Deutschland lebe. Ich sage ihr, dass ich mit 65 Jahren nicht mehr in Deutschland leben möchte. Sie sagt, das sei nicht schlimm. Es würde ausreichen, ein deutsches Konto zu haben. Sie zwinkert mir zu und rechnet mir aus, wie viel Geld ich bekommen werde, wenn ich einen Mann heirate, der auch eine solche Rente abgeschlossen hat. Ich sage ihr, dass alle Männer, die ich kenne, keine solche Rente hätten. Sie sagt, das sei nicht schlimm. Dieser Mann, den ich dann heiraten würde, könne immer noch – auch noch mit 64 Jahren – eine solche Rente abschließen. Ich verstehe. In Zukunft werde ich bei der Partnerwahl darauf achten. Ich verspreche der Frau, Männer zukünftig anders anzusprechen: »Hast du mal 'ne Zigarette? Und 'ne Riesterrente?« Die Frau findet, das sei eine gute Idee.

Ich frage die Frau, ob ich das Kleid aus dem Schaufenster mal anprobieren dürfe. Sie lächelt mich an. Dann drückt sie ein Knöpfchen und bestellt das Brautkleid zu uns ins Zimmer.

Per Fernbedienung mattiert sie die Scheiben. 15 Minuten später unterschreibe ich mit Schleier vor den Augen Papiere zur Altersvorsorge. Brautkleider und Riesterrenten – diese Bank versteht ihr Geschäft. Ich verabschiede mich von dem Kleid und von der Frau. Ich bitte sie um Diskretion. Ich will auf keinen Fall, dass mein Vater von meiner Altersvorsorge erfährt. Noch nicht. Ich freue mich darauf, die Frau in 41 Jahren wiederzusehen, wenn ich meine Rente abholen komme. Sie meint, dazu müsse ich nicht extra vorbeikommen. Ich zwinkere ihr zu: »Aber ich will Ihnen doch dann meinen Mann vorstellen. Den mit der Riesterrente!« Den, der mir guttut.

Die ersten Sonnenstrahlen des Jahres kämpfen sich durch die Wolken. Paula ruft an. Sie fragt, ob ich sie zur Gründerinnenzentrale begleiten könne. Sie hat ein Konzept ausgearbeitet, für einen Sexshop – ausgerichtet auf rein weibliche Bedürfnisse. »So einen, wo es endlich mal nicht um die Huldigung von Phallussymbolen geht.« Ich fürchte, ich muss sie begleiten, sonst vergisst sie noch den Sex beim Sexshop. Eigentlich habe ich eine Verabredung mit Philipp, meinem neuen Nachbarn. Aber er läuft mir nicht davon. Zur Gründerinnenzentrale wollte ich schon längst mal. Ich hab da auch noch so ein paar Ideen …